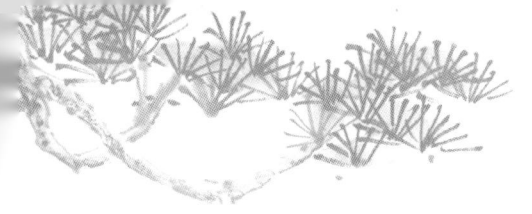

智慧之星

——赵南星传奇

安明法 著

河北出版传媒集团

花山文艺出版社

图书在版编目（CIP）数据

智慧之星 ： 赵南星传奇 / 安明法著. -- 石家庄 ：
花山文艺出版社，2014.1
　ISBN 978-7-5511-1702-9

　Ⅰ.智… Ⅱ.安… Ⅲ.传记小说－中国－当代
Ⅳ.Ⅰ247.5
　　中国版本图书馆CIP数据核字(2013)第292225号

书　　名：**智慧之星**——赵南星传奇
著　　者：安明法

责任编辑：卢水淹
责任校对：李　伟
美术编辑：许宝坤
出版发行：花山文艺出版社（邮政编码：050061）
　　　　　（河北省石家庄市友谊北大街330号）
销售热线：0311-88643221/29/35/26
传　　真：0311-88643225
印　　刷：河北省发展和改革委员会文印中心
经　　销：新华书店
开　　本：710×1000　1/16
印　　张：17.5
字　　数：310千字
版　　次：2014年3月第1版
　　　　　2014年3月第1次印刷
书　　号：ISBN 978-7-5511-1702-9
定　　价：48.00元

序　言

李锡海

　　明法同志邀我为他的《智慧之星》一书作序,颇有诚惶诚恐之感,思虑再三,可能是出于我在高邑县任县委书记几年,对高邑籍的明代政治家、文学家赵南星略知一二,且十分崇敬,再之我与明法都长期在基层工作,有着许多相似的经历和共同语言的缘故吧。因此,我便不揣浅陋地允诺了。

　　接过安明法同志的作品,一股勤奋之气扑面而来。他出生于距我的原籍——平山县城不远的一个山村,曾在河北鹿泉市、正定县、栾城县等地历任乡长、乡党委书记、副县长、组织部长、县(市)委副书记、市人大常委会主任等职务。长期致力于农村工作研究,热爱文化事业,工作之余积极组织推动县域历史文化挖掘,尤其是村志编撰及历史文化研究。曾出版《农村工作研究》、《乡音》(诗集)、长篇小说《乡村接访奇遇记》、中篇小说集《朦胧悲喜》等文学作品或专著,多篇文章被国家和省市刊物采用,先后被中共石家庄市委党校、河北经贸大学聘为客座教授,当选石家庄市作家协会常务理事。其作品紧扣时代主题,把握时代脉搏,鲜活生动地反映农村现实问题,反映新时期昂扬向上主旋律。难能可贵的是,明法同志多年来辗转三四个县(市)区,且担负党政要职,工作繁忙,尚能抽暇挖掘历史文化、历史名人,刻苦学习,笔耕不辍,实属难得,是我学习的榜样。

　　《智慧之星》一书主人公赵南星(1550－1627),字梦白,号侪鹤,别号清都散客。明万历三年(1574)进士,明朝后期著名的政治家,散曲作家,是东林党的首领之一,与顾宪成、邹元标被誉为"东林三君"。他经历了明神宗、光宗、熹宗三朝,官至左都御史、吏部尚书。面对当时黑暗腐朽的政治,"慨然以整齐天下为己任",利用掌管监察和组织人事大权,革故鼎新。他主张"振纪纲自皇帝始",不怕触犯权贵,罢黜贪官污吏,使得自己的人生三起三落。被贬回乡后,他并未消沉,一方面继续改革吏治的研究,著书立说,有《赵忠毅集》、《味檗斋文集》、《芳茹园乐府》、《学庸正说》、《史韵》、《笑赞》等传世。据考证,中国共产党创始人之一李大钊"铁肩担道义、妙手著文章"名联就脱胎于赵南星的"铁肩担道义,棘手著文章"一联。赵南星在乡里长期接触民间文学,从中汲取了丰富的创作营养,在散曲、诗词、民歌和寓言、笑话等的创作上颇多建树,尤以散曲、小曲最为著名。

赵南星最终含恨而卒,含冤不白、赍志而殁。崇祯帝即位后,下旨肃清阉奸,降旨为赵南星平反昭雪,并追赠他"荣禄大夫、太子太保",谥号"忠毅"。明史学家誉其为"一代正人"。他一生嫉恶如仇,扶正抑邪,面对当时黑暗腐朽的政治,对皇帝进行劝谏,呼吁进行政治改革,由皇帝带头遵守封建纲纪,祛邪用正,改革官场之弊,健全管制,完善制度。他的政治改革思想及实践,在当时曾起到积极作用,对今天仍有一定的现实意义和借鉴作用。虽然为挽救明末朝政的颓势不遗余力,却葬送了自己的仕途甚至生命;但是,历史是公正的,后人没有忘记赵南星,除修葺赵南星的祠堂外,高邑还将一条路命名为"南星路",以纪念这位历史名人。《智慧之星》的撰写和出版,也雄辩地记录,说明了这一点。

安明法同志撰著的《智慧之星》,属于民间文学的范畴。民间文学是群众集体口头创作、口头流传,并不断地集体修改、加工的文学。作者在《后记》中指出:"赵南星是一个特殊而神秘的历史人物。求知欲偏强的笔者自打懂事起，就在母亲的怀抱里、寒酸的炕头上以及简陋的饭桌旁，听母亲一遍遍唠叨赵南星拔橛的故事；就在田野的地头上、晌午的槐树下以及夜间乡亲的草屋里听老者讲述'赵南星赶考'的趣事。那时候虽然不知晓赵南星是何地人士，也不知他生卒朝代，更不知他的坎坷人生，但在内心深处充满了无限的神奇、向往和崇敬，总想有朝一日探个究竟。赵南星又是一个妇孺皆知、深入民心的传奇人物。洋洋五千年中华文明史，英雄辈出，大家无数，然而像赵南星这样有口皆碑、无人不晓的人物，除了三国时的刘、关、张及诸葛孔明（借助《三国演义》的传播）外，实难找出其二。其原因何在，根源又是什么呢？笔者一直想弄个明白"。这便足以反映《智慧之星》民间文学特征是何等的鲜明而昭著，影响是何等的深远而巨大，魅力是何等的强烈而神奇。然而我们丝毫不能小觑民间文学在口耳相传的过程中，人民群众和文人墨客所进行的传播、修改、加工、润饰，特别是从事这种精神劳动、具有独创意义和价值的署名作者、集体乃至个人，是功不可没的。

中国民间文学特别是传说故事，往往都具有鲜明的人民性。由于广大的人民群众是民间文学亦即民间传说的口耳相传的传播者、创作者，所以必然打上鲜明的人民性特征。这便是民间文学或曰民间传说，几乎都是站在人民群众的立场上，以人民群众爱憎分明的情感，人民大众所喜闻乐见的艺术形式和审美习惯，去赞美歌颂真、善、美，揭露鞭挞假、恶、丑。在《智慧之星》中，赵南星俨然成了站在人民群众立场上，以人民群众的喜怒哀乐，以人民大众喜闻乐见的艺术形式如诗词歌联赋等和诙谐幽默的轻喜剧风格为"批判的武器"，进行"武器的批判"（马克思语）的代表，他爱憎分明地惩治贪官污吏，歌颂清官廉吏，鞭笞土豪劣绅，体恤百姓疾苦，昭雪无辜冤狱、追求纯洁爱情……强烈的人民性不仅使广大人民群众所接收、所喜爱，并使作品具有乐听可读性和感染力。这也是接受美学的一个重要原理。

足智多谋、惩恶扬善是《智慧之星》的主人公赵南星鲜明而独特的性格。我认为赵南星是作者运用典型化方法创造出来的、具有鲜明独特个性而又能反映一定社会本质的、某些方面的艺术形象。赵南星作为明代封建社会的朝廷命官，具有清正廉明、励精图治、体恤民瘼、惩治贪腐、昭雪冤狱、怜悯鳏寡等清官能吏的一般性特征，而这些一般性即共性特征都无一例外地体现在他足智多谋的鲜明独特性即个性、特性之中。更确切地说，他的上述一般性即共性特征，恰恰都是通过他的独特性即个性去实现的。如"智断奸杀案"、"智改皇家道"、"审蛛破奇案"和"妙计治奸商"等等都是生动、形象的例证。

值得强调指出的是，赵南星足智多谋的睿智个性的成功塑造，氤氲着中国传统文化特有的诗情画意、笔韵墨趣，别具一种文气沛然的雅逸之美。"逼官绕'城'过"情节中府台大人冒出一句："尔红裤绿袄谁家子。"韶龄的赵南星抬头反问："你乌纱蓝衫哪家官？"府台大人听了惊喜地将他抱将起来，瞅了又瞅，笑道："童子拦路要问罪。"赵南星瞪眼说："府台绕'城'理当然。"府台听了喜上眉梢，高声赞道："不得了，不得了，都胜过本府了！"于是，吩咐手下衙役，绕"城"而过，留下了一段佳话。这所谓的"城"，实际是赵南星与他的那些小伙伴过"家家"，用秫秸梗垒门插楼造起，横亘在路当中的一座"土城"。此外，"对联羞南儒"、"巧对成神童"、"联对结挚友"、"妙联震九州"、"状元一字师"、"智解字约迷"、"反唇黄翰林"、"才压十八州"等篇章，都是这样充满睿智、雅趣盎然的篇章，令人读后忍俊不住，解颐一笑。

明末民间风俗画卷的自然呈现，是《智慧之星》在着墨塑造"典型形象"或曰"典型性格"赵南星的同时，所营造的"典型环境"。恩格斯曾指出:作家应该塑造"典型环境中的典型人物"
(《致玛·哈克奈斯》)。恩格斯所说的"典型环境"实际上是围绕
"典型人物"的历史环境、社会环境和人文环境——当然也有自然
环境。质言之,这所谓典型环境,实质上便是有着自然地域背景、
政治社会背景和历史人文背景的生活在赵南星周围的,并与他产
生着这样或那样关系的形形色色的人物关系的总和。正是这样
有着时代特色和历史审美风尚的人物关系网所形成的种种有趣
故事,构成了色彩斑斓的明末民间风俗画卷。"智惩恶财主"、"特
试中进士"、"代民写诉状"、"慧眼识假契"、"忧愤著《笑赞》"、"紫
蝎审强盗"、"仗义救烟花"、"锐意澄吏治"、"被迫辞朝纲"和"智暖
发配路"等等,则是"典型环境"或曰"风俗画卷"中色彩靓丽的风
景。读来樱人灵府,真实感人。

　　《智慧之星》在塑造"典型性格"和"典型环境"的布局谋篇上,
采用了独具中国线性叙事结构的"一字立骨法"。这一字便是"智
慧之星"的"智"字。我们可以从篇中清楚醒目地看到:"智惩恶财
主"、"智断奸杀案"、"智解字约迷"、"智改皇家道"、"智暖发配路"
等便直接冠于篇目之首。此外,与"智"互文的"慧"字,抑或闪烁
"睿智"之光的诸多字眼,如"奇"、"妙"、"巧"等诸篇目,亦屡见不
鲜:如"巧训懒姐夫"、"巧对成神童"、"妙联震九州"、"巧计成美
眷"、"巧教刁衙役"、"妙讨治奸商"、"奇招助寡妇"、"巧改'投柜
法'"、"奇术治顽疾"、"奇宿土门关"等比比皆是,不一而足。"一
字立骨法"使得人物和人物、人物和环境之间错综复杂关系、具体
事件和矛盾冲突的构成的诸多情节,均被当作一颗颗熠熠闪光的
珠子,用一条"睿智"的红线贯穿起来,使得结构更加紧密严谨,逻
辑更加严密,人物的典型性格和典型环境更加突出,所表达的主
题也更加鲜明了。

　　最后,我要指出的是《智慧之星》在文墨雅趣中表现出来的轻

喜剧诙谐风格,则是一个值得称道、难能可贵的审美特点,也是增加此书艺术感染力的一个亮点。

《智慧之星》是一部人物个性鲜明、带有传奇色彩,雅趣盎然、妙趣横生的作品,很值得一读。这里我十分高兴地把它推荐给读者朋友们。是为序。

2014 年 1 月 1 日草成

(作者系石家庄市人大常委会副主任)

目　录

1. 坐胎旱码头

话说古郡赵州西南的凤凰山下，"山河虽无要冲，原陆堪为绣壤"，又"僻在孔道之西"，原肥土沃，兵扰稀少，自古为风水宝地，富庶之郡，名曰鄗。公元二十五年六月，汉光武帝刘秀在鄗南千秋台即位，开创了东汉的千年基业，颁诏改鄗县为高邑县。从此，昔日的"荒僻寂寞之区，渐成肩摩毂击之地"，商贸流通迅速发展起来。明永乐年间从山西洪洞县大槐树下迁入县城东关的赵氏家族踩着时代的鼓点，从专务农桑向亦农亦商转变，家业逐渐壮大起来，过上了小康日子。然而到了明朝中叶，朝纲日趋混乱，奸佞结党专权，社会腐败成风，各级官吏不顾民生，横征暴敛，加上旱、涝、虫、雹及地震灾害轮番发生，本来富庶安逸的高邑县境变得萧条凋敝，民不聊生。东关赵家的土地早已变卖转换成店铺，如今铺店也都倒闭，一大家子人的吃饭都成了大问题。为了全家人的活路，其长子赵汝弼背起一卷破被，只身来到冀晋咽喉的土门关下（井陉口外），凭着自小学会的买卖经，在冀晋名商白老西名下的一家杂货店当起了伙计（劳君）。他本是买卖世家出身，又勤快肯干，巧于算计，很受掌柜先生喜欢和器重，薪水也比较高。几年下来，不仅帮助一家人度过了饥荒，而且攒了一些钱。

手里有了一些钱，赵汝弼就不甘心再给别人当伙计了，开始思忖往后的日子怎么过，如何发达起来。他看到土门关下的获鹿城木是千年古县治所，地处冀晋咽喉，三省通衢，商贾如云，实在是商家大显身手之地，便决定留下来，自立门户，置产创业。于是，辞掉了伙计的工作，结清了账目，在掌柜先生帮助下，选城西迎面宽敞之地，租下几间房子，整修打理，雇来伙计，开起一家客店，精心经营起来。

东来西往的客商们很快发现，新开张的赵记客店热情大方，服务周到，价位适中，就纷纷前来光顾。其中一个潇洒精明的南方商人特别钟情于赵记客店，过往获鹿必住这里，还与赵汝弼称兄道弟，成了莫逆之交。赵汝弼豪爽义气，他哪里知道，这个南方人并不是个一般的地道商人，而是专门来北方盗宝的江洋大盗。不仅悄悄盗走了赵州境内龙窝里的龙胆、石虎头里面的金砖、石嘴山上的宝剑等宝物，而且早已看出赵记客店位居风水宝地，赵汝弼长得也有一些特别，便思谋起更大的买卖。

事有凑巧，一日赵汝弼的弟弟前来探亲，赵汝弼便置酒招待，还让南方人作陪。席间弟弟说，有个风水先生前几天从咱家祖坟前路过，端着罗盘看了又看，自言自语说，真是绝好的风水宝地，要出两个状元郎呢。赵汝弼听了挥了一下手说，人家说说而已，哪能当真呢！

说者无意，听者却精神一振。南方人瞪着精明的眼睛想，怨不得赵汝弼长得这么特别，原来还有这么一腿呢！为了验证风水先生和自己的预测，第二天便让赵汝弼帮自己备了一桌好菜，邀来西北三里处抱犊寨金阙宫的道长吃饭请教，还让赵汝弼作陪。饭后很随便地问道长，店主老哥的面相咋样？道长两眼发光，右手伸出两指侧身附耳低声说："两个，两个啊。""两个？两个什么？""如果贫道没看错的话，他有两个状元儿子的命相啊。"南方人听了佯装惊喜，为赵汝弼祝福，心里却暗暗开始算计，设法将赵汝弼的儿子弄到南方，占为己有。

南方人看到赵汝弼一心扑在买卖上，天天为全家人的生计和家业奔波操劳，三十多岁了还没顾上娶亲成家，便眼珠子一转，在赵记客店选一套上等客房住下来，每日里山珍海味，大吃大喝，好不逍遥。过了一段时间，他告诉赵汝弼，自己要到太原府做一桩要紧的买卖，便骑马备货，匆匆离开了，连房费饭钱也没来得及结算。因为是老主顾，赵汝弼也没计较。谁知，十多天后的一个雨夜，南方人失魂落魄地逃了回来，身后还跟着两个如花似玉满身尽湿的姑娘，见了赵汝弼就如丧考妣地耷拉着脑袋哭诉起来："我那老哥哥啊，你老弟这次可遭大难啦。本来买卖做得挺好的，赚了一大笔钱，就买了这两个好姑娘，想带回老家成亲。可是天有不测风云啊，咱哪里想到，回来的路上稍不留神，被贼偷了个精光，连老哥哥的店钱也付不起了……"说着说着竟呜呜大哭起来。赵汝弼本是豪爽义气之人，哪能见如此伤心之事，忙满含热泪地劝导起来："小弟落难，我这当哥哥的自当帮衬，还讲啥子店钱，不哭，不哭啊……"南方人听罢千恩万谢，抹把眼泪说："话虽这么说，可大哥也是买卖人，让你亏了本钱，小弟我的心里也过意不去呀！要不这么着，这两个姑娘心灵手巧，长得也俊俏，我如今也养不起她们了，不如让她们跟了大哥，一来顶了我欠的店钱，二来也为我解了大难，岂不是两全其美，你看好吗？"赵汝弼三十多岁了尚未成亲，见两个姑娘亭亭玉立，面如桃花，尤其是湿衣贴身更衬托出女性的曲线美，心里怦怦直跳，想这样一来，既不吃亏，也合情理，便半推半就地答应下来，做个顺水人情，择日成亲。南方人见自己的预谋顺利实现，便托词离开赵记客店，变着法子做其他买卖去了。

　　两个姑娘本是南方人为了窃占赵家儿子和后半生日子而精心挑选的人才,不仅长得漂亮,而且文武双全,善解人意,并不知晓南方人的险恶用意,自打与赵汝弼成亲后,就一心一意帮着赵汝弼打理买卖,料理家务,相亲相爱。赵汝弼中年娶了两个漂亮姑娘,心里醉如甜蜜,见两个女人又是如此尽心能干,喜不自禁,每天有用不完的劲儿,说不完的话,好像年轻了二十岁。店里的生意呢也更加红火,赵记客店很快成了获鹿城里最兴隆的客店。

　　在如此欢快的气氛和心情中,男欢女爱自在其中,受孕率也极高。三个月后,两个姑娘都顺利怀孕了。可是没有生育经验的赵汝弼不知道,两个第一次做母亲的媳妇也不清楚,精于算计的南方人却在掐指推算着,估计两个媳妇已经怀孕而且怀的都是状元儿子。

　　把两个姑娘嫁给赵汝弼是阴谋的第一步,让两个姑娘怀上赵汝弼的种是第二步,第三步怎么办呢?如何才能把赵汝弼的两个媳妇弄到手又不露破绽?假如露出破绽又能搪塞过去呢?南方人思来想去没有好主意,跑到真定府大街上,求教一位尖嘴猴腮的算卦人,算卦人给他画了三道符,说是贴到事主家的要冲处就会显灵的。精明的南方人不大相信这些巫术邪方,付了重金却总感不大牢靠。可他转念一想,自己不大相信并不等于众人不相信,说不定到时还真能替自己遮掩一下呢!于是,他回到赵记客店,趁风高月暗之夜将三道符分别埋(贴)在赵记客店的门前、壁后和门前大椿树上,然后重金雇人,精心谋划,开始了对赵记客店的罪恶勾当。先是雇人把一位住店的客人杀害,抢走所带银两,官府勘查现场,拷问赵汝弼和伙计,逼迫客店关门,被害者家人又找上门来兴师问罪,逼迫赔偿。接着,一个北风呼号的夜晚,南方人在客店放火,将房屋家具烧个精光。赵汝弼不仅断了钱路,没了财产,还欠下一屁股债务。债主们见他穷成这样,生怕他赖债不还,天天上门朝他要钱,甚至扬言再不还债,就拉他的两个媳妇抵债。逼得赵汝弼上天无路,入地无门,真想一死了之。

　　正在这个节骨眼上,那个刁钻的南方人又上门了,说是要租住上等客房。赵汝弼抱着个脑袋有气无力地说:"老弟就别奚落你老兄了,快到别的地方安顿吧啊!""老兄这是咋的啦,小弟我来了不仅不欢迎,怎么还往外推啊?""老弟你有所不知,你老兄不知咋的交上华盖运啦,店里又是死人又是起火,买卖干不成了,房产没了,为赔死人钱还欠了一屁股债,人家三天两头来催要,都快急死人了!""原来是这样啊,真是天有不测风云,人有旦夕祸福!不过大哥不要太着急了,小弟这一趟出去,干了一宗大买卖,赚了不少钱,这就拿来帮衬你。""这哪能成啊,你赚个钱也不容易,大哥我怎能白占你的便宜呢?""大哥要实在不好意思,要不这么着,还按我落难时的办法,我给你一百两银子还债渡难,把客店恢复起来,你把两个媳妇交给我带走。这样一来解了你的大难,二来也让她俩有个依靠,你看行吗?"走投无路的赵汝弼虽然对两个媳妇恩爱有加,难舍难分,可是没有别的办法,咬咬牙答应了。两个媳妇本来就是南方人物色买来的,与南方人也曾有过亲密交往,加上南方人年轻精干,赵汝弼已经穷困潦倒,虽不情愿,也没强拒。于是,赵汝弼在文书上摁了手印,接过一百两银子,哭哭啼啼地打发两个媳妇跟南方人乘车离开了。

南方人领着两个媳妇刚刚离开,抱犊寨金阙宫的老道就喘着粗气闯进门来,一脸焦急地问赵汝弼说:"赵老板,刚才我见南方人春风得意地带着两位夫人急急走了,这是咋回事儿呢?"赵汝弼流着眼泪叹口气,把事情的原委细说了一遍,老道听罢很肯定地说:"这里面一定有诈,还是赶快把两位夫人追回来为好。"赵汝弼无可奈何地说:"老先生有所不知,我现在都成这个样了,退了银子,要回两个媳妇,喝西北风啊?再说人家南方人也是好意,给了俺一家生路啊。"老道长见无法说服赵汝弼,便拉着他在门前壁后及树上翻腾起来,不一会儿便发现了南方人埋下的三道符,一下子惊醒了梦中人。赵汝弼心急火燎地借来一匹快马,风驰电掣般向南追去。

赵汝弼快马加鞭追出二十多里路,在一个镇前追上了南方人和两个媳妇,把一百两银子一把甩给南方人,就去动手拉两个媳妇回去。南方人满面怒容地喊:"赵大哥,你不能蛮不讲理,咱一块说好的,还立了文书,你不能说翻就翻!""说好的?尽是你使的鬼,害得老子好不凄惨,如今你还想夺走俺的状元儿子,不沾!"二人唇枪舌剑,吵闹不止,还动起手来,引来不少围观的乡亲。赵汝弼见强夺不行,就对着乡亲们学说起南方人使的阴招和事情的缘由,乡亲们听着都气愤地咒骂起南方人,并扬言要揍他。南方人见众怒难犯,忙换个笑脸说:"乡亲父老们先别生气,总得让我说两句吧。我和大哥亲如兄弟,他帮我,我帮他,都十几年了,这次也是为了解他的大难我才这么做的,还立了文书,两厢情愿,如今他听了闲话,无理反悔,我也不计较。我是这样想的,既然大哥舍不得媳妇又过不下日子,我就退让一步,还他一个媳妇,一百两银子还算他的,我带一个媳妇走,让他两全其美,这样总行了吧?"众人听了都说这样好,赵汝弼低头想想,也是这么个理儿,何必把事儿做绝呢,就点头答应了。于是,接过南方人递来的银子,拽过自己最喜欢的一个媳妇,挥手让南方人离去,然后把媳妇扶上马,二人含泪往回赶去。

回到获鹿城的住处,把媳妇安顿下来,赵汝弼仔细对了账,第二天便逐家如数还上欠款,免了麻烦。还了债,有了钱,往后怎么办呢?他想再买房子开客店或做其他买卖,媳妇不无担心地说:"夫君性子耿直,又结上南方人这么个冤家,已经吃了他那么多亏了,不如躲着点他吧。"赵汝弼想想也对:"咱惹不起躲得起,干脆回老家过日子去!"于是,用剩下的钱买了辆大车和一骡一马,还有一些生产生活用具,拉上媳妇扬鞭催马,高高兴兴回到高邑城东关的老宅。

2. 出世惊天地

　　赵汝弼带着媳妇回到老宅,在家人和乡亲们的帮助下,打扫整治,很快安顿下来。为了今后生计,他用剩下的钱租来两间临街门面开个杂货铺,又买了二亩薄地,带着媳妇过起了亦农亦商的生活。

　　然而让赵汝弼万万没有想到的是,他回家回的实在不是个时候。最近几年来,高邑一带连遭蝗旱之灾,老天爷像是有意惩罚谁似的,总也不下一场透雨,河水断了,水井枯了,地里的庄稼旱得打蔫耷头。去年夏秋之间还起了遮天蔽日的蝗虫,把庄稼全吃成了光杆,颗粒无收。这样一来,市面上粮价飞涨,可食之物价格翻着跟头往上长,粮店里只见米进不见米出,赵汝弼两口和许多乡亲们一样吃了上顿没有下顿,糠菜充饥,苦苦熬着日子。

　　日子难过,身子更急。赵汝弼看着媳妇越来越重的身子,想着坐月子生儿育女的往后时日,心如刀绞。哎呀,不让媳妇吃上一顿饱饭,如何能生下儿子? 生下来又如何养活? 不管想什么法子,作多大难,一定得弄些吃的,保母子平安哪! 他皱着眉头想了好几天,实在没有什么好法子,只好低声下气地找亲戚朋友借来几个小钱,赶紧跑到粮店去买米。可是一问价钱,让他倒吸一口凉气:他手里捏着的几个铜钱连一斤米也买不来! 狠狠心买了吧,粮店老板倒嫌数量少,还拒绝开秤,只好耷拉着脑袋唉声叹气地回到家中。

　　说来也巧,天色傍晚时,忽听有人"砰、砰、砰"地敲门,赵汝弼心烦意乱地出来开门,有气无力地问:"谁呀? 天这么晚了有什么事儿?"打开门一瞧,门口站着一个白胡子老头儿,慈眉善目,两眼炯炯,和蔼地说:"敢问东家就是赵汝弼先生吧? 我是西面山里来粜米的,有一袋小米没粜出去,听说赵先生豪爽义气,就冒昧前来相扰,想把剩米寄存在先生家里,免了我的搬运之苦,恳请先生务必相帮。"赵汝弼听了豁达地说:"朋友相求,理当从命,就放我这儿吧,不会少一斤一两的,你老啥时来取都行。"说着帮白胡子老者将米袋从独轮车上抬下,放进仓屋之中。老者走出门来道了谢,并嘱咐说:"米不能久放,无米时你尽管用,千万不可守着好米断了炊,把米放霉了反倒不好。"说罢轻松地推着独轮车,一转眼消失在茫茫夜幕之中。

白胡子老者离开后,赵汝弼拍打一下身上的尘土,软绵绵地回到屋中,刚想给媳妇学说刚才的事情,就见媳妇满脸汗珠,捂着肚子轻轻呻吟起来。他知道媳妇这是要生产了,禁不住喜上眉梢,可转念一想,媳妇还饿着肚子呢,哪有力气生下小孩呀,有个三长两短可咋办?他急得搓着手在屋里转起圈来,万般无奈之下,忽然想起刚才老者寄存的小米和老者离开时嘱咐的话,心想,千紧万紧救人要紧,实在不行就先借点吃吧,吃多少以后想法子还多少,总不能守着好米饿死人哪!于是,他拿起一只瓷碗去布袋里挖米,一挖挖出张纸条,只见上面写了八个苍劲正楷小字"吃了好米,保生贵子"。

赵汝弼见状心中大喜,顾不上多想什么,一边安慰着媳妇,一边赶忙生火熬了半锅稠米饭,用嘴吹着端到媳妇面前,打发媳妇吃了,然后小跑着去叫前街的赵二嫂前来为媳妇接生。

据说媳妇生产以后,夫妻俩每天精打细算地吃着这袋小米,直到吃光了也没见白胡子老头前来取米。乡亲们都说,那白胡子老头就是传说中的仓官儿,是天神派他来给赵家送米的。这是后话。

赵二嫂本是个热心肠,听说赵家媳妇要生产了,忙把怀中的小孩扔给丈夫,风风火火赶到赵家,麻利地摸肚听音,找剪取物,打整床铺,吩咐赵汝弼生火烧水,很快把一切收拾停当,看时候差不多了,就舀一盆热水洗过手,端着盆子到门外泼水。一开街门,只见空中一道白光闪过,照得全城明如白昼,南院传来巨大的"扑通"声,再看门侧吓了一跳:两旁各自站着两个穿官服戴乌纱的公差!仔细一看,原来是知县县丞巡夜走累了,正在这儿歇脚,见到奇光惊起,站在门口当把门将军呢!

赵二嫂长吸一口气定下神来,向县官们点一下头,往远处走了几步泼掉盆中的脏水,慌忙返入院中,没走几步就听屋中传出小孩"哇!哇……"的啼哭声。她三步并作两步走进屋里,见赵家媳妇生下个又白又胖的小子,忙上前帮着收拾利落,走到外屋向焦急等待的赵汝弼道了喜,告诉他母子平安。第一次当父亲的赵汝弼听了满脸堆笑,高兴得几乎跳起来。

一阵欢喜过后,赵二嫂猛然想起前会儿碰见县官的事儿,招手让赵汝弼来到自己跟前,神秘兮兮地附耳学说了几句,惊得赵汝弼张着的嘴半天没有合上,咋也想不明白县官此时到家门口是何意,忙打起精神颤颤巍巍出门看个究竟,发现县官已经离开,只看到远处一盏灯笼旁的几个人影。向东街的里正打听才知道,原来当时,皇帝昏庸,朝中朋党作乱,吏治腐败,引起社会动荡,祸及天下黎民。高邑城里十多帮地痞无赖乘机作乱,天天惹是生非,强拿硬要,打架斗殴,搅得店家无法开张做生意,闹得乡民不敢进城赶集做买卖,一片萧条,民怨沸腾。为了平息民怨,知府大人亲自抽调精兵强将,帮助高邑知县整治社会治安,可是忙活了一阵子也不见几成好转。往往是抓了这帮,那帮照常闹腾,抓了那帮,这帮闹腾得反而更凶了,知县感到很是头痛。秋天的一天,正好是高邑城大集,知府差人提前送来官牒,通知县衙要来察看整治效果。知县为了应付检查,提前召开各社社长会议,让各社动员乡亲们如期前来赶集;又召集捕快等人开会,组织所有衙役化装上街,分兵把口,一有歹人闹事,当场抓捕。知县虽如此这般地做了安排,心里还是没底,生怕生出什么是非来,让自己下不了台,在县衙里面里走外转,坐卧不宁。然而令他万万没有想到的是,从早起日出到散集日落,整个县城秩序井然,没有一个歹人闹事,甚至连一个拌嘴生气的也没有,知府看了非常满意,知县却十分纳闷,暗暗生疑。

吃过晚饭,知县与家眷们说起白天的事儿,大家都感到很惊讶,可也道不出什么缘由。知县叹口气走出内衙,漫步来到县丞院里,正想提起白天的事情,县丞却神秘兮兮地说:"不知大人发现了吗,今儿个夜晚可有点怪呀,偌大一个县城寂寞无声,鸡不鸣狗不叫,不知要出什么大事儿?"知县听罢,联想起白天的情况,更加着起急来,双眉紧皱连连叹气。县丞看到知县的焦急样儿,不无关心地说:"要不我陪你出去看个究竟咋样?"知县点头称是,县丞忙唤来两个衙役跟随。四个人走上街来,从南关转到东关,鬼使神差般来到赵家巷,感到有些累了,便坐在赵家门口的石墩上喘气。突然,南天边上"哧溜"一道白光闪烁,一个火球拖着个大尾巴风驰电掣般飞来,照得半个天空明如白昼,"扑通"一声响,落到了赵家南院里。知县一行四人本能地跳起,站在门口愣愣地张望,正巧碰上了出门泼水的赵二嫂,随后听到了婴儿的啼哭声。聪明的知县听罢,摇头苦笑一声说:"得了,咱们这把门将军也当够了,走啰!"

第二天早晨,满腹狐疑的赵汝弼悄悄来到南院,仔细寻找昨晚落下的那个大火球,在井台旁发现个洞,挖开一瞧,里面藏着块人头大小的石头,圆圆溜溜,光滑泛光。这时,左邻右舍都听说了这件稀罕事,纷纷跑来看热闹。赵二嫂联想到昨晚的一系列新鲜事儿,乐哈哈地说:"县官站岗把门儿,南星拖光落地,绝对是个好兆头。这孩子降生之前歹人不敢张狂,连鸡狗也不敢打扰,看来是个大福大贵之人哪!"

这时,有个云游老道来到门口化缘,赵汝弼因喜添贵子心里高兴,就把老道请到家里,满满给他挖了两碗新米。这老道收拾好米袋,乐哈哈地对赵汝弼说:"施主如此慷慨,贫道谢过了。不过我也不白要你的好米,就给你家公子起个名吧!"赵汝弼惊疑地问:"我家刚刚生了小孩,师傅是如何知晓的,又怎知是个公子?"老道将一下长白胡子微微一笑说:"九天仙境开天门,昨夜星宿下凡尘,身带玉帝一道令,降到人世镇混沌。"赵汝弼听罢打个寒战,知道面前的老道并非凡人,忙抱儿子出来说:"请道长赐名儿。"老道接过孩子看了看,点头笑笑说:"就让他叫南星吧!"说罢,一挥拂尘,飘然而去。

赵汝弼回过神儿来,想想这个名字的确不错,就正式给儿子取名赵南星。

赵汝弼把挖出的那块圆石头捧到堂屋,仔细看了又看,恭恭敬敬拜了,就把它当作圣物供奉在赵家祠堂里面,一直延续了几百年。日本侵略军占领高邑后,一个叫小川的日本顾问听说了这件事,就强行把石头要走了,后来不知了去向。

3. 柳荫遮太阳

寒走春去夏又到,转眼间,地里的麦子已经开始发黄了。天生聪慧的赵南星也循着三翻六坐七爬爬的自然规律,提前学会爬梯上房了,还咿咿呀呀地学着说些什么。

赵汝弼自打从获鹿旱码头回到高邑城,买房置地跑生意,又添人又增口,日子过得紧紧巴巴,到了这青黄不接的时候,家里的瓮罐都见了底。想到刚买的二亩薄田也打不了多少麦子,往后还要归还白胡子老头的小米,日子还是紧巴拮据,赵妻顾不得天生丽质的娇嫩,换上粗布褂,先帮着丈夫抓紧收打了自家的那二亩麦子,第二天一大早就背上赵南星到财主家已经收获过的麦田里捡麦穗。只见她腰挎布包袱,左抱赵南星,右手飞快地与其他拾麦人争抢着地上落下的麦穗,那个艰难相,让人看了都心酸。捡了一阵子,大约半前晌的时候,赵南星趴在她的肩上睡着了。情急乱投门,她见赵南星睡着了,既没考虑虫蛇的侵害,也没想想小孩睡醒后爬到井边会怎样,便心急火燎地把赵南星抱到地头上的一棵柳树下的阴凉里,脱下身上的一件布衫,在地上打个铺,把小孩一放,就又赶着拾麦子去了。

那日的天气实在有些特别,本来艳阳高照的盛夏,天上却灰蒙蒙的,说晴不是晴,说阴不是阴。赵母乘着不太焦热的天气,拾了一会儿又一会儿,包袱拾满了,她把麦子倒在赵南星旁边,看看赵南星还在沉睡,就又赶着拾麦子去了。拾了好大一会儿,包袱又拾满了,她再去往赵南星旁边倒。只见地里干活儿的长工短工们抹一把脸上的汗污,抬头看看天上东南方一片发白的云气叹气说:"下地都有三个时辰了,怎么日头一动不动,还在半前晌呀?"

忽然,一个长工惊愕地喊起来:"谁家的孩子,柳树下是谁家的孩子?怎么大人也不看着呢!"赵母听了猛地一惊,抬头顺着他手指的方向一瞧,哎呀,可不得了了,只见大柳树下,赵南星在树荫里睡得正酣,左边一只小虎站在地上,两眼注视前方,一动不动;右边一条三尺多长的大蛇挺起一尺多高的脖颈,吐着红红的芯子,拉出进攻的架势,吓得人们都直眼惊叫着站在地里,谁都不敢近前。体薄柔弱的赵母看到孩子的处境,不知从哪儿迸发出无畏的胆气和勇猛的力量,只见她一声呼喊,拼命向孩子身边跑去,根本没有顾及蛇虎的威胁。

小虎和大蛇不知是被她的勇猛震慑还是看到赵母赶来放了心,主动给她让出路来,悄悄向远处溜去。

赵母根本没顾上听看人们的呼喊和虎蛇的反应,闯到树下,抱起赵南星就跑……

她这一抱一跑不要紧,奇迹出现了:就在她抱起赵南星的一刹那,天上的云雾开始消散,太阳"哧溜——"一下子从东南面溜到了西南面,看样子已经后半晌了!

乡亲们看到这种景象,惊奇之余,议论说,这孩子可是大星相,连日头爷子都不敢晒他,还用柳荫给他遮凉呢!这些个狼虫虎豹也知道巴结保护他,真是神了!

4. 逼官绕"城"过

赵南星天生聪慧，机敏过人，虽然没有民间传说中描绘得那样神，但也确实与众不同。一对黑眼睛明亮传神，三四个月时能认人，十月能语，三岁可咏，四五岁的时候便显露出不凡的才华。

夏日的一个午后，一块乌云从西北飘到高邑城上空，噼里啪啦下了一阵子雨，不一会儿，灿烂的太阳从云中钻出来，用耀眼的光芒照在顶着水珠的树木、草丛和庄稼上，城内外一片郁郁葱葱，景色分外诱人。天真活泼的小南星见状，拍着小手跑出家门，约上几个小伙伴，蹦蹦跳跳来到城外的官道旁玩耍。面对这么好的景色，玩什么好呢？有的伙伴提议玩"捉迷藏"，有的说玩"跳房子"，还有的坚持"拍小鸡"或"垒土人儿"。赵南星听了摇摇头说："天天玩这些，还有啥子意思，不如玩点新的。"大家问他玩什么，他小眼滴溜溜转了几圈，指着脚下湿漉漉的泥土说："这么好的泥土，咱们干脆垒城当官吧。"大家觉着挺新鲜，异口同声说好。可是咋个玩法呢？赵南星胸有成竹地说："这么着，我来当皇上，先破个谜语，谁猜着了就封他当丞相，剩下的人全当衙役。"小伙伴们一听觉得有趣，都想当丞相，就伸着脖子说："沾（好），你破吧。"赵南星耸耸肩，挺挺身清了一下嗓子说道："三块板，盖个庙，里面住个白老道。你们猜是什么庄稼？"

几个伙伴听了都用小手搔着头皮摇头嘀咕，有个叫二小的伙伴突然拍着小手跳起来说："我知道了，我知道了，你说的准是荞麦！"

赵南星见二小猜对了，就封他当了丞相，然后学着戏台上皇帝的样子煞有介事地说："众爱卿听了，朕带领大家南征北战，东拼西杀，现已平定天下，往后要齐心协力，修筑城池，乐业安民！"说罢指使"丞相"带两个伙伴去筑墙，自己领着两个伙伴用秫秸垒门插楼，不一会儿，一座小城就有了眉目。忽然，随着一阵锣鸣和吆喝，一队官差耀武扬威地远远而来。只见两个衙役在前，大跨度地甩胳臂敲锣，扯着嗓子喊着"回避"，后面一队人马举旗搭牌，浩浩荡荡，引来一顶八抬大轿，好不威风。路人见了都明白，来者是比知县还要大的朝廷命官，慌忙低头站在路旁或寻路逃走，生怕惹下什么麻烦。跟着赵南星玩耍的几个小孩见了,更是胆战心惊,纷纷落荒而逃,唯独赵南星好像没有听见看到似的,还在不紧不慢地垒着他的"土城"。

鸣锣开道的衙役到了近前,看到一个梳着小辫的孩童还在路中央玩耍,便恶狠狠地喊道:"谁家大胆的小孩,府台大人到了还不闪开让道!"

赵南星听了不仅没动,而且不慌不忙地抬起头来反问:"怎么让我闪开?"

衙役们听了火气大发,厉声训斥道:"你好大的胆子,没看见大老爷要从这里通过?"

赵南星微微一笑,指着大轿说:"我可不能闪开,快请大老爷绕过去吧。"

衙役更生气了,扯着嗓子喊:"胡说!你个小毛孩,还敢叫老爷给你绕道?"

赵南星指着自己垒的"土城"说:"看不见这里有城吗?你说是官给城让道,还是城给官让道?"

"这……"衙役万万没有想到,一个乡间孩童竟有如此胆量,又这样能言善辩,一时不知如何是好。

坐在大轿里的府台大人听了二人的对答,以为遇到了十几岁的聪慧少年,想仔细瞧一瞧。谁知他掀帘一看,哟!竟是个四五岁的小娃娃,真是神了!他稍一思忖,忙从轿中出来,走到赵南星面前左看右瞧,突然冒出一句:"你红裤绿袄谁家子?"

赵南星听了,不慌不忙抬起头反问道:"你乌纱蓝衫哪家官?"

府台大人听了惊喜地将他抱起来,看了又看,瞅了又瞅,眯缝着眼睛笑着说:"童子拦路要问罪!"赵南星听了两眼一瞪道:"府台绕城理当然!"府台听了喜上眉梢,高声赞叹道:"不得了,不得了,都胜过本府了!"于是,吩咐手下衙役,绕"城"而过,留下一段佳话。

这位府台大人看到赵南星小小年纪,竟有如此胆识才华,料想绝非凡夫俗子,将来必成大器,悄悄访到赵家,嘱咐赵汝弼一定要供孩子上学读书,并赠给一些银两。

5. 智惩恶财主

赵南星自小聪明机灵,智广法多,又乐于组织小伙伴玩耍,帮助大家办事出气,很快成为东关一带的孩子王,每天领着一群小伙伴们上房掏雀,下坑捉蛙,顶拐捉迷藏,列阵摔跤打仗,玩得痛快淋漓,谁都不愿离开他。他们夏天玩水、冬天滑冰的大水塘北面住着一家大财主,高门深院,恶狗看门,车马轿子,好不气派,大家看了都有些胆战。那年夏天,天气特别热,赵南星每天中午都带着小伙伴们到塘中玩水嬉戏,打扰了财主休息。财主一动怒,管家就领着一班家丁把他们给轰走了,并且恶狠狠地告诫说,谁要是再来玩水,就打折他的一条小腿,气得小伙伴们把牙都咬碎了,纷纷要求赵南星出奇招治治恶财主,赵南星狠狠瞪着高门深院,默默地点头答应了。

此后几天里,赵南星天天带着小伙伴们在财主家的周围玩耍,时时观察着财主的动静。三天后的一个上午,他发现财主急匆匆走出家门,往"仁泰"药铺赶去,便跟随其后,看个究竟。他听财主给掌柜说,昨天夜里着了凉,一个劲儿地拉肚子,说着说着就憋不住了,赶紧往茅房跑去。赵南星见状,眼珠一转有了主意,赶快跑回家去,找了一些花布条儿,做成几条女人腰带,逐一搭在沿街的茅房门口。待财主从药铺出来,他带着几个小伙伴忙上前施礼,为中午下塘玩水影响别人休息的事儿赔礼道歉,喋喋不休,说个没完。开始财主听了很高兴,大度地宽慰几句,可是时间一长,肚子就急起来,忙应付了几句向前赶去。走出没有多远,财主的肚子就憋不住了,赶紧找茅房方便,可是走向一家茅房发现门口挂着女人腰带,忙向另一家跑去,接连跑了三家,家家茅房如此。一个斯文的大财主,在大庭广众之下,实在不好意思就地大便,便使劲儿缩着肛门往前找去,没有走出几步,一阵绞痛袭来,"哗"的一声,把一泡稀屎拉在了裤子里。躲在旁边矮墙后的赵南星和小伙伴们捂嘴一阵欢呼跳跃。

恶财主被赵南星施计当着众人拉了满裤子臭屎,又急又羞气坏了,躲在家里几天没脸出门,可他认为是运气不好碰上的,没有想到是一群娃娃们在惩治他,仍继续作威作福施恶行。冬去春来,转眼间就要过二月二了。二月二龙抬头,是春天到来的标志,高邑一带的乡亲们都在按着千百年来的传统忙着筹备过节的事儿,除了准备庙会待客的吃喝用具,还挤出时间参加秧歌、旱船、高跷等玩意的排练,整个县城锣鼓声声,人喧马叫,一片喜庆气氛。遇到这样的喜庆时节,活泼爱动的赵南星及其伙伴们可不甘寂寞,只见他们跑东关走西街,东看西瞧,打闹嬉戏,满城玩耍。当他们玩累了,回到常集聚的水塘边嬉笑时,发现一个衣着褴褛的小姑娘走近财主家大门,朝着站在门口啃骨头的财主儿子乞求吃的,财主儿子不仅不给吃的,而且放开手中的牵狗绳,放狗上前扑咬,直咬得讨饭女孩鲜血淌流,死命哭喊,财主儿子却哈哈大笑着看稀罕。赵南星和伙伴们看了气得把牙关咬得咯咯响。赵南星看到大家的表情,忙换成笑脸,招手请财主儿子过来玩耍。平时无人搭理的财主儿子见赵南星招手邀他去玩,心里非常高兴,屁颠屁颠地跑了过来。谁知,他刚走到近前,就听赵南星狠狠嚷了一句"叫你使坏",大家一齐上前,劈头盖脸将他揍了一顿。

财主儿子挨了揍,鬼哭狼嚎地回到家里,添油加醋地给财主学说了一遍,财主气得暴跳如雷,不问青红皂白拉上儿子就去找赵南星和伙伴们的父母,又嚷又骂,逼着大家给他赔礼道歉,并惩戒自己的小孩。赵南星和伙伴们见了,都躲在外面不敢回家,被大人找回后都挨训罚跪受了家法,直气得横眉立目,咬牙切齿。

第二天上午,挨打受气的小伙伴们又凑在一起,说起昨天晚上的遭遇,气得都哭出声来,纷纷要求赵南星出狠招儿惩治恶财主。赵南星胸有成竹地说,只要小伙伴敢跟着他干,这次就给恶财主来点狠的。大家异口同声地响应。

赵南星足智多谋,但从不打无准备无把握之仗,更不会意气用事。他带着伙伴们佯装被制伏了,每天小心翼翼地观察着财主的一举一动。几天下来,发现春暖花开后,恶财主几乎每天上午都骑着头偏驴出城,沿着一条田间土路巡视一圈,察看自己家地里庄稼的长势和长工们干活的质量进度,指手画脚一通,哼着小曲观赏一番大田里的春色,中午回到城里的店铺,吃喝一顿,下午找人打牌玩耍到晚上。赵南星眉头一皱,计上心来,召集小伙伴们如此这般地进行了安排。

第二天早晨,天气阴沉沉的,早饭后小伙伴们便各自背着粪筐,暗带着短锹小镐,佯装出城打猪草,早早来到城门外的一个旮旯里集中。大家戏耍了一阵子,发现恶财主又骑驴出城了,就悄悄赶到他回来要经过的一段小道处,在赵南星指挥下,七手八脚挖了一条二尺多深的小沟,放上些茅草,然后用土垫平,上面用干面土伪装好,还用鞋子在上面按了几个鞋印。赵南星仔细检查了一番准备情况,总觉着这样摔一下恶财主不够过瘾,就招呼大家在小沟前面五尺远处撒了几泡尿,然后藏在远处观察动静。临近中午的时候,恶财主又哼着小曲,优哉游哉地骑驴从此经过,临近道沟时,赵南星从后面捡起一块石头朝驴的屁股上打去,毛驴猛地一惊,"噌"地向前蹿去,前蹄正好踏进小沟,只见它头一栽屁股一撅,"吧噔"一声,弄了个嘴啃地,毫无防备的恶财主则被甩出五六尺远,面朝地来了个啃地翻滚,沾了满脸满身的尿泥,半天才爬起来,气得高声叫骂一番,悻悻地回家去了。小伙伴们看罢,高兴得欢呼雀跃,把赵南星扔起老高,以示庆贺。

恶财主挨了摔,仔细察看了一下毛驴跌倒的地方,发现有人在成心给他过不去,回想起抓药那天个个茅房挂女人腰带的事儿,明白有人在暗地里惩治他、报复他,心里非常生气和害怕,竟大病一场。从此,对外人再不敢耍横作威了。

江山易改,禀性难移。恶财主禀性本来就是恶,平时无缘无故还变着法作践人呢,如今被赵南星惩治得再不敢对外人动粗耍野了,满肚子恶气憋得"咕咕"作响,干脆全发在长工侍女身上得了,这是俺家里的事儿,你们外人又管不着!于是,每天斜着眼睛找长工侍女的茬儿,打这个,骂那个,有时竟打得侍女头破血流,躲在门洞里呜呜抽泣。赵南星和小伙伴们看见了,心痛得受不了,仔细一想,知道是自己给人家惹的祸,感到很内疚。一个伙伴说:"这都是恶财主作的孽,千万不能怪咱们。要是想解救长工侍女们,还得南星哥出招儿狠治他!"大家都点头称是,赵南星又开始了新的盘算谋划。

烈日炎炎的夏收到了,恶财主招来一批短工,把城里店铺的年轻伙计们唤来,让长工们带着拔麦打场。大家每天头顶烈日背朝天,早晨鸡叫头遍就下地,上午拔麦担回,中午拉碌碡打场,下午扬场扛袋,累死累活。恶财主呢,他可不体谅这些,自己不动手干倒罢了,可他偏偏让人搬个躺椅放在麦场边的大槐树下,前面放上张小桌,泡上冰糖茶水,摇着扇子优哉游哉地享乐,看见哪个干得慢了或不顺眼,就上前训斥,甚至踢上一脚。赵南星和伙伴们恶狠狠地瞪了他一阵子,便回城鼓捣去了。

回到城里,赵南星先让一个伙伴去屠房那里弄来一个猪尿泡,狠劲儿吹起来,用线扎住口,放在太阳底下晒,待下午基本晒干固定了再往里面撒满尿,扎住口,夜深人静时,悄悄爬到场边的大槐树上,把盛满尿的猪尿泡拴在恶财主每天乘凉地儿上方的树枝上,并用树叶伪装好。第二天临近中午时,赵南星和小伙伴们抱着一只大狸猫,悄悄来到在树下躺在椅上乘凉的恶财主的上首,手指着树上的猪尿泡让狸猫看,待狸猫看清楚并抓耳挠腮地急着吃时,轻轻放它上了树。

身轻如燕的狸猫早已闻到了猪腥味儿，如今又看到了树上的猪尿泡，"噌——噌——"几下就上了树，一个猛虎下山扑向猪尿泡，由于用力过猛，只一下就把猪尿泡捣了个稀烂，里面的尿水"哗"的一声洒向树下仰着的恶财主，弄得他满嘴满脸满身的人尿，气得"哇哇"直叫，马上逃回家里，再也不敢作威作福了。

6. 破格入学堂

看了赵南星"逼官绕城过"的故事后,读者朋友难免会生出一连串的疑问或讥讽:"赵南星才四五岁的年纪,还不到上学年龄,怎会吟诗作对,还与知府大人比高低?编也编得有点离奇了吧!""赵南星再聪明也是人吧,尚未入学怎能妙语连珠,诗文皆通?"……其实笔者也有同感,总觉着这个传说过于牵强,故而进行了重点探研,得到了下面一些信息。

高邑县的赵氏家族自打明永乐年间从山西洪洞县的老鸹窝下迁入后,一直是书香门第,才子辈出,到了赵汝弼这一代,虽说大势不顺,屡遭变故,几近破产,但对文儒的追求仍延续不断。自小念书习文的赵汝弼见赵南星不仅天资聪慧,过目不忘,而且天天追着大人说故事问根由,心里分外高兴,等赵南星能说会走后就有意抽时间教他念《三字经》、《千字文》等启蒙教材,讲名人志士故事,并手把手地教他写字绘画。赵南星学得非常上心,爹爹不在家时常常自个儿念背写画,还老埋怨爹爹教他时间少,刚满三岁就嚷着去社学读书。赵汝弼说,你的个头还没有书桌高,怎么能去上学?等长大一点再送你去。赵南星不依不饶,打滚撒泼,执意要去,大人不同意就独自往学校跑。赵汝弼没有办法,只好抱着他去见先生。先生见赵汝弼抱着个二尺高的小娃娃要来上学,就嬉笑着说:"汝弼啊汝弼,咱哄小孩也不能这么个哄法啊。小孩子执意干什么,只要找个吗事儿转移一下他的注意力,过会儿就没事了,还能当真?"赵汝弼满脸通红地说:"先生您不知道,这孩子上学可不是闹着玩的,您就收下他吧!"

先生戴上老花镜,仔细瞅了一下赵南星,一本正经地说:"你这小娃娃,人小志向大,想上学是好事,先生欢迎你。可你还没书桌高,连黑板也看不见,咋个上法?这样吧,你回去多吃好的多跑跳,等长过书桌了我去接你好吗?"赵南星会心地笑了。

回到家里,赵南星按先生说的,天天多吃饭,多跑跳,拼足劲儿快长个儿,日夜期盼着长过书桌后去上学。可他很快发现,家里的日子越来越难过了。连年的干旱蝗灾使地里的庄稼打蔫奄头,收获无几,爹爹的杂货铺日益萧条,家里有时连买柴打油的钱也拿不出。懂事极早的赵南星看在眼里,记在心上,脑瓜一转,背上小筐就不声不响地跑到城边的树林里,捡些枯树枝背回来供母亲生火做饭,喜得父母拍手叫好。

有一次去捡柴,往树林里走远了一些,忽听见一阵阵琅琅的读书声,循声过去一看,哇!学堂就在林边上,他趴在窗台外,用指头蘸上唾液,在窗纸上捅个小孔,不眨眼地瞅着先生教大家念书写字,并用小手在窗台上写画。从此,每天早饭后,赵南星就背上小筐跑到树林,抓紧拾些树枝,然后跑到学堂窗外,悄悄地听先生讲课,默默地心记背诵。先生让学生们自习写字,他就把地上的面土抹平,找根树枝在地上写画。学堂放学了,就赶紧用脚把地上的字一划拉,背起小筐往家走去。

有一天,赵南星写着写着入了迷,也没看天色近午,只听先生说了声下学,学生们一阵吵嚷扑腾,生怕被人发现的他赶紧背起小筐逃走了,连地上写的字也没顾上划拉。先生早已发现窗纸上出现了个小孔,待放学后走出来察看,见地上画了一大片字,正是他刚才给学生们留下的作业,字写得虽很稚嫩,却工整有势,感到非常惊奇,料知有人在偷偷听他讲课。

第二天上午,先生讲完课后,故意留下作业,让学生们习写,然后悄悄走出来,朝窗台下望去,见有一个梳发辫穿绿袄的小娃娃,一边吞吃着酸枣,一边聚精会神地在地上写着什么,他走到近前也没被发现。再看地上的字,正如前天看到的一样,比自己的学生们写得都要好。于是,他虎起脸来,假装生气地说:"谁家的臭小子,敢偷听我讲课!"赵南星猛然一愣,抬头见是先生,骨碌一下爬起来,抓过小筐就想逃跑,却被先生挡在前面,无奈地低头站在那里。先生佯装生气地问他是谁家娃娃,为什么在窗外偷听上课?赵南星见逃脱不过,就瞪着小眼调皮地说:"您嫌人家个小,不让上学,不偷听咋办?"先生听了恍然大悟地说:"噢,你是赵汝弼家的小南星?我讲的课你能记住?"

"先生说得正是,我就是赵南星,赵汝弼是我爹爹,你讲的大致记住了。"赵南星不卑不亢地回答说。

先生听了很惊奇,但他不敢相信,这些之乎者也的晦涩玩意儿,坐在学堂里的学生们还很难学会,你个小小的顽童,在窗外偷听一会儿就能记住?为了验证一下,他就让赵南星背诵一下三天来讲的课文。哪承想,赵南星竟一口气背下来,只字不差,惊得先生目瞪口呆,过了好一会儿才大声赞叹道:"神了,简直神了!快来上学吧,先生这就收你!"

"谢谢先生厚爱,我太想上学了!可我家里太穷,连饭也吃不饱,拿什么向您交学费啊?"赵南星向先生深深鞠了一躬说。

"那个不要紧，快来上吧，我不要你的学费，连笔墨纸砚我也给你备上。"

"那也不沾呢，家里没钱买柴，一天两顿饭还指望我拾柴火烧火呢。"

赵南星这么一说可把先生难住了，心想，让你来上学，一不要学费，二给你备上书本和笔墨纸砚，还想咋着？但爱才心切的先生转念想了一想，乐呵呵地说："你个小南星，还真是有点刁劲儿！要不这样吧，我给同学们说一下，大家下课休息时帮你拾一些柴火，你来上学就行了。"就这样，赵南星也没给爹娘说一声，每天早早背筐出来，先拾一会儿柴火，然后按时进学堂上课，课间休息时，同学们再帮忙拾一些，做到了拾柴上学两不误。

先生和同学们热情帮着赵南星上了学，都觉得帮他够大了，然而他们万万没有想到，要上学，赵南星还有更大难处呢！

中午放学了，离家近的同学回家吃饭去了，离家远的同学拿出带来的干粮就上杂役师傅烧的开水开始填补肚皮了。可是赵南星没有干粮可带，家里一日两顿饭，这时回去也没饭可吃。他感到给先生和同学们找麻烦够多了，不能再让大家费心了，放学后就和回家吃饭的同学们一起走出校门，佯装抄近路回家，实则跑到树林里捡些野菜野果垫补一下，吃得最多的是城墙边上长的酸枣。尽管生活是这样的清苦，但赵南星有了学上，心里非常高兴，学习的劲头也越来越大，长进特别得快。

一日先生检查卫生，到学生厕所里转了一圈，发现茅坑里有许多夹在粪便里的酸枣核，感到很纳闷：是哪个学生天天吃酸枣度日上学呢？小小年纪正是长身体的时候，这样怎么能行！他打定主意要弄清楚，然后找家长理论。第二天便找来值日学生，让其帮着查看，很快就得知是赵南星所为，惊叹不已。

先生了解赵汝弼的家境状况，没有找去理论，而是让厨房每天稍微多给自己做些饭食，自己吃时故意剩下一些，让师傅叫赵南星去帮忙，顺便让他吃了。

就这样，小小的赵南星在艰难困苦的环境里，废寝忘食地开始了自己的学业。

7. 一语破天机

寒来暑往,时光如梭,转眼间赵南星被先生破格收徒入学已经一年有余了。在这一年多的光阴里,承蒙先生厚爱和同学帮助,他一边拾柴干活儿,一边如饥似渴地读写咏念,个子虽然长得不多,头顶上仍然留着前锛锛(象锛子头一样的一块头鬃,似女孩子的刘海),后脑勺上梳着一条小辫,活似一般人家的顽童,学业上却有了很大长进,不仅对《三字经》、《千家文》、《百家姓》等启蒙教材背得滚瓜烂熟,而且能写会解,常常还有一些独到见解,老先生喜不自禁,常说"这么个小南星啊,我都快教不了喽……"。

秋日的一天下午放学后,赵南星和同学们一同走出校门,背着装满枯枝的小筐低头往回走,边走边背诵着当天的作业。当他走到东门里十字路口时,忽听有人操着南方口音在打听赵南星家住在何处,抬头一瞧,见是个衣着考究、仕者风度、风尘仆仆、满面愁容的老者,正想上前回话,早有街坊指着他说:"这个小孩就是赵南星噢。"

老者听罢猛然一惊,赶忙上前仔细打量眼前的这个幼童,见是一位眉清目秀,机敏灵巧的小男孩,虽然衣着破旧,瘦骨嶙峋,却目露灵光,虎虎生威,不免打个寒战,有些迟疑地上前抱拳作揖道:"老夫家住江南洞庭湖畔,千里迢迢到此,有天大忧愁请南星先生帮助排解。"

赵南星听了露出惊疑的目光,忙放下柴筐上前回礼嬉笑说:"老先生过谦了,晚生实在不敢当。您我素不相识,远隔千里,我个孩童怎能为您老排忧解难?"

老者听了自知赵南星的话在理,一个拾柴火的孩童能有多大道行,又怎能释疑解难?可是没有办法,只能是有病乱投医,撞撞运气了。只见他迟疑片刻,颤颤巍巍从怀中掏出一只卦签,颤抖着双手递给赵南星观看:"小兄弟,你可认识上面的字?"

赵南星接过卦签,目光闪电般扫了一下,只见上面写了四句话:"久旱逢甘霖,他乡遇故知,洞房花烛夜,金榜题名时。"他略一思忖便哈哈笑道:"老先生是故意考我还是开玩笑?你老堂堂江南名儒,通古晓今,难道这还不明白?"

"小兄弟,老朽年迈愚钝,推敲数月也没弄明白,诚请指点。"

"这不就是天下皆知的人生'四喜'啊,难道老先生真的不明白?"

"哎呀呀,难怪古人说人在事中迷,小兄弟真是一语道破天机啊!"

"天机?我怎会把天机给道破呢?"

"小兄弟有所不知,老朽千思万想,什么都想到了,唯独没有想到这'四喜'呀!明白了,明白了,一切都明白了!"

老者一边说着一边施礼作揖,疯疯癫癫地跑走了。赵南星和街坊邻居们看着他的背影,都有些莫名其妙,个个摇头嬉笑着回家去了。谁知,几个月后,神童赵南星的名字传遍了大江南北,慢慢传到了高邑地界,仔细打听才知道,他的一句话破了一桩千年奇案。

原来,那位老先生姓方名海富,原为朝中户部尚书,年老体迈后告老还乡,在洞庭湖边盖了豪宅,每天面对如雪湖潮,点点帆影,吟诗作赋,设堂授徒,活得倒也自在,人称方员外。他的膝下有一爱女,名叫云娇,长得如花似玉,一张白里透红的瓜子脸,两道弯弯的柳叶眉,一双秋波闪闪的杏核眼,樱桃小口,两腮酒窝,千姿百态,如嫦娥下凡,文君再世,夫妇俩爱若掌上明珠。眼见女儿已长到二八开外,方员外与妻子商量,要不惜资财,尽一切可能为女儿置配嫁妆,帮她嫁个如意郎君,让她将来过上好日子。因此,只要女儿喜欢的,不论贵贱一概买下。为了讨女儿欢心,二人还专程到岳阳古城为女儿买了上等的珍珠、玛瑙、碧玉、翡翠和金银首饰,可谓价值连城。为了保险起见,将这些贵重首饰装在一个精制的礼盒内,放置在女儿的闺房中。哪承想,就在女儿准备出嫁时,这个倾其家产的盒子不翼而飞了。老两口痛苦万分,赶紧找来里正街坊,对丫鬟家奴及家中所有人员进行了调查盘问。可是忙活了几天,连个线索也没找到。无奈之下,他找到邻近庙中一个叫"巧嘴猴"的老道,请其帮着推算指点。

巧嘴猴本是一个闯荡江湖哄骗百姓的老手,惯于察言观色见机行事,"诈""骗""吓""诓"样样精通。他早已探听到对方员外失盗的事情,并做了准备,但等方员外派人请他时,却推三阻四不肯接纳,经再三恳求,才答应下来。他一手执木剑一手端罗盘,在方员外家中转了一遭,然后神神秘秘地对方员外说:"家生秽气定有灾,面带阴云失宝财。女儿珍器不翼飞,如何嫁得好郎才。"方员外一家人听了诚惶诚恐,点头称是,并把十两纹银送到他的手中,求他指点寻找途径。他的小鼠眼一转,挥动一下手中的木剑道:"千难万险不必惊,妙术自在掌控中。"说着让方员外抽他手中摇动的卦签。方员外颤抖着右手抽了一签,仔细一看,竟是"久旱逢甘霖,他乡遇故知,洞房花烛夜,金榜题名时"的四喜好签。方员外看了不解其意,请巧嘴猴指点迷津,巧嘴猴一瞧也傻了眼:人家问的是如何破案,一个四喜卦如何拆解?老于世故的巧嘴猴眯缝着小鼠眼煞有介事地摇头晃脑品了片刻,然后神神秘秘地附耳告诉方员外说:"此乃上上好卦,贫道不敢道破天机,你就到赵郡找(赵)难(南)星吧,找(赵)难(南)星吧。"说罢挥动一下手中木剑,扬长而去。

巧嘴猴本是一番敷衍之词,冒出个赵郡也是想以千里之遥,量你也不会去找来,谁知方员外不仅当了真,而且把巧嘴猴的一句找难星掩饰话也听成了赵南星,与妻儿家人商议道:"看来先生确有神通,只是不愿说明,那只有到赵郡找赵南星帮忙了。"妻子听了长叹一口气说:"听说赵郡在千里之外,你年老体迈怎能前去?"方员外摆摆手说:"不要说千里,就是万里我也要给女儿把宝物找回来!"于是,准备了银两车马,带着一名家奴跋山涉水朝赵州而来。到了赵州城他才知道,古赵郡可不是弹丸之地,而是十几个县的一个大地面,要在偌大的地面上找个赵南星谈何容易!

面对如此窘境,做过尚书阅历丰富的方员外还是有些办法的。他先参见了知州,说明来意,让知州把户籍册搬来,从所属各县查找赵南星其人,忙了几天,一无所获。他又让知州帮着将赵郡境内赵氏臣民在各县的分布图画出来,然后与家奴一起到各处打听寻找赵南星,两个月后才风尘仆仆地来到小小的高邑县城,已经是精疲力竭,疲惫不堪,灰心丧气了。哪承想,费了千辛万苦,找到的赵南星竟是一个五六岁的幼童,顿时愁绪万千,一脸的晦气。所幸赵南星一语惊醒梦中人,使他恍然大悟:他的爱女方云娇的贴身丫鬟就叫四喜!

原来这个四喜是个讨饭的孤女,五岁那年在街上向方员外乞讨吃食,方员外见她长得憨厚粗壮,明眸快嘴,又比云娇大一些,就将其领回家中,换衣洗漱,让其陪云娇玩耍并照顾云娇起居。说来这个四喜倒也聪明伶俐,不仅勤快能干,而且对云娇照顾得十分周到,与全家人相处得十分融洽,俨然成了家中一员。宝箱失窃后还是她第一时间发现并告诉云娇的,而且从没出过家门。因此,方员外夫妇对家中仆人全都怀疑并调查过,唯独没有怀疑过四喜。如今赵南星见卦签就点出四喜,使方员外马上意识到自己的疏忽,立即让家奴备车策马,急匆匆向家里赶去。回到家中,先与夫人通报了情况,然后请来里正一起审问四喜。相信神鬼之说的四喜见有大师卦签点明,以为神灵显灵,不敢隐瞒,老老实实交代了窃宝经过,并交出了藏匿于花园树下的宝箱。

四喜交出宝箱,狠狠扇了自己两个耳光,长出了一口气,哽咽着说,方员外一家对自己恩重如山,终生无以报答。然而自从与表兄相爱后,成天想着如何结婚成家，过上好日子，可是表兄家一贫如洗，无法迎娶，二人商定待设法挣到钱财后再完婚。有一天晚上二人在花园幽会，一时难于自制，双双尝了禁果，并怀疑已经怀了孕，再不成婚就要丢人出丑，愁得寝食难安。那日忽然见到了小姐房中的宝箱，便鬼使神差般动了邪念，趁小姐不注意，悄悄偷出埋于花园树下。过了两三天，见小姐还未发觉，便贼喊捉贼地告诉了小姐，还陪小姐哭了半天鼻子。然而她的心里一直处于矛盾之中，感到如此一来实在太对不起方员外一家，便迟迟没有往外转移，如今方员外一拷问，她便如释重负地交代出来，任凭方员外处置。

方员外见宝物已经追回，四喜是一念之差酿成大错又早已有了悔改之意，便大度地原谅了她，并取了几两银子给她，让她回家与表兄成家过日子去了。

8. 打赌赚学费

赵南星上学已经一年多了,学费、书费及笔墨纸砚都由先生供着,还天天吃些先生的饭食,心里实在有些过意不去。可是又有什么法子呢? 为了上学念书,只得硬撑着,但他心里一直在想着如何好好报答先生。

事有凑巧,三个月前,自己曾经惩治过的那个财主也把儿子送到学堂念书来了。可是这个财主儿子从小娇生惯养,不仅笨拙,而且还不守学堂规矩,上课时不好好听讲,捅这个摸那个,还常常捉个麻雀青蛙什么的在课堂上玩些恶作剧,先生留的作业他不能按时交,还写得天书一般;先生让他背课文,他吭吭哧哧背不上来;先生向他提问题,他答得驴唇不对马嘴……

先生见状气得浑身颤抖,专门找到他的财主老子叙说他的情况,并对财主说,你的儿子不是读书的料,干脆别让他上了。财主有些不服气地说,自己儿子可聪明着呢,就是调皮不服管,为他成材,您老就帮我狠狠管教吧,严师才能出高徒呢。

先生受了财主之托,就按校规严管起财主儿子,完不成作业打十板,背不下课文打十板,答不上问题打十板,直打得财主儿子的手肿得如发面馍馍,嗷嗷直叫。自小养尊处优的财主儿子心里气不过,就对同学们说:"谁要是敢打先生一巴掌,替我出口气,我就给他三百钱,如果打得疼,再加二百。"

同学们听了,一个个大眼瞪小眼,摇头叹气,低头苦笑,分明是说,先生少打咱们就算烧高香了,谁吃了豹子胆,还敢去打先生? 有个爱开玩笑的同学嘻嘻一笑接腔说:"好像敢打先生的人还没生出来呢,你就拿着钱等着吧!"

财主儿子听了,像泄气的皮球有气无力地说:"都说我松包软蛋,原来大伙儿都跟我差不多呗。"

谁知,他的话刚一出口,小小的赵南星就挺胸走上前来说道:"师兄说的当真?"

"那还有假! 只是真假对你个小毛孩子全都没用!"

"你别小看人,我既然敢应就一定敢打,不过不知道你说的打疼是什么意思？"

"也没啥意思，就是把他打得叫起来。"

"那好，今天你把钱交到大师兄手里，明天我就让你看着去打。"

"我交钱好办，你反悔了咋办？"

"我要是反悔，让大家各打我十拳行吧？"

"好，来，拉拉钩！"

赵南星也不示弱，伸出右手小指与财主儿子拉了钩，并一齐喊着"拉钩上吊，一百年不能变"，板上钉钉似的定死了。

同学们看了，虽然齐声叫好，但大家心里着实为赵南星捏了一把汗，有人还窃窃私语："赵南星就等咱们的拳头吧。"

第二天中午放学后，赵南星照样独自到树林里转了一圈，捡了些酸枣野果充饥，然后躲在一丛野葡萄旁，用一把荆条将前来吃葡萄的两只马蜂打翻在地，将其中一只捏在手上回到学校，见先生正在屋里睡午觉，便拉上财主儿子悄悄推开先生窗户，蹑手蹑脚钻入屋内来到先生床前，先将死马蜂放到枕旁，然后举起小手朝先生脸上使劲儿打了一巴掌，直打得梦中的先生惊叫一声坐了起来，揉揉惺忪的老眼，发现两个学生站在旁边，正想发火训斥，就见赵南星上前施礼说道："先生息怒，容我解释。刚才我和同学从您窗前经过，见你脸上落着这只大马蜂，生怕你不注意惹了它发疯蜇你，就悄悄从窗户钻进来，把它打死了，请您见谅。"先生顺着赵南星的手指方向一瞅，呀，可不是吗，一只又胖又大的黄蜂，要不是学生帮忙打死它，说不定还真挨它一蜇呢！可他心里总感觉有什么地方不对头，便用疑惑的老眼看了赵南星一眼，言不由衷地表扬了一句。赵南星早已听出先生的心思，忙上前鞠躬施礼，嘴里说着"应该的，应该的"。转身拉一下财主儿子想一同开门离开，谁知却拉了个空，只得自己一人开门离去。

赵南星从先生屋里走出来，找到躲在墙根偷瞧的财主儿子，问他为何跑？财主儿子余惊未消地颤抖着说："吓死人了，你打先生时我的腿老是打战，生怕误了大事，便偷偷溜出来了。"

"你太不够意思！我替你打先生，你倒先偷跑了，走，让师兄他们评评理！"

"小师弟，别，千万别让我丢人了，多给你一百钱还不成吗？"说着把钱塞到了赵南星手里。

下午下学后，赵南星拉上财主儿子当面向同学们学说了中午的经过，同学们一阵开怀大笑，不仅如数给了赵南星五百钱，还把他打赌的事儿传向远近。

　　其实赵南星是个有恩图报的孩子,挣到六百钱后并没有去买吃买喝乱挥霍,而是如数送给先生。先生见赵南星来还学费,心里很是生疑,便生气地说:"施恩图报非君子,你家无钱供你上学,我来帮衬一下还要什么回报,快快拿走!"赵南星见先生执意不收,便顽皮地嘿嘿一笑说:"实不相瞒,其实这钱是您挣的,应该归您。"

　　先生不解地问他为什么,赵南星便如实把打先生的经过学说了一遍,老先生听了又好气又好笑,轻轻拍了他一下笑着说:"好你个鬼小子,以后可不能这样了啊!"赵南星赶忙施礼跑了出来,老先生站在门口看着他的背影,捋着山羊胡子默默地点头沉思起来……

9. 纸枷锁城隍

小小的赵南星聪慧机敏,仗义扶困,逼官绕城过,计惩恶财主,破格入学堂,打赌挣学费,像神话一样很快传遍高邑城乡,大人们伸出拇指夸赞,小孩们则如众星捧月一样把他当作崇拜的对象,向往跟他交朋友,使他很快成为东关乃至整个县城的孩子头儿。学校没课时,他就带着几十个小男孩们玩耍嬉戏,要么学着古戏上的样子排兵布阵,要么捉迷藏打水仗,要么爬城滑冰搞比赛……还经常聚集在县衙大堂下看县官审案判官司,围拢在城隍庙前瞧大人们焚香祷告,玩得痛快开心。

在这些玩耍嬉戏中,赵南星慢慢发现了一个问题:头天在城隍庙焚香烧纸多、许愿重的人,或头天晚上提着礼品往县衙跑的人,第二天在县衙大堂上就占上风,甚至无理也能胜了官司;而那些无钱无靠的贫苦百姓烧不起香,送不起礼,往往有理也打不赢官司,甚至还无辜挨打受刑。仔细一想明白了,原来都是钱在作祟,难怪乡亲们说"衙门口朝南开,有理无钱别进来",心里非常生气,对着小伙伴们发誓说,将来自己当了官,一定要改了这种毛病习气!

说来也是凑巧,正当赵南星在城隍庙的台阶上向小伙伴们发誓时,一个乡下打扮一身褴褛的白胡子老头走进城隍庙,给城隍爷子烧上一张黄表纸后祷告说:"俺胡老汉今年六十有二,祖辈种着泥河边上的五亩薄田度日,如今村里的刘财主硬说其中的二亩是他家的,让家丁们抢去了,俺无奈告到县衙,明天就要审堂判决了,请求城隍爷主持公道,伸张正义。"说罢连磕三个响头,颤颤巍巍离去了。随后赶来一个全身绸缎的肥胖老头儿,从随从手里接过一摞香纸,跪在城隍面前焚烧后祷告说:"明儿个就要审堂了,万望城隍爷子成全,帮俺打赢官司,日后必当重谢!"说罢抖一下腿上的尘土,大摇大摆离开了。

第二天一早,赵南星就带着几个小伙伴,来到县衙大堂看县官审案。辰时刚过,就见知县大摇大摆走上大堂,三班衙役高喊堂号,传原被告上堂。胡老汉陈述了冤情并呈上文书佐证,刘财主接着陈述理由。知县草草看了一下状纸和证据,简单问了几个问题,便叩响惊堂木宣判,将那二亩薄田判给刘财主。胡老汉听罢高声喊冤,并想爬向知县磕头求情,知县把脸一翻,命衙役将胡老汉杖打二十大板,直打得胡老汉皮开肉绽,昏死过去,刘财主则哈哈大笑着离去。堂下那些见怪不怪的游闲城民们摇着头走开了,赵南星却义愤填膺,发誓为胡老汉讨回公道。

赵南星和几个小伙伴唤醒昏死在大堂的胡老汉,搀扶着他走出县衙,一面找口热水为他压惊,一面安慰说要为他申冤。胡老汉喝口水,叹口气说:"多谢赵公子仗义救困,可咱没钱没势,哪是刘家的对手。赵公子虽有一颗匡正之心,可你还是个孩子,又能咋办呢?这官司咱不打了,逆来顺受吧。"说着抹一把眼泪就趔趔趄趄地往城外走。赵南星一把拉住胡老汉,胸有成竹地说:"不,胡老伯,咱要打,一定要打赢!"胡老汉看着眼前这个机灵娃娃,一脸迷茫地问:"咋个打法啊,能打赢吗?""送礼,送大礼!""快别瞎说了,咱穷得叮当响,连饭都吃不饱,拿啥子送礼打官司哟!""胡老伯,咱不急,你听我说……"赵南星神秘兮兮地给胡老汉耳语一番,便一蹦三跳地领着小伙伴们玩耍去了。

这天夜里,风高月暗。子时时分,胡老汉手拿一沓状纸和一沓黄表纸,颤抖着身子走进高大雄伟的城隍庙,跪在城隍面前,自报了姓名家门,焚上一沓黄表纸和状纸,然后开始祷告:"城隍爷子好清明,主持公道为百姓,若帮贱民赢官司,活头献你百馍贡。"然后磕了仁头,离开了。

城隍爷瞅着胡老汉的背影寻思道:作为一县城隍,威震方圆百里,莫说一百个馍馍,就是山珍海味金银财宝也不是没见过,可活人头还真没享用过呢,要不……

第二天上午辰时刚过,胡老汉来到县衙门口,大着胆子击鼓喊冤,一群衙役们见是昨天被打板子的乡下佬,便嘲笑着往外推,还要抢拳暴打。谁知这天知县像换了个人似的,听到吵嚷声,既没发火也没勒令驱逐,而是立即差师爷出来呵斥衙役,并将击鼓人带上大堂,详细询问冤情,然后升堂问案,依据证人证言和文书,当庭判决,令刘老财立即归还霸占胡老汉的二亩薄田,并向胡老汉赔礼道歉。刘老财听罢口出狂言,谩骂知县,扬言要上告。知县怒容满面,执下令签,令衙役们将刘老财重责四十大板,逐出大堂。

当天夜里三更鼓后,胡老汉怀揣一个白面馍,手拿一沓黄表纸和一个中间挖了孔的木盘子,悄没声地走进城隍大殿,跪在地上焚纸磕头。城隍看见他的行头正纳闷,就听他高声喊道:"城隍爷啊城隍爷,帮俺打赢官司好感谢,俺说话算数来还愿,先贡上白面馍一掰个。"说着掏出兜中的那个白面馍馍,两手一掰放到贡桌上。"再献上鲜活人头供你乐!"说着拿起带来的木盘子,让头从中间的孔中钻过,两手托着盘子说:"城隍爷子,鲜活人头来了,吃吧,快吃吧!"城隍爷见状,自知上当受骗,把脸鼻都气歪了。正要发作,忽见赵南星带着一群小伙伴们冲了进来,逼问胡老汉是咋回事,胡老汉如实交代了许愿还愿的来龙去脉,并在供词上签字画了押。赵南星手拿胡老汉的供词指着城隍爷的塑像道:"城隍爷子听了,明天前晌辰时,本官要在此升堂问案,你要按时到堂!"说罢,带着一群伙伴嘻嘻哈哈离开了。

第二天上午,辰时刚过,赵南星就头戴纸糊的官帽,身披纸画的官服,带着一班身着纸糊衙役服装的小伙伴威风凛凛地来到城隍庙,搬来一张小桌坐在城隍塑像的对面,令三班"衙役"站立两厢,手拿一块砖头当惊堂木狠狠拍了一下,喝令升堂。这时,早有进香百姓和城中游民们挤满庙堂,静等赵南星的下文,瞧看稀罕。

赵南星稳坐案(小桌)后,学着知县审堂的腔调,传被告城隍及证人上堂,然后询问胡老汉行贿经过,笔录供词,签字画押,最后宣判:"城隍城隍,有负上苍;发配云南,去守边疆;要想回来,等我到防。"然后令"衙役"上前给城隍脖中扣上纸糊的枷锁,连牵三下,以示发配。

据说,很长一段时间,高邑城隍庙里城隍的宝座是空的,赵南星被贬到云南为官后才重新塑上。

10. 疾书一万字

　　学堂的老先生自从破格收了赵南星这个顽童为徒后，心里一直处于深深的矛盾之中，既为自己发现并招收一个"神童"暗自庆幸，又为这个调皮鬼操心头痛，更为自己的有限才学焦急担忧，生怕由于自己才疏学浅耽误了赵南星的大好前程。为了测试一下自己的才学和学子们的真实水平，他绞尽脑汁琢磨了十多天的时间，出了一道很奇特的考题，名曰"咏鹞"，让学子们当堂咏对。

　　学子们一见考题便傻了眼，因为在冬春的平原上，经常见到身着黄色斑点的灰色鹞子静静地蹲坐在高高的树梢上一动不动，既不像空中翱翔的苍鹰那样居高临下目空一切，也不像楼顶高垴上端坐的大雕目露凶光，架翅待捕，而是悠闲地啄啄轻柔的羽毛，静静地闭目养会儿神，不鸣不叫，不凶不闹，世间万物尤其是过往或劳作的人们谁都没有去刻意细看它一眼。然而一旦有雀燕鸽兔等小动物进入它的攻击范围，哪怕是匆匆一瞬间，它都会毫不犹豫地发起闪电般攻击，几乎百发百中地将其擒获，送入自己腹中。它的这种隐忍、敏捷和凶猛特性不仅小飞禽动物们忽略了它，而且人们大都疏忽了它，不要说它的样子如何不清楚，就连它羽毛的颜色都难记得起来，如今要写诗咏唱，简直不知道从何写起，如何下笔。只见学子们一个个挤眉弄眼干着急。

　　老先生轻扫一眼学子们的窘态，面露笑容，背手在桌间巡视着。当走到小南星桌前时却发现，这个小顽童不急不慌，两手正在桌下玩着小陀螺呢，看到老先生走来了，便把小陀螺放在脚旁，提起毛笔飞快地在考纸上写下了四行诗句：独坐树梢如雕居，和风之中养精神。胖雀肥鸽眼前过，如闪似电擒无声。

　　老先生见状不免有些诧异，又不好意思停下来细观，等赵南星写好检查一遍，举手交上来，戴上老花镜仔细一瞧，只见稚嫩的笔迹中龙飞凤舞，气势磅礴，对仗工整，准确生动，远远胜过自己的见识才华，暗自称奇，进而产生了青出于蓝而胜于蓝之感，痛下了辞教回家的决心，第二天便向里正正式提了出来。里正听罢面露难色，摊着双手说，老先生您教得好好的，怎能为小南星的一首诗动了归隐之心呢？再说高邑地面地瘠民贫，文人稀少，眼下到哪儿去请先生啊？老先生无奈，只好答应先凑合教着，等里正找到合适的先生再走。

俗话说十指连着心，心里想什么必然反映到言行上。老先生一旦心里打定了辞教归隐主意，从教书到管教自然松懈下来。童心荡漾的赵南星和同学们可不管这些，也不想这些，既然老先生管教松了一些，谁还费心去问个为什么，只管瞅机会钻空子大玩特玩就是了。见老先生仰头平视领着大家读课文，就随声哼哼，悄悄在桌下玩把戏；看到老先生留下作业独自回屋看书写字去了，就偷偷溜出教室，掏雀捉蛙，顶拐打闹。先生慢慢发现，除赵南星外，多数学生的作业马马虎虎，歪歪扭扭，分明是凑合应付，心里分外担忧起来。为了稳住大家的心气，不至于因换先生而引起学业滑坡，先生琢磨着采取一招儿给大家点教训。

里正的儿子要结婚了，亲自跑来学校请老先生去家里帮写喜联。老先生不好推辞，等把课讲到节上，留下作业让学子们自习，便一步一颤地到里正家里帮忙去了。

老先生离开了，同学们长长出了一口气，可是一大堆作业还得要作，没有办法，只得冒着酷暑认真写起来。赵南星心灵手快，不一会儿就利索地把作业做好了，抬头一看，同学们一个个满头大汗，摇头晃脑地写着作业，便轻声轻语地说："外面水塘里可好玩呢，玩会儿水一定神清气爽，写得更快。"声音虽小，酷热难耐的同学们听了却像打了一针兴奋剂，一个个放下手中被汗浸湿的毛笔，踮起脚尖朝外瞧，情不自禁地从窗口爬出去，跑到池塘发疯地玩起水来。那个痛快啊，真比拾块元宝还来劲儿，玩着玩着就忘记了时辰和作业。

老先生帮里正写完喜联，喝了一杯茶水就赶快往学堂赶，生怕自己离开后学子们偷懒玩耍。哪承想，走进学堂一看，可不是偷懒玩耍的问题，屋里竟空无一人了，顿时气得浑身发抖，嘴里嚷着"成何体统"出门找到塘边，将大家抓了个正着。带大家回到教室，老先生余怒未消，狠狠训斥了几句，还觉不解气，便在黑板上写道："每人写一万字，写不完不准回家吃饭！"然后便坐在堂上，瞅着大家如何写。

同学们刚挨了训斥，又见让写一万字，一个个惊得目瞪口呆：我那奶哟，一万个字呀，猴年马月才能写完呀！可是没有办法，只得坐下认真写起来，那个急啊真像是热锅上的一群蚂蚁。然而唯独小小的赵南星不急也不忙，不仅不赶快铺纸写字，而且还叠纸角玩耍。老先生见了装作没看见，打算好好看看这嘎咕小子今天要玩什么新花样儿！同学们见状忙向他挤眉弄眼，分明是说，赶快写吧，要不就挨板子呢。赵南星不管不顾，照玩不误。

太阳就要落山了，天色慢慢暗了下来，老先生站起来伸伸腰，慢条斯理地问："大家写完了没有？写完了就交上来，赶快回家吃饭去。"学子们听了更加着起急来：写完？连一千字还没写够呢！老先生你也太狠了，这不是成心捉弄人吗？谁知，一直在玩耍的赵南星听罢，立即放下手中的玩物，拿起笔来，唰唰唰写了"一万字"三个大字，交到先生手里就要回家吃饭。

老先生见状猛喝一声："慢，赵南星，你写的这是什么？够一万个字吗？"

赵南星听罢不慌不忙地返回身来，笑容可掬地向老先生鞠了一躬说："老先生，你让写'一万字'我就写了'一万字'，你可没说让写一万个字啊。"

老先生当时火气在头上，本想教训一下大家，也没打算真让大家写一万个字，这时见赵南星咬文嚼字悟出了真谛，正好是个既教训大家又及时结束的台阶，便灵机一动笑呵呵地说："还是赵南星悟性高呀，我让你们写一万字，并没有让写一万个字。今后见了考题一定要认真审验，弄明白了再写，可不能再盲人骑瞎马乱写了。"

赵南星听罢背起书包活蹦乱跳地回家去了，同学们一个个唉声叹气地收拾笔墨纸砚，拖着疲惫的身体往家走去，老先生则长叹一声，下定了辞教回家的决心，第二天便向里正写了辞呈，谢绝乡亲们的挽留，收拾行装回家去了。

11. 背书羞恶师

善良温和的老先生带着几多遗憾和不舍走了。学堂里没了先生,学子们没人管教了。正处于孩童时期的学子们可没有那么多的自觉,更没有多少自律,见没了先生管教,一个个兴高采烈,玩心大发,课也不上了,书也不读了,整天成群搭伙外出游荡,不是上树掏鸟就是下河捉鱼,还时不时打架斗殴,搞些恶作剧骚扰乡邻……这下可急坏了家长们,催着逼着里正和校董赶快找个先生来管教孩子们。里正和校董见状也很着急,天天外出打听拜请有学问的人,有学子见了很生气地说,才玩几天,你们就想给找管教!为了惩罚一下他们,竟跑到里正家的菜园里,将一个大北瓜挖下一块,掏出些瓜瓤,拉进泡臭屎,然后将瓜块原封盖上,几天后就长成一体了。可当里正老婆摘回家,放到菜板上分切时,竟弄得满刀满案的臭屎。里正见状感到再找不到先生实在不行了,可是高邑地面地瘠民贫,识文断字的人本来就少,如今要找一个比老先生学识更高的人来当先生谈何容易!无奈之下只好找了个叫李万年的人来临时凑合。

李万年本是高邑城里一个富家子弟,从小喜吃爱喝,上了几年私塾也没学到多少东西,平日里游手好闲,嫌贫爱富,名声不太好,如今被聘来临时当先生,顿时趾高气扬,沾沾自喜,对贫家子弟另眼看待,学子们稍有犯错就狠狠打板子,尤其对连学费都交不起的赵南星更是冷眼相看,天天找茬子冷嘲热讽给难看,气得赵南星咬牙切齿,早就盘算找机会教训一下他了。

一天李先生教学生们《百家姓》,开头是"赵钱孙李",领着大家读了几遍,就煞有介事给学子们讲起来:"赵,就是赵南星的赵,他姓赵;钱,是金钱的钱,学费的钱,比如赵南星没交学费,他家没有钱;孙,儿子的儿子就是孙子,比如门外过来的那个王爷爷,他拉着一个小孩子,那小孩子就是他的孙子;李,是你们先生我的姓,我叫李万年。"

李万年讲到这里感到很得意,既讲了课文又损了赵南星,不由得摇头晃脑地问大家:"我刚才说的,你们都记住了吗?"

学生们知道这个李先生爱让大家背课文,谁背错一个字都要挨板子,如今又故意讲老先生早已讲过的《百家姓》，分明是有意找茬羞辱赵南星，都感到有些过分，便都不言声。

李万年见大家都不吱声，正想发作，却听赵南星大声喊了一句："记住了!"他愣了一下说："赵南星，你说你记住了，背一遍给我看看。"

大家听了都为赵南星捏了一把汗，心里埋怨道：人家先生正想找茬打你赵南星呢，你这不是背着萝卜找擦床吗？

谁知赵南星不慌不忙站起来问先生："是背原话还是背精华？"

"当然是精华啦，背我的原话算个啥。"李万年分明是有意再难一下赵南星。

赵南星听罢一字一句地背起来："先生讲的是，赵南星，学费钱，王爷孙孙，李万年。"

学生们一听，哄的一声笑起来。李万年本想羞辱赵南星，如今倒被重重羞辱了一次，还挑不出人家的毛病，真是有苦说不出，气得把戒尺往讲桌上狠狠一拍，红着脸走了。

12.拔橛戏师傅

里正和校董都清楚李万年的学识和为人,在让他代课的同时,抓紧四处选聘学识胜过老先生的先生。不过还算凑巧,二个月后总算从邻近的宁晋城里找到了一个刚刚告老还乡的衙门书吏刘先生,托人几番好说歹劝,人家总算答应来校任教了。

这个刘先生可是不一般,既没有老先生的温和善良,也不像李万年那样才疏学浅,品德不端。只见他五十出头,高大魁梧的身材,厚厚的嘴唇大大的眼,剑眉倒竖,两道撇子胡撅起老高,一见便知是个心高气傲脾气暴的厉害人物,加上他在衙门里当了几十年的书吏,见多识广,根本不把一群小孩放在眼里,大家一见便倒吸凉气心里发怵。然而他可不管这些,第一天到校便一手拿书一手提着尺把长的檀木戒尺走进课堂,瓮声瓮气地训了一通话,令大家管他叫师傅,而不能叫先生,以示与他原来职业的区别,并严厉地告诉大家,调皮捣乱要打,迟到早退要打,回答不上问题或完不成作业要打……他说到做到,上课时总是掂着那把檀木戒尺,见哪个学生违规或不顺眼就掰开他的小手狠狠敲打。校董和家长们提出异议,他生气地说:"教书的人离了戒尺怎么行,孩子们不经几回打,哪个能学好成材?你们不让打,我就没法教了,另请高明吧!"说罢就要卷铺盖卷离开。校董和乡亲们只好好言相劝,任其所为了,只是苦了这群学子们。

赵南星机敏过人,记忆力特别强,一看即懂,一学即会,学完了就出去玩。其他同学见了非常羡慕,也管不住自己贪玩的心,不是坐在课堂上走神,就是偷偷跑出去玩。等到第二天上午上课后师傅逐个让背诵前一天讲的课文时,赵南星倒背如流,其他同学结结巴巴背不出来。师傅狠狠训了几次,还是不起作用。肩负家长们重托又师道尊严的师傅恼了,谁要是再背不上来,就掰开他的小手,用那把一尺多长的檀木戒尺狠狠敲打。檀木做的戒尺与众不同,打得人又麻又痛,过后必肿起来。这下可害苦了小同学们,一个个小手肿起老高,如同发面馍馍,连饭碗都端不起来,还不敢让父母看到,每到吃饭时就躲在一旁落泪。

伏天到了,冀南平原上热浪滚滚,闷热难耐,树上的知了叫得人心烦意乱。为了解热,午饭后赵南星就带上小同学们跑到东关外的池塘里玩水捉蛙。可是伏天池塘里的水漫过了岸,又深又阔,有些地方深有一丈多,师傅和家长们担心淹着他们,就一齐禁止他们玩水。师傅讲了几次,甚至发了火,还是不起作用,就生气地告诫大家,谁要是再去玩水,就责打十板。为了惩戒大家,师傅每天中午都会去池塘转一圈,发现谁在玩水,就带回学校里打。机灵的赵南星就让同学们轮流在路旁放风,其他人下水玩耍,望见师傅走来,放风的同学一声口哨,大家各自逃避,使师傅见不着,逮不住了。师傅知道了他们的伎俩,就变了法子,下午上课后,逐个在其胳膊上用指甲划一下,出现白道的,就拉出来逼问,使大家苦不堪言,纷纷求赵南星施法救救大家。

赵南星受了大家的委托,就访师长,问老人,寻找逃避师傅责打的办法。一天晚上,他让几个同学弄来一碗食醋,让一个同学钻进教室,盗来师傅的戒尺,在醋中浸泡了一个时辰,然后在炉火上烤干,再给师傅送回原处,第二天下午师傅惩戒同学时,打得轻了同学挤眉弄眼不当事儿,稍一用力,戒尺就断成了几节。精于此道的师傅知道有人在戒尺上做了手脚,就逼问同学谁干的,为了免得大家一起挨打,赵南星主动承认是自己干的,被师傅用新戒尺狠狠打了一顿。从此,师傅每天都把戒尺带回卧室,再不放在教室了。

赵南星挨了打,又弄不到戒尺做手脚,心里很生气,对古板严苛的师傅产生了一种怨恨。同病相怜的同学们见状,纷纷要求他设法治一下师傅,他点头同意了。

赵南星要惩治师傅了,可他既不发怒,也不露声色,而是循规蹈矩,老老实实,仔细观察着师傅的言行。正月开学后,他发现家长们排着队请师傅到家里吃饭,以示谢意。而师傅呢,年纪大了,肠胃又不好,天天吃香的喝辣的,又饮酒,经常闹肚子。可他腿脚不太好,蹲着不方便,就让人在茅坑的前方栽了一根木橛,每逢方便时,抓住木橛蹲下站起。见此,赵南星眼珠一转,计上心来。

一天下午放学后,赵南星发现师傅又被一个家长请去吃饭了,就悄悄潜入茅房,抓住师傅的那个木橛左摇右晃往上拔了一节,然后把痕迹抹掉,还在上面写上:"赵南星拔橛,哄老师傅一摔。"

老师傅饭后与家长说了一会儿话,感到肚中有些急,就赶紧告辞出来往回走,越走觉得越急,走进学堂时几乎要憋不住了,紧走几步,进了茅房,不顾一切地脱裤抓橛,痛快排泄。谁知刚一抓橛便"咣当"一声跌坐在茅坑上,弄得满裤粪便,好不生气。

　　第二天早晨,师傅仔细检查了一下木橛,发现有人故意拨动了,木橛上面还写着"赵南星拔橛,哄老师傅一摔",明白是有学生故意戏弄自己,上课后便拿着木橛前来逼问学生们是谁干的,哪个学生说不知道或不是自己,便拿起戒尺拷打。轮到赵南星了,师傅问他是谁干的。他说,是谁干的不知道,但保证不是我。如果是我干的,再傻也不会写上自己的名字。师傅想想有道理,就没打他的板。

13. 驱赶花和尚

赵南星和小伙伴们经常玩水嬉戏的水塘西岸上有个一丈多高的土台，土台上面有座建于唐贞观年间的小佛寺，古木参天，黄墙绿瓦，远远望去，就像在高高的山尖上筑起的一个楼宇雕塑。寺里住着一个 30 多岁的大和尚和一个小徒弟。这个大和尚本是凡家俗子，只因七岁时得了一场重病，父母到寺里许下大愿：如果佛爷救了儿子的命，就让儿子皈依佛门。结果，儿子不久痊愈，父母就把他送到寺里当了和尚。

这个大和尚长得浓眉大眼，高高大大，机敏聪慧，饱读经书，道行很深，就是凡心难收，经常拈花惹草，名声不太好。虽然他找的相好的都是外乡人，但乡亲们还是看不惯，就私下里戏称他为花和尚。本性刚直又在孔孟儒道培育下长大的赵南星更是看他不顺眼，平时少不了用孩童特有方式戏弄讽刺他。

花和尚聪明好学，爱好广泛，棋琴书画样样懂得一些，常到私塾里与师傅说经论道，下棋喝茶，慢慢成了师傅的莫逆之交。那天赵南星在厕所里拔橛刻字时，正巧碰上花和尚到学校找师傅下棋聊天，到厕所方便，见赵南星正在低头鼓捣，便转身离开了。次日下午再来时，师傅唉声叹气地述说起昨天拔橛摔进茅坑的事儿。花和尚听后忙嬉笑着给师傅作揖道喜说："恭喜师傅，贺喜师傅，你收下如此高徒，日后必定名扬天下！"

师傅生气地说："人家挨摔受辱正生闷气，你倒冷眼旁观叫起倒好，像什么话！"

"实在话，正经话！你想啊，你的学子才多大年纪，竟能想出此等高招儿，真是孔明转世，韩信显灵，不贺还当如何？"

"说了半天，到底是谁鼓捣的呀？"

"您老还不明白？还蒙在鼓里？说明这学生太聪明了，我得再贺……"

"噢，明白了。赵南星，你个臭小子，看我如何教训你！"

次日到了课堂，师傅横眉怒目，手执戒尺，高叫赵南星的名字，吓得学子们个个噤若寒蝉。谁知赵南星却不慌不忙地站起来说："师傅息怒，息怒。

我的本意可不是害师傅的呀,我是想做一道作业题让师傅评判的。"

"到了现在你还想狡辩,我就听听你做的啥作业题!""师傅前些天给我们讲了三十六计中的'瞒天过海'一节,并留下作业,说让大家举个身边的例子或者搞个实验,我就搞了这个实验。本以为这点雕虫小技师傅一看便透,谁知师傅一时慌忙没顾上细瞧,挨了好摔,真是对不起啊!"

师傅气得直喘粗气,又无话可说,更不能无理打他板子,只好长叹一声说:"你们长大了,我教不了了!"

师傅话虽这么说,心里并不服气。心想,老生苦读诗书几十载,细研前贤几十秋,一个不满十岁的孩童都教不了,也太窝囊了!他绞尽脑汁思索了好几天,悟出一道题目,要认真考一下赵南星,平衡一下自己的心理。

一年一度的重阳节到了,有学生家长给师傅送来些菜和肉,师傅就自个包了些饺子。等煮熟捞出后,叫过赵南星说:"你要是能把我从屋里哄到屋外,这饺子就让你吃了。"

"老师傅,学生实在没本事哄你到屋外,但你要是在院里,我可以把你哄到屋里。"

"那也行,看你如何哄我到屋里。"师傅说罢走到院里,坐在凳子上等赵南星往屋里哄他,并想着拒绝的办法。

谁知,赵南星一蹦三跳跑到屋里,并没说话哄他进屋,而是端起饺子便吃。

"赵南星,你怎么不守信用?没把我哄到屋内,为什么吃我的饺子?"

"老师傅,我很讲信用。你不是让我把你哄到屋外吗?现在我已经把你哄到院里了,这饺子当然该我吃了!"

师傅听了自知被赵南星哄了,深感此生非等闲之辈,更加器重了。

赵南星后来了解到,是花和尚给自己告了密,心里非常生气,联想到他平日里的德行,愤愤地说:"花和尚啊花和尚,你天天拈花惹草不守规矩,还来告发别人,真需要教训教训了!"

赵南星打定了惩治花和尚的主意,就不声不响地观察起花和尚的行踪和污行。东庄庙会到了,赵南星看到花和尚把个黄色行囊交给小徒弟,让小徒弟直接往东庄赶去,自己却换上俗服,夹个包袱向北走去。赵南星一看便知,他一定又去找相好的去了。于是,眼珠一转,计上心来。

正午刚过,乡亲们都收工回家吃午饭去了,水塘边只剩下两个新媳妇正汗流满面地搓衣撩水,想赶紧洗完剩余的衣服回家做饭。这时,西岸寺里的墙头上露出个和尚脑袋,只见他头戴佛帽,满脸堆笑地向两个新媳妇打着招呼:"好漂亮的媳妇哟,别忙活了,多让人心疼哟,快到我寺里歇息一下吧,我给你们备好茶饭了。不信？你们来看看就知道了。"和尚见两个新媳妇只笑不答话，就从墙上扔下两个布包，说声："这会儿不好意思来，改日再说，最好是晚上来啊！"说罢隐入寺中不见了。

正当和尚向两个新媳妇嬉闹时，一个新媳妇的婆婆来接媳妇回家，忙躲入树后，听了个清清楚楚。和尚没入寺中，她忙捡起和尚扔出的布包，打开一看，竟是二块花布，气得大骂一阵和尚和媳妇，拽上媳妇往家走去。回到家里添油加醋地给丈夫和儿子学说了一顿花和尚的丑行，又到另一个新媳妇家学说，很快燃起男人们的怒火，饭也没吃，就到寺里找和尚说理，可是寺里铁将军把门——没人。到了傍晚，看到花和尚领着小徒弟回来，就一窝蜂地涌向寺里，破口大骂花和尚，把他的物品扔出寺外，让他赶快滚走。他说自己赶庙去了，没在寺里，根本没有调戏媳妇们。有去赶庙的人说，花和尚说谎，他根本没在庙上。花和尚又不敢说真情，急得抓耳挠腮。正在热闹之时，赵南星的表姐夫——一个细皮嫩肉的中年书生赶驴从此路过，询问了一下缘由，哈哈一笑说："冤枉了，冤枉花和尚了，那个调戏媳妇的和尚是俺南星装的，不是花和尚。"大家听他这么一说，知道姐夫不会诬赖小舅子，就口骂着"臭南星"，嬉笑着离开了。花和尚则千恩万谢了一通赵南星的姐夫，并说："好调皮的赵南星，胆敢乘我不在，潜入佛寺，撬门入室，胡乱穿戴，栽赃诬我，一定告给他师傅，好好教训教训他！"南星姐夫也附和着说："太调皮了，真该教训教训。"

花和尚第二天真的去学堂告给了师傅，并说，千万要管管赵南星了，要不会出大事的。师傅气得浑身发抖，在课堂上好好教训了一顿赵南星，打得他那小手肿起老高。

但是，这次赵南星没有服气，他对师傅说："我栽赃花和尚，用的办法不对，可是惩治他是应该的。他一个佛门弟子，却天天拈花惹草，实在可恶。"师傅瞪着大眼吼了一声："都不是好东西！"

14. 巧训懒姐夫

赵南星有个表姐,比他大二十来岁,人长得漂亮,聪明能干,16岁嫁到了北关一户殷实人家,已经十几年了。可是不知为什么,一直没有生育,一家人都很着急。

赵南星的表姐夫是个文弱书生,上了多年私塾,几次参加乡试,连个秀才也没考上。这样一来他经商没有学会,下地又吃不了那劳苦,就凭着殷实的家底,继续苦读,准备再次参加考试。可他读书多了,花心也多了,尤其是结交上花和尚,二人经常在一起下棋品茶,讲书论道说女人,慢慢也学会了寻花问柳。他这个人生性胆小,生怕家里人发现,尤其怕干练的媳妇知道了与他吵闹,就在媳妇面前装得老实低调起来。那天他读了两个时辰的书,走出家门活动一下肢体,想找花和尚聊会儿天,便来到佛寺,可是门上挂着铁锁。正要离开时,听到寺内有脚步声,从门缝里一瞧,发现换上和尚衣服的赵南星正搬梯子往墙头上爬,便笑着离开了。下午他正坐在屋里读书,听说长工闹肚疼,地里正等送粪,就替长工赶驴往地里送了一趟,回来时帮着花和尚解了难。

晚上表姐夫想起白天的事情,意识到得罪赵南星了,要惹麻烦的,后悔不迭。第二天晚上,他到学堂门口等着,等赵南星下课出来,忙赔不是。想不到小小的赵南星却大度地说:"有什么对不起的,你让师傅教训了我,使我上进了一大步,感谢还巴不得的。"从此,二人的关系更密切了。有次表姐夫与相好的女子相会,被旁人撞见,还是赵南星给打的掩护。

秋天的一个夜晚,赵南星下课已经二更天了。回家的路上碰到表姐夫正一个人唉声叹气地在大街上转悠,忙走上前去问:"这么晚了,姐夫不回家,还在街上转悠啥呢?""唉,别提了!晚上和几个朋友喝了几杯,回家晚了,被你姐姐撵出来啦!""喝酒?不对吧……准是找相好的去了。""看这老弟,怎么哪壶不开提哪壶呢?""你看,让我说对了吧。我说姐夫啊,其实没必要这么着吗……"赵南星故意留下半句不说出来,激得姐夫赶紧上前拉住他的手说:"老弟,你就别卖关子了,有啥好主意,快给我说说,算我求你了。"

赵南星一本正经地说:"这不明摆着吗,你们家在城里是有头有脸的殷实人家,姐夫你虽然还没考得功名,可也是个孔孟弟子,风流才子吧?如今三十多岁了,膝下连个一儿半女也没有,这怎么能成?不孝有三,无后为大吗!"

"哎呀,我的好老弟,你算说到点上了!可是你姐姐不生,有啥办法呢?"

"这个好办,你娶个妾不就得了,也省得你天天提心吊胆,挨打受骂的。"

"哎呀,那哪成哟!要真是那样,还不让你那凶姐姐把我给吃了?"

"我看不会吧。我姐姐不让你找别的女人,那是因为她喜欢你,你要真不活了,她就怕了,不信你试试。"

"试?怎么个试法?"

"吃信(砒霜)。"

"什么?你想把我毒死啊!那玩意儿是能随便吃的吗?"

"谁让你真吃了?你不能弄点假的?"

"噢,明白了⋯⋯"

二人说罢,找到一家杂货铺,买了半斤红糖,让姐夫拿着,然后到一个小饭铺要了二个小菜,喝了一壶酒,各自高高兴兴回家去了。

表姐夫哼着小曲回到家里,把红糖悄悄放在门旮旯里,和颜悦色地对媳妇说:"我说老婆子啊,咱们如今都三十多岁了,膝下连个一男半女也没有,日后谁来为咱们养老送终?我这才子的脸面往哪儿放呀?"

"你想怎么样?"

"我是想,实在不行的话,我娶个二房?"

"呸,你个没良心的,你读书读出花肠子了,嫌俺老了,想娶个二房逍遥,不行,说到哪儿也不行!"表姐听罢,气得一蹦三尺高,连嚷带骂哭闹起来。

表姐夫面无表情地坐在椅子上连抽了三锅烟,看看表姐闹得也差不多了,就狠狠地把烟袋往桌上一拍说:"我堂堂七尺男儿,一具名流才子,无儿无女老绝户一个,有何面目走在街上,又如何面对祖宗?干脆一死了之算了!老婆子,拿信来,信在哪儿?我不活了⋯⋯"说着到各屋翻腾寻找"信",从门旮旯里拿起一个纸包,打开一口口吃起来⋯⋯

表姐哭闹累了,正寻思找个台阶下,忽听丈夫喊着不活了,并找来"信"吃了起来,惊得目瞪口呆,放声大喊大哭起来:"吃'信'了,快救人哪⋯⋯"

表姐的喊声一下子打破了古城的沉寂,街坊邻居们纷纷从炕上爬起来,细听、穿衣,匆匆赶往哭喊人家⋯⋯

乡亲们焦急地扶起表姐问个缘由,听说表姐夫吃"信"了,都急得搓着手团团乱转,有的赶紧找郎中,想法子⋯⋯

这时赵南星也赶来了，人们告诉他说姐夫吃了"信"，他听了假装一惊，忙哭着说："我姐夫吃'信'啦，大爷大伯们快救救他吧！怎么救？只有绿豆汤和屎尿能解毒，快让他喝吧！"

"绿豆汤？深更半夜的，去哪儿弄绿豆汤？快，灌屎汤！"有乡亲说着就找喂猪勺到茅坑里盛屎汤去了。

表姐夫听说要灌他屎汤，着急地央求说："我吃的不是'信'，是红糖，别灌我……"

"我姐夫还在说谎，看来真不想活了，不能听他的，快绑起他来灌屎汤！"

乡亲们不管表姐夫说什么，七手八脚将他绑在院中的椿树上，掰开他的嘴，连灌了五勺屎汤，直灌得他呕吐了一个晚上。

第二天，赵南星登门见到表姐夫笑着问："怎么样，吃'信'的滋味不错吧？"

表姐夫苦笑着说："南星啊南星，我算服你了，今后再也不敢了……"

表姐听到声音走出来，很感激地说："多亏你施法救了你姐夫，要不他早就变成死鬼了！"

15.斗胆骗县官

小小的赵南星不仅机智聪明,而且非常讲义气重感情,对亲朋好友以礼相待,尽己所能去帮忙。他的一个表姑出嫁到城外十几里的一个村里,他非常想念,经常跑到村里去探望,二人亲同母子。那天下午,他放学回到家里,马上背上筐子镰刀到城外给牛割草,刚割了不一会儿,一个亲戚跑来告诉他,说姑母病了,挺重的。赵南星听说姑母病了,那个急啊,恨不得立即见到姑母,扔下镰刀就朝乡下跑去,连草筐也没顾上交代。

赵南星心急火燎地小跑着,走东庄,过北村,恨不得插上翅膀飞到姑母身旁。

这时,知县外出公干正走在回城的路上,看看轿夫们累得满头大汗,便吩咐衙役们在树荫里歇息一会儿。他走出官轿,坐在路边的石条上,点着烟锅刚抽了一口,就远远看见一个小男孩风风火火向这边跑来。衙役们告诉他,这小孩子就是逼着知府大人绕道的赵南星,可聪明啦,是不是让他说个笑话取取乐?知县正愁没有乐子,就应允了。

等赵南星走近了,几个衙役一齐上前,拦住赵南星的去路,并嘻嘻哈哈地说,赵南星,都说你聪明绝顶,你立马(现在)就说个瞎(谎)话,要能糊弄了县官,那才叫真聪明。言外之意就是,骗不了县官就是不聪明。

赵南星看都没看人家一眼,喘着粗气大声嚷道:"泥河发了这么大的水,冲得箱柜轱辘赶蛋往下漂,五百村房子都塌了,父母官们怎么还在这儿闲聊取乐?"说罢撒腿向泥河方向跑去。

知县听说泥河发了大水,还淹了村庄,惊出一身冷汗,忙差衙役回城报信儿,让县丞赶紧组织人马防水救人,自己则带着一帮衙役往五百村赶去。围在旁边看稀罕的乡民们听说泥河发了大水,冲下不少的家具木料,忙跑回家拿钩提绳,叫上亲戚家人向泥河边赶去。于是乎,一传十,十传百,百传千,大道小路上人喊马叫,烟尘滚滚,千万人争先恐后地向泥河边赶去……

当人们赶到泥河岸上时,一下子都惊呆了:莫说大水漫堤,冲了村庄,河里的水连河底都没铺满!

受骗的乡亲们站在泥河岸上高声叫骂着，纷纷要求知县严惩谎报水情的骗人者。知县看了更是气愤不已，答应乡亲们一定严惩说谎的赵南星，并吩咐衙役们去捉拿赵南星。

衙役们费了好大劲儿才在深夜抓到了赵南星，第二天上午带上大堂审问。

知县见赵南星带到，"啪"地一拍惊堂木，厉声喝问："大胆赵南星，你谎报水情，欺骗官民，引起上万人上当，该当何罪？"

赵南星面对威严大堂和如狼似虎的三班衙役，不慌不忙地站起来说："知县大人乃朝廷命官，百姓父母，你可不能言而无信，诬赖好人！"

"我咋言而无信了，又何诬赖好人？"

"昨天下午明明是你吩咐衙役们逼我说瞎（谎）话的，还说骗不了你就不聪明，我按你的命令办了，怎么就犯罪了？"

"这……"知县想起昨天的过程，自知理亏，严厉训斥了赵南星，然后宣布退堂。赵南星一边往堂下走，一边不服气地嘟囔着："你逼着说瞎话，说了你还训斥人，太不仗义了……"

堂下听审的市民们听了，哈哈笑着走出县衙，很快把这则奇闻传向全县。

16. 对诗羞南儒

赵南星的机智调皮早已在高邑县城乡出了名,而他的出众文采却是因为一副奇特的对联而出名的。

那天赵南星领着几个伙伴背上草筐镰刀到城外打草玩耍,回来时路过一家新建的豪宅。只见院内新盖的大瓦房高大气派,雕梁画栋,院里院外张灯结彩,人来人往,热闹非凡,便扔下草筐,好奇地上前瞧稀罕。院正中的酒席桌前,作为主人的老员外正请十几个秀才为新盖的瓦房题对联,秀才们一个个摆着文儒的斯文和谦让,你推我让,谁也不肯下笔。

赵南星看罢文儒们的虚套相感到很可笑,就喊了一声:"不就写副对联吗,有嘛可谦让的!"说着走上前去,挥毫就写。

老员外见一个梳小辫的顽童如此大胆,心里十二分的不高兴,可又不好当场发作,只好任他写起来。一群秀才们更是觉得可笑,都想看看这孩童是如何玩耍逗趣的,便纷纷大呼小叫,唤赵南星快写。谁知,赵南星根本不理他们的茬儿,镇定自若地运运气,龙飞凤舞地写出上联:新盖一座房,门大好出丧。

秀才们见了,先是一惊,然后纷纷扭过脸偷笑起来。老员外则气得脸色由红变青,嘴哆哆嗦嗦地说不出话来。

赵南星不慌不忙地站起身来,斜了人们一眼,高声喊了声:"还有下联呢!"然后挥毫写出下联:百年埋一个,都是状元郎!

老员外和一群秀才们俯身一看,惊得张口结舌,纷纷叫起绝来。

从此,赵南星的文采在高邑内外传播起来,同时也招来不少的嫉妒和麻烦。

秋后的一天,天下起了沥沥细雨,嘀嘀嗒嗒,一个上午也未停歇,凉风吹来,冻得教室里仅穿棉袄单裤的赵南星和伙伴们瑟瑟发抖,好不容易熬到放学,他便戴上破草帽,揣起手小跑着往家里赶。当经过一家饭馆时,突然被一个操着南方口音的儒生模样的人叫住:"小花子,过来,快过来!"

赵南星听人叫自己小花子,心里很是生气,但他看到是个儒生,便压了一下心中的火气,慢慢来到饭馆门前,向南方人深深鞠了一躬道:"先生有何见教?"

"你是赵南星?"

"正是学生。"

"他们都说你是神童,很能对诗?"南方人指着围拢上来的店家和食客们说。

"神童不敢当,对诗倒无妨。"赵南星不卑不亢地答道。

南方儒生暗自冷笑:好大的口气,看我怎么制伏你。于是摇头晃脑地说:"今天我倒要见识见识你的才气,我出上联,你对下联。对得上,赏你一盅酒吃;对不出,你得从桌子底下爬过去!"

赵南星见他出言不逊,并不还口,只是微微冷笑。

南方儒生见他笑而不答,哈哈大笑道:"怎么? 不敢吗? 要是不敢干脆从桌下钻过去算了。"

赵南星眉毛一挑,朗声答道:"对个小诗,好坏有别,何言不敢?"

南方儒生被呛得满脸涨红,心里想,一个小叫花子,真不知天高地厚,还敢顶嘴,今天非叫你钻桌子不行! 于是围着赵南星转了一圈,拖着长腔出了一句上联:"穿冬衣戴夏帽糊涂春秋!"然后嘿嘿笑着看赵南星的反应。

谁知赵南星不紧不慢,劈头接道:"生南方来北方什么东西!"

南方儒生一听急了眼,连说:"不好,不好,怎么还骂人呢!"

赵南星反问道:"你上联含着'冬夏春秋',我下联对你'南北东西',有什么不好?"

众人听了齐声叫好。

南方儒生羞得满面通红,强词夺理地嚷道:"你小小三尺顽童,野性不改,竟敢出言不逊!"

赵南星说:"你堂堂七尺须眉,貌似文雅,怎能逼童钻桌!"

众人听了纷纷指责南方儒生处事无理。南方儒生面红耳赤,无言以对,羞愧地往旅舍逃去,身后留下人们一阵阵耻笑。

原来这个南方儒生是江南的一个孤傲书生,读书万卷,才高八斗,要到京城参加会试。到了高邑县城,听说这里是汉文帝刘秀当年登基为帝的地方,就在旅舍住了下来,并专门去游览了刘秀登基的千秋台,大发了一番感慨,回旅舍途中来到这家饭馆小酌。他坐到餐桌旁,跷起二郎腿,高高昂着头,拖着长腔吩咐店家上菜煮酒,一副君临天下的傲气。店家和食客们看到他这副高傲相,心里很生气,故意议论说,咱高邑城里的赵南星天资颖慧,才气超人,过目不忘,出口成章,天下无人能比。意思是说,你个南蛮子,别在俺高邑城里逞强,差远呢。

聪明的南方儒生早已听出了大家的言外之意,心里很不是滋味,定要出了这口恶气。就问店家,这个赵南星住在什么地方?店家告诉他,赵南星就在西边不远处的学堂读书,一会儿放学回家一定打此路过。他听了暗暗打定主意,一定要在这门前难一难这个神童,压一压北方人的志气。

南方儒生一边喝酒,一边琢磨,见了赵南星该问什么话,该对什么诗,如何压倒赵南星。想到得意之处,不禁摇头晃脑地哼唧起诗来。正当他得意之时,店家用手一指告诉他:"客官,赵南星来了。"他一看来者竟是一个个头不足三尺,上身穿粗布棉袄,下身穿单布裤,头戴破草帽的一个小叫花子,嘿嘿一笑:"我当是什么少爷呢,原来是个小叫花子……"于是,出现了本文开头的一幕。

17. 激将助书生

春风送暖,山川披绿,转眼间,一年一度的莲花山庙会就要到了。

一提起莲花山庙会,赵汝弼的脑海中立即闪现出魂牵梦绕的获鹿县土门关一带的奇山秀水和风土人情以及抱犊寨金阙宫的老道人。莲花山拔地而起,状如莲花,云遮雾染,佛声阵阵;抱犊寨崖壁如削,峰岚驻凝,亭台楼阁,道风飘逸;太平河状如丝带,浪花翻滚,驼声悠扬,人声如鼎……每逢三月二十八是莲花山奶奶庙的庙会,方圆五百里内的善男信女们或坐车或骑驴或步行,怀着一颗颗虔诚的心,风尘仆仆来到山下,三步一叩地上山烧香拜佛,走一段还要把随身携带的米豆之类的粮食抓半把放在石头上,供山中的禽兽果腹。山路两侧跪着一长溜缺胳膊少腿的残疾人或瞎子病人,打着自己的头脸乞求人们的救助……

善男信女们在莲花山的奶奶庙烧过香,还要下到一条深谷,再沿着崖间小道爬上抱犊寨,到寨中的金阙宫里拜一拜玉皇大帝和王母娘娘,接受老道长的祝福……

想到此,赵汝弼的心早已飞向土门关,赶紧打点干粮香纸,第二天一早便拉上刚过十一岁的赵南星,向百里外的土门关赶去。到了土门关下,先领着赵南星看望了自己当年经营的客栈和众乡邻,再到土门关参观了关楼和数不清的韩信祠残碑,然后上莲花山拜了佛,最后爬上高耸入云的抱犊寨,到金阙宫拜了玉帝和道长。道长热情接待了他们父子,并带他们到宫外西侧崖上的仙人洞浏览。

这个仙人洞是百丈悬崖上部的一个小洞,人们入洞要从崖顶抓着荆条踏着一个个只能容下脚尖的石窝一步步艰难地攀爬过去,真有点临空之感。赵南星跟着道长和父亲一步步攀入洞来,刚一定神就听到一串啼哭声,揉揉眼仔细一瞧,原来是一个年轻书生在哭啼,说自己年幼无知,只顾冒险攀爬误入洞中,如今要出洞回寨内,见洞外是如刀削般的悬崖峭壁,顿时两腿发软眼发黑,实在没法子上去了。慈悲的道长听罢,告诉他此洞虽险,但千百年来从未发生过坠崖事件,只要他镇定神情,稳稳攀爬,还是可以安全上去的。谁知书生听了哭得更厉害了，说从没摔下过人，自己要是摔下去了，岂不成了千古一庸人，更不敢爬了。道长无奈，只好喊上面的徒弟们找条大绳来，套住他往上拉。

站在一旁的赵南星明眸闪闪，哈哈一笑，拾起地上的一块小石头在石壁上写道："崖洞自古有人攀，从未失足落山涧。书生胆小实堪笑，烦劳道人用绳牵！"书生看罢顿时羞得满面通红，羞愧难当，捶一下自己的胸脯正色道："小书童别小看人，别人能上去，本贡生也决不让人牵着上！"说罢鼓鼓勇气，深吸一口气，慢慢爬向洞外，向崖顶攀去。

老道长早已预测到赵南星有状元之才，但万万没有想到他如此小的年纪竟文才出众，智谋过人，便满心欢喜地抚摸着他的小脑袋说："刚才看到你的诗，颇有诗味，方知你诗书满腹。""不敢，不敢。""我说出几句诗，请你说出作者？"随后吟咏道："东方风来满眼春，横笛闻声不见人，江南润碧纷烂漫，无人不道看花回。"赵南星笑笑说："第一句的作者是李贺，第二句是陈羽，第三句是韩愈，第四句是刘禹锡。"老道人又说："我再出一上联，你能答出下联吗？"南星说："试试看。"老道脱口而出："山养兔，兔长毛，毛做笔，笔写锦绣文章。"赵南星立即想起抱犊寨上有好多桑树，灵感顿生，随口对道："寨栽桑，桑养蚕，蚕吐丝，丝织绫罗绸缎。"对得构思精巧，结构严谨，使道长惊讶不已，连连称奇。旁边的另一个老道却有些不服气地说："我说一诗谜，让你猜，如若猜对，愿请你坐酒宴上席。"老道说："一条白龙过大江，口含珍珠吐金光，珍珠要吃白龙肉，白龙要喝珍珠汤。"赵南星笑笑说："我也给你说一诗谜，和你的谜底一样：墙里开花墙外红，想去采花路不通，路通采花花要谢，一场欢喜一场空。"原来他们讲的谜底都是"灯笼"。几个道士深感赵南星的才气过人，便请老道长赠他七言诗一首："高山流水觅知音，榜上方见寸草心，得遇智君相见晚，中原千古友情真。"原来这四句诗是"高榜得中"的四句藏头诗，赵南星心领神会，笑着回复说："高榜得中不敢当，山寨道人友情长，抱犊奇寨景独秀，北岳佐命一天堂。"众人拍手盛赞。

老道长笑呵呵地引领赵汝弼父子回到金阙宫，盛宴款待，然后送他们下山。临别时对赵汝弼说："以后再登抱犊寨，我们道家有粗茶淡饭，尽管用好。你的儿子确有文采，如若赶考，缺少银两，尽管开口……"赵汝弼父子道过谢，与老道长依依惜别。

据说，赵南星后来考中状元郎之后，又特意到抱犊寨拜谢过道人。

18.空手解众馋

斗转星移,光阴似箭。转眼间,赵南星已经长到12岁了,入学堂学习也已过了六个年头,"五经四书"早已背得滚瓜烂熟,不仅写的一手好字,而且诗文并茂,才气横生,只是个头才刚过三尺,又瘦又小,俨然还是个娃娃。

二月初的一天放学后,赵南星在回家途中发现,城中的夫子庙、旅店和学堂中来了不少斯文之人,既有白发苍苍的老生,又有青春年少的学子,个个剃头修发,买衣借穿,筹措盘缠,昼夜苦读,忙得不亦乐乎,感到很惊奇。上前询问才知道,大家都是准备参加童试的童生(没有通过童试的文人),有的要在县城文庙参加县试,有的则准备到真定府参加府试。赵南星饶有兴趣地与这些童生攀谈请教,玩笑逗乐,发现他们当中的许多人的文采并不比自己强多少。心里想,他们能去参加童试,自己为什么不能去?

为了弄清楚童试的规则和注意事项,第二天一大早他便来到学堂,恭恭敬敬向刘师傅请教。刘师傅见心高气傲的赵南星今天毕恭毕敬地向自己请教,心里非常高兴,呷一口茶便滔滔不绝地讲起来:自隋朝炀帝开科取士,初创科举制度后,历经唐宋元三代修正完善,又经我大明朝洪武皇帝倡导,总结归纳,已经日臻完善。它不分贫富贵贱,人人平等,以才取人,实乃至善至德之举,宇内文化之独创!科举分为童试、乡试、会试和殿试四级,其中童试又分为县试、府试、院试三等,在每年的二月开考。通过了童试就扔掉了童生的帽子,被称作茂才了,也就是秀才,优秀人才也!考中秀才是仕途的一大步啊,就可以分别入县学、州学和府学深造(注:清代则改为童生分别经过县试、府试、院试层层选拔后才可称为秀才,并根据其考试成绩排名分别入府学、县学学习)。各省提学官每年都要举行岁考,连续三年考列一二等者才可在大比之年(三年一次)参加乡试,考取举人;举人在乡试的第二年二月参加朝廷在京城举行的会试,考取进士;考中的进士当年三月十五参加皇上亲自主持的殿试,评出三甲,一甲三名,分别叫状元、榜眼、探花,用黄表纸誊写公布,加盖皇印,叫"金榜题名"。

"师傅,要是参加童试该办些什么手续呢?"

"那可复杂着呢！要在开考的半个月前到县衙的礼房报名,填写姓名、籍贯、三代履历、身貌特征等项表格,同考的五人互为结保,再由本县一名'廪生'(秀才)作保,经县衙审核无误后发给考牌,拿着考牌才能进考场呢。"

刘师傅见赵南星不眨眼地仔细听着,便一口气把明代科考制度讲了个贯通,竟忘了去给学子们上课。正在兴头上,忽听课堂那边一阵吵闹才回过神来,抚摸一下赵南星的小脑袋满面笑容地说:"南星啊南星,你人小志大,才思敏捷,一定要好好学习,将来去参加童试,成为优秀人才!"

"师傅说得极是,我今年就去参加童试,并且要到真定参加府试,去上府学。"赵南星干脆利落地一通回答,惊得刘师傅目瞪口呆,连声说:"好!好!好!"然后嬉笑着走出书房,只当赵南生说的是一句童言戏语,并没放在心上。

刘师傅哪里想到,赵南星说的虽是童言却不是戏语,回到家里就给父亲赵汝弼郑重其事地提出要去真定参加童试,并嚷着让父亲帮着自己去县衙报名。父亲听了"扑哧"一笑说:"我儿好大的心志,挺好挺好。可你小小年纪,还没秤杆子高,连考桌都够不着,怎么考?"赵南星一歪脑袋说:"有志不在年高,熊瞎子个头儿不小,可他只会吃萝卜耍球!""好儿子,咱不胡闹啊,好好上学,过几年我一定送你赶考去。""不,今年一定去!"说着大哭大闹起来。赵汝弼没有办法,只好领他到县衙填表具保,办了手续并帮他备了一些盘缠,把他托付给一个前去赶考的远方亲戚照管,让他随六七个年轻学子一起到真定府赶考去了。

从高邑城到真定府有一百多里的路程,赵南星他们晓走夜宿,要走两天才能赶到。出城的头一天傍晚,他们走到了一个镇上,想找个旅店住下,可是上前一问价钱,吓得大家咂舌。因为他们几个都是穷家子弟,带的盘缠太少了,根本住不起旅店。无奈,几个人只好到大街上瞎转悠。忽见一户人家门口人来人往,像是在准备喜事,就走上前去看个究竟。赵南星见一个老头拿着一沓红纸在门口焦急地来回踱步,心想他一定是在等人写喜联,就走上前去说:"大伯,俺们几个想给你帮点忙行吗?"老头抬头发现是几个书生,高兴地连声说好,就引他们进院,让他们帮着写了十多副对联,并说要酬谢他们。赵南星眨巴一下小眼说:"谢就不用了,你让俺哥几个吃饱饭,落下脚就行了。"老头忙回上房给主事汇报,出来满面春风地说,主人答应了,这就领你们吃饭去。

老头儿领赵南星他们一行来到一个邻院,对一个40来岁的胖女人说:"让这几个先生吃饱饭,在这儿住一夜。"胖女人见是几个书生,一脸不高兴地应承下来,然后到主家端来一盆稀汤寡水的粉条菜和十多个饼子,说:"你们几个吃了就睡在上房的西间吧。"大家点头称是。

俗话说饥不择食。一群寒门学子风尘仆仆走了一天的路程,早已饥肠辘辘,见到饭菜,顾不上谢主家和赵南星,争先恐后地拿碗盛饭,"呼噜噜"地吃起来。赵南星拿着碗站在一旁,等大家都狼吞虎咽地吃起来,才盛了半碗剩汤喝起来。

这时,一阵肉香飘来,大家都停住筷子长长吸气品味儿,一个伙伴嚷:"大家慢点吃,后面还有熏肉馍馍呢。"大家听话地慢慢吃起来,可是等啊等,最终也没等来肉和馍,都沮丧地垂头到西屋休息去了。赵南星看到这种境况,气愤地说:"势利小人,不是东西!"

"生在屋檐下,怎能不低头,就忍着点吧。""能有口饭吃,有个地儿住就不错了,凑合着吧。"

大家一边打开铺盖,铺在炕上,一边唠叨着,准备睡觉。忽然,一股熏猪肉的奇香飘进屋里,大家一愣,忙扒着窗台往外瞧。只见那个胖女人腋下夹着一个纸包,悄没声地走进院子,快步钻到东屋去了。大家一见便清楚了,这女人奸猾,在给事主帮忙时,偷了人家的熏肉回家了。

赵南星一行几个书生挤在土炕上品着猪肉的奇香,想着肉菜的可口,胃肠翻腾,口水直流,谁也睡不着觉。赵南星心想,这样下去可不行的,大家是去赶考,这样熬下去,还能考中?于是,他悄悄爬下炕,到外面转了一圈,回到屋里轻轻躺下,甚至连想肉香的伙伴们都没觉察到。

赵南星刚刚躺在炕上,就听对面屋里的胖女人冲到堂屋叫骂起来:"一群臭不要脸的,看你们可怜,留你们住下,不感谢倒罢了,还敢撒坏,都给我起来滚走!"

住在西屋的一群学子不知发生了什么大事儿,忙穿衣下炕,走到堂屋,询问咋回事儿。胖女人气急败坏地嚷:"走,都给我滚走!"

赵南星的那个亲戚说:"大婶别生气,俺们做错什么了只管说,一定认真改过,深更半夜的你可千万别撵俺们走啊。"

"做错什么了?刚才你们谁到俺屋里来了?快说!"

"没有啊,俺们谁都没出屋啊。"

"噢,你们还敢赖账,看我叫人把你们抓起来送官!"

这时赵南星不慌不忙地走到胖女人面前深鞠一躬说:"大婶婶,俺们可都是赶考的书生,没凭没证的,你这么说,俺们可吃罪不起啊。"

"怎么没凭证?刚才他亲我脸时,我从他脸上狠狠抓了一把!"一个十三四的姑娘从东屋出来说。

"那好,大婶婶,你仔细看看,俺们谁脸上有抓印就是谁,一定交官法办。

可是大婶婶,如果找不到咋办?"

"咋办?你说咋办?"

"要我说呢,婶婶好心留咱们住下,要再使坏就太不像话了,查出来一定任婶婶严办。如果查不出来呢,也别太难为婶婶,就让俺们吃了你拿回来的那块肉,你说呢?"

"行,就这么着!"胖女人说罢到西屋查看了一下,见人都站在堂屋,就端着油灯逐一验看脸庞。可是她们母女连看了两个来回,也没发现被抓伤的脸,便叹口气说,准是外面的野小子们干的,算了,都去睡觉吧。人们正要散去,赵南星笑着拦住说:"慢着,咱刚才定的规矩还没兑现呢。"

胖女人听了瞪着大眼问:"你还当真啊?"

"当真,一定得当真,君子一言,驷马难追,你说是吧?"

"行,行,行,算我倒霉。"胖女人恼着到东屋把肉拿出来递给赵南星。

"好婶婶,好事儿做到底呗,给俺们切一下。"

"好好好!"胖女人无奈地到厨房把肉切了一下,放在一个盘子里给他们端来,还送上几双筷子,转身回屋去了。

几个书生接过肉盘和筷子,赶紧回到西屋,掩嘴一笑狼吞虎咽地吃起来。吃毕,躺在炕上回味着肉香,舒心地笑着。忽然有个师兄轻轻问大家:"到底谁撒坏去了?真的是野小子?"赵南星见没人吭声,用食指一指自己的嘴脸轻轻地说:"鄙人也。""你去了怎么脸上没痕?""师兄你摸摸这儿。"赵南星撅起屁股让师兄一摸,师兄猛拍一下他的屁股笑着说:"真有你的。"

原来,聪明的赵南星一走进这户人家就仔细观察,发现这是正在建设的一幢典型的北方四合院,三间大北房和东厢房带厨房已经建好,西厢房和小南屋打了地基还没盖。大北房一明两暗(东西两间住人,中间一间为堂屋或叫客厅),东西两卧室没有装门,只挂了一幅门帘。女主人和一个十二三岁的姑娘住东卧室,他们一行住西卧室。发现胖女人偷回肉来后,他悄悄下炕出屋,摸进东卧室,脱下裤子,撅起小屁股轻轻在姑娘脸上蹭起来。睡梦中的姑娘猛地一惊,以为有人亲吻自己的脸颊,抽出右手狠狠抓了一把,并哭喊起来。赵南星乘母女混乱对答分辨时,提腿轻轻窜回西屋,躺在师兄们中间……

19. 巧对成神童

第二天一大早,受了教训的胖女人母女轻轻把一行书生喊起来,并端来满满一盆加了肉的粉条菜和一筐热气腾腾的黄饼子,嘱咐大家吃饱吃好。还特意送给赵南星一个馍馍,摸着他的小脑袋说:"这娃娃可是个大星相呀,长大了会比你们考得好的。"

赵南星听了生气地说:"俺是去赶考的,可不是娃娃!"

"噢,老天爷啊,这么点年纪就要赶考了,那就更喜庆了,快给俺写幅字吧。"胖女人不相信他是考生,本想难他的。谁知赵南星毫不客气地说:"好,拿纸来!"等胖女人拿来纸笔,他挥手写出一副苍劲有力的对联:"忠厚门庭福常在,勤劳人家庆有余。"既让乡亲们看得明白,又含蓄地教育胖女人。大家看了连连称好,胖女人赶紧收了起来,小姑娘则看得眼中放出光彩……

赵南星跟随师兄们风尘仆仆又走了一天,傍晚赶到了名扬华夏的真定府。望着巍峨高大的城门楼和高耸的城墙,大家心里都有一种本能的敬畏感,想到城内商贸繁华,旅店一定很贵,就商量着在城外的顺城关找了一家简陋的马车店住了下来。

想到再过两天就要开考了,第二天早饭后赵南星便跟着师兄们进城去认考场。到了考场门口,看门衙役看到一群学子身后跟着一个三尺来高,梳着两根小辫,身穿绿色粗布小袄的小孩儿,便虎着脸高声喊道:"考场重地,小孩不得入内!"一手拦住了赵南星的去路。赵南星仰头生气地对衙役说:"我是考生,不是小孩子!"这时,周围聚来一大堆考生看热闹。衙役正想说,你个乳臭未干的毛孩,还想当考生?只见赵南星不慌不忙地从挎包里掏出真定府衙颁发的考牌让他看,衙役只好笑着说:"去吧,去吧。"

赵南星正要进门看考场,抬头一看,嗨! 一大群人高马大的考生正围着他看稀罕呢。有的哈哈笑着说,哪儿来的野孩子,乳臭未干就想上考场! 有的摇头叹气地道,谁家大人也不管教,怎能让一个孩子来瞎胡闹! 有的挤眉弄眼揪他的小辫闹着玩……站在圈外的一个身穿黄袍的老考生看得生了气,哼了一声说:"老生进考场都大半辈子了,连半个秀才也没考上,你个吃奶的娃娃也敢来充数,太不知天高地厚了,看我损你几句,让你自个滚回去吧!"说罢,捻着胡子来到赵南星面前,围着他转了一圈,半讽刺半卖弄地念道:"深海娃鱼穿绿袄。"

赵南星抬头一瞧,见是一个身穿黄袍的白发老生,上下打量一下,脱口而出:"浅河老虾披黄袍。"话音刚落,便响起一阵掌声和嘘嘘声,老生羞得转身便走,身后留下一串讽语:"都偌大年纪了,连个秀才也考不上,还有脸来欺负人家小孩子!""看看丢丑了吧,把人家孩子比作娃娃鱼,人家把他比作浅河的老虾米,那老虾再老也不如深海的娃娃鱼大啊⋯⋯"

事有凑巧,正当一群考生围着赵南星嬉笑时,正赶上主考官微服出来察看考场准备情况,将他们的对答议论听了个明明白白。见老生羞愧地逃走了,便走上前来,仔细打量了一下这个孩童,用手摸了摸赵南星那光溜溜的额头,接着指了指厅顶,一语双关地说:"天花板上耗子跑。"意思是说,你虽然聪明,可是太小了,还没到发(法)的年纪哩,料想你也答不上来。谁知,他的话音刚落,赵南星就把脖子一梗,头一仰,用手指着头上的小辫辫脱口答道:"九霄常卧黑花猫(毛)。"

主考官听罢,惊得目瞪口呆,脱口而出:"神童,神童,此生今科必中!"从此,赵南星的"神童"美称不胫而走,传遍高邑县和真定府所辖各县,四方百姓都知道高邑出了"赵神童"。

果然不出主考官所料,赵南星虽为孩童,却在此次童试中轻松地连考三场,以总分第一名的成绩考中秀才。

20."落水"号梦白

读者朋友早已知道,赵南星姓赵名南星,字梦白,号侪鹤。其实赵南星的字原来是拱极,号是鹤亭,之所以唤作现在通称的字号,其中还有一段趣闻呢。

赵南星十二岁上考中秀才后,就以廪生的资格在真定府学中苦读起来,并且享受着朝廷供给的膳食(府学生员分三等,叫廪生、增生、附生,只有廪生享受朝廷膳食)。寒来暑往,时光如水,转眼间三年过去了,时光到了明隆庆庚午年的八月。按朝廷规定,这年全国要在八月初九、十二、十五三日统一进行乡试,也称大比之年。赵南星自感三年来文采大有长进,已经具备了参加乡试的资格和条件,就毫不犹豫地报名填表,与几个同学互保,又找老举人作保,顺利通过府衙审查,领取考牌,准备参考了。可是这几年他只顾废寝忘食地苦读,个头没长多少,身材还很瘦小,俨然还是个孩童,这在众参考的秀才中更加显眼。就在考前二日他去真定城东南角的贡院看考榜(座位号榜)时,又碰到了当年府试的主考官冀墨青。冀墨青在此次乡试中担任副主考,这天亲自来察看考场准备情况,见考榜前一群考生中又有孩童似的赵南星,忽然想起府试后发榜时,自己曾看似无意地考过赵南星一道题,便又来了兴趣。

冀墨青清楚地记得,自己当时很随便地问赵南星:"你说万里云南远呢,还是头上太阳远?"赵南星眼珠一转,脱口而出:"当然是万里云南远了。"冀墨青追问:"这是为什么?"

"人们常说,抬头看日,万里云南。太阳虽远,一抬头就能望见,可是云南呢,莫说抬头望不见,就是爬到树梢上也望不见它,谁不觉得它比太阳远呢?"赵南星口齿伶俐地自圆其说,冀墨青微微点头表示认可。

这次见了赵南星,冀墨青很想探一下几年来他学业长进情况和看问题的全面程度,就又问:"你说到底是万里云南远,还是头上太阳远?"

赵南星一听就明白了冀大人的用意,便笑着回答说:"看着云南远,实际上头上的太阳远多了。因为云南再远也只是万里,每日走百里,百日就可以到达。太阳看似近在头上，可是你就是走上十年八年也没法到它近前。”冀大人高兴地点头称是，对赵南星寄予了厚望。

然而令冀墨青万万没有想到的是，当乡试三场考试过后，考卷经过“弥封、誉录（由精心挑选的誉录人员统一将考生的试卷用朱砂红笔抄录一遍，装订成册，供考官审阅评分）、对读与套分朱墨卷”等各项手续送到他的手上后，经过仔细审阅，尽是些死背八股、抄袭古人的老生常谈，没有一篇见解独到、立意新颖的上乘之作，心中十分丧气，无奈地从中选出三十篇较好之作，列下草榜单，等明天主考审阅复核后发榜公布。

晚饭后，冀墨青闷闷不乐地回到衙舍，泡上一杯茶，想看会儿书再上床睡觉，可是心里一直烦躁不安，既为偌大一个真定府没有出一个出类拔萃人才而惋惜，又为自己早已看中的赵南星答成这样的考卷而不解，不由得辗转反侧，逐一思忖起自己阅批过的考卷，想着想着便打起盹来。朦胧间，只见一只巨大的白鹤从第十一号考房中飞出，翅大如门扇，可覆墙遮壁，瞅见他后猛然啼叫一声，腾空而去。冀墨青猛然从梦中惊醒，睁眼一看，屋里空荡荡的，窗外已经微明，远处传来几声鸡鸣。

奇异的梦境使冀墨青再也无法入睡，便披衣在舍中踱步沉思起来：二百多考生的卷子自己已经审阅过，明明没有一篇上乘之作，为什么梦中会有大如鹏鸟的白鹤从考房中飞出？还向自己引颈啼叫？这不明明在告诉自己，考生中有奇才出现但被自己遗漏了吗？想到此，便麻利地穿衣洗漱，叠床整物，然后朝主考官的住所走去。

冀墨青走出舍门发现，天色虽然已经发明，但时刻尚早，估计主考大人尚未起床，便蹑手蹑脚地在院中转起圈来。谁知还没走几步，就见主考大人穿戴整齐地开门出来，未等他开口便急不可耐地说：“冀大人，正想找你呢，快进来，快进来。”等二人走进屋中，主考大人轻轻关上门，神神秘秘地说：“冀人人你说怪不怪，刚才我做了个怪梦，梦见一只白鹤立于房中，张着两扇大翅欲飞不能，伸着长长的脖子凄凉地‘哦、哦’哀鸣，我欲起身放它出去，不觉猛然惊醒，方知是南柯一梦。我百思不得其解，正想找你理论呢，难道考生中有落水（应选未选上的考生）之人？”

冀墨青惊得目瞪口呆，唯唯诺诺地说：“真是太巧了，那会儿我也做了一个梦，梦见一只白鹤从十一号考房中飞出，瞅见我大声鸣叫，甚感惊奇，这不向您请教来了么。”

主考大人听罢十分震惊，若有所思地说：“两位主考同梦白鹤恐非偶然，定是出现了落水考生，我等需要仔细查对才是，切不可因我等一时疏忽而贻误了栋梁之材。”冀墨青点头称是。

两位主考大人匆匆吃过早餐,便把试卷调来,一一进行查阅,按照号房顺序仔细地核对。忽然,冀大人发现第十一号的考生缺少一篇论文,不知是遗漏还是未作。由于他梦里见白鹤也是从十一号房飞出,甚觉诧异,惊讶道:"怎么偏偏缺少十一号的一篇论文?"二人仔细查找起来。忽然冀大人从卷宗里发现了一篇未被装订的文章。一看,正是十一号考生的一篇。

冀大人仔细阅读,只见这篇文章文辞流畅而简练,论理确切而见解独到,立意新颖,条理清晰,结构又十分缜密,大有昌黎之风,真是二百多篇中独一无二的好论文。他欣喜地把文章递给主考大人。

主考大人看后不禁拍案叫绝,惊道:"如此好的文章怎么落水?若不是冀大人发现,险些误了人才!莫非梦兆就应于此?"

二人查对号房,见考生名字叫赵南星,冀墨青惊喜地说:"有此奇文,竟出此奇事,看来一只白鹤挽救了这个赵南星。神驱鬼使,此人以后前程必不可估量。论其文章当推众生员之首,论其前两场试卷亦应名列第一。"

主考大人点头称是,沉思了一下说:"发现赵南星这位人才实乃大幸。按理应把他列为榜首,只是众生员正等待放榜,重新列榜时间也来不及,改榜又恐引起非议。再说,名单已定,外人难免有所耳闻。最好把他的名字加上又看不出破绽才好。冀大人以为如何?"

冀墨青道:"大人言之有理,既不能重列选榜,写在最后也实在屈才。"他指着第十名之后的一个空位说:"是否添在这里?"

选榜是三人一行,分甲、乙、丙三等,每等十人。添在甲等最后,赵南星算是"第十一名"举人,主考大人思忖一下惋惜地说:"只好如此。虽为十一,实是第一,委屈他些吧!"

主考大人提笔写上赵南星的名字。这样使赵南星成了甲等第十一名举人。主考又点了头,勾了"红椅"(在最后一名画上个"√"号叫"红椅"。常把最末一名的叫作"红椅子",就是由此而来。)请知府来验后加盖大印贴出去,又派人分头向各县去报喜。

放榜这天下午,新科举人都要去拜师辞行。两位主考见赵南星年纪不过十几岁,文雅潇洒举止庄重,不由得产生爱慕之心,遂将其留下,问了家世,又提出一些古今文坛和治国的问题问他,赵南星对答如流。二主考更加喜悦,笑着把文章落水,夜晚梦白鹤的事告诉了他。

赵南星听主考说得这么神奇,也风趣地说:"学生字'拱极'号'鹤亭'。莫非事情惊动了亭上的白鹤托梦于大人?"说罢三人大笑不止。

冀墨青忽然建议说:"为了纪念这件奇事,我想将你的字改作'梦白'如何?"

赵南星施礼道:"谢谢恩师赐字。"

主考大人说:"冀大人不愧当代名儒,把'拱极'改为'梦白'既联'南星'名字之意,又附昨夜梦境。改得好！那号可叫'侪鹤'了。"

冀墨青拍手称好,说:"主考大人不愧当世文雄,'侪鹤'二字应景而意深。"

赵南星速行大礼道:"学生赵南星叩谢二位恩师赐字赐号！"

冀墨青笑着说:"这次多亏主考大人做事认真,才不致使你被埋没。若遇他人那就只有落榜了。"

主考大人谦和地说:"若不是冀大人慧眼识才,忠于职守,哪有南星今日?"说罢二人一同大笑起来。

赵南星诚恳地道:"二位老师提携之恩南星终生铭记,但求两位恩师以后多多指教。"

天色不早,赵南星告辞二位老师便启程回乡。从此,他再不用"拱极"和"鹤亭"的字号,改用"梦白"与"侪鹤"。

21. 联对结挚友

赵南星在乡试中崭露头角,以实际第一名的成绩考中举人,并巧遇主考大人梦白鹤的奇闻,更加意气风发,雄心勃勃,立志要在京城会试时进京赶考,皇榜得中。然而机敏睿智的他心里非常清楚,京城会试乃天下举子竞技之所,不仅考题深奥,要求极高,而且人才济济,强手如林,如不加倍努力,很难脱颖而出,高榜得中。因此,他征得父母及岳父大人同意,托人推荐,筹措纹银百两,含泪辞别父母双亲及娇妻爱女,毅然前往京城国子监就读深造。

当时正值暮春三月,杨柳披绿,万物复苏。赵南星租来一辆轿车,在书童陪伴下,抱着一颗不登皇榜誓不还的决心,晓行夜宿,风尘仆仆,一路向北京城赶来。经过八日颠簸,终于看到了神圣而又敬畏的京城门楼,心中不禁一阵激动,站在城下看了又看,想了又想。然而始料未及的是,车子一进永定门,景况与乡下判若两世,大不相同,只见街道两侧布匹、丝绸、锦缎、苏织、湘绣及金银珠宝首饰门店林立,五光十色,古籍、古画、酒楼饭店鳞次栉比,熙熙攘攘的人群脂粉涂面,披红戴绿,珠光宝气,好不华贵。书童好奇地东张西望,指手画脚,问这问那,赵南星却凝眉冷观,思绪万千,深深感到,到了这里,自己就变成了低等的乡下异类,囊中的那点银两实在太寒酸了,莫说体面地登堂入室,就连基本的学费膳食都难应付。他一边想着入城后的打算,一边吩咐书童和车夫打听离国子监较近的简陋便宜客栈入住。

书童和车夫操着高邑土话,费力地几经打听询问,才在一条胡同的深处找到一家门面窄小破旧的小客栈。赵南星下的车来,观察了一下四周景物,正想进去看一下,抬头一瞧,门口上贴着一张手书的告示:"本客栈只留学子,不留旁人。入住者必先联对,对得下联,食宿减半;对不上来,费用加倍。"

赵南星看了甚觉好笑,住个小店也需考对,真乃京城啊!于是便抻衣正冠,迈着方步走进账房,见迎面柜台后坐着一位书生模样的掌柜,便抱拳施礼道:"赵州学子赵南星前来投宿,望先生给予方便。"掌柜见来人虽然衣着破旧,风尘仆仆,却眉清目秀,气宇轩昂,谈吐有礼,举止不俗,便起身作揖还礼,随口冷不丁道出一句上联:"白蛇过江,头顶一轮红日。"赵南星抱拳致谢,马上接出下联:"乌龙卧壁,身披万颗金星。"

"我说的是,桌上的灯,银白的灯芯,红色的灯头放红光。"

"我道的是,墙上的秤,乌黑的秤杆,金色的秤星闪金辉。"

"好,对得好! 总算遇到知己了,真是踏破铁鞋无觅处,得来全不费功夫啊! 先生请坐,请上坐。"年轻的掌柜兴奋得手舞足蹈,一边请赵南星落座,一边唤童子开门迎客入驻并备酒置菜。赵南星见客栈已经找到,便唤书童从车上搬下行李放入房中,安排车夫吃饭并送车夫回返。

说话间,早有杂役上前告知,酒菜已经置备齐全,掌柜便拉赵南星走进一间小客厅,客气地互报名号,老朋友似的对饮起来。这时赵南星才知道,客栈掌柜姓孙名月峰,本是宇内世家,名门望族,怎奈家境已经破落,自小立志荣登皇榜,振兴家邦,乡试中举后只身来到京城,本打算到国子监苦读深造,以便参加朝廷会试。怎奈国子监费用高得惊人,根本无力进入,便筹借些银两,租下这家客栈经营起来,一来为上国子监筹集银两,二来想结交天下名士一同苦读,互相帮衬,确保得中。因见赵南星才华横溢,为人正派,便欲结为知己,共同经营筹资,一同上国子监深造。

孙月峰一边劝赵南星喝着酒,一边滔滔不绝地介绍着自己的身世与设想,见赵南星沉思踌躇,便拍着赵南星的肩膀直截了当地说:"老弟一定在想,我是一心来上国子监读书深造的,办店经营岂不废了学业? 老弟有所不知啊,这国子监可不同县学府学,官名叫太学或国学,里面有几百名学生,名曰'太学生',全是各州府推荐来的出类拔萃的举人和落榜举子,多是官宦世家名门望族子弟,不仅学费高,而且挑剔穿戴,过多交际,花费颇多,很少见到你我这样的寒门弟子,咱们手中的那点银两实在不够用啊。再说国子监的授课管教也不同于府学县学,授课多是几百人的大课,阅读讨论时间很多,管教也很少,你我轮流去上课,做好笔记,早晚共同学习研读,完全可以学好学精,倒省了过多的应酬和费用,岂不是一举两得?"

赵南星见孙月峰谈吐不凡,经营有道,讲得也十分在理,心里非常高兴,站起来真诚地感谢孙月峰的指点帮忙,恭敬地敬了孙月峰一杯酒,拜作师兄,表示要与孙月峰并肩携手,共同完成学业,荣登皇榜。

22. 特试中进士

一晃四年过去了,转眼间到了明万历二年。按照朝廷规定,是年三月就要在京城贡院举行会试了,也就是要赶考进士了。过春节时赵南星就与孙月峰商议,鉴于会试临近,及早找人帮着经营客栈,以便二人聚精会神温习应考,还相互鼓励,踌躇满志地报名填表,接受审查,领取考牌,做好了迎考准备。

然而此时京城里正上演着一场乱哄哄的大戏。只见大街小巷车水马龙,南腔北调,操着各地口音的学子及车夫书童蜂拥而至,住满各个旅店。一个个不是潜心苦读,精心备考,而是每日里驾着锦车骏马穿街走巷,敲"门子"拜考官,请客送礼,四处活动,会试俨然成了"礼试"。赵南星和孙月峰对这种污浊之风嗤之以鼻,不为所动,每日里起三更睡半夜,共读争辩,精心准备,定要以自己的真才实学登上皇榜。

会试很快来到,在京城贡院的小小考房中,赵南星和孙月峰带着吃食提着马桶分别度过了难熬的三个昼夜,不论策问还是八股,都答得得心应手,酣畅淋漓,对中举充满了信心,会试结束的那天晚上,二人还痛饮一场,大醉而归。

然而令人无法想到的是,正当赵南星和孙月峰沉浸在成功有望的喜悦之中时,一宗抄袭舞弊案正在京城紧锣密鼓的查证之中,其嫌疑人正是他们二人。

就在会试过后十天左右的一天早上,赵南星和孙月峰刚吃过早饭就被分别召进贡院,隔离起来。辰时过后,赵南星被带入大堂受审。看着面带凶相的押解衙役和院内戒备森严的气氛,赵南星一头雾水,不知发生了何等大事,心中在急速地分析判断,不免产生了一些恐惧和不安。但他仔细一想,自己依规参考,无私无弊,肚中没病死不了人,有什可怕?于是打起精神步入了大堂。

走进大堂一瞧,还真有点瘆人。只见作为主考官的吏部尚书官袍加身,端坐正堂,几十位考官监考分坐两厢,个个面带怒气,正襟危坐,好不威严。

赵南星深吸一口凉气,抻衣正冠,跪拜行了大礼,然后坦然地站在堂前。这时只听主考大人瓮声瓮气地说道:"考生赵南星听着,本次会试中发现你的试卷与考生孙月峰的雷同,有抄袭舞弊之嫌,故今日当堂会审,以辨真伪,你要如实供述与孙月峰的关系,并回答各位大人提问!"

赵南星镇定自若地答声"遵命",然后言简意赅地叙述了他与孙月峰从认识到赶考的情况,口齿伶俐,用词准确,恰如其分,两厢考官一片嘘嘘声。

主考大人见赵南星眉清目秀,仪表堂堂,对答如流,真乃难见人才,心中先喜了三分,等赵南星叙述完毕,未及喘气,突然出了一副上联:"天做棋盘星做子,谁人敢下?"

赵南星侧耳听了,踱了三步,抑扬顿挫地高声答道:"地为琵琶路为弦,哪个敢弹?"

"胃上有,背上有,肋上有,肚上有,腿上脚上均有,是个什么字?"

"头上无,面上无,耳上无,口上无,手上指上俱无,应该是个'月'字。"

"两碟豆。"

"一瓯油。"

"我说的是林间两蝶逗。"

"我道的是水上一鸥游。"

众考官听了连连拍手称奇。再审孙月峰,照样是对答如流,奇句叠出,叙述的也与赵南星完全一致。大家一致认为,两位考生皆为天下奇才,不应有抄袭之弊。

主考大人听了众考官的议论,当场吩咐八位考官联审两位考生的考卷,结果发现,二人的文笔相似,立意相同,都各有千秋,并非抄袭之作。当堂拍板道:"考生赵南星与孙月峰志同道合,同窗苦读,英雄所见略同,并无抄袭之嫌,同登皇榜!"众考官同声称善。

就这样,赵南星在朝廷会试中历遭磨难,最终荣登皇榜,成为响当当的新科进士。

23. 挺肚晒文章

　　赵南星小小年纪便中了进士(民间说状元),披红挂彩,京城游街,风光一时,然后就是等待朝廷的授官封职。这时正赶上翰林院开考,虽然他已向吏部提出了到地方为官的申请,还是得奉命前去迎考。

　　当时,皇帝昏庸,朝纲混乱,朝廷内部朋党纷争,钩心斗角,一片乌烟瘴气。生性风趣、清正廉洁的赵南星深知朝廷争斗的险恶和自己的秉性特点,认为还是到地方任职,既可以实实在在为百姓做些事情,又可以躲避朝政之祸,就向吏部提出了外出为官的请求。他更知道,当时朝中奸臣当道,舞弊成风,选翰林必是一次行贿、受贿、营私舞弊的大表演,与其去给他们作陪衬心烦,倒不如在驿馆读书写字图个清闲。其实有这种想法的正直文人大有人在,许多人也找各种理由不去参考。皇帝听说这种情况后非常生气,说堂堂朝廷翰林院,开考竟有这么多人违命不参加,成何体统,传我的旨意,新科进士全都去参加。这样一来,圣命难违,赵南星只好硬着头皮去参考了。

　　要去翰林院参考了,总得去看看考场,了解一下考试规则和注意事项。赵南星第二天一早起来,简单洗漱一下,吃些早点,便向翰林院走去。离大门口还有五十多丈,就有人拽他到僻静处兜售考题,并说考题绝对是真的,如想要答案,需另加纹银一百银。赵南星听后愤然拒绝,直向大门走来,看到许多考生在仨一堆俩一伙的议论,不少人露出恼怒的表情,知道这是与考试舞弊有关,就转了一圈,看了一番告示,摇头叹气地走出大门。正巧碰上一个年轻书生在门外左侧的一座高大的古碑前细瞧,便走上前去打招呼,一起欣赏起古碑。这个书生才高八斗,读起来朗朗上口,并做着阐释,赵南星敬佩地恭维几句,提了几个不懂的问题,对方都认真做了回答。赵南星问书生来此何干,对方说是来认考场的,看到考风如此污浊,不准备参考了。二人同病相怜,发了一通感慨,便互相作揖告别。

　　翰林院开考那天,虽然高官云集,戒备森严,正儿八经,但许多考生没来参考,有的虽然来了,只是简单写了几句就要交卷了,当然也有一些人弄到了考题,认真抄写着文章,然后搭在考棚(一人一间)的窗台上晒文章。看到这种样子,心正性直的赵南星怒火中烧,一字也写不下去,干脆走出考棚,躺在窗外地上,解开上衣扣子,凸着大肚晒肚皮。考官们发现后问他这是干什么,他回答说,自己在晒文章,满肚子尽是文章。主考官听说后非常生气,本想将他赶出考场,可是看了整个考场情况,感到事情不妙,生怕生出什么事情来,便赶快上奏了皇上。

翰林院开考以来,皇帝接连接到许多考生的举报,心里非常烦恼,正在金銮殿上踱步发火,忽然又接到主考官关于赵南星晒肚皮的报告,深感此次考翰林猫腻颇多,便立即摆驾翰林院,当场中止考试,让考生们全都集中在翰林院大门口,让内侍宣布,此次考试改为读解碑文,并指着门口左侧矗立的一座古碑说,凡是能够通读并正确解释碑文者为考中。

于是乎,皇上和各位考官摆开阵势,坐在古碑两侧,按顺序叫着考生的名号,让其走上前来读碑文并解释其含义。谁知,此碑乃唐代则天皇帝开科考之先时树立的昭示碑,文精义深,许多考生莫说解读,通读都没法子完成,一个个败下阵来。

考官叫到赵南星了,只见一个布衣矮少年不慌不忙地走上前来,先朗朗通读了碑文,逐一做了解释,未等考官评判,一个优美的转身面对众官,轻轻一个深躬,然后高声背诵了一遍碑文,竟一字不错,博得皇上和众考官的一阵掌声。

皇上做梦也没想到,自己突然中止考试,临阵换做考碑文,竟有如此通达之人,便欲提笔朱批此生考中。谁知赵南星并不领旨,而是伏地禀报,自己精通此碑并非学问多深,而是偶然巧遇。昨天看考场时偶遇一书生读释碑文,自己记在心里,所以才有今天之成绩,万望皇上将昨日读碑文的书生录为翰林。

皇上听了赵南星一席话,惊得如堕雾底:自己登基以来,监考无数次,遇到的都是阿谀奉承,极尽巴结之士,没想到竟有考中谦让之人,实乃朝风清正天空朗朗之兆!只见他哈哈大笑着站起来,问吏部尚书和主考官该如何处置。主考官见皇上大悦,便附和着说,此考生德才兼备,乃国之栋梁,应纳为翰林第一生。吏部尚书则说,此生并无参考翰林之意,只求到地方任职,为朝廷尽忠,为黎民尽责,应随他愿。皇上仰天长笑曰:"天降奇士,国之大幸也!赵南星才高八斗,忧国忧民,就随他愿,任河南汝宁推官去吧!各位爱卿速寻昨日读碑书生,录为翰林第一生,其余考生由你们量裁吧!"说罢起身,摆驾回宫去了。

赵南星听罢,整冠顿首谢恩,赶紧回驿馆准备行装,到吏部领授任命和通关牒文,很快起程往汝宁赴任。

再说翰林院考场，考官们继续让考生们逐个读解碑文。忽然，一个考生映入大家的眼帘，只见他眉清目秀，温文尔雅，不卑不亢，酷似赵南星，上得场来，抑扬顿挫地读着碑文，做着解释，博得台上台下一片掌声。考试大人寻问昨日是否到碑前品读，回答称是，便被录为翰林第一生。善于心计的吏部尚书早已发现他与赵南星的长相酷似，只是高矮有别，便吩咐手下查寻他的情况。属下一番调查回来禀报说，两人籍贯不同，姓氏有别，素无来往，互不认识。吏部尚书半信半疑地摇头长叹，搁置下来。

听说这件事情的经过后，知道当年内情的获鹿县抱犊寨金阙宫的主持悄悄给弟子们说，那个书生不是别人，正是当年赵南星父亲赵汝弼放走的一个夫人所生之子，是赵南星同父异母的弟弟。

24. 住店惩恶主

赵南星在吏部领取任命和通关文牒后回到驿馆,唤来书童一起整理行装,清理归还所借书籍物品,雇来两匹快马,与驿馆结清账目,一切准备停当,明日就要前往河南省汝宁府赴任了。这时忽然想起,赴汝宁府要路过赵州地面,正好有机会绕道回高邑城拜别一下父母二老,而父母大人年事已高,一生辛劳,落下了腰腿痛的老毛病,便赶紧拉上书童来到市面,找到一家门面很大的药铺,向里面坐堂的老先生请教一番,买了十几贴专治腰腿痛的狗皮膏药,又从食品店买了几盒京城食品,回驿馆装入行李之中,第二天便扬鞭催马,踌躇满志地向南奔去。

赵南星主仆二人出了京城一路向南飞奔,过涿州,经保定,穿定州,两日后便来到新乐县地面,傍晚走进了新乐城。

新乐城本是两条通关大道交汇处的一个重要驿站,又有闻名于世的伏羲台等名胜古迹,商贾汇集,游人众多,繁华热闹。赵南星见驿馆里住满了官员富商,便与书童一起来到大街上,想找一家干净整洁的旅店住上一宿。然而找了大半个时辰,进了好几家客店都已客满。这时只感到饥肠辘辘,口渴难耐,便走进一家小饭馆,要了一些家常便饭,边吃边想办法。

这家饭馆门面窄小,招牌破旧,食客也不多,掌柜的倒是热情殷勤。见赵南星气宇轩昂,谈吐不凡,便主动凑过来填醋加水聊起闲话儿。赵南星问他:"除了这条街上,城里还有没有整洁的客店?"掌柜满脸堆笑地说:"城北倒是还有一家客店,门面内装都挺不错,只是店家刁钻刻薄,价钱又贵,很少有人入住,想必还有客房,您要是不嫌弃就过去看看。"

赵南星心想,出门在外,天色已晚,贵就贵点吧,有个地方住下算是不错了。再说一个小店老板又能刁钻到哪里去,咱照价付费,遵守规矩,又怕个什么!想到这儿,他就让书童结了账,辞别了店掌柜,朝城北走去。

到了那家客店,只见门口站着个尖嘴猴腮、缎衣裹身、一脸皱纹的中年人,听说赵南星主仆要住店,便干笑着说:"本店客房倒是还有,床铺所用也挺不错,只是价钱要高一些。"赵南星问:"高能高到何处?"回答说:"吃住统包在内，一人一宿六百钱。""六百钱就六百钱吧，我们住下了。"赵南星说着把马缰绳交给店掌柜，让书童提起行李走入店中，住了下来。

赵南星洗漱一番，一身疲惫地躺在还算舒适的床上，很快就睡着了。不知过了多久，忽然梦见自己走进了离别四年多的家门，女儿喊着"爹爹"活蹦乱跳地迎了出来，母亲喊着自己的乳名颤颤巍巍往外走，正想上前扶住老母，忽听一声鸡叫，猛然醒来才知是在梦中，恨不能立即动身飞回故乡。

想到这些，赵南星睡意顿消，赶快叫醒书童催着收拾行装，喂饮坐骑，想趁早出发，待天明后在路边小店吃些东西，抓紧往家里赶。想到自己主仆二人没在此店中吃晚早两餐，只住了一宿，各五百钱绰绰有余，便掏出一两纹银（一千钱）来到柜前结账。谁知掌柜见了把眼一瞪说："说好一人一宿六百钱，怎么只给一千钱？"

"我二人只在贵店住了一宿，两顿饭均没吃，一人五百钱足够了吧？"

"我给你们准备饭了，吃不吃是你们的事儿，住一宿就得掏六百钱，少一分也不行！"

"我说掌柜啊，昨晚我们入住时你已熄火，今早你还没捅火，怎说给我们备饭了？"

"你别跟我争三辩四，说六百钱就六百钱，不然你们就别走！"说罢就猫腰拾掇整理东西去了。

赵南星见状心里非常生气，心想，这人也太不讲理了，真不知他坑害过多少过客，难怪乡亲们都说他刁钻刻薄呢！看来今天应该治一治他了。想到此，赵南星眼珠一转，慢慢打开包裹，佯装从中取银两，悄悄拿出一帖狗皮膏药，撕开在炉火上烤了起来，见书童已经把马牵到门外，就手拿膏药来到掌柜身后，猛地掀起他的后襟，"啪"的一声将膏药贴在了其后腰中，烫得他一蹦老高，回过头来恶狠狠地瞅着赵南星吼道："你这是干吗？"

赵南星笑哈哈地说："不干吗，给你贴张膏药，这膏药可是京城一家太医店里的珍品，一贴正好一千二百钱。这回咱清了，你贴不贴都是一千二百钱！"说罢提起行李往门外走去。

店掌柜听说客人是从京城来的，又见赵南星明眸发光，英气逼人，知道遇见厉害官家了，想到自己做的事本来就不在理，真是有苦难言，站在门口哆哆嗦嗦看着赵南星主仆二人翻身上马，一句话也说不出。

临别，赵南星坐在马上转过脸来哈哈一笑说："店家请记住这贴膏药，往后待客可要讲公理，走正道啊！"说罢策马向南奔去。

25.代民写诉状

　　赵南星主仆二人在新乐城北惩治了刁钻刻薄不讲道理的旅店掌柜，一路风尘向南赶去，午后便来到赵州地面。看着驿道两侧沉甸甸的高粱和鼓着腰的玉米，心里倍感亲切欣慰，便满脸堆笑地商议着绕道高邑，拜辞一下高堂老母。忽听前面一阵吵嚷，只见一个衣衫褴褛、蓬头垢面的庄稼汉子挣脱一位绸缎裹身的黑大汉的两手向他们跑来，到了面前跪在地上请求帮助写张状纸。

　　赵南星赶快下马，扶起地上的农夫，来到众人面前细问缘由。原来，前面不远处的村子叫苏村，村南临近槐河，河口的斜坡又长又陡，过往车辆从坡上下来，往往很难刹住速度，又快又猛又颠簸，弄不好还会翻车伤人。村里的二流子韩二狗看中了这个门道，打起了歪主意，不是弄来死猫死狗死鸡扔在坡上，就是拉来傻子疯子蹲在路边，一旦哪个车把式掌控不住，轧了撞了，就被狠狠敲诈一笔钱财。他还凭着这些不义之财，疏通门路，结交官吏，仗势欺人，俨然成了当地一霸。今天这个车把式遵主家之命到赞皇县拉了一车石灰到赵州送，坡陡货重，一时把持不住，呼啸着朝坡下而来，正好轧上了韩二狗扔在路上的死狗。韩二狗立即带着几个喽啰赶来，硬说狗是车把式给轧死的，逼着车把式赔纹银三两。车把式明明看见轧上的是一条死狗，便据理力争，遭到韩二狗的拳打脚踢。实在没有办法了，车把式说，就算狗是俺轧死的，可俺一个穷赶车的，连糊口都不容易，去哪给你凑三两银子！韩二狗眨巴一下斜眼说，没有银子也行，你把车上的石灰卸下来做赔偿算了！车把式哭丧着脸说，石灰是东家的，俺哪敢给你呀，你就行行好饶了我吧……

　　这时，人越堵越多，车越堵越长，大家有的劝韩二狗高抬贵手饶了赶车的，有的愤愤不平地指责韩二狗要赖欺人，有的高声叫骂……韩二狗眼见众怒难犯，便眼珠一转，拽住赶车把式的胳膊喊："有理走遍天下，无理寸步难行，走，咱们见官评理去！"喊着就要拽上车把式走。车把式见二位骑马的官吏赶来，便奋力挣脱韩二狗的手，跑到赵南星面前……

疾恶如仇的赵南星上前察看了一下死狗情况,仔细问明车轧的经过,早对韩二狗仗势欺人的行径痛恨有加,便不动声色地对车把式说:"轧死人家的大狗,走到哪儿都得赔偿,何必费事打官司呢?你非让我帮你写,我就帮你写,写了也是白写,给,记着上堂后交给县官。"说着把写好的状纸交给车把式。

韩二狗听着赵南星说给车把式的话,不停地点头称是,说,是官就比民清,看人家大官人说得句句在理,到了县衙你还得赔,何必呢?

上了高邑县大堂,韩二狗嬉皮笑脸地把事先编好的瞎(谎)话学说了一遍,无非是他养了十几年的大黄狗聪明管事,死得可怜,轧死了就应重赔。

等他说完了,车把式颤抖着把赵南星写的状子递上去,口中不停地嚷着:"小的冤枉,望大人给小的做主⋯⋯"

知县打开状纸一瞧,不禁失声叫道:"啊呀,哪来的一幅好字!"再看内容,只见上面仅两行短语:苏村坡,大又陡;大车下,如雷吼;死的不动,活的必走;不跑不走,定是死狗。

知县看罢状纸的字体和内容,料知此状必出名人之手,也明白了韩二狗必是无赖之徒,便欲擒故纵地说:"韩二狗啊韩二狗,我看你精得跟狗差不多。"

"大老爷说得对,俺韩二狗属狗的,跟狗差不多,机灵忠诚。"

"既然是这样,那我问你,你要是站在坡上,看见大车跑下来会怎样?"

"当然快跑呀,死狗才瞎站着等死!"

"这不就得了,弄条死狗来坡上诈人,还不从实招来!"

"知县大老爷,小民是说着玩的,怎能当真啊!"

"大胆刁民,竟敢欺骗本县!苏村坡又长又陡,大车下来,如雷吼动,狗要是活的,听到了还不快跑,傻站着等死啊?还不把你用死狗诈人的实情快快招来!"

"大老爷,小人冤枉啊⋯⋯"

"冤枉?来人哪,重打四十大板,这回他就不冤枉了。"

堂下看热闹的城民们听了哈哈大笑起来,都说知县大人断案如神。

知县大人听后说:"还有更神的呢!"

车把式打赢了官司,赵南星代民写状的故事流传了上千年。

26. 汝宁父母官

赵南星绕道高邑县城不敢久待,拜别了高堂老母及妻子爱女,便带着书童快马加鞭向河南汝宁府赶来。

进了汝宁地面,细心的赵南星很快发现,这个地方道路坑洼,房舍破旧,路人面黄肌瘦,衣衫不整,见了官府之人慌忙躲避。来不及躲避的则是诚惶诚恐,目露怨光。善于察言观色和分析判断的赵南星马上意识到,这一带官风欠佳,民贫多怨,危机四伏。于是,他暗暗告诫自己,一定要清正廉洁,为民做事,改变一下这里的风气,造福于一方百姓。

赵南星一边观察一边思索,不知不觉进了汝宁城,但没有直奔府衙走马上任,而是先在一家小客店住下,然后到大街上随便转了一圈,又发现了一种怪现象:汝宁城里街道杂乱,店铺破旧,显得很穷,物价却高得惊人,有的东西甚至比京城还贵,使他感到很纳闷。因此,上任后,他一边详尽了解研究汝宁怪象形成原因,一边身体力行,清正廉洁。虽然拿的俸禄不多,还要给家里寄一些钱,每月下来所剩无几,但执着地坚持公买公卖,从不贪占百姓的便宜,更不接受任何的贿赂或馈赠。时间不长,全城的百姓和商人都知道府里来了一位清正廉洁的赵推官,不少人还认识了他的真面目。这样一来,当他到街上买东西时,店家总是刻意少收一点钱,他坚决不干,该多少一定付多少。有时让衙役们出去买东西,回来后他总要问个仔细,绝不占百姓的一分便宜。

赵南星文武兼备,豪爽善饮。几个衙役发现他的秉性后,悄悄弄来一坛烧锅酒,晚上邀他一起喝起来。酒酣耳热之际,赵南星突然问:"这好的酒,一坛多少银子?"衙役们说:"没多少钱,是烧锅场老板孝敬您的。"赵南星一听马上意识到,定是衙役们打着自己的招牌向人家索要的,便生气地说:"这怎么行!我刚刚上任,还没给百姓办过任何事,咋能贪求人家的东西? 就是为人家办了事,也不能这么办!"第二天,他亲自带着银子到烧锅店补交了酒钱。烧锅场的老板深受感动,找人做了一块"清风"大匾,吹吹打打送到府衙里。

赵南星这么一来,可苦了一群衙役。他们愁眉苦脸悄悄聚在一起发起牢骚:"这么个赵推官,发什么神经,你天天吊着脖子图个清廉名声,弟兄们咋过呀?""耍什么假正经,谁不知道,三年清知府,十万雪花银,面上清廉就能糊弄了人!"……

原来这些衙役们仗着在府衙里混个差事,狐假虎威,成天在外面耍横抖威风,在大街上见着什么拿什么,拿了就撂一句话:"记上账吧!"可是从没有还账的时候,商贩们也拿他们没办法,敢怒不敢言。赵南星这么一开头,他们能吃得消么?难怪牢骚满腹呢!可是他们也明白,赵南星做的是正理,既然开了头,就要做下去。有了赵推官的样子,再像从前那样肆无忌惮一定是不行了。不行了咋办?几个人低头一合计,来了个瞒天过海——买东西时,不管值多少钱,不再喊叫记账了,而是扔给一个小钱儿算是两清了。

对于衙役们这些恶性以及当地的社会风气,赵南星有所觉察,但真正让他心领身受的是一次微服私访。一天上午他忙完手中的公事,看看时候尚早,便换上便服,独自一人来到大街上转悠,顺便了解一下市面情况。临近中午的时候已经出了西关,来到一家饭店门口,里面飘出的菜香很快勾起他的食欲,肠胃也咕里咕噜叫唤起来。就情不自禁地走进饭店,在东南角一根柱子后面的桌边坐下,仔细打量起饭店的情形。他看见两个衙役模样的人正在旁边的桌上喝酒,弄了一桌子好酒好菜,正津津有味地大吃二喝。他没见过这两个衙役,估计应当是汝宁县衙的人。过了一袋烟工夫,店小二也没顾上理他,倒是两个衙役吃饱喝足了,掏出几个小钱扔给掌柜的走了。看到此情,他感到这里的饭菜很便宜,衙门里的风气也变了,长长出了一口气。这时店小二走过来问他吃点什么,他就指着两个衙役刚吃过的饭桌说:"也照刚才那样子给我来一桌。"

店小二拖着长音报着饭菜及酒的名字,擦了一遍桌子往厨房走去。不一会儿,鸡鸭鱼肉端来一大桌。赵南星既为府里官风的改变高兴,又为市面上物价的下降兴奋,加上转悠了半个上午,早已饥肠辘辘,就放开肚皮饱饱吃了一顿,还喝了半斤烧酒。末了,他也掏出几个小钱递给掌柜要走。掌柜说:"客官,你这几个小钱还不够零头呢!"

赵南星听了一愣:"刚才那两个人不就出了这么几个钱吗?"

"客官,你不是本地人吧?你不看那两个人的穿戴?人家是县衙里的衙役,咱买卖人谁敢惹他们?这还是好的呢,原来分文不给,自从新推官赵大人来了,倡清风严纲纪,他们才敷衍一下。唉,要都这样子,我还不把老本赔光了!"

"那他们到别的买卖号也是这个样子?"

"唉,还能咋样!"

"那你们怎么不去府衙告他们?"

"客官,快别开玩笑了。莫说官老爷们不管这事,就是严管,咱们也进不了门呀,说不定还要找麻烦呢。哎,忍着吧,哪有官不吃民的哟!"

赵南星无意当中发现了衙役们的恶行,交足了银两,一回到府衙就招来汝宁知县,狠狠训斥了一顿,令他回去后立即解雇了那两个衙役,并从俸银里拿出银子去还了饭店的账儿。为了彻底扭转这种风气,他征得知府同意,为全府官员订下几条律条:一是清正廉洁,不许鱼肉乡民;二是买东西按市价给足银两,不许拖欠;三是如发现有不轨行为,加重处罚,严惩不贷。他让人把这几条写成公文,沿街张贴,周知广大市民,如遇官府人员再犯,举报者有赏。

这样一来,官府衙役及贪官污吏们收敛了不少,社会风气焕然一新。广大乡民一致称颂,都夸赵南星是个真正的"父母官"。

27. 妙联震九州

汝宁府衙坐落在古豫州郡所之地的汝南城内,位居天下九州之中心,自古以来就有"天中"之称。自春秋时期建制,上至秦汉,下至宋明,一直为郡、州、军、府治所,为八方辐辏之地。南海禅寺宝刹雄伟,琳宫璀璨,中西合璧,其规模和单体建筑为华夏之最;周公历尽千辛万苦建起的古天文观测台——天中山,选在"天下之最中",开创了"中正和谐"文化之先河,唐代大书法家颜真卿亲书的"天中山"匾额名扬天下……

赵南星来到汝宁推官位上,对这里的人文历史、风土人情及自然资源作了深入调查,凭着自己的一身正气,清正廉洁,刚直不阿,严管细教,使官风大变,赢得了百姓的交口称赞。然而他心里十分明白,要想在汝宁这个"天下之中"、古郡所在、文蕴深厚、名士如云的大都市真正站稳脚跟,实现自己造福一方的宏愿,单有百姓的拥护还远远不够,还必须设法赢得一大批恃才傲物的文人墨客们的敬服和拥戴。为此,孔老夫子诞辰纪念日那天,他一早便带着师爷帮办来到汝宁文庙,虔诚地焚香跪拜,颂辞贺祝,表达对先师的尊崇之心,然后主动与一群前来参拜的书生们攀谈起来。

听说他是从河北高邑县来的赵推官,文人们反应平平。有的淡淡地夸赞了几句近来官风官德的转变,有的不咸不淡地询问了几句高邑县的治所所在和风土人情,有的则高高仰着头,对他这个北面来的乡巴佬不屑一顾,分明是说,你个荒野村夫出身的北鞑子,有何本事敢来这"天中之府"为官?

赵南星见状,正想寻机出招压压他们的傲气,忽见一个骨瘦如柴、剑眉倒竖的中年才子捋着长长的丹羊胡子一步三摇地走上前来,拱手施礼说:"久仰赵大人才思敏捷,文才出众,早想登门请教,今日有缘相见,在下有心和大人对上一联,不知可肯赏脸?"

"早知汝宁多才子,今日有缘与诸兄相见,更得兄长赐教,真乃天赐良机,怎敢不从。"赵南星自知这是在向自己下战书发挑衅,不卑不亢地应允下来。

才子本想赵南星会怯阵推辞,借机羞辱他一番,不成想赵南星不慌不忙地应允下来,先是微微一惊,转而一想,赵南星是不了解汝宁情况瞎冒险或瘦狗拉硬屎——硬撑呢,一定要紧追不舍,逼其就范。想到此,只见他拖着长腔说道:"联对之事,自古都有规矩,我今天有三个条件提出来,大人不要见怪。"

"先生自便,在下照办就是了。"

"这第一个条件呢,叫天对地,云对风,大陆对长空——要对工整;第二个条件则是,床前明月光,疑是地上霜——意境要和谐;第三个条件吗,是鲁班刀斧无痕迹,神仙衣衫弃刀尺,自然巧妙。对这些,赵大人自然明若秋水,但愿对得美玉无瑕。"

"南星不才,恐难如先生所愿,但愿一试。"

"好,痛快。我的上联是:半夏打动陈皮。"

赵南星听了不禁心中一沉:此人果然不凡,此联既有韵味,又有喻义,还有中药材专业知识,看似平淡,暗含玄机。如若稀里糊涂对上一联倒也不难,但要符合他的要求,对得天衣无缝,确需仔细琢磨,还得用上两个中草药名。在众书生挑衅又轻蔑的眼神中,赵南星不慌不忙来回踱了几步,突然眼睛一亮,把手向旁边悬挂的灯笼的西北方向一指,道:"防风吹破白芷(纸)。"

此一对,不仅工整韵合,喻义贴切,而且用词准确,满含药味。文人们听了不禁拍手叫好,连喊:"妙,真妙!"称赵南星有学者风范,大家气度。

瘦书生听了,虽然口头上不得不称赞赵南星对得妙,但内心并不服气,以为是巧合或蒙对的,便以进为守地说:"赵大人果然文采出众,满腹经纶,乃我辈之师啊。既然这样,我们何不择日上'天中山'一游,借景抒情,留些墨宝,壮吾汝宁?"

大家听了齐口称善。赵南星明知他是有意刁难自己,也大度地应允下来。

天中山称山非山,乃周公当年测日影创夏历时,历经千辛万苦,踏遍九州而选择的天下之正中之地,组织千万农夫堆土石而成的人工山,并在上面建起以石质圭表为标志的古天文观测台,虽不高而天下名。历朝历代修建的亭台楼阁和书院比比皆是,无数文人留下的诗联遍及山中,颜真卿亲书的石质大碑熠熠生辉。要在此山中留些文字,不仅需要胆量,而且需要功底。书生们之所以选择此地请赵南星题词,既有考量他的胆量之意,更有讥他不及前贤之心。

约定的日子到了,赵南星一早便带师爷来到天中山下,只见三四十丈高的山上云雾缭绕,无数亭台楼阁隐隐约约,时隐时现,神秘莫测,好不壮观。一面登山,一面欣赏,不一会儿就见到了等在山上的几十名文人墨客。

等赵南星拱手与众人见了面,道了福,那个曾出联对决的书生就指着铺好宣纸的长案请赵南星题联作诗。他本想以突然袭击的方式,乘赵南星观察未尽,构思仓促之机,逼其露拙出丑。

谁知,赵南星神情自若,手持饱蘸墨汁的尺半毛笔,上瞻楼阁,下观云海,细瞧云遮雾罩的高大山门,略一思索,挥笔写出十四个苍劲大字:

> 佛殿无灯凭月照,
> 山门不锁待云封。

一副短联,将天中山的晚上,一挂明月像镜子一样从东方地平线上冉冉升起,月光照到楼殿之中,如白昼一般的夜景,和早晨雾锁山门,隐隐点点,游人无法看清山门是开还是关的寓意,完美地描写出来,大气磅礴,妙不可言。众书生见了赞不绝口,心中折服,忙嘱咐寺内主持请人刻于大殿柱上。

从此,赵南星的才学文字传向朝野上下,流传千古。

后来赵南星携友游井陉县苍岩山时,见桥楼殿上下景色胜似天中山,便将此联亲书给佛寺主持,主持命人刻于殿中明柱上,流传至今。

28. 斗胆放囚犯

　　赵南星在汝州推官位上就了任,不但廉洁清正,严整官风,而且勤于政事,夜以继日地展开典狱清理工作。他先把衙内积存的案卷调来,逐一进行审阅,审着审着皱起了眉头。他发现这些待审的案子大多数是村民强吃大户、占山为王、杀富济贫性质的,而且多得惊人。这是为什么呢?他走出州街,冒着漫天雪花到各县转了一圈,仔细询问街巷百姓,慢慢发现,汝宁府地厚土肥,本是富饶之地,只因朝廷昏庸,北面的黄河年久失修,决堤改道南侵,堵塞了淮河去路,淮水漫溢,连年成灾。乡民衣食无着,铤而走险,成群结队闯入富家强吃大户,有的还占山为王,杀富济贫。官府不去赈灾救民,反而派兵前去镇压,把这些没有生路的百姓投入狱中,塞满了府县各衙的牢房,府县官员审都审不过来,堆集了一大批待审案子。这时他才明白,自己赴任途中看到的汝州特殊景象缘由,原来出在了官府自己身上。

　　赵南星冒雪回到府衙,天色已经很晚了,他简单吃了些东西,就独自朝府牢走去。进了府牢,映入眼帘的景象着实让他吃了一惊:牢里有男有女,有老有少,一个个蓬头垢面,哭哭啼啼,呼儿唤女,有的老人已经奄奄一息。他仔细观察了每一个牢房,碰上一些胆大敢说话的,还询问了犯由,感到这些犯人的情况与自己下乡访问的情况大致吻合,就犯起了嘀咕:这些待审的犯人大都是走投无路的穷苦人,他们为了活命,做了些过头的事情,能有多大罪呢?眼下天寒地冻,大雪纷飞,又临近年关,他们待在四面透风的牢中可怎么活呀!他们也是父母生养的人啊!想到这些,赵南星心潮澎湃,决心尽自己所能救这些百姓于水深火热之中。

　　要拯救百姓于水火,可怎么救呢?把他们全部无罪释放?自己一个小小的推官既办不到,也没那个胆量。要知道,按照朝廷律条,这些犯人是有罪的,自己放了就是犯法,不要说被罢官,恐怕头颅都难保。

　　就这样看着这些无辜百姓受苦受难?职责何在,良心何安!赵南星在衙舍踱来踱去,辗转反侧,彻夜难眠,终于想出了一个大胆可行的办法:先放囚犯回家过年,限期归案再作定夺。

次日早晨，赵南星来到府衙拜会知府和其他同僚，叙说了自己的大胆想法。谁知知府一听就惊得跳起来："咋着？要放他们回家过年？真是初生牛犊不怕虎啊！你可知道，这些刁民是多么凶悍，府县各衙费了多大工夫才把他们一个个抓来？你现在却要放他们回家，岂不是放虎归山，放鸟出笼，哪有肯再回来的。若有闪失，上司怪罪下来，你我不仅乌纱难保，恐怕脑袋也要挪个地方了，还是不要轻举妄动为好。"一群同僚都附和着点头称是。其实赵南星早已料到了这一点，只见他不慌不忙地从怀中取出一张纸递给知府，铿锵有力地说："大人不必惊慌，这是我写的军令状，作为一府司法长官，自作自受，如有失误，甘愿独自承担责任，与大人及各位同僚无关。"知府看过军令状，又听赵南星仔细陈述了此举的道理和措施，感到基本可行，就点头应允了。赵南星当即草拟了一张告示：令本府各州县，凡年底前待审的犯人，除罪大恶极者外，一律取保回家过年，与家人团聚，正月底之前赶回听审。为防脱逃，各找保人，立下字据，定期返回，逾期不归者加重处罚。

告示发到州县，先是州县官员们松了一口气。因为牢里押着那么多人，天寒地冻，他们生怕冻死饿死犯人或因此发生暴狱，过年了还得重兵把守，生怕出了什么意外。这下好了，能过个安生年了。因此，接到告示，赶紧通知在押犯人寻找保人，办理手续，很快就办理完毕。

久困狱中待审的人犯们听到让他们回家过年的消息，一个个高兴得手舞足蹈，感激涕零，跪在地上，口里连叫着"青天"，赶紧托人捎信儿，让家人或托人担保，高高兴兴回家过年去了。

正月将尽的时候，一直提心吊胆的知府让赵南星了解一下各州县待审犯人返狱情况。赵南星立即让各州县报情况，发现各处囚犯都已回到原处听审，无一人脱逃不归，许多人还是提前几天回来的。知府听了长长出了一口气，许多官员在私下称颂赵南星雄才大略，有勇有谋，乃一代奇才。

事后，知府私下问赵南星，为什么敢于冒杀头之罪这么做，赵南星微微一笑说，这么做并非心血来潮瞎冒险，而是经过深思熟虑的。这些人并非干傻事之徒，而是善良百姓此其一，冒风险为他们排忧解难，他们会感激恩德，而不会连累施恩者此其二，让囚犯托人担保，并明文申明不归者加倍严惩此其三，恩威并施，没有不归的。

正月过后，赵南星一不做二不休，很快草拟了一道公文，晓谕各州县官吏以慈善仁义为本，体恤百姓疾苦，凡因灾荒衣食无着不规者，一律从轻发落。各州县迅速行动，审理案卷，酌情发落，将许多无辜百姓无罪释放，让他们自谋生路，同时建议知府赈灾救民，疏浚淮河，使民心和社会秩序很快安定下来。

果然,赵南星在汝州上任不到三年,就把一个人心浮动、民怨沸腾、灾荒频发的汝宁府治理得井井有条,恢复了往日的繁荣。

29. 智断奸杀案

赵南星在汝宁府推官位上上任后,一边斗胆放待审犯人回家过年,一边展开了正常的司法审判事宜。他审理的第一桩案子便是汝宁县衙呈送上来核准的侯二奸杀案。只见汝宁县衙的呈文上写道:侯二,汝宁县府西街人,二十岁,父母早亡,孤身一人混迹于市面。三月初五夜酉时,乘裁缝吴老大外出办事之机,潜入宅内,将其女儿吴丽娇用裹脚布绑在凳子上强行奸污,被吴丽娇咬断舌头,遂恼羞成怒,将吴丽娇掐死。呈文后面附有知县的现场勘查及仵作的验尸报告,均称吴丽娇被掐死在凳子上,脖中有明显掐痕,双手被裹脚布绑得紧紧的,裤子拖拉在地上,下身有血迹及精液痕迹,地上有被咬断的半截舌头,经查验为侯二留下的。最后是侯二的供词,称奸杀吴丽娇是自己所为,还画了供。

看完整个卷宗,赵南星立即生出三个疑问:按照常理,男人强奸女人必定是先调戏,调戏必要接吻。如果接吻时舌头被女子咬断了,该男子必定疼痛难忍而离去,怎会将女子紧紧绑在凳子上进行奸淫,然后将她掐死?二是侯二已被咬断半截舌头,怎样回答知县审问,还在供词上画供?三是吴丽娇被杀乃命案,侯二被咬断舌头,人们一见便能认定是他所为,为何不外逃他乡?赵南星在官舍踱来踱去,推敲再三,感到此案疑点重重,决定亲自复审。

次日上午,赵南星令狱卒提来犯人侯二,只见侯二遍体鳞伤,走路一瘸一拐非常吃力,是受过大刑的样子。上得堂来,顾不得钻心伤痛,也不管衙役的呵斥,跪在地上头如捣蒜似地磕碰不已,咿咿呀呀叫个不停,一看便知是在喊冤叫屈……

赵南星从堂上站起来,不慌不忙地走下堂来,绕着侯二转了一圈又一圈,任凭侯二在那里不停地哭喊乱叫。转到第三圈,突然停住脚步,回到堂上,吩咐衙役们将侯二放了。

推官大人亲审命案,一句话都没问,竟将疑犯放了,一时弄傻了三班衙役和堂下看热闹的市民们,只见他们瞪着疑惑的眼睛,窃窃私语……赵南星不管这些,喝令退堂,转身回了后堂。稍后他唤来捕快头领和衙役班头,吩咐他们换上便装带上手下到市面上观察动静，并及时汇报。

一天后的晚上，捕快头领汇报说，整个府城市面上一切如旧，并无什么波动，只是城东庄的两个二流子举止反常。他们二人年轻放荡，不务正业，整天不是在城隍庙前赌钱，就是在酒店喝酒，形影不离。自从出了这桩人命案后，好多天没有看到他俩的影子，后来侯二被抓获送进监狱并被定成死罪后，二人又出来活动了。赵老爷复审那天，二人又悄悄前来观看，见大老爷放了侯二，赶紧逃走了，一天多了也没见踪影。赵南星听罢，微微一笑说："这就对喽！你们明天告示出去，说本推官已经查明案情，要在后天上午公开审理，欢迎市民前来观审监督。"

第三天一大早，汝宁府堂下人山人海，挤得满满的，大家都在等候观看赵推官亲自审理奸杀案，许多平时不太关心官场冷暖的乞丐二流子也都来了。可是辰时已经过了，也不见赵推官出场，大家不禁议论起来。这时，门外突然一阵锣响人喊，赵南星蟒袍玉带蹬高靴，威风凛凛地带着衙役们进门登堂，宣布吴丽娇奸杀案复审开始，并吩咐衙役们将被害人的裹脚布抻开，系在堂前两边的柱子上，让衙役们挥鞭狠狠抽打起来。过了一会儿，佯装问了一声裹脚布，然后对众人高声说道：吴丽娇遭奸被杀一案，人命关天，案情复杂，本官反复审理均无头绪，今天一早到城隍庙祈求城隍指点迷津，城隍爷子告诉我说，你只管考审裹脚布，它急了就会告诉你的。刚才，我让人拷打了裹脚布，它说受不了了，要帮助擒拿凶手。只要凶手挨着它，它就把凶手给缠住。来呀，衙役们给我把大门关上，乡亲们逐个用手抹一下裹脚布，没被缠住的就回家去。

众人听了赵南星的吩咐，都感到很新奇，便在衙役们的指挥下排成队，一一抚摸那两条裹脚布。轮到那两个二流子了，只见他们还没靠近柱子就打起哆嗦，两手迟迟不敢抚摸裹脚布。赵南星见状，喝令衙役们将二人抓起，按跪在大堂之上，让众人站在堂下观审。

只见赵南星威风凛凛地坐在大堂之上，狠狠一拍惊堂木，厉声喝道："大胆凶犯，还不快把奸淫杀人罪状从实招来！"

"小的们冤枉，小的们没有奸淫杀人……"

"裹脚布明明告诉我说，杀人的就是你两个，快快从实招来，免得皮肉受苦！不招？衙役们，大刑伺候！"

两个二流子早被赵南星的威严和手段惊得魂出七窍，没了主张，听到"大刑伺候"，料知无法搪塞，只好交代了奸淫杀人经过：

原来，府西街的吴裁缝中年丧妻，留下一个女儿叫吴丽娇，父女二人相依为命。这个吴丽娇长得面如桃花，身如落雁，俊秀出众，又性情刚烈，恪守闺道。每当吴裁缝外出办事,她都是紧关大门,独自守在楼上做针线活儿。尽管侯二等一帮子不端年轻人垂涎三尺,可是无机可乘,难于得逞。出事那天傍晚,吴裁缝出门去给一个客户送做好的衣服,被留在家里喝起酒来。他走后不久,一个货郎经过他家门口,吴丽娇听见后忙从楼上招呼货郎停下,然后跑下楼来看货,谈妥价钱后上楼取钱,忘记了随手插门。躲在近处发现这一机遇的侯二乘机潜入院内躲了起来。等她交钱取货关门返回楼上,侯二便蹿出来,搂抱着她嬉戏调情,还要与她接吻,吴丽娇一怒之下咬断了他的舌头。他疼得几乎晕死过去,早已没了性情之意,忙捂着嘴巴下楼,打开门栓逃之夭夭。吴丽娇遭到如此惊吓,坐在凳子上发起呆来。过了一会儿,两个二流子溜达到门口,发现经常关闭的吴家大门敞开着,二楼窗纸上还有个女子的身影,不禁眉开眼笑,悄悄嘀咕了两句,便一前一后溜进门去,轻手轻脚摸上了二楼,发现吴丽娇正坐着发呆,根本没有发现他们,便互相使个眼色,一齐上前将其搂住,摁到凳子上,一个摸胸亲吻嬉戏,一个抠摸下身淫笑。谁知吴丽娇性情刚烈,一边拼命反抗,一边大声喊叫起来。二人见状慌了神,一个勒住她的脖子捂住嘴,一个解下她的裹脚布将其绑在凳子上,并用一块抹布塞住她的嘴。看看将吴丽娇控制住了,二人淫笑着脱掉她的裤子,扯开她的上衣,强行奸污了她。第二个刚刚完事,第一个性欲又起,再次奸污她。二人发泄了兽欲,心满意足地要离开,发现吴丽娇怒容满面,眼中冒出仇恨的光芒,其中一人说,这女子认识咱们,性子又烈,事后必会报官,怎么办?另一个说,一不做二不休,打坏瓶子洒了油,干脆掐死她算了,免得事后出事!于是,二人又返回身,再次调戏一番,凶狠地将她掐死在凳子上。

等吴裁缝醉意朦胧地回到家,只见大门敞开,连声呼唤女儿,却没有应声。他急忙跑到楼上,点着灯一瞧,女儿惨死在凳子上……吴裁缝悲痛不已,忙找上里正告到县衙,知县勘验现场,仵作进行了验尸,然后县衙签发公文,下令抓捕断舌之人。衙役们四处查访,不久就抓住了断了舌的侯二。汝宁知县亲自提审侯二,见他断舌之伤尚未痊愈,断定是他奸杀了吴丽娇。侯二咿咿呀呀说不清话,知县就让师爷代他写了供词,然后让他签字画押。谁知侯二哭喊不止,拒不画押。知县大怒,令大刑伺候,折磨得侯二死去活来。侯二见自己有口难辩,受刑不过,就违心地在供词上画了押。

当赵南星当堂宣布两个二流子乃奸杀凶犯,收监严惩;侯二行为不检,但没杀人后,堂下一片欢呼声,侯二则跪在地上磕头不止……

30. 慧眼识假契

赵南星清廉树新风，斗胆放囚犯，智断奸杀案，三板斧砍得掷地有声，名声大振，官吏折服，万民敬仰，都说府里来了大清官。这样一来，喊冤告状的自然多了起来，尤其是一些陈年老案也被翻出来，忙得他不亦乐乎。

一天上午辰时刚过，赵南星正与几个属下议论整顿刑狱的事情，忽听门外一阵鼓响，有人高声喊冤告状，忙正冠整衣来到大堂，只见一个自称王二棒的中年农夫跪在堂前，双手高举状纸喊道："小民王二棒有天大的冤枉，万望赵大人明察公断，为民做主！"

赵南星见是一位衣着朴实一脸风霜的农夫，忙命站班衙役将状纸接过呈上，只见上面写道："小民王二棒，城南曹庄村人，家有兄弟三人，排行老二。前些年，老父感到年迈体弱，将城南三十亩好地一分为三，分给小民兄弟三人各十亩，小民的地居中。哥哥和弟弟生性愚钝，又遇灾祸，不久就将分到的土地卖给了财主侯进生。侯财主财大气粗，为人霸道，见中间夹着小民的十亩土地，不能整块耕种，就想把小民的土地也买过去，还托人来与小民商洽。小民勤于耕作，苦于经营，日子过得不错，不想把祖上留下的基业变卖，就婉言谢绝了。谁知，大前年的秋天，侯进生竟带着人马来收小民的庄稼，说这块地他已经买下了。小民听罢气得几乎昏死过去，无奈之下将他告到县衙。知县大人不做详察，仅凭他伪造的假文书和雇来的假人证，就把小民的十亩好地判给了他。小民不服，几次上堂喊冤，都被打将出来。赵大人清正廉明，万民称颂，万望明察秋毫，扶正祛邪，为小民做主！"

赵南星看罢状纸，仔细询问了王二棒的家世、田产的来龙去脉，就让他回家听候去了。随后问衙役们，这个侯进生为人如何？谁知衙役们听后大惊失色，反应各异：有的说此人横行乡里，鱼肉百姓，蔑视官府，罪大恶极；有的说该人乐善好施，见人微笑，热心公事，是个好人；有的只夸推官礼贤下士的风范，却吞吞吐吐装作不认识，不置可否……

赵南星听了众衙役的议论，知道他们第一次遇到上峰征求自己的意见，更明白他们受到了侯进生不同的待遇，微笑着说："侯进生，不简单哪……"

　　第二天,赵南星出人意料地没有审堂问案,而是悄悄穿上平民服装,到城南一带转悠去了。当他打听侯进生侯老爷时,老实本分的乡亲都说不认识,神色紧张地赶紧走开,生怕多说一句;有胆大爱说的告诉他,侯大爷可是不好惹,你个外乡人,还是好自为之不问为好;只有一个双目炯炯的老者把他拉到僻静处,反复问找侯进生的缘由,末了告诉他,此人是有名的伪善人,见人三分笑,暗里一肚子坏水,成天在琢磨着怎么坑害人,千万要当心了。回到官舍,赵南星还让人把王二棒与侯进生的案卷调来,仔细翻看审阅,慢慢舒展了剑眉,胸有成竹地微笑着上床就寝去了。

　　第三天一大早,赵南星先命衙役们贴出告示,推官大人要亲自公开审判王二棒诉侯进生侵占田产案,再让衙役们备了一张餐桌十把椅子放在后堂,并通知原告被告及证人到堂。辰时一到,立即击鼓升堂。只见赵南星蟒袍玉带,乌纱高靴,威风凛凛地走上大堂,三班衙役穿戴齐整,站立两厢,高喊堂号,好不威风。原告、被告及证人一干人颤颤巍巍跪于堂下。闻讯前来看热闹的城民早已挤满堂下,伸着脖子等待推官大人问案。赵南星见一切安排停当,便让原告王二棒陈述诉由,然后微笑着唤侯进生抬头来见,仔细一瞧,正如昨日乡下老者所述,此人未等开口先是"嘿嘿"三分干笑,眼中却隐含着狡诈与凶狠,心中早已有了主意。只见他和颜悦色地问:"王二棒所述可是事实?"

　　侯进生一副如丧考妣的样子拖着长音哭诉道:"小人侯进生自幼苦读诗书,知书达理,乐善好施,怎能干出那等亏心事! 见王二棒劳作无力,耕作不便,田地几近荒芜,才动了恻隐之心,高价买下他的十亩薄田,谁知他恩将仇报,拿了银子却赖起账来,现有文书和中人、帮办做证,万望大人详察明断。"

　　"那是自然! 不过,我说侯进生啊,你乃书香门第,家产万贯,有头有面,人家一干人帮了你偌大的忙,可不能穷酸失礼一毛不拔呀。"

　　"赵大人说得极是,小人把事办完,很快就按规矩请大家吃酒致谢,可没怠慢。"

　　二个中人二个证人都点头称是。

　　"两个中人两个帮办陪着你丈量田亩,草拟文书,讨价还价,想必他们都识文断字了?"

　　"那个自然,不识字怎能帮忙呢。"

　　中人证人也都点头称是。

　　"那好,衙役们听了,快把桌椅搬来,堂中放上餐桌和五把椅子,四角各放一张小桌一把小椅。中人证人各自朝外坐到桌前。大家坐好了吗? 坐好了,那就把你们那天吃酒时的座位及吃的酒菜写到纸上。"

这下可好看了。四个人万万没有想到赵推官会来这一手，大庭广众面前又不敢沟通。只见一个个抓耳挠腮，皱眉挤眼，拿着笔迟迟不敢动手。

赵南星见状，豁达地说："大伙儿别紧张啊，过去很长时间了，好好想想再写，千万别写错了啊……"

四个人听了慌作一团，这哪是安慰，分明是催逼呀！无奈，各自只好狠狠心，胡乱写了一通，然后交到师爷手上。

"师爷，给大家念一下他们写的内容，念到谁的，谁就按自己写的座位坐到桌旁的椅子上。"赵南星指着堂中的桌椅说。

这下可热闹了，只见有的写吃了四个碟子一个碗，有的写是八个碟子四个碗，有的是八个碟子八个碗……再看餐桌旁，两把椅子没人坐，一把椅子上却坐了三个人，两个证人斜歪着身子坐，一个胖中人没地方坐，只好坐在二人的腿上。胖中人足有二百多斤，只压得两个瘦证人龇牙咧嘴直喘气……堂下城民见了指指点点，哄笑不止。

赵南星看罢笑哈哈地问："我说侯进生啊侯进生，你也是知书达理脸朝外的人，请人家吃酒怎么这么个安排？再说这样安排让人家咋吃啊？"

侯进生早已看出自己的骗局要露馅，又羞又怕，豆大的汗珠直往地上淌，舌头在嘴里干咕噜，忙爬向堂中磕头求饶，并把如何假造地契，找几个酒肉朋友充当中人证人的事如实招供。

原来，刁钻奸猾的侯进生早已看上王家的这块好地，等王家三个儿子分割后便开始谋划占为己有。当老大和老三家遇到灾祸后假惺惺地前去慰抚，并佯装慷慨地借给钱粮度难，不等王大棒和王三棒喘过气来便按"驴打滚"计息前来逼债，万般无奈的王大棒和王三棒只好将各自的十亩田产抵债给了他。为了耕作方便，他就开始打起王二棒十亩田产的主意，想方设法弄到手里。然而王二棒勤于耕作，日子一天天好起来，不肯将占据中间位置的十亩田产卖给他。这下可气坏了这个笑面虎，他苦思冥想了些日子，眼珠一转，请来城里有名的几个地痞吃酒。酒酣耳热之际，四个地痞拍着胸脯嚷着说，侯大哥真是够朋友，有什么用得着弟兄们的只管说，赴汤蹈火，在所不辞！

侯进生见火候已到，便拿出笑面虎的拿手本领，很委屈地说，三年前王家兄弟遇着灾祸，走投无路，前来求助，咱可怜他们的苦楚，仗义给钱给粮救助。他们感动得磕头拜谢，并主动将各自的十亩田产抵给侯家。谁知这王二棒为人奸诈，过后坏了良心，不肯交割土地，真是气煞人也……

四个地痞听了，明白侯进生想霸占王二棒的田产，便昧着良心说，这个好办，你写两份地契，弟兄们给你当中人和帮办，来个先下手为强。于是，侯进生拿出早已拟好的地契,让其中两个人作为中人,两个人作为帮办,签字画了押,然后派人去抢占了王二棒的十亩田产。王二棒告到县衙,知县升堂问案,见侯进生有地契和中人证人,便简单地将地判给了侯进生。王二棒不服喊冤,便以无理取闹、咆哮公堂为名将其打将出去。后来换了新知县,王二棒再去喊冤,又被打了出去。

听了侯进生的供述,堂下堂上一片唏嘘,赵南星威严地命侯进生和四个地痞在供状上签字画押,然后把惊堂木狠狠一拍,铿锵有力地宣判道:"大胆侯进生,依仗粗懂文墨,串通地痞伪造文书,霸占田产,欺骗官府,罪责难逃,速将所霸田产归还王二棒并赔偿其损失纹银五十两,拉下去重责四十大板,以示惩戒!胡贵等四名地痞长期横行乡里,欺压百姓,帮助侯进生伪造文书,霸人田产,各自重责四十大板,回家好好反省,如若再为非作歹,本推官定不轻饶!"

侯进生和四个地痞伏在地上,叩头如捣蒜,连声说着"小人往后再也不敢了……"王二棒则伏地跪拜,千恩万谢,众城民欢呼着"赵推官明断"欢心离去。

31.小计释村仇

　　汝宁城北六七十里远的地方有条洪河,洪河岸边坐落着两个村子,一个叫于湾村,住着姓于的祖孙几代人;一个叫白湾村,住着姓白的一大家。两村之间虽只有一路相隔,却如老子所说:"鸡犬之声相闻,老死不相往来。"不仅如此,还经常为一些鸡毛蒜皮的小事打得头破血流。这天,于家的一头猪跑到白家的地里拱吃了一些红薯,白湾村的人们一齐出动,擒住后打断了猪的一条腿。于湾村的人们说,打猪看的是主人,这是明着欺负于湾村。于是乎,全村男女老少齐出动,掂刀抢锏,誓要与白湾村决一雌雄。白湾村的乡亲们也不示弱,呼喊着赶来应战,一场群殴乱战一触即发。

　　正在这时,大路上走来两个年轻人,一高一矮,个大的二十多岁,文雅干练,双目有神,看到这种场面,不是绕道躲开,而是冲直来到两阵之间,抱了抱拳说:"各位父老乡亲,小人姓赵,路过此地,看到大家剑拔弩张,不知发生了什么大不了的事,值得大动干戈,乡里乡亲岂不伤了和气,有事只管好说。"大家见这位年轻人气宇轩昂,谈吐不凡,又是外地口音,便七嘴八舌地说起两村吵架的起因。

　　原来于湾村的祖上是在本地繁衍了几十代的老住户,而白湾村的祖上是明洪武年间从山西洪洞大槐树下南迁来的外来户。于湾村的乡亲们信奉"白鹤吃鱼"的传说,认为白鹤吃鱼(于),对于湾村不利,当时就反对白家祖宗来此居住。白家祖宗于持朝廷命令,理直气壮地住下来,两村就结下了冤仇。于湾村的乡亲们说,要不打死或赶走姓白的人,于家就会被克死,永世不能翻身。因此,就经常找茬吵闹打架。白家人们毫不示弱,认为不打出样子就没法子在此处安身,慢慢地主动发起进攻,一直打闹了几百年。

　　那年轻人听罢,哈哈一笑说:"诸位,不瞒大家说,我家几代都是看风水的,对于生克之道、阴阳八卦也略知一二。白鹤吃鱼是对的,可是白鹤也有白鹤的短处,虽然腿长嘴长,却只能在浅水滩逮鱼,到了大江大海就不行了。其实你们两村的事儿很好办,只要在两村之间住上两家姓江的,于家就如鱼得水,白家也就隔江而发了。"两个村上的人听他这么一说,都觉得有道理,就各自将人撤回,并分别向县衙提出移江姓人家来住的要求,一场危机很快化解了。

事隔不久,山中江沟村的两户姓江人家带着县令的文书和安置费用,抬着汝宁府推官赵南星手书的"以和为贵"的大匾来到两村中间,置地盖房,住了下来。这时人们才知道,那天排解争斗的年轻人不是别人,而是大名鼎鼎的汝宁府推官赵南星,无不感恩戴德,为他的智慧所折服。两个世代相残的村子,从此和睦相处,沿袭至今。

32. 退银倡新风

赵南星来到汝宁府推官位上,倡廉风,治衙役,惩贪官,平冤狱,社会秩序很快好转,"父母官"、"赵青天"的桂冠也不可避免地被黎民百姓戴在了他的头上。然而汝宁地面长期形成的一些恶习"规矩"并非一朝一夕一举一策所能根本扭转的,有些恶习解决起来还真需要一些勇气和智慧呢。不过倔强的赵南星硬是不计得失,无私无畏地做了一些。

在社会治安形势明显好转的情形下,赵南星忽然想起自己初到汝宁巡察府监时的情形:房屋年久失修,破旧不堪,房上漏雨,四面透风,门窗朽坏,墙壁破损,曾经出现过多起犯人挖墙或破窗越狱事件,既有失朝政威严又常出问题。为了彻底解决这个问题,他亲书整理方案,谋划筹资渠道,与知府几经商议,最后确定了向朝廷申请资助,府内自筹部分银两,全面整修府监的方案。向朝廷的申请很快批复回来,知府也筹集到部分银两,并命赵南星全权负责监工改造。

赵南星寒门出身,自知修整府监的经费,不论是朝廷皇银也好,府中自筹也罢,全是民脂民膏,须当俭省自细,精打细算。为此,他天天亲临工地,与工匠们仔细研究施工方案,尽量节约工料。当他发现修建中所用的石料要由民夫们到很远的山中去拉时,感到既费银两劳力又耗时很长,弄不好还会影响工期,便向工匠们请教道:"石料造价这样昂贵,能不能用什么东西取代呢?"有个老工匠若有所思地说:"办法倒是有一个,只是看赵大人敢不敢破千年规矩了。"

"什么办法?快讲出来听听。只要能保证质量,节约工料,管他什么规矩呢!"

"赵大人你看,咱汝宁一马平川,石料奇缺,可是河中有卵石,地中有黏土,只要用河卵石垒成墙,一层一层地往中间加石灰黏土和成的稠泥,填满捣实,风干后坚硬如铁,比大青石还结实呢。"

"这么好的办法,过去为什么不用呢?"

"赵大人有所不知,过去不是不知这么办好,而是当时的监工大人们死搬朝廷的条文,宁可多花钱也不肯这么干,生怕出个什么闪失遭追究。"

"这叫什么事!难道有为朝廷省钱的办法,还要死抠条文浪费不成?要真是这样,本官一定破破这个惯例,改掉这个规矩!"工匠们听了个个点头称是,又唏嘘担忧。

其实工匠们是多虑了,足智多谋又寒门出身的赵南星才不听风就是雨,拍脑袋盲目瞎干呢!只见他听了工匠们的主意神情振奋,誓言改旧规用新法,但并不急于命工匠们马上采用浆卵法,而是让工匠们领自己去找城内外用浆卵法垒起来的墙基,实地进行察看。他亲自拿着锤钎在这些墙基上敲打撬顿,反复探验,并仔细询问旁边看热闹的乡亲们,挖运卵石的价钱,哪里的黏土最适合,黏土与石灰的配比是多少等等。一切得到证实,他才让工匠们制定浆卵法方案,然后下令停止搬运石材,组织人马挖卵石,运黏土,购石灰,做架板,热火朝天干起来。

赵南星不仅实事求是,敢作敢为,更明了朝廷规矩。在组织民夫改变垒砌方法后,连夜亲书向朝廷的奏折,用他那神来之笔详述浆卵法的要领、好处与勘验情况,有理有据地提出在平原上普遍推行浆卵法的建议,派出专人乘快马速速上呈,很快就得到恩准。这样一来,工匠们兴高采烈,就近取材,熟练垒砌,工程进度明显加快,提前一个月完成了府监的整修工程,还省下一大笔银两。

赵南星见工程已经完工,便请知府组织监察官员和技术人员进行检查验收,命库吏进行账目结算,自己则秉灯疾书,亲自撰写工程报告。

夜深人静了,赵南星正写得起劲儿,府里主管账粮的库吏悄悄推门进来,看看四下无人,便压低嗓音对赵南星说,此项工程由于赵大人监管有力,又改变了砌墙办法,工料皆省,朝廷拨下的银两余下不少,看这些钱如何处理?

赵南星听了库吏的话很惊奇:朝廷拨款修监,余款自当返还国库,这有什么可请示的?但他转念一想,这里可能存有一些猫腻,趁机弄清再说。于是,他很随和地问:"以前有没有这样的事,又是如何处置的?"

"以前经常遇到类似的事情,都是由主管做主,送给知府一部分,其余按官职大小分给有关官吏。赵大人不必多虑,这已是几辈子的老习惯。"

赵南星听了库吏的一席话,惊得目瞪口呆:这不是私分官银吗,天理难容,怎能如此!只见他深吸一口气,稳了一下心神,强压心中怒火,委婉地对库吏说:"这可都是百姓的血汗钱哪,莫说朝规不允,就是不犯王法咱也于心不忍哪!我看还是收入府库,上缴朝廷吧。"

库吏不无担心地说:"赵大人说得极是,于法于情于理,咱都不该这么办。可是这已是多少年的老规矩了,如若这次改了怕是要惹一些人的不满和怨恨哪。"

赵南星听了点头称是,踱着步子在室中转了三圈,然后与库吏商量道:"要不这么办,你先把余银收在库中,暂不入账,既不说分也不说不分,只说顾不上,看看情形再说。"库吏点头称是,一边赞叹着离开了。

赵南星将余银暂留库中,实则是不准备分,只是等待机会妥善处理,达到既守廉责又不冲撞得罪众人的效果。

说来也巧,余银事情刚过半月,汝宁一带就发起大洪水,淹没无数村庄农田,无数人家流离失所,衣食无着。知府倾数拿出库银赈灾,只能是杯水车薪,朝廷救灾款物一时又难送达,眼看着饥民生怒,秩序就要失控,急得知府坐卧不宁。赵南星见状悄悄进言道:"修整府监的余款还有一些,是不是用它来救个急?"知府饥不择食,慌不择路,如今饥民遍野,危机四伏,哪还顾得上什么习惯规矩,一边赞叹赵南星做得好、办得对,一边催促赶快用这些款购粮赈灾……

后来百姓知道了这件事,街谈巷议赞颂赵南星的恩德。众官吏心里明白,百姓已经知晓了余银猫腻,再也不敢私分了。就这样,私分余银的恶习在汝宁地面上消失了。

33. 状元一字师

初冬的一个傍晚,赵南星风尘仆仆地从乡下回到官舍,刚刚洗漱一下,吃了点东西,就有衙役来报,说是汝宁县的新科状元来访。他一面吩咐衙役引进客厅,茶水伺候,一面梳头整面,官袍整装,然后施礼相迎。

新科状元一见赵推官大礼相迎,忙诚惶诚恐地还礼致谢:"在下有家事请教推官大人,怎敢受大人如此礼仪!"

"你我都蒙承浩荡皇恩,荣登皇榜,实乃兄弟,有何见教,但说无妨。"

"我本是汝宁一书生,今春考中状元,前些日子皇上诏见,几番对答,酣畅有度,引得皇上大喜,钦赐凤冠霞帔一副,兴奋不已,谁知回到家中却犯了难。本来这凤冠霞帔是赐给我夫人的,因我尚无婚配,就应由母亲穿戴。但我有两个母亲,一个是生母,一个是养母。养母是父亲的原配,生母是父亲的侧室,这凤冠霞帔是给生母还是养母?生母说:'状元是我生的,应当归我!'养母说:'我是大,你是小,长者为尊,再说状元是我养大的,应当归我!'二人争执不下,让我犯了难。实在没有办法,就写了奏章,如实汇报,请万岁做主,不知妥否,想请机敏过人的赵大人帮助斟酌一下。"

赵南星接过奏章仔细看了一遍,连连摇头说:"不好,不好。这奏章上去,皇上必定龙颜大怒,弄不好会削了你的功名,祸及全家。"

"这是为啥呢?"新科状元惊出一身冷汗,战战兢兢地问。

"你想啊,皇上看了奏章会不会认为你的家风不好,你堂堂一个新科状元,连小小的家事也处理不好,不能治家,怎能治国,要你这样的状元何用?"

"那可怎么办哪?"

"其实很简单,把奏章改一下就行了。"

"怎个改法?"

"改掉一个字就可以。"

"哪一个字?"

"将'争'字改为'让'字。"

状元一听拍手叫好:"好好好!这一改,'两母相争'变成了'两母相让',

把原意翻了过来。"于是忙动手改成了:养母说,这状元是你生的,应该归你;生母说,长者为尊,应该归你,两人相互谦让,谁也不肯接受。

新科状元次日便把奏章送往京城,直送皇上手中。皇上看了果然龙心大喜,说状元有如此良母,确是礼仪之家! 自己不知道状元有两个母亲,使他为难。传旨再赐一副凤冠霞帔,让两位母亲共沐皇恩。

新科状元的两位母亲接了凤冠霞帔,听儿子说了改奏章的事,心里暗暗惭愧,都怪自己差一点儿葬送了儿子的前程,给全家招来灭顶之灾。从此,二人吃斋念佛,互谅互让,乐善好施,成了远近闻名的大善人。

34. 巧计成美眷

　　汝宁府虽连年水患,地瘠民贫,但古风犹在,儒道昌盛,人才辈出,达官贵人层出不穷。这既是好事儿,又给现任官员增添了不少麻烦。这不,从吏部尚书位上告老还乡的邓员外为儿媳被拐一事,径直找到府衙推官赵南星堂上来了。

　　赵南星见邓员外在奴仆们的搀扶簇拥下,大摇大摆地朝堂上走来,剑眉一皱,心想,麻烦来了!但他并未怒形于色,而是满面笑容地迎上去,毕恭毕敬地施礼,一口一个老前辈地叫着搀进堂上,沏茶看座,嘘寒问暖,问有什么吩咐需学生跑腿帮办?

　　邓员外也不客气,满面怒容地说,前年黄河发大水,大名府被淹,一个姓刘的年轻人田产被淹没,妻儿被冲走,无依无靠,流落汝宁,我在街上见到他,顿生怜悯之心,收到家中当了伙计。谁知年长日久,他竟提出与我的寡妇儿媳成婚,当我的干儿子。我听了气得五脏俱焚,将这忘恩负义之人痛斥打骂一顿,并将他赶出了家门。万万没有想到,他竟变本加厉,乘着月黑风高,将我的儿媳拐走,真是气煞人也,赵推官务必为老夫做主,严惩这负义之人!

　　赵南星听了怒冲云霄,斩钉截铁地说,这还了得,想不到世界上竟有如此负义之人,一定要速速擒拿严办,为员外出了这口恶气。员外点头称善,大摇大摆地离开了府衙。

　　送走员外,赵南星立即执签发令,命衙役们速速擒拿二人。

　　衙役们不敢怠慢,立即全员出动,明察暗访,过了一日便将二人擒拿归案。

　　赵南星虽然刚直不阿,毕竟此案是员外亲口交代的事情,也重视非常,亲自提审了二位案犯。谁知实情与员外讲的大相径庭。姓刘的年轻人说,自己本无拐骗员外儿媳之意,只是到了员外家之后,看到他的儿媳青春年少,失去丈夫,孤苦伶仃,顿生怜悯之意,经常劝解帮扶,慢慢产生了爱慕之心,便提出做员外的干儿子,与嫂夫人成婚,共同孝敬员外。谁知员外死守古礼，坚决不允，还将自己驱赶出门。嫂夫人是重情重义之人，执意跟着自己逃出员外家门，并无拐骗之嫌。员外的儿媳与年轻人供述的分毫不差，并请求赵大人成全了二人的姻缘，如果员外同意，还愿意与年轻人一同给员外养老送终。

赵南星听了二人的血泪陈述，剑眉紧锁，在大堂上踱来踱去，一言不发，弄得员外、二个人犯、衙役及看热闹的市民们大眼瞪小眼，不知赵推官葫芦里卖的啥子药。突然，赵南星走到案后，把惊堂木狠狠一拍，高声宣判道："大名讨荒人，斩首不解恨；有眼没长珠，敢欺员外门；放逐报事滩，饿豹分食身！"堂下一片惊愕，员外点头称是。

接着，赵南星又给寡妇定罪判决："丧夫是天定，守寡是本分；私通败门风，不留这号人；发配老虎岗，猛虎掏吃心！"当即执签下令，唤衙役们立即执行。

这对不幸的有情人被衙役们木枷锁身，推推搡搡押着上了路。二人在长街上仰天号啕，捶胸顿足，只哭得沿街的乡亲们抹泪长叹，悲声不已……

等二位有情人分别被押解到报事滩和老虎岗才恍然大悟：原来这报事滩和老虎岗是百里外的两个相邻的地名，哪有什么恶豹和猛虎，分明是赵推官在成全二人的美满婚姻！遂朝着汝宁府方向跪地谢恩，高高兴兴结成姻缘。

据说，过了一段时间，员外年老体衰，卧床不起，二人听说后返回家门，日夜服侍，皆尽孝道。老员外在临终前感慨地说，自己年迈糊涂，险些坏了大事，多亏聪明的赵南星机智运筹才成全了两个孩子的好事，并让年轻人捎话致谢。

35. 愤然辞高官

明朝是中国几千年封建社会的倒数第二个朝代,也是封建政治体制经过探索、规范、修正达到日臻完备的一个时代,尤其是其开国皇帝朱元璋出身于平民,建国以后吸取历代教训和民众要求,进行了完善和修正,达到了新的高度。其中,对于各级官员的考察任用就形成了一套比较科学严密的制度和机制。

按照朝廷典籍规定,对在外供职的官员,朝廷每隔三年对其德能勤绩廉进行一次全面考察,第一次叫初考,第二次叫再考,第三次叫通考。三次考察之后,根据品德优劣,政绩好坏而确定升降任免。

赵南星在汝宁推官位上,清正廉洁,执法如山,勤政爱民,兴利除弊,政绩斐然,民声甚好,朝廷的两次考察均获全国第一,于万历十年初春被提升为户部山西司主事,不久走马上任,第一次入朝做了官。

阳春三月的一天早上,天气十分晴朗,初升的朝阳普照在北京城内的皇家宫殿及各部官府衙门的大小建筑上,屋顶上的黄绿参差的琉璃瓦,在阳光照射下闪闪放着光芒。赵南星崭新官袍加身,精神抖擞地迈着健步入户部衙门,礼节性地参见了各位上司,然后来到公厅之前,准备听取汇报,接手政事。他机警地向里面一看,发现一大堆官员正在公案前议论着什么,便与众人见了面,拱手施礼,凑上前去。

只见案上铺着一张红绢纸,上面用黄色墨汁写满了字,后面有许多人签了名。赵南星从头至尾看了一遍,方知最近权倾朝野的内阁首辅(相当于总理)张居正年老得病,朝廷上下大小官员都忙碌起来,有的亲自送汤送药,有的为他求神许愿,有的多次前往探病。那张红绢上写的正是为张居正求神祈祷的祷词。看那文字,不外乎肉麻的吹捧,请求神灵保佑,祝愿他健康长寿之类。再看下面签名,从尚书、侍郎、郎中到员外郎、主事等,写了一大片。

赵南星看罢甚觉震惊:威加四方的大明朝廷怎么竟然也像民间一样信起神鬼,搞这些无聊之举!再说张居正虽然身为三朝元老,托孤重臣,雄才大略,有胆有识,万历初年确实为大明中兴出了不少力,干了不少事,但他近几年年老昏庸,刚愎自用,骄横自私起来,不少坚持正义的官员受到他的打击迫害,阿谀奉承他的人得到重用,使官风日下,怨声载道,今天这种无聊之举正是其典型表现。在上面签字的人各怀心思,有的想借此巴结他,有的怕他报复,违心这么办,真是无聊之极,也太过分!决意不在上面签字,也不去参加祈祷仪式。当有人劝他签字时,他以初来乍到,情况不明为由婉言拒绝了,别人也不好再勉强他。

祷词写好以后,群臣正要到附近寺庙奉献时,忽见一位青年官员大步闯进来,抓起毛笔,饱蘸墨汁,从祷词上面将一个名字一笔抹去,惊得众人目瞪口呆,赵南星上前一看,抹去的是"顾宪成"三个字。悄悄打听才知道,这顾宪成是万历八年的进士,南隶无锡人,现任户部主事,与自己同列。此人才华横溢,一腔正气,刚直不阿,听说别人在祷词上代他签了名,当即赶来将自己的名字抹去,心中暗暗生起敬佩之情。

过了一会儿,户部官员到齐,由尚书带领,到附近寺庙为张居正祈祷去了,公厅里只剩下赵南星、顾宪成和姜士昌三个人。三人相见恨晚,情投意合,纵论天下,十分投机,成为至交,后结为兄弟,相互敬重,往来频频,患难与共,成为东林党的核心人物,也为日后的政治磨难埋下了祸根。

其实,赵南星已经不是第一次怠慢和得罪张居正了。还在四年前,张居正回荆州老家葬父,途经汝宁府,全府官员前往驿馆迎送,赵南星看不惯这种张扬之风,拒不参加。去年考察任用官员,多亏张居正卧病在床,无法参与,赵南星才被提拔入京为官。

赵南星不畏权势,刚刚入朝就两次得罪权倾朝野的张居正,很快引起张居正门生们的反对和排挤,日子很不好过。

不仅如此,生性倔强的赵南星还蔑视和戏弄内宫太监。有一次,皇上打算出个题,考一下手下的大臣们,不料这道题被一个太监探知了,题目是:什么高,什么低,什么东,什么西?这个太监想在大臣们答不上来时出一下风头,显示一下自己的才华,以博得皇上的宠信,就想啊想,可想了半天也做不上来。他听说户部新任主事赵南星才高八斗,机智善辩,就悄悄找赵南星请教。赵南星当时正在菜园子里帮着园工们锄菜,这个太监找到他,装作闲聊的样子向他提出这个问题。赵南星略一思索,指着园内的一口井说:"井台高,转水低。"(转水——拉水车牲口环绕井台行走的路径)。然后又指着一畦畦的蔬菜说:"黄瓜东,茄子西。"太监如获至宝,暗暗记在心里。

次日皇帝升殿,文武大臣列立两厢,赵南星作为户部的一个主事被安排在后排末位,等待汇报户部的一个大事。

皇上正式议论朝政之前说:"众位爱卿,朕这里有一个问题,不知道那个能答上来?"随后让人宣读了这个题目。众位大臣听了,不知皇上何意,有的一时答不上来,有的想出来了迟迟不敢应对。那个太监看大家都不吭声,就自告奋勇地站出来,按赵南星告诉他的内容讲了一通,不成想皇上鼻子哼了一声,表现出很不满意的样子。皇上看看列位大臣面面相觑,抓耳挠腮或苦思冥想,就把目光投向后排末位的赵南星说:"听说户部新任主事赵南星能言善辩,就请他说说吧。"赵南星听罢赶紧走出队列,跪在堂前,不慌不忙地回答说:"圣上高,民人低;文臣东,武官西。"皇上满意地点头称赞。

退朝后,憋了一肚子气的那个太监找到赵南星,生气地责怪他两面三刀,刁钻奸猾,骗人肥己。赵南星笑笑说:"你不是在菜园里问我的吗?我当时是指菜园子里的东西说的,可现在皇上是在金銮殿上问我,我只能就金銮殿的东西说。再说,那天你也没告诉我是咋回事,我怎么帮你呢?"

太监听了赵南星的回答,感到无懈可击,只好怪自己愚笨罢了,但心里恨透了赵南星。从此,这个太监拉拢上一群太监,与张居正的门生们沆瀣一气,携起手来处处给赵南星搬弄是非,设置障碍,弄得赵南星没法干事,还经常遭斥责处罚。

刚直不阿、一身正气的赵南星实在无法忍受这种屈辱和折磨,干脆上书称疾辞官,回乡闲居去了。

36. 忧愤著《笑赞》

　　正值而立之年意气风发的赵南星仕途不顺,被迫称病辞官回到高邑城里的老家,日日为朝纲不正天下安危担忧,夜夜为权臣当道民怨难平激愤,心事重重,愁眉苦脸,食不甘味,一天天消瘦下来。大家多方宽慰解劝都不起作用,急坏了一家老小及街坊四邻,大家只好聚在一起搜肠刮肚地另想法子为他排忧。大家想啊想,终于想到了南关学堂的齐老先生,忙派人去请他帮忙想法子。

　　齐老先生是高邑乡下的一介书生,年长赵南星十六岁,满腹经纶,才高八斗,尤其对民间文化颇为精通,然时运不济,虽与赵南星同年考取了秀才功名,但后来屡试不第,只好被聘当了个学堂先生。最近几年,齐老先生年龄大了,行走不太方便,眼睛又不太好,学生们也就不怎么怕他,成天或玩小动作糊弄他,或在课堂上调皮捣蛋,惹他很生气,干脆把书本一扔不干了,任凭家长们怎么说好话,硬是回家歇起来了。赵南星的儿子知道他与父亲志同道合,脾气相投,过去常在一起纵论天下大势,吟诗唱和,赵南星外出做官后二人书信往来不断。赵南星每次回家省亲,都要去拜访齐老先生,论国事,谈民生,非常投机。此次赵南星辞官回乡,心情不好,没有去拜访齐老先生,齐老先生呢,这几日身体也不大好,虽有心去看望赵南星,怎奈行动不便,就耽搁了下来。

　　赵南星的儿子找到齐老先生家,直截了当地说:"世伯,我父亲在朝中受气不过,辞官回到家中,成天忧国忧民,闷闷不乐,饭也吃得很少,眼看一天天瘦下来,谁劝也不顶事。大家说,只有请你老人家出山了。"

　　齐老先生听了呵呵一笑说:"看这小老弟,有啥大不了的,还这么怄气!行喽,你先回去告诉奶奶和你娘,不着急啊,看我怎么收拾他!"

　　别看齐老先生科考不擅长,但肚里的东西多着呢,天文地理、人情世故、民情故事等等无所不晓,还特别会拐弯劝人,疏通人情,周旋办事,这一点上比赵南星要强多了。他拄着拐杖一瘸一拐地摸到赵家书房门口,老远就喊,这么尊贵的老者来了,堂堂的儒家名仕赵大人怎么也不知道出迎,还不快好茶侍候?赵南星忙出来相扶客套并亲手沏了一壶好茶,二人便无拘无束,边品茶边山南海北地穷聊起来。看到赵南星心不在焉的样子，齐老先生"哎"了一声说："赵年兄，你不知道，前些日子遇见一件烦心事，把我气得病了一场，今天特来请你开导一下。"

赵南星前几天就听家人说齐老先生病了，可不知他为什么病，也不知他得的是什么病，这会儿听他提起这事，忙问道："有吗大不了的事儿，还能把包容天下的师兄气病了？"

齐老先生摆着右手长叹一声说："师弟你有所不知啊，你要遇到这种事儿，准得把肺气炸了！那天晚上，我的两个学生打赌，一个说西边的太行山叫'泰杭山'，另一个非说叫'代形山'，并说亲见山下的石碑上就这么写的。二人争执不下，就去找我的一个同事问个分晓，并说好谁输了谁请客。谁知我的这个同事心术不正，想让有钱的那个学生输一桌好酒，自己也沾个口福，就说应当念'代形山'，硬让那个学生管了一顿丰盛的酒宴。谁知这么一来，我的学生们都把太行山念成了'代形山'，你说说，这不是误人子弟吗？这样的人凭什么还敢称自己是孔孟之徒？真是气煞人也！"只见他满面怒容，唾沫星子乱飞，还用拐杖狠狠捅得地面"咚咚"作响。

赵南星听齐老先生讲着，看他那孩童般的生气样子，不由得笑了，还大度地说："这先生也真是的，怎么能忍心这样做呢！多亏天下不只他一个人识字，不然，别人都净成傻子了。不过，这样一来，人们一旦知道了他的底细，他再念正确的字恐怕也没人信他了，你说哩？"

齐老先生一个瞎话终于把赵南星逗得有了笑模样儿，赶紧说："是啊，是啊，反正我今后再不把他当人了。"

"对，做得对，咱孔孟之徒就不能与这号人为伍。我说大儿啊，快备酒菜，我要与你世伯痛饮几杯！"赵南星一面吩咐儿子备酒备菜，一面飞快地把刚才的所闻记录在一张纸上，然后与齐老先生举杯共饮，畅谈起诗文。一家人万万没有想到，这天二人兴致极高，喝了将近一个时辰，将一瓶浓烈的衡水老白干喝了个精光，一人还吃了两个馒头，然后痛痛快快睡了两个时辰。大家都高兴地长出了一口气。

齐老先生发现这一招挺灵验，就有了信心，反正闲着也没什么事，就隔二间三地来找赵南星闲聊，每次都讲上两三个笑话，直说得二人大笑不止，还引来一家老小来听，使沉闷的赵家大院恢复了往日的生机。

其实，齐老先生是个很有心计的人，看到赵南星对这些笑话产生了很大兴趣，又一个不落地记录下来，根据对赵南星的了解，便推测到自己走后赵南星会逐个进行整理并评点一番，日后会形成一部专著。于是，他每天翻阅各种书籍，搜寻天下笑话，走街串巷与乡亲们闲聊，寻访笑话故事，再讲给赵南星。就这样，三个多月过去了，赵南星竟记录了一百多个笑话故事，精选出其中的一部分进行整理加工，加注评点，形成了厚厚一本集子，拿出来讲给家人们听，并与齐老先生共同评阅修改，编辑成册，取名《笑赞》，成为中国第一部笑话集，给世人带来不尽的欢乐。据说，蒲松龄写《聊斋志异》，就是从赵南星的《笑赞》中受的启发。

37. 抵笑救清官

赵南星的机敏聪慧早已妇孺皆知,文韬武略也受到官员和学子们的敬仰。他辞官回乡后,有不少年轻人想拜在门下当徒受教,可他闷闷不乐,闭门谢客,使许多人望而却步。自从齐老先生将其逗乐,开始着手编撰笑话集,忧郁一扫而去,满面春风地与乡亲们往来叙话,引来学子们的争相求教。

一天夜里二更天时,大儿子来到书房,向聚精会神写文章的赵南星禀报说,宁晋县新上任的梁知县前来拜访,是否方便会面?赵南星放下手中的毛笔乐呵呵地说,人家风尘仆仆地深夜来访,必有要事,怎能不见?说着与儿子一同来到客厅,与梁知县拱手施礼见了面:"不知梁知县远道来访,有失远迎,失敬失敬!"

"深夜冒昧打扰赵大人,实在不好意思,还请见谅。"梁知县诚惶诚恐地施礼回话。

"梁知县深夜来访,必有要事,请不必客气,随便道来。"

"晚辈新到宁晋地面,人生地不熟,处事难免失检,敬闻大人才高学富,今有一事,特来拜访求教。"

梁知县说着,掏出一包白银放在桌上,"这点薄礼表表晚辈敬师的心意,万望笑纳。"

赵南星见此,目如闪电,心翻怒火,但他很快平静下来,心想,一个新任知县竟掏钱来孝敬自己这个辞官之人,必有原因,且看他下文如何。于是,笑眯眯地伸手摸了摸,知道足有五十两之多,便轻轻一推说:"这点东西算啥,好省好省。"梁知县听出他嫌少,马上又添了五十两。赵南星还是推过去说:"这点东西算了,算了。"梁知县心想,都说赵南星两袖清风,一尘不染,都送一百两了,怎么还嫌少?可是想到自己目前的危险处境,为了寻个脱身之计,只好忍痛咬牙,把随身带来的所有银子,统统放在桌上说:"晚辈已倾其所有了,请赵大人务必收下。"

赵南星见状,摸摸银两足有二百两左右,这才叹口气说:"恭敬不如从命,愧领了!"转而请梁知县坐下用茶。

　　梁知县装模作样地呷了一口茶,战战兢兢地开口道:"晚辈有一急难,欲求大人指教解救。"

　　"客气,客气。"赵南星心不在焉地说。

　　"学生到任不久,便想在洨河下游的渡口增修一只渡船以利交通。县城外有一墓地,古柏参天,杂草丛生,在下以为是一无主荒废的墓地,也没细问,就下令砍了几棵大树。谁知这是先朝阁老的祖坟,他的后人们平时无人问津,这时却联名上书,弹劾下官侵吞民财。倘若上面怪罪下来,晚辈吃罪不起,特求大人赐救命良方。"

　　谁知,赵南星听后不仅不着急,反而笑眯眯地连声说:"恭喜梁大人高升,恭喜梁大人高升!"梁知县听罢,被弄得丈二和尚摸不着头脑,瞪着迷茫的双眼问:"赵大人给出个主意,能保住这七品知县就烧高香了,哪里来的高升呢?"

　　"只要下令砍去墓地全部古柏,便能指日升迁!"

　　"我的赵大人啊,你就别给晚辈开玩笑了。砍了几棵就吃不消了,要是都砍了,那不是要我的小命么?"

　　"哎!,怎么明白一世,糊涂一时呢? 你在增修渡船之余,不会去修修学馆吗?"

　　梁知县听罢,眨巴眨巴小眼,猛拍一下脑门道:"真是一语提醒梦中人!是啊,我征用一点民间木材为民增修渡船,这没错呀! 多谢大人指点,晚辈告辞了。""慢! 请把这些银两拿去,藏在古墓里面,然后把古树都砍了。"梁知县已经心领神会,哪里肯收回白银,再三道谢后匆匆离去了。

　　回到宁晋县衙,梁知县第二天便吩咐县丞衙役带上工匠把古墓道两侧的古柏树统统砍了,拉到学馆前,大修起学馆。夜深人静之时,他一个人悄悄来到古墓,把一百两银子偷偷藏在拜坛下面。

　　过了几日,赵南星派儿子把二百白银送到梁知具手里,梁知县感动得一口气说了六个谢谢。

　　时隔不久,一队人马鸣锣开道,仪仗引路,浩浩荡荡自顺德府朝宁晋开来,八抬大轿中端坐的监察御史威风凛凛,满面怒容。乡民们一看便知,这一定是追查砍伐古墓柏树的钦差到了。

　　仪仗簇拥下的八抬大轿在锣鸣呐喊声中刚刚进城,就被一群举着状纸的年轻学子拦下,钦差见状忙吩咐手下停轿,捋着山羊胡子微微点头,准备接状。心想,看来宁晋地面民怨沸腾,宁晋知县确属贪官,一定要依法查处,严厉惩戒。

　　等钦差接过状纸一瞧,惊讶地叹息道:"这哪是什么状纸,分明是学子们书写的增修学馆颂词!"

钦差安顿下来,传来梁知县询问砍树之事,梁知县从容地回禀道:"本县承蒙皇恩,初来宁晋就任,下乡探察民情,发现洨河波浪急涌,渡船稀少,乡民渡河困难,便决计增修渡船,以解民难。怎奈宁晋盐碱地瘠,县贫民穷,既不敢动用国库,又不忍心增民负担,见此墓荒废多年,误为无主孤坟,将自己的俸银一百两藏入拜坛下面,便把古柏征用了,万望钦差大人详察。"

钦差听了梁知县陈述,又现场勘查,访问学子百姓,证明确实如此,遂起草奏章,以梁知县"为公不避私嫌,捐廉以利民生"上奏皇帝。皇帝看后大悦,发旨表彰,并提升梁知县做了知府。

38. 智解字约迷

　　一天午后，赵南星刚刚从封龙书院讲学回到家中，就见书童匆匆来报，说是高邑知县来访。赵南星一边依礼洗漱整装，一面思索着知县来意，然后神采奕奕地来到客厅，与知县抱拳相见，互致问候，问有何见教。知县恭敬地递上一本卷宗说，前些日子，真定府衙转来灵寿县的一桩家产纠纷案，令本县复审。学生与县丞反复审阅了案卷，发现老员外立的字约上写得明明白白，其遗产交女婿掌管，不许儿子争执。儿子本是法、理都认定的继承人，如今已经长大成人，又提出老员外临终前有交代，等遇到智勇双全的县官再提出诉讼。灵寿知县按约判决了，他不服，上诉到府衙。学生推敲多日了也不见端倪，故来请教老师。

　　赵南星接过卷宗翻了翻，只见老员外的字约上写道："八十老翁得一子人言非是我子也女婿掌管家产不许儿子争执。"他皱眉思索片刻问道："老员外是如何立的字约，又为何立约呢？"

　　知县根据自己了解的情况回答说，老员外本姓张，原是朝廷的尚书，辞官回乡后精细经营，家产万贯，骡马成群，可谓幸福美满，称心如意。但有一桩心事令他忐忑不安：年过七旬，膝下无子，又洁身自好，没有娶妾再生，只有一个女儿，早已出嫁，一直盘算着偌大的家业传承给谁。一天闺女回门，对老员外说："爹爹上了年纪，也该歇歇心了，就让女婿来替你操持家业吧。"闺女见老员外未置可否，就接着说，"别人不放心，自家闺女女婿还能胳膊肘往外拐？俺俩替你操持，一来尽尽孝心，二来让爹爹轻松愉快地过个晚年，能有什么不放心的？"看闺女说得恳切，老员外也就答应了。

　　女婿见老员外应允，忙过来操持家务，表面上殷勤地侍奉老员外，精心经营生意，暗地里却拿着老员外的资财吃喝嫖赌。还诅咒老员外早点死去，好早些继承偌大的家业。精明练达久经风雨的老员外很快洞察了这些，闷闷不乐，忧心忡忡，每天无奈地提着画眉笼到外面转悠，说是眼不见心不烦，就凑合着过吧。

　　事有凑巧，一日老员外从城外往回走，中途突然下起瓢泼大雨，就找一破庙避雨。那雨下得好大好长,电闪雷鸣,平地起水,不一会儿,旁边的小河里山洪裹着沙石树木滚滚而下,天也黑了下来。老员外看看破庙水漏如注,摇摇欲坠,心里又急又恼。急的是这雨如此猛烈,连个安全的地方也找不到,恼的是下这么大的雨,闺女女婿只顾自己逍遥,也不知出来找寻自己。忽然,在雷声的间隙传来了一连串微弱的"救命"声,借着闪电一瞧,只见河中冲来一年轻女子。说时迟,那时快,老员外见有人遇险,想都没想什么,就跳下小河的急流中死死拽住落水女子,拼命拉到岸边。惊魂未定的落水女子定睛一看,救自己的竟是一位白发苍苍的七旬老人,感动得连磕三个响头,哭喊着说:"我的大老爷爷,你只顾救俺,伤着你可咋办?真是个大好人哪……"老员外说,救人一命胜造七级浮屠,应该的,应该的。说着将毛巾递给女子擦拭全身的泥水。

过了一会儿,大雨慢慢停歇下来,老员外劝女子赶快回家吧,免得家人挂记。同时也隐含着男女授受不亲的避嫌之意。谁知,他这么一说,刚刚镇定下来的那女子竟跪在地上号啕大哭起来:"我回哪里去,我哪有家啊……"

老员外见她哭得伤心,忙扶她起来细问缘由。那女子哭哭啼啼说,她本是大名府人氏,只因黄河发大水淹没了家乡,跟随父母逃荒到了此地,父母衣食无着,疾病加身,不久就死在半路上,自己孤身一人四处讨饭度日,下午迷了路,走进河里,被洪水冲走。说到伤心处竟泣不成声,求员外收下自己,当牛做马都行。

老员外听了她的哭诉顿生怜悯之心,答应收留她并带她回到家中,还让闺女拿出新衣服,让她洗浴换上。第二天一早,她梳洗打扮一下就下厨做饭,打扫庭院,俨然一个仙女下凡,老员外欢心不已,闺女却生起气来。

这女子虽然出身农家,但知书达理,知恩图报,来到老员外家后争着抢着干家务,精心服侍老员外,博得老员外一片欢心。闺女和女婿看在眼里,恼在心上,旁敲侧击地埋怨老员外不该老有少心,将其领回家中。老员外本无纳妾之意,听他们这么一说倒上得心来,生气地说:"老夫要纳妾早已纳了,何必等到现在?既然你们这么不通情理,我也就不要那么多规矩了,就纳她为妾!"闺女女婿愤愤地离开了。

其实老员外只是说说气话而已,谁知闺女女婿当了真,愤愤地找到落水女子怒斥道:"你个狐狸精,花言巧语骗得爹爹欢心,不报救命之恩,还想鸠占鹊巢当夫人,还不快快滚走!"

落水女子本是贤惠刚烈之人,见他们夫妇如此不讲情理,气愤不已,理直气壮地说:"本女子只想报员外搭救之恩,并无非分之想,既然你们这么不通情理,又不孝敬老人,我也就不客气了,非当这员外夫人不行!"

"你敢,还不给我滚走!"闺女和女婿吵着就去拉拽女子往门外推去。

老员外见状气得瑟瑟发抖,狠狠心拿定了主意,扶着门框走出来,大声喝住闺女和女婿,当场宣布要娶女子为妾,并命他们二人明天就去操办。二人弄巧成拙,唉声叹气地操办去了。

老员外与大名女子成了婚,虽然老夫少妻,年龄悬殊,但恩恩爱爱,倒也美满,不久就创下了奇迹:那女子竟然怀孕了,10个月后生下个胖儿子!

闺女和女婿本来就对小妈心怀不满,视若眼中钉肉中刺,如今见小妈奇迹般地怀孕生子,威胁到自己对大笔家产的继承,明知小妈善良守规,也昧着良心造谣说,小妈怀的根本不是员外的种,而是与人通奸怀上的野种,伤风败俗,辱没家门,逼着员外将其母子赶出家门。

已经重病缠身的老员外看到闺女女婿如狼似虎的凶相,自知猫老不避鼠的道理,便委婉地说:"她早已家破人亡,无依无靠,你若赶她出门,叫她母子何处安身啊?不管怎么说,看在她在爹床头站过两晚的分上,就留下她们吧!不过我死后,让她母子搬进磨坊,剩饭冷汤落个温饱也就是了。至于家产,我已立好字约,你们各拿一份,日后若有争执,作为凭据。"

闺女和女婿接过字约一看,喜上眉梢,心想,老员外立下字约,家产归己,成了板上钉钉的实事,留下小妈母子既显示自己宽容大度的为人,又找了个不付工钱的老妈子,还可以随时出气解闷,就高高兴兴地点头离开了。连看奄奄一息的老父一眼都没有。

老员外看着闺女和女婿的背影,气得血往上涌,浑身颤抖,抓过大名女子的手,断断续续地说:"你母子要忍耐保重,日后遇上清官,拿上字约前去理论……"话没说完一口痰卡在嗓中,一命呜呼了。

老员外死后,未等闺女女婿来赶,大名女子便知趣地抱上儿子搬进磨坊,日日劳作,夜夜辛劳,没明没夜地洗衣做饭,喂牲养畜,与长工侍女同吃一样的饭食,同穿一样的布衣,还时常遭到闺女女婿的冷嘲热讽,无端指责甚至呵斥。就这样,她从来不抱怨不吱声,默默忍受了整整十五年。今年早些时候,她在街上看到新知县威风凛凛走马上任,又听说新知县上任后办了几件好事,就认定遇到了清官好官,对儿子讲了老员外的嘱咐,帮着儿子找人写了诉状,带上员外的字约,将闺女女婿告到县衙,要争回家产。

年轻气盛的灵寿知县接过案子,看了诉状和字约,没有详察细究就拍板宣判,驳回了老员外妻儿的诉状,将家产全数判给员外的闺女和女婿。老员外妻儿不服判决,上诉到府衙,真定府推官听了案情,也觉蹊跷,便批给下官复审。

赵南星听了知县的叙说后问:"知县大人感到此案如何?"

"学生详细审阅案卷,了解案由,反复推敲,有两个疑点捉摸不透,一个是他明明有儿子,为何要把家产传给闺女和女婿,还要立个字约?另一个是他的妻子陈述的他的遗嘱,虽空口无凭,但十五年后她和儿子才迟迟告官,说明不是空穴来风。从道理上分析,员外妻儿提出的要求是合情合理的,可是咱判案凭的是证据,无凭无据如何判决呀!"

赵南星听后微微一笑说:"知县大人说的是,问题就出在这唯一证据——字约上!我看这字约应当如是念:八十老翁得一子,人言非,是我子也!女婿掌管家产不许,儿子争执。"

知县听罢把头一拍,惊喜地说:"赵大人英明,赵大人英明啊!一语点破梦中人,这是老员外为保护妻儿使的瞒天过海术啊!尤其是多了一个'是',更显得真实可信了。"

"是啊,如果老员外本意是把家产传给女婿的,他完全可以不用这个'是'吗。"

"神,真神了!都说你赵大人明察秋毫,名副其实啊,学生这就去办。"

知县回到县衙,立即发下火签,传员外妻子、儿子、闺女、女婿明天到大堂听审。

次日公堂上,知县厉声呵斥员外闺女、女婿:"你父有子立业,你们为何霸占田产?"女婿理直气壮地说:"有文约为凭,"并高声念道,"八十老翁得一子,人言非是我子也!女婿掌管家产,不许儿子争执。"

知县哈哈一笑说:"差矣!"接着念道:"八十老翁得一子,人言非,是我子也!女婿掌管家产不许,儿子争执。"

女婿听后焦急地说:"知县大人念的也是一种读法,如今老员外早已去世,谁能说清他是哪个意思?"

"这个不难,你只给我解释一下为何老员外明明可以不用'是'字而他用了,这是为什么?"

堂下听众听了知县的问话,早已明白就里,纷纷称道知县明察秋毫,明辨是非,女婿仔细一想,无话可说了。

知县见此接着说:"你父死时,你弟弟年幼,担心你们争夺家产害子,才用计蒙蔽你夫妇。念你夫妇为弟操劳十五载,不使家产破败,本县按老员外心意,赠你姐弟诗一首,拿回去照此办理。"说罢,铺纸研墨,写道:"八十老翁虑后事,呕尽心血为儿;平分秋色近情理,笑慰九泉员外知。"一挥而就,行文两份,各执一份,命师爷加盖大印,交给双方。一家人一齐趴下磕头,感谢知县断案清正,堂下城民欢声叫好。

39. 计赚刁老财

腊月二十八是高邑城的年关大集。这一天，十里八乡的乡亲们不论穷富都要挤出时间，驮儿带女进城赶个集，购蜡买炮，置办年货，顺便让孩子们吃盘扒糕炒饼什么的尝个新鲜，自然也就成了挣钱欲极强的商贩们最忙活的一天。鸡叫头遍时大街小巷就响起了车轮驴蹄和商贩们的吵闹声，天亮后更是叫卖声、讨价还价声、杂耍卖艺的吆喝声以及试炮声音响成一片。未时(午后三点)过后，赵南星听街上声音渐渐稀疏下来，便带上女儿要到街上转一圈，采购些纸蜡鞭炮之类的年货，顺便让女儿看看热闹。刚一出门便碰上耷拉着脑袋往回走的老邻居韩贵子，知道他年初到赵州城外的一个财主家扛长活儿去了，便上前打招呼："贵子老弟回来啦，这一年干得还顺手吧？"

不问不打紧，谁知赵南星这一问，韩贵子竟"唉"了一声蹲在地上抹起眼泪："南星哥呀，真冤死人了。俺起五更睡半夜，给东家苦苦干了一年，到头来连一分钱也没挣到，妻儿老小还指望俺拿工钱过年呢，这可咋办哪……"

"平白无故的，他咋不给工钱呢？"

"南星哥你不知道那东家有多黑呀，人们都称他是笑面虎。俺年初到他家时，他说好管吃管住，一年工钱三十两银子，比别人家高多了。可是他又说，给他干活儿都得顺着他说，按他说的干，不能跟他顶嘴抬杠，抬一回杠扣十两银子。咱想咱是扛活儿的，干活儿由主，他说咋干就咋干，这有什么难的，就痛快地答应了。可是咱哪里知道，他尽说些没谱的话，让干没谱的事儿，咱说干不了，他就扣工钱，三扣两扣就扣光了。他这不是成心捉弄人吗！"

"没谱的话，他都说什么了？"

"咱接活儿的头一天，他就指着西屋说，里边的土炕潮了，你把它整个儿搬出来晒晒吧！俺说那么大个炕，怎能整个儿搬出来，不如拆了重新盘个新的吧？话音刚落他就说，你要这么说，咱就按规矩办，先扣你十两银子的工钱。从此，俺格外小心，他说干吗就干吗，说怎么干就怎么干，从不与他抬杠了。可是到了浇麦子的时候他说村北那块地里的井水不够用，你去把村东那眼井搬过来浇地吧，俺说整个一眼井，怎么能搬过来呢？他顿时虎起脸来，又扣了十两银子的工钱。俺想这回无论如何也不与他抬杠了，十两银子的工钱比别人家也不低，忍气吞声干到年底得了。谁知道，到了腊八日那天，他指着长满毛草的高墙头说，你去套个犁来，把墙头上的毛草耕了吧。俺一听傻了眼，一丈多高的墙头咋上呀？就说东家你别开玩笑了，别说牲口上不去，就是上去又怎么耕啊？他听了哈哈一笑说，再扣十两银子，就这样，他把俺一年的工钱全扣光了，呜……"

赵南星听了怒火中烧，横眉立目地说："世上怎有如此奸诈之徒！看来得设法治他一治，不然还会坑害老多人呢！"

"治他？人家财大气粗，又是赵州人，怎么治呀？"

赵南星哈哈一笑，顺手递给韩贵子些碎银说："贵子兄弟不要着急，你先拿着这些碎银去买些年货，让一家人高高兴兴过个年，等过了年，我去把银子给你赚回来。"韩贵子不知可否地接过碎银，深深鞠了一躬，然后到集上买年货去了。

"十五十六，大骡子大马歇个够。"等过了正月十六，赵南星把韩贵子找来，让他仍去那家财主家扛活儿，一天后谎说老娘病了，让自己去顶替三天。贵子点头答应，第二天便到赵州财主家去了。一天后，赵南星一身庄稼人打扮来到财主家，说贵子他娘病了，自己来替贵子三天，好让他回家看看。

财主见赵南星虽庄稼人打扮，身材瘦小，却浓眉大眼，目光炯炯，便先来了个敲山震虎："你替他三天倒也可以，不过照样要遵守我的规矩，不能跟我抬杠，抬一次扣十两银子的工钱，你可别把人家的工钱给扣完了呀！"

赵南星微微一笑说："这个自然，扛活儿不由主必定二百五嘛。不过俺也得有个规矩吧，不然人家该说东家恃强欺弱了，你说对吧？"

财主听了一惊，转念一想，一个乡巴佬，能有什么心计，便乐呵呵地说："没问题，你说，咱们公平公正。"

"我想说的是，我保证不跟东家抬杠，东家也不能硬跟我抬杠，你要硬抬的话，也得给我加十两银子的工钱。"

"哈哈哈，我当啥规矩呢，就这点，行！"说罢眼珠滴溜溜一转，指着西屋房顶说："这西屋刚抹了顶，用人踩太费事儿，你去套个牲口用碌碡压一压吧。"

赵南星听了，说声"好来"，就去拉出一匹骡子套上一个碌碡。财主正想看稀罕，就听赵南星喊："东家，麻烦您搭把手，帮着扶一下碌碡。"财主疑惑地刚刚扶起碌碡，就见赵南星扬鞭打骡喊声"嗻，给我上！"骡子猛地一惊，带着碌碡往前一蹿，把财主闪了个趔趄，一下子趴在地上。赵南星急忙喊着：

"扶住,快扶住,上啊!"财主气急败坏地嚷:"尽瞎闹,这怎么扶啊?""不扶就不扶,给加十两工钱!"财主只好认了输。

财主第一次领教了赵南星的厉害,但他心里并不服气,想看看去年韩贵子没法办的事儿,赵南星有什么办法,于是午后一上工就对赵南星说:"你那个老弟太窝囊,去年浇麦子时我让他把村东井搬到村北地里去,这么点小事儿他都干不了,我看你比他强,不如趁早你去替他干了吧。"

"行,不过这活儿一个人不爱干,你得给我帮帮忙。"赵南星说着就去找了根杠子,拿了条缰绳和一把铁锨,扛上往村东走去。

财主见赵南星头先走了,生怕他欺骗自己,便跟在后边来到村东的井旁。只见赵南星在井的四周挖了一道沟,绑上绳子,就招呼财主一齐抬。猛一用力,就把财主压得趴了腰,还一个劲儿喊:"东家,你使劲儿啊,快抬起来了……"直压得财主哼哟嗨呀乱叫唤,大汗淋漓地嘟嚷道:"尽瞎说,这就能抬起来了?"赵南星听了把杠子一扔说:"算了,算了,再给加十两工钱。"财主翻翻眼叹口气认了。

眼看头一天就输了二十两银子,爱财如命的财主心里那个疼呀,真比死了亲娘老子还难受,一夜没有睡着,翻来覆去想怪招儿,打定主意第二天要赢了赵南星。忽听窝里的公鸡"咯咯咯"地打了一声鸣儿,立马有了主意,赶忙叫起睡梦中的赵南星说:"刚才公鸡鸣叫,一定是下蛋了,你快去给我拿来,厨房还等着下锅呢。"

赵南星揉着眼睛略一思索就捂着肚子猛叫起来:"哎哟,哎哟,肚子疼,肚子好疼,我要生小孩了!东家您别急,等我生下小孩就给你去拿!"

"你别吓唬我,干不了我派的活儿就说话,别这么瞎叫唤,谁见过男子汉生小孩的?"

"东家,你咋又输了,真不好意思啊,快给支三十两银子吧。"

"不行,这三招儿都是去年我考过你弟弟的,一定是他告诉了你,你早做了准备,不能算!"

"不算就不算,你出几个新怪题,咱们再理论一下。这回咱拉钩上吊,谁也不能变卦行吧?"

"行,不能变。你先说说,我这脑袋有几斤几两。"

"六斤二两半。"

"你说得不对,是七斤三两二。"

"我说得没错,不信咱割下来称一称。"赵南星说着就去拿菜刀割他的头,财主只好拱手求饶认了输。

财主又是一夜没合眼,搜肠刮肚想出了几个鬼主意,天明一上工就指着墙角的大瓮对赵南星说:"当下不用它装粮食,放在哪儿挺碍事的,你去把它装进那个瓦罐里吧。"

"得了!"赵南星一边应着,一边找来一个大镐头,举起就要砸那个大瓮,财主见状忙上前拽住说:"我让你把它装进瓦罐里,你怎么往烂里砸它呀?"

"没事儿,砸烂了好往瓦罐里面装它呀!"

"你怎么净瞎闹,不和你说了。"

"不说就不说了,三十两银子可不能不说呀。"

赵南星说得有理有据,财主无言答对,只好把三十两银子如数给了赵南星。赵南星回到家里,把银子交给韩贵子,留下佳话一段。

40. 才压十八州

（1）

赵南星编好《笑赞》之后，深知此书为古今中外第一部笑话集，会有不少读者，便亲自组织几个人雕版印刷。经过几个月的忙碌，终于装订成册，先奉送给皇上、朝廷各部官吏及自己的师徒故旧赏阅。

《笑赞》到了京城，立即引起极大轰动。不仅官吏们争相传阅欣赏，而且后宫及官吏家眷子女们也争相赏读，有的还动手誊抄，广泛流传。人们在茶余饭后品味嬉笑中自然而然地议起了作者赵南星，纷传他孩童时期的传奇和辞官回乡后为朝廷分忧为百姓谋利的事迹，甚至传到了皇帝耳中。新皇帝慢慢对赵南星产生了好感，尤其发现他辞官回乡后埋头著书立说，无心参与政事，更没有牢骚满腹发泄不满议论。加上内阁首辅张居正已经过世，还受到了追究，不少朝内大臣提出了起用赵南星的动议，皇上便应允了，任命赵南星为吏部文选司员外郎，上任之前先以提调主事身份奉旨到江南十八州督办乡试事宜。

赵南星接旨后赶快安排家事，拜见父母，隔日便辞儿别妻，踏上行程。十几日后风尘仆仆来到江南，下榻驿馆，派书童给州衙送了帖子。没想到州衙并没有按照惯例于第二天给他接风洗尘，甚至连个衙役也没派来问安。赵南星料知这是有意奚落自己这个北方人，又想到自己是第一次来江南，人生地不熟，正好利用这个机会了解一下社情民意，于是第二天便微服走上苏州大街，私访民情，以便日后的公干。整整一个上午，他走街串巷，看商铺匾额，问商品价位，听百姓闲聊，访寺庙学堂，发现这里的文儒气息尚浓，市面也很繁华，唯有一群歪帽斜装的年轻人在市面上横冲直撞，商家行人见了远远躲避。临近中午的时候来到一家酒楼门前，见人来人往，楼上吆五喝六，热闹非凡，便身不由己地走了进去，登上二楼，在一张方桌前坐下，要了两个菜和一壶酒，自斟自饮起来。这时，旁边一张方桌上正在热闹，四个考生模样的人正大吃二喝，猜拳行令。少顷，只听一个考生醉醺醺地说："自古江南多才子，朝廷这次怎么派个北方佬来考咱们，不是笑话吗？"另一个考生眯缝着醉眼接上说："什么提调，还不是攀了哪个大臣的高门来混口饭吃，能考出什么！"又一个考生嘴里噙着热山芋含混不清地说："管他什么提调不提调，咱还是乘酒作诗吧，不是说斗酒诗百篇吗！"几个人齐声赞同，让店家备好条案，拿来笔墨纸砚。提议的考生歪歪扭扭站起来说："我提议的我先出一联，请诸兄对对——江南多才子！"一个考生随口答道："苏州出圣贤。"四个考生听了拍案叫好，赵南星却冷冷笑了两声。四考生见他冷笑，立即生气地指着他的鼻子吼道："你个乡巴佬，还敢讥笑几个大才子，有何才能显示一下！"赵南星站起来说："鄙人远道而来，本不想掺和你们的游戏，非要我说的话，我只能说对得不咋样！'江南'是半个中国，怎么能和'苏州'一个城相对呢？应当改作'北方出圣人'。"

四个考生听了怒气冲冲，齐声呵斥："哪来的狂徒，敢扰我弟兄的诗兴，还长北人的志气，你有何才能让瞧瞧！"内中一个考生还指着条案上的文房四宝挑衅说："既敢逞能，那就赋诗露才吧！"

赵南星本不想招惹他们，被逼到这个份上，只好双手一拱说："列位，献丑了！"随即挥笔写道：一上一上又一上。四考生摇头取笑："平常，平常。"赵南星又写出第二句：一上上到楼上头。四考生越发取笑："无味，无味。"赵南星手捋胡须，稍停片刻，写出下两句：请自楼上往下看，压倒江南十八州。

四考生见了面面相觑，大惊失色，酒也醒了大半，料到定是提调大人到了，慌慌张张，下楼溜走了。

（2）

赵南星酒楼对诗羞书生的事很快在城中传开，并传到知州耳中。见多识广的知州马上意识到，这个提调官虽为北方人，但绝非等闲之辈，赶紧安排酒宴，亲自到驿馆赔罪邀请，并让全城知名举子前来作陪。

赵南星虽对这些繁俗礼节不感兴趣，可是考虑到这次乡试规模较大，需要方方面面支持帮助，与地方官员见见面也有必要，就慨然应允了。谁知到了酒席之上，几个文人举子表情冷漠，淡淡敷衍几句就互相敬酒热闹起来，把知州和赵南星冷落一旁。知州提醒他们应先敬提调大人，一个已有醉意的年轻举子端着杯子来到赵南星面前，晃悠着上身嬉笑说："提调大人莫怪，不是我等有意怠慢你，而是感到你们北方人多为武将，大人可能是武官文用，用我们文人的习惯敬酒多有不便呀。"

赵南星知道南方举子大多瞧不起北方人，但没有想到会有如此无理之人说出这样露骨的言语，心里不禁怒火中烧，可他不想与这些低俗之人计较，而是转脸与知州客套几句，然后端起杯来向大家敬道："这位先生说的正是,北方人中才子的确少了一些,本官虽不是武官文用,但也感到担任提调之职力不从心。为了保证此次乡试考出水平,特请各位先生明天到贡院一观,帮着出些主意,提些意见,来,我敬大家一杯!"一群人饮下杯中酒,含含糊糊答应下来,心里憋足劲儿,明天定要找点毛病挑些刺,杀杀这个北方佬的威风。

第二天辰时刚过,一群文人举子就趾高气扬地走进贡院,抬头一望,只见堂前旗杆顶上挂着一只摇篮,里面放着一个婴儿样的布娃娃,便好奇地问前来迎接他们的赵南星:"提调大人这是唱的哪一出啊?"

"往次乡试第三场都是由提调官出题,学子们作答,直来直去,难上水平。本官这次想改一下,出隐题,学子们先猜题再作答。这就是本官出的一道隐题,是经书上的一句话,各位先生看看咋样?"赵南星说着用手指着贡院画了一个圈儿,又指了指旗杆顶上摇篮里的婴儿,然后等待举子们的回答。

一群举子顿时失去了刚才的傲气,一个个你看他他瞅你,皱着眉头冥思苦想起来,半个时辰过去了也没人猜出来。州衙里的书吏见状着了急,心想提调大人真要这么考学子们可就麻烦了,许多人连考题都猜不出来如何能考中啊!慌忙走上前来向赵南星作揖道:"前日大家多有冒犯,提调大人大恩大量,千万不要计较,这种考法还是免了吧。"

"本官请大家来就是听意见的,大家看咋样?"

"大家知错了,你就免了吧。"一群人忙着作揖求情,并问这个题目究竟是什么。

赵南星哈哈一笑说:"大家说免就免了。不过这个题目并不复杂艰深,我指着贡院和旗杆顶上的婴儿,不就是'人之初'吗?'人之初'可是《三字经》中的首句啊。"

一群举子听了,个个唯唯诺诺,只责自己才学不高,迟钝不敏,再没人敢丁小瞧这位提调大人了。

(3)

赵南星被迫之下连出两手,其才学计谋一下子震动了州城上下,各级官吏举子纷纷积极配合乡试,连考三场,顺顺利利。可是到了阅卷时却发现一张试卷背后写了一首绝命诗:"苦读寒窗几十载,为求功名数十年。今日若要再不中,定要悬梁见柏棺。"

赵南星仔细看了该考生的考卷,又细细品读绝命诗,感到文才平平,立意庸俗,又含要挟考官之意,心里又好笑又可气,提笔在其绝命诗后各加了一句评语:

苦读寒窗几十载,(白过)

为求功名数十年。(自愿)

今日若要再不中,(一定)

定要悬梁见柏棺。(请便)

赵南星写完评语后总感意犹未尽,夜晚唤来州学先生了解情况,发现这个秀才人品不错,口碑挺好,苦读几十年,文笔也不错,尤其喜好传奇小说故事之类写作,只是对古板的八股文之类不感兴趣,也难精通,屡试不第,有些牢骚,顿生怜悯之情,提笔为他写了一首勉励诗:

科考有诀窍,

循规第一条。

八股虽古板,

精通自有道。

读书多思索,

手眼加用脑。

古今众名仕,

恒心撼山摇。

勉励诗写好后,赵南星让州学先生为其带去,并邀这位秀才第二天上午相见。秀才见到提调大人的勉励诗非常感动,仔细反省了自己屡试不第的原因,见到赵南星后诚恳求教。赵南星也不客气,帮他认真分析了落榜原因,直言不讳地告诉他,师弟本来聪明好学,文才出众,只是不能适应当下朝廷考试规范,终难考中。只要调整思路方法,不懈努力,下次乡试还是有希望的。老秀才听了赵南星的开导,抑制自己文学写作的兴趣,苦练八股文,钻研策论法,在下一次的乡试中终于考中举人,在取得功名基础上发挥创作天才,写出传世之作。

赵南星在江南提调任上连露三手,震动了江南十八州,人们不仅诚心折服他的文才,而且十分敬佩他的品德。消息传到北方,更是官民敬仰,有口皆碑,冀中的衡水毛笔店便在七寸笔管上刻上"压倒江南十八州",流传久远,成为著名品牌。

41. 改状除民害

赵南星顺利完成江南乡试公务,很快就要回朝交旨了。这天晚上,知州邀请一班同僚及当地名流为赵南星设宴送行,大家客客套套,热热闹闹喝了不少酒。赵南星虽然豪饮海量,怎奈猛虎难拒群狼,喝得有些过量,在衙役搀扶下跟跟跄跄回到官舍。刚刚洗漱一下准备休息,就听衙役来报,说是刚才酒宴上的一位老举人来访。赵南星听罢整装正冠,定定神走出相迎。文人见面少不了一番儒礼客套,然后举人叹口气说:"老生知道赵大人明天就要启程回京,几天来又操持公务,忙于应酬,疲惫有加,实在不好意思打扰。然而考虑到此事关乎十八州百姓安危,非赵大人难解此难,故冒昧夜访,实在抱歉。"

"都是孔孟之徒,何言打扰,师兄只管直言。"赵南星大度地安慰老举人。

老举人听罢感激不已,忙抱拳施礼,然后说道:"苏州本是富庶之地,文儒之乡,然而近年来出了个暴戾之徒韩贵,他仗着懂些拳术,又粗壮高大,结识一群无赖之徒横行州城,不仅吃喝嫖赌无所不沾,而且仗势欺人,拦路抢劫,欺行霸市,奸淫妇女,尤其是他精通律条,奸诈刁滑,能言善辩,受害人几次告到官府,都被他狡辩搪塞,蒙混过关,返回来又去报复受害人,俨然成了城中一害。前天他闯入我的一个学生家里,见男人不在,便翻箱倒柜,抢东拿西,后发现学生的媳妇卧病在床,手腕上戴着一只精美的玉镯,便上前抢劫。病妇一边哭喊一边忙把胳膊缩入被中,韩贵见状凶狠地揭开被子抢夺,这时刚好一位侠士从这里路过,仗义上前将这恶棍制伏,并扭送到县衙。知县将这恶棍当场收押,并让我的学生(病妇丈夫)补写一张状纸。我的学生大着胆子写了状纸,想好好整治一下这个恶棍,便请我们几个人帮着斟酌。大家几经推敲,想以'揭被夺镯'之罪状告他。状子写好了,可是大家心里不太踏实,生怕打不中要害,打虎不死反受其害,听说赵大人机敏过人,刚正不阿,便推老夫前来拜访,想请大人指点迷津。"

赵南星听罢仔细询问了韩贵的身世及此事经过,详细看了状纸,想起前几天在市面上看到的那一群无赖刁徒,剑眉一挑笑着说:"写得不错,有理有据，只调一词便可。"

"请赵大人指点。"

"请将'揭被夺镯'改为'夺镯揭被'就行了。"

赵南星一语惊醒梦中人，老举人听罢兴奋地拍掌称道："妙，妙极了！揭被夺镯是抢劫，夺镯揭被就成了抢劫加强暴。这就去改，这就去改。"说着鞠躬致谢，高兴地回家去了。

次日的县衙大堂上，老举人的学生将修改过的状纸呈给知县，知县立即执签传令，提审韩贵。韩贵被押上大堂，先低头哈腰地给知县行礼，然后跪在堂上。知县拍一声惊堂木厉声问道："大胆韩贵，有人告你私闯民宅，夺镯揭被可是实事？"

"回大人问话，那日小民喝醉了酒，误进一民宅，见病妇手腕戴一玉镯，便见财起意，上前抢夺，实在过分了，望知县大老爷从轻发落，小民一定痛改前非。"

"既是抢夺玉镯，你将病妇的被子揭掉又是为何？"

"就是为了夺镯。"

"大胆！你高头大马一身武艺，抢夺一个病中柔弱女子的手镯还不是小菜一碟？还用得着揭被动武？分明是欲行强奸，还不从实招来！"

"玉镯没抢到手，腥味也没嗅上，就那么回事，大老爷就看着判吧。"

师爷录好供词，让韩贵画了供。

知县根据诉状和供词、旁证，当堂认定韩贵犯抢劫罪和强奸未遂罪，依律进行了重判，法办了这个作恶一方的恶棍，全城百姓拍手称快。

后来百姓知道了赵南星调词惩治恶棍的故事，一传十，十传百，祖辈流传，都称赞赵南星的机敏和嫉恶如仇的风范，后来还有人编成唱词，广为流传。

42. 柴蝎审强盗

　　赵南星在苏州提调主事任上呕心沥血,公正廉明,圆满完成了肩负的使命,回到朝廷交了差,便到吏部就任文选司员外郎。上任不久,他就发现京城政界风气更加污浊了,行贿受贿成风,买官卖官盛行,结党营私日盛,已经引起民众的义愤。忧国忧民刚直不阿的赵南星详细了解情况,认真进行核实,深感此风不除,国势将倾。于是,他奋笔疾书,直言上疏社会弊端,陈述救时要务,抨击危害国家的左都御史吴时来、左副都御史詹仰庇、黄洪宪等人,受到这些人及同党的群起攻之。皇帝不听忠言,反责赵南星偏激自傲,将其贬到云南一个无人敢去的肖县做了知县。

　　赵南星赴任前,先拜访了一些云南籍的京城官员和从云南上调入京的官员,了解了那个县的一些情况。这些官员告诉他,这个肖县地处偏僻,贫穷愚昧,强盗横行,几任县官都因无力整治治安引起县民告状而辞职或遭罢免。都劝他主动向左都御史认错,求皇上重新调换自己的官位。

　　赵南星本是个争强好胜志大才广的硬汉子,听说肖县无人能治,甚至无人敢治,更是坚定了赴任的决心,立志要让这个天下第一难来个天翻地覆大变样!因此,既不违心地去向左都御史认错求情,更不向朝廷请求改任,而是做了充分准备,意气风发地登程赴任。行前,还特意带了一小罐北方特有的大紫蝎子。

　　见赵南星很简单的行李中带有一罐大紫蝎子,书童不解地问:"到云南要跋千山涉万水,带上这些东西做什?"赵南星微微一笑说:"喜欢,带着玩呢,只管给养好了,不许出任何差错。"书童摇头叹息带着上了路。

　　赵南星带着书童一路风尘,经过一个多月的跋涉,终于来到了肖县,展现在面前的是一座破败萧条的县城:残破的城门楼摇摇欲坠,狭窄的街道肮脏杂乱,陈旧简陋的县衙因知县长期缺任,无人整理打扫,残门破窗,垃圾满地,像是无人居住的荒院。书童叹息一声说,这哪像个县衙,分明是个荒宅破院!赵南星却乐呵呵地说,真是个好地方,有了重整旧山河的机会,要不还难展身手呢。

到任的次日，赵南星招来县丞、师爷和三班衙役，带着大家动手打扫卫生，修门补窗，修树剪花，擦洗牌匾。三天下来，就使这个杂草丛生的荒大院变成了威严的衙门。

赵南星的举措立即触动了这个小县的神经。百姓们看到新任知县的风度和气魄都暗暗称奇，充满了希望，大小官吏们一改往日的消沉和懒散，各自悄悄行使起职责，几伙强盗恶棍们则感到了不安，决计给他来个下马威，逼他辞职滚蛋……

几天后的一个夜晚，肖县势力最大的一伙强盗趁着月黑风高，竟大胆妄为地前来抢劫县衙，被早已洞察其奸的赵南星布下的天罗地网一举擒获。

强盗被抓获了，怎么个审法？赵南星找来县丞和师爷商量计策。师爷说，这伙强盗是肖县众多强盗中最凶的一个团伙，他们结识豪门和官差，平时作恶多端，祸害百姓，人们恨之入骨。每次新知县上任，他们都到县衙抢劫一次，轰动全县。新任知县不是无法擒拿归案，就是抓获了也审不出所以然，不管动用什么大刑，强盗们都死不招供，无法结案，弄得好几任知县因官衙被劫审理不清而丢官或辞职。县丞也不无担心地说，赵大人千万要想好了，不然会栽跟头呢……

听了师爷和县丞的一席话，赵南星吩咐把强盗们看管好，千万不能让他们跑了，然后便没了下文。一连几天，他不是闭门沉思就是微服私访，也不管下属和城民们的等待和议论。

明天就是城中的庙会，赵南星一方面安排衙役捕快们分兵把守，维护城中治安，一方面吩咐师爷贴出告示，他要公开审理这伙强盗，立即引起全城的轰动，大家都想看一看新任知县怎么审理和制伏这伙强盗。

第二天辰时刚过，肖县县衙三通鼓响，赵南星威风凛凛地坐上大堂，案上只放着那个盛紫蝎的罐子，值班衙役们空手站立两厢，师爷也满心狐疑地坐于案侧，执笔待录。挤满堂下的城民们看到新任知县审堂，既不摆刑具，也不让衙役们执杖，不知用什么高招审案，都伸脖静神等着看个究竟。

赵南星看一切安排停当，威严地令衙役将一溜强盗拉上大堂，狠拍一声惊堂木说："你们几个大胆的强盗，抢劫县衙，残害百姓，还不从实招来！"

几个强盗四处瞧瞧，见堂上什么刑具也没有，两班衙役也都空着两手，想这新官乃文弱书生，无能之辈，都露出轻蔑的神态，为首的强盗梗着脖子傲慢地说："大人有法尽使，小的们什么场面没经过，你又能怎样？"

赵南星听了哈哈一声大笑，很平和地说："你甭嘴硬，不用我拿大刑治你，只要你敢和本官这罐子里的东西对一下屁股，就算英雄好汉！"

"一个小罐里的东西，有啥了不起，怎么不敢？"

赵南星见他不知深浅,更知他不识蝎子的厉害,便把惊堂木"啪"地一拍道:"众衙役,先让他试试小头!"

众衙役受过这伙强盗的多次污辱摆弄,早已憋足了气,一听知县有令,一齐上来把他按在地上,扒下裤子。赵南星的书童用筷子从罐子里夹出一个大紫蝎子,往强盗头子的屁股上轻轻一按,立即蜇得他疼痛难忍,满地打滚。没有见过蝎子的城民们惊得目瞪口呆,不知此蝎子是什么神物;跪在堂上的强盗们更是颤抖不已,有的吓得尿了裤子……

赵南星见一下子镇住了强盗,轻松地击一下案台,躬身微笑着问强盗头子:"怎么样,感觉不错吧? 要不换成大头试试?"

强盗头子冷不防挨了猛蜇,疼得钻心裂肺,并且越来越疼,比受任何刑罚都难受,听说这只是小头,还要换成大头来蜇,心想那不要疼痛而死吗?于是浑身颤抖着求饶哭喊起来:"小人不识抬举,乞求大老爷饶命,大老爷饶命啊……"

"饶命可以,只要你从实招来即可。"

强盗头子见新任知县与众不同,知道无法抵赖过去了,便叹口气,说了声"好汉不吃眼前亏",一五一十把所做的坏事都招供了,还老老实实在供词上签字画了押。

其他强盗早已被赵南星的威严和手段吓傻了,有的甚至吓得哆嗦不已,拉了满裤的屎尿,见头子招供画了押,便争先恐后地交代罪行,检举同伙,签字画押……

赵南星让师爷把这伙强盗的案卷整理好,根据各自罪行轻重依律做出判决,然后呈文上报府衙。府衙上下见多年来为非作歹、残害百姓,几任县官都无可奈何的强盗被赵南星擒获并审理,都长长出了一口气,甚至举杯庆贺。他们又见肖县呈文龙飞凤舞,言辞严谨,用律准确,大为赞叹,很快照准。

接到府衙的批复,赵南星让县丞和师爷先写好通告公文,列举了这伙强盗的桩桩罪恶及判决,限令在逃各路强盗马上投案自首。凡按期投案者从轻发落,逾期不投者将很快擒拿,严惩不贷。然后召集各级官吏和城民大会,公开对这伙强盗进行判决,并当场宣读了通告公文。

审判大会那天,县里县外的几路强盗都派人化装潜入,暗暗打探情况。看到势力最大最凶残的这伙强盗被赵南星不费吹灰之力就降伏法办了,知道这个赵大人非等闲之辈,实在太厉害了,自己再闹下去一定会败得更惨,不如趁早罢手,落个从轻发落,就都在期限内投案自首了。

赵南星站得正,立得直,言必信,行必果,对这些投案自首的强盗,都按自己以前的承诺，进行了从轻发落。这样一来，肖县这个多年来的强盗窝子一下子变得平平安安，夜不闭户了。众百姓拍手称快，上奏朝廷，震动了朝野。

43. 巧教刁衙役

赵南星来到肖县任上,百废待举择其重,先抓审了作恶多端的强盗,初步稳定了局面。下一步的公务抓什么,整治肖县从何入手?为了理清脉络,决定到镇村山寨走一走,看一看,巡视一下社村政务,听听百姓言。然而让他万万没有想到的是,头一次出门下乡就遇到了两件意想不到的怪事儿。

(1)

下乡的头天后晌,赵南星招来县丞师爷,谈了自己的想法,并让师爷安排了一下路线。第二天一大早便在师爷陪同下,仪仗前行,鸣锣开道,乘轿向城北深谷中的一个集镇赶去。可是风尘仆仆走了一个多时辰,到了集镇上的破旧社所(相当于乡政府)才发现,不仅没有内地其他地方众人恭候迎接的隆重场面,而且铁将军把门,连个人影也找不到。打听过往的乡民,只见一个个脸上冷若冰霜,摇头不已,感到很纳闷。为了弄清原委,赵南星在轿中脱下官袍,换上商人服装,吩咐众衙役和轿夫们在树荫里歇息,自己则和师爷一同沿着镇中唯一的一条大街逛游起来。

镇前大街并不长,两侧门店低矮破旧,门匾招牌破烂不堪,商家掌柜伙计们望着社所门口的衙役们指指点点,讥笑挖苦,不屑一顾。赵南星走上前去打问市面行情,询问为何见了官吏不惧怕,市面又为何如此萧条?有伙计告诉说,多少年来,这里的县官走马灯似的撤换,没人主事,恶霸横行,乡间没人敢当社长里正,当了也挣不到饷银管不了事儿。乡亲们说,当官的还不如土匪厉害,不敢为百姓做主,谁还拿他们当个球!

赵南星听了不禁微微一愣,又问了一些乡间杂事,便回到社所门口,见时辰已经不早,便让师爷找了个小饭馆,自掏腰包让大家吃了些家常便饭。

长期没下过乡的衙役轿夫们原本以为新官上任三把火,这次出来一定安排周密,村社迎送,大鱼大肉好酒好菜好好享受一顿,为此许多人连早饭也没肯吃一口。没想到劳累了一个上午,竟吃了些粗茶淡饭,还让百姓看稀罕讥笑一番,心里直怪赵知县心血来潮瞎折腾,只怨这个抠门的赵南星不肯花钱买好的让大家吃，往回走的路上，一个个无精打采，唉声叹气，像打了败仗的逃亡队伍。几个轿夫不仅牢骚满腹，而且故意把轿子弄得一颠一晃一扭一歪，使轿中的赵南星坐立不稳，不停地挨撞挨碰。

想不到天底下竟有如此欺官的轿夫，真是怪事一桩！赵南星狡黠地暗笑道，你家大人自小就是个鬼精灵，成天变着法子捉弄别人，如今倒让你们这群刁蛮村夫捉弄上了，岂不是背着萝卜找擦床——自找不自在！只听他拖着长音喊了声"落轿"，十分滑稽地撩帘走出来，嬉笑着问："大路平平的，这轿是吃了壮药还是疯了，怎么一蹦一颠的？"

领头的轿夫嬉笑着迎上前来说："大老爷有所不知，只因您身小体轻，压不住轿子，所以走起来才乱晃悠呢，还弄得弟兄们东倒西歪瞎受罪。"几个轿夫笑着点头称是，一群衙役们捂着嘴嬉笑看稀罕。

赵南星听了不急不恼，围着轿子仔细瞅着转了一圈，眼珠滴溜一转，哈哈笑着说："原来是这么回事啊，我还以为有嘛大不了的事儿呢！这个好办，来呀，弟兄们把路边的那两块石头搬到轿里去，替我压住轿子，省得它走起来乱晃荡，闹得弟兄们东倒西歪活受罪！"

轿夫们听了，知道这回可遇到厉害官了，一个个大眼瞪小眼，无奈地把石头抬进轿里，"吭哧、吭哧"地铆着劲儿抬轿走起来，直压得龇牙咧嘴有苦难言。

赵南星见了装作没看见，坐在轿中，撩起轿帘称赞领头轿夫说："多亏老弟道出实情，本官才想出这个好办法，既稳住了轿子，又免了弟兄们的劳累，还为县衙弄来两块好石头，真是一举多得哟，谢啦！"领头轿夫有苦难言，只得应着受累去了。

(2)

赵南星来到肖县的一段时间里，早已感觉到这里的官风不正，衙门无为，连衙役杂役们也是欺软怕硬，懒散不规，衙里待遇偏低，饷银不能正常发放也是根源之一。因此，他在教训轿夫们后，让县丞师爷多方筹集银两，不久就按朝廷规定数额给大家发了拖欠的饷银，衙门上下顿时欢声笑语，精神振奋。

关饷（发薪）的那天晚上，饭后无事，赵南星信步来到衙役们居住的号舍门外，想与大家聊聊，听听他们的想法看法。站在门口一瞧，一间衙舍内灯火通明，四个衙役正聚精会神地围着一张桌子掷色子（一种赌博方式）耍钱。只见其中三个年龄大一点的衙役又是摸耳又是眨眼，串通一气使手脚，不一会儿就把那个老实巴交的张三儿刚领到的饷银赢光了，急得张三儿蹲在地上哭起来："这可怎么办啊,俺娘躺在炕上还等着这钱抓药治病呢,唔……"

赵南星见状很生气,暗暗寻思道："怨不得百姓们都骂衙门里的人尽是些虎蝎心肠,原来你们不仅欺负平民百姓,就连自家伙计也设计欺诈,这样怎么能行!"于是拍着两手口中赞道"妙,真是妙"走进衙舍之中,坐到张三儿原来的位置上,招呼大家说："来来来,继续玩儿,继续玩儿。本官对掷色子虽然略知一二,但从来不玩,今日高兴,就陪大伙儿玩几把。"

衙役们见县太爷亲自和自己来玩,心里既高兴又紧张,就兴高采烈地玩起来,但再也不敢耍滑捣鬼了。可是他们哪里知道,这个县太爷可不是凡人,脑瓜灵着呢,他们几个怎是对手,不一会儿就把张三儿输的钱赢了回来。

看看时辰已经不早,赢得也不少了,赵南星就把张三儿输的钱还给他,其余的钱给大家分了,还从自己怀中掏出几个零钱送给大家,然后正色道："这几个零钱你们拿去给妻儿老小买些稀罕之物,饷银交给父母大人补贴家用,往后就不要再玩这些把戏了。大家伙儿都是有家有口的人了,挣几个钱不容易,要是输了,老婆孩子吃什么呀?再说都是在一块儿当差的,这么干也容易伤情面,百姓知道了还会怪官府骂朝廷呢!"大家听了点头称是。

通过两件小事,县衙上下着实领教了赵知县的智慧和手段,再也不敢造次,也不敢再在衙中赌博耍钱了。然而他们长期在衙门中浸染形成的恶习并非一朝一夕能够彻底改过的,一遇机会就不可避免地犯起病来。

(3)

意气风发的新任知府到任了,很快就安排来肖县这个边陲小县巡视,以彰显其勤政做派。赵南星虽然对官场上迎来送往那套陋习深恶痛绝,但也不得不依规安排酒宴为其接风洗尘,便吩咐师爷去张罗准备,只是要精打细算,节俭行事。

贫民出身的朱元璋开创大明基业后,裁撤冗员,精简机构,严格核定了各级衙门吃俸禄的员额,一般县份包括轿夫在内不能超过72人,作为边陲小县的肖县就更少了。师爷按照赵南星吩咐去给知府张罗酒宴,又想少花钱,就把一群衙役唤来帮忙,给每个人安排了活儿,其中派老实巴交的张三儿去集市上买二十个鸡蛋。

张三儿按照师爷的吩咐,到集市上转了一大圈,讨价还价买回二十个鸡蛋,放到厨房就去忙别的活儿去了。师爷检查买回的物品时,发现只有十九个,便问张三儿是咋回事儿?张三儿回答说,明明买回二十个,怎么成了十九个了,一定是谁偷喝了一个。那三个曾经在牌桌上捉弄张三儿的衙役见报复时机来了,便你一言我一语地戏弄说："只有你一个人去买,少了鸡蛋还说别人偷喝了，真不知羞！""不就一个鸡蛋吗，喝就喝了呗，还赖别人干吗？"

几个人戏说得张三儿又气又羞，越说不是自己，几个人越逼他拿证据，用言语讥讽他，急得"哇哇"哭了起来，还说要去找赵大人评理。这时正好赶上赵南星来厨房察看准备情况，在门外听了个一清二楚。心中暗暗思想，老实厚道的张三儿怎会干这下三烂的事儿，一定是那个刁滑衙役偷吃了，还成心捉弄他。

想到此，赵南星迈着方步笑呵呵地走进厨房，问是咋回事儿，大家各自学说了一遍，张三儿还哭着请求赵大人为他做主。赵南星不急不缓地说："不就一个鸡蛋吗，有什么大不了的，也值得费这样的口舌？"

"不，赵大人，这可关系到俺的名声大事儿，您一定得替俺做主啊！"张三说着又大哭起来。

"如果是这样，那我来问你，买鸡蛋时可曾数清了，保准是二十个？回来后又交给了谁，什么时候发现少的？"

"买鸡蛋时俺数了三遍，都是二十个，提回来后放在这里，俺就干别的去了，是师爷发现少的。"

"如果是这样，那就拿几个碗来。"赵南星说着让师爷搬来十个瓷碗放在条案上，然后端来一碗新鲜凉水，命在场的所有人挨个喝一口，再逐个吐到一个空碗里。一群人逐个办了，傻愣愣地站在那里，大眼瞪小眼，不知赵大人这是演的什么戏。

赵南星并不理会大家的神情，躬下身子逐个闻了闻案上的一溜瓷碗，指着其中的一个说："这个是谁吐的，鸡蛋就是谁喝的。"只见一个叫李四的衙役涨红着脸问："吐的都是一口凉水，怎么就说我喝了鸡蛋？"

"大家都来闻闻，他这个碗中的气味有什么不一样？有腥味？噢，那就对了，只有他碗里有鸡蛋的腥味，别人都没有，你们说偷喝鸡蛋的不是他还能是谁？"

大家听了都点头称是，李四也只好承认了偷喝鸡蛋栽赃张三儿的事实，吓得浑身筛糠似的颤抖不已。

赵南星见状收起笑容说："大伙儿都是穷苦出身，出来当差不容易，往后一定要善待百姓，互帮互助，为朝廷尽力，为百姓谋福，千万不能再欺软怕硬，坑害乡亲，捉弄同伴了啊。"

李四本以为赵大人要严加惩治他，没想到只是一顿好劝，感动得痛哭流涕，其余衙役们也都跪拜认错，表示按赵大人的话去做。从此，肖县衙风大变，受到百姓称赞。

44. 说案教百姓

抓审强盗后,赵南星根据下乡了解到的社村组织残缺,无人理事儿的实情,下力气恢复社村组织,选派正直官员,明确责权,整顿税收,一个月后便大见成效,整个肖县的国家机器又正常运转起来,他也开始了正常的坐堂理案。然而让他始料不及的是,大案没有了,小案疑案却接踵而来,有些还非常奇异棘手。

(1)争伞案

一天早晨下了一阵大雨,雨刚停就听堂外有人击鼓喊冤,赵南星赶紧穿袍整冠号令升堂,命衙役们带击鼓人上堂。话音刚落,就见两个中年男子各自抓着一把伞的一头,推推搡搡走上堂来,衙役们一声吆喝,才一齐跪在堂前,说起打官司的事来。

两个人都说这把伞是自己的,下雨时出于好心,让对方在下面避了一下,不想对方恩将仇报,起了昧伞之心,硬说伞是自己的,互相争执不下,万望大老爷明断。

赵南星听着犯起思忖:别看这个案子不大,还真有点棘手。只有两人争执,没有旁人做证,伞又不会说话,天知道它是谁的?

两个告状人见赵南星坐在堂上沉默不语,两厢衙役个个横眉立目,便一齐高喊"望大老爷为民做主!"谁知他俩这么一喊倒把赵南星喊清楚了,只见他明眸一闪,平心静气地说:"你俩都说伞是自个的,伞也不会说话,又没个人证,本官我也不知道伞是谁的。大堂之上,我就来个不偏不倚,把伞一劈为二,一人一半,公平了断。衙役们,拿刀来,把伞给我劈了。"

衙役们依令而行,拿来一把劈刀,将伞一劈两半,给两个告状人一人一半,然后将其轰了出去。

告状人出门以后,赵南星差两个心腹衙役一个人跟一个,看他们出门后干些什么,然后把他们重新带回来。

过了少半个时辰,两个衙役将两个告状人分别带回来,大堂之上,赵南星问出门之后两个告状人各自干了些什么？衙役们告诉说，告状甲出门后很快把半把伞扔到街边，叹口气不声不响地走开了；而告状乙抱着半把破伞哭哭啼啼，边走边骂大老爷是个昏官。

赵南星听了剑眉一扬，拍声惊堂木，指着告状甲厉声喝道："大胆无赖，人家好心让你避雨，你却反生昧伞之心，实在可恶，如不从实招来，看我大棍伺候！"

告状甲见势不妙，心想只一把伞的事儿，招认了也犯不了啥子大法，死撑着会挨打受罪，干脆承认了昧伞的事。赵南星让他当场在文书上签字画押，判他当堂向告状乙赔礼道歉，并赔新伞一把，罚银十两。

告状人走了以后，师爷和衙役们问赵南星怎么知道告状甲是昧伞的，赵南星告诉说："我让把伞劈成两半，告状人各自一半，伞主人必然心疼得受不了，既不肯扔掉，也必然怨恨本官判得不公。而昧良心的赖伞者本想得到一把伞，如今只得了一半，又不能用，当然要扔掉了。"

（2）争被案

冬天的一天上午，阴云密布，北风呼啸，衙役们正想，这么冷的天，保准没有告状的了，正好围在一起聊会儿闲天。谁知，辰时刚过便有人击鼓喊冤，大家出来一看，竟是两个瞎子拉扯着一床被子来打官司，便都生气地责怪，眼瞎本来就够倒霉的了，怎么互相之间还生气斗嘴？

听到击鼓声的赵南星这时已经端坐在大堂之上，询问告状缘由。瞎子甲急不可耐地抢先说道："小民是城北刘村的刘老瞎，常年住在城里的玉皇庙里讨饭为生。昨天傍晚时这个无赖也来到庙里，可他没有被子，只好抱了一堆柴草缩在墙旮旯里过夜，小民看他冷得可怜，就让他和自己合盖一条被子。谁知他恩将仇报，起了歹意，竟要把小人的被子讹走，万望赵大人明察公断！"

瞎子乙听了拉着哭腔说道："他说的全是瞎（谎）话！俺本是山中王家寨的王瞎子，冬天村里不好要吃的，就背着铺盖来到城里叫街要饭，傍晚住进了玉皇庙，见刘瞎子没有盖的，冻得受不了，就让他合盖一条被子过夜。谁知他仗着坐地虎的身份，昧着良心要将小人的被子夺走，大人一定要为小民做主啊！"说着挤出了两滴眼泪。

"你们二人都说被子是自己的，可有什么证据么？"赵南星和蔼地问道。

瞎子甲听了气急败坏地说："一条被子能有什么证据。"瞎子乙却扬扬自得地说："自己的被子，证据当然有啦，我的被子有两个角里缝着铜钱呢，万望大人验看。"

赵南星让衙役上前验看,衙役摸了一下四个被角,果然从两个角里撕出两个铜子。

赵南星见状当堂宣判:"本官依证认定,依律判决,刘老瞎依仗在城长住,恩将仇报,赖人被子,责杖十棍,当堂赔礼。念你残疾之人,责杖免了,回去好好反省去吧!"同时命衙役从刘老瞎手中夺过被子,送与王瞎子。

刘老瞎听了痛哭流涕,高呼冤枉,王瞎子兴高采烈,叩头谢恩,背起被子就要下堂离开。赵南星起身走下堂来,跟在他的身后相送,不经意地拍拍他肩上的被子说:"王瞎子啊,你这大红被子真是不错啊!"

王瞎子听了张开大嘴笑着说:"可不是吗,咱刚托人做的大红被子,怎能让人随便讹去!"

堂下看热闹的众城民听了不禁"扑哧"一声笑出声来,有的还哈哈大笑不止,王瞎子正想问大家笑个啥子,就听衙役恶狠狠地喊道:"明明是条半旧紫花被子,咋成新做的大红被子了? 还不给我跪下!"说着夺过被子,将王瞎子摁跪在堂前。

王瞎子自知诡计被戳穿,筛糠似的跪在堂上,如实交代了讹人被子的事实,乞求赵大人宽恕。

赵南星回到堂上,严厉斥责了王瞎子的不端行为,称赞了刘老瞎的善举,并把被子还给了刘老瞎。刘老瞎叩头致谢,高呼明断。众城民纷纷伸出拇指,敬佩赵南星的机智,同声要求严惩王瞎子。

然而令众人意想不到的是,赵南星不仅没有严惩王瞎子,反而从怀中掏出些零钱交给王瞎子,让他另买条被子过冬度寒。

(3)烟袋案

腊月的一天上午,一个乡下打扮的年轻汉子与一个城里打扮的中年人抓着一杆烟袋拉拉扯扯走进大堂,说要打官司。

乡下人一脸怒气地说,自己是城东樊家庄樊老财家的大儿子,今日进城买肉打酒,准备给老爷子过六十大寿。酒店掌柜看到自己腰中别着这支精美的烟袋,就提出抽一锅,谁知他抽过之后看了又看,瞧了又瞧,爱不释手,提出用二两纹银买下。这烟袋可是俺的定情之物,无价之宝,怎能随便卖人? 俺不卖,他就眼珠子一转,拿起不给了,还说俺赖他,万望大人明察公断。

城里人接着油腔滑调地说,我是个腰缠万贯的酒店老板,什么没见过,咋会诈他一个乡下老土的东西! 明明是他进城没带烟袋,见到我这精美的烟袋烟瘾大发,借过抽了一锅,顿生歹意,诈说烟袋是他的,真是气死人了,大人千万替小人做主,惩治这刁蛮之人!

赵南星听了并不言语,让衙役把烟袋呈上来,拿在手里翻来覆去,看了又看。只见这烟袋碧绿透亮的玉石烟嘴,亮晶晶的檀木杆子,支棱棱的白铜锅子,柔和透亮的羊皮袋子上缀着一个红色葫芦,既典雅漂亮又方便实用,真乃稀有之物。心里想,这么好的东西,它的主人一定百般呵护,轻拿轻放,而敲诈之人则有不同。

想到这里,赵南星不动声色地说:"这么点小事儿也敢闹到公堂,真是岂有此理! 不过真的假不了,假的真不了,你二人各自吸上一锅,本官一看便知,自有公断。"

衙役们听了,先把烟袋交给酒店掌柜,只见他狠狠装了一锅烟末,美美地吸了几口,然后在大堂的柱石上"叭叭叭"磕掉了烟锅中的烟灰。

轮到乡下汉子抽了,只见他轻轻将烟末按到烟锅中,慢慢抽了几口,然后小心翼翼地用手把烟灰拍出来,倒在柱石旁,眼含热泪很不情愿地要交给衙役。

赵南星见状,拍了一下惊堂木说:"不用还了,烟袋是你的,赶快装起来吧!"乡下汉子听罢激动万分,忙叩头谢恩,口喊:"大老爷圣明!"

酒店老板见状气急败坏地嚷道:"大老爷您断得不公,凭什么把我的烟袋断给他?"

赵南星冷笑一声说:"想讹人家的烟袋,休想瞒过本官! 照你刚才磕烟灰的做法,烟袋锅早就磕毛了,可这烟锅却好好的,分明是你仗势欺人,贪占便宜,戏弄本官。来人,给我狠狠打他二十板子,还他一个公道!"

酒店老板见赵南星说得有理有据,自知伎俩被揭穿,忙伏地招供,叩头求饶。衙役们不依不饶,狠打了他二十大板。赵南星依律判决,又罚他交银五两,然后平心静气地说:"本官怕你记不住教训,这才又打又罚,让你长点见识。往后可要记住了,平等待人,公买公卖才是正道!"酒店老板龇牙咧嘴,诺诺退下,堂下城民一阵欢笑。

赵南星退堂回到衙舍,想起近日来连续碰到的一系列棘手小案,心里久久不能平静,暗自寻思道,看来久欠治理的肖县地面积恶成患,不仅强盗横行,官风欠佳,而且民风也糟到极点,如不设法整治,很难长治久安。经过几天的推敲思考,他大胆提出了一套教化办法。先是让师爷组织几个书吏将近年来民间因财物、赡养、闲话等形成的一些案件及其危害编辑一本通俗小册子,再让县学童生秀才们根据这些案件编成剧本鼓词等文学作品,然后组织社村官吏童生秀才逐村解读演讲,戏班说书人及瞎子串巷演唱,颂扬重德行善之人,鞭笞欺诈作恶之徒,街谈巷议,妇孺皆言,逐步形成礼让宽厚之风。

45.审蛛破奇案

　　赵南星恩威并施,惩教结合,肖县治安形势很快好转,出现了多少年来少有的太平景象。第二年一开春他便将精力转向多年荒废的修桥铺路和河道治理上,每天或下乡察看,细访民情,或查阅资料,研究谋划,已经忙活了一阵子。

　　这天上午,赵南星刚刚召集县丞、师爷和几个保长在县衙二堂商议疏浚河道的事情,就有城北五里铺村的里正来报:本村村民李海数年在外经商,昨天晚上突然不明不白地吊死在村外大榕树上,族人和乡邻怀疑系其妻王氏勾结奸夫所为,万望赵大人明断。

　　赵南星听罢,立即吩咐仵作(法医)前去验尸,查明死因;执签令捕快前去擒拿王氏到案。然后请里正坐下,详细询问起李海及家庭的情况。据里正讲,李海系李门独子,年方 32 岁,父母早亡,娶美貌的王氏为妻,生有一子,约十来岁;家境贫寒,父母因病举债很多,八年前弃农经商,外出做生意,挣钱还债,至今未见回来过。其妻王氏端庄贤淑,勤俭持家,很少出门,没有发现与其他男人亲密往来……

　　二人正说话间,就有衙役来报,王氏已经拿到。赵南星挥手让里正退到屏后,命人将哭哭啼啼的王氏带到二堂审问。先命王氏抬起头来,仔细一观,确如里正所言,便令其如实将李海吊死经过讲个明白。

　　惊魂未定的王氏战战兢兢地说,十年前自己嫁到李家后,上敬公婆,下持家务,夫妻恩爱,一年后生有一子,只因祖上积债过多,无力偿还,债主逼催太紧,李海只好别妻辞子外出经商,谁知这一去便没了音信,整整八年了。昨天晚上二更时分,忽然有人敲门并喊开门,我仔细听了一会儿,确信是丈夫回来才开门迎进,然后叫起儿子宝儿与爹爹相见。丈夫虽穿着破旧,但神采奕奕,宝儿见了高兴得蹦跳撒欢,嚷着让奴家赶快做香的给他们父子吃。自从丈夫走后,奴家每天守着孩子清水淡饭度日,哪来的香油蛋肉,更无分文可买,便哄孩子等明天借钱来买。丈夫见状掏出五个小钱交给奴家,却被宝儿抢去,只听他嚷着"娘,我去灌油嘞",便跑出门外。

宝儿走后,夫妻俩忙上前亲热一番,然后奴家便忙着烧茶做饭,一边问长问短,叙说着这几年兵荒马乱,实怕李海在外边有个三长两短,三灾八难。债是祖上留下的,咱慢慢想法来还,现有几亩薄田,人家都饿不死,还能饿死咱家,苦做甜吃,也胜过在外担惊受怕。说着就禁不住两眼发红,嘴唇哆嗦,放声哭了起来。丈夫见奴家洁身自守,艰难养子,心里热乎乎的,忙好话宽慰,并说他当年离家后收了些山货,带到南宁去卖,谁知战乱纷起,道路封锁,既不能向家里捎信,又得不到家里的音信。娇妻爱子时常牵肠挂肚,有心绕道回来,然而生意难做,钱不凑手,回家拿什么向债主还账?无奈之下,只好在外漂泊。最后一年时来运转,几桩买卖做得顺风顺水,赚了不少钱。见中秋节快到了,决定探家还债,身背百两白银,一路小唱着回到县城。他见时间尚早,便择一家酒店喝起老酒来。临暮时分,付了酒钱往家里赶,出了县城,北风一吹,骤起三分醉意。心想,离家整整八年了,家里怎么样呢?年轻美貌的妻子能守住寂寞不变心?古来酒肉朋友,米面夫妻,还是多个心眼儿为好。心存疑念的他想入非非,临进村时止住脚步,换上一身旧衣裳,把百两纹银藏于老榕树的树洞里,学起薛平贵转家的故事来。奴家一听惊得目瞪口呆,忙说,你是醉酒犯糊涂了,连自己的妻子也不相信,把百两纹银藏在村外,倘若被人发现,岂不枉费了数年心血,辜负了全家人的期盼?丈夫听了如梦初醒,拍着脑门后悔不已,并说要赶快去取回来。这时宝儿打油回来,奴家说既然明白了,也不差这一时半晌,吃了饭再去取回不迟。正好宝儿嚷着吃香的,一家人便说说笑笑吃了晚饭。饭后丈夫就赶着去取银两,谁知这一去迟迟不见回来,奴家生怕深更半夜出了意外,就拉着宝儿出村察看寻找,到了老榕树下一看,只见丈夫已经吊死在榕树上,吓得魂飞天外,呼天喊地地哭喊起来,引来众乡亲和里正……

赵南星听了王氏的哭诉,眉头微微一皱,心平气和地问:"李海回家前后可有人到过你家?"

"不曾有人来过。"

"宝儿出去打香油到的是哪家油坊?"

"村里只有一家油坊,是朱尚榕朱大人开的。他是奴家的债主,家大业大,可厉害着呢,经常上门来催债。"

听到这里,赵南星的剑眉略一舒展,命人将王氏带下堂去,唤里正出来,问王氏叙说的是否可信?里正说,根据平时了解的情况,王氏叙说的好像没有假话。又问朱尚榕的为人,里正回答说,几十年前,朱尚榕的爷爷借钱租屋开了座油坊,经他爹的经营赚了不少钱,越做越大,到了他这一代更是买地置业,家产万贯。这个人为富不仁,财大气粗,横行乡里,经常干些欺男霸女的勾当,尤其对他的佃户和欠债户更甚。

赵南星听罢微微一笑,命师爷立即召集衙役们官轿仪仗伺候,里正带路,鸣锣开道,浩浩荡荡向城北五里铺的老榕树而来,说是要审树判案。

这可是件新鲜事。自从盘古开天地,还没见过那个官老爷审不会说话的树木判案。因此,城里城外的乡民们一传十,十传百,争先恐后地前来看稀罕。

到了大榕树下,赵南星下的轿来,先听了仵作的验尸报告,确认李海确系自杀吊死,并无他杀痕迹,也不见了百两纹银。

赵南星听后只轻轻点了一下头,便绕着大榕树转起圈来。一圈、二圈、三圈……看看大榕树周围已经聚集了上千人,大家都瞪着惊奇、迷茫的眼神瞅着自己,突然间仰天大笑起来,用手指着正在大榕树上爬行的蜘蛛,吩咐里正把它拿了。里正望着蜘蛛不知所措,面有难色地哆嗦道:"老爷,这……这……"赵南星立即一脸正色道:"亏你还是里正,连这点小事也断它不开!此乃冤魂不散,蜘蛛上榕,岂不是苍天暗示杀人凶手是朱尚榕吗?"

一语出唇,霹雳晴空!只见"扑通"一声,一个叫朱尚榕的人双膝跪地,连连磕头,乞求大人饶命。众人见了暗自称奇。只听赵南星大声喝道:"朱尚榕,尔既知罪,还不快快从实招来!"朱尚榕早已没了平日的趾高气扬,忙朝前爬了半步,哆哆嗦嗦供述了事情经过。

原来,朱尚榕乃好色无赖之徒,自从上门催债时发现王氏有几分姿色,便垂涎不已,一心想占为己有。为了达到目的,他三番五次上门讨债,逼得李海无计可施,只好别妻辞子,背井离乡外出经商,然后上门挑逗胁迫王氏就范。谁知王氏自小受孔孟之教,洁身自爱,或闭门不开,或躲藏逃避,或严词斥责,数年间始终未能如愿。昨晚他见小宝子前来买油,顿起恶意,心想:李海长年在外,小孩夜半买油,岂不是在养汉逍遥,还装什么假正经!今晚倒要让你王氏出丑显形,也好逼你就范。他让伙计故意找理由拖着小宝迟迟打不上油,自己则悄悄来到李海门前,隔着门缝一瞧,见夫妻二人正急不可耐地站着亲热,馋得裤中都湿了一大片,非常扫兴地想离开。这时听小宝子打油由远及近回来,忙躲到一侧窥探。忽听李海说出树洞藏银之事,心中大喜:人难到手,我且偷了你的银两,看你一家怎个生活!于是,他悄悄跑到大榕树下,从洞中盗走银两,高高兴兴地回家去了。

末了,朱尚榕大声哭喊:"俺只偷了他的银两,可没想害死他呀!一定是他来取银子时发现被人拿走,心急上火,走投无路,上吊自杀的,万望大老爷明断!"

赵南星厉声训斥道:"这个不用你说,本官自有公断!"然后命师爷将口供拿给朱尚榕看,并让其签字画押;命衙役到朱尚榕家中取来所盗银两,连同里正、王氏口供一并验看印证,归案成册,当场立判:朱尚榕贪图女色,盗人钱财,逼死人命,杖打四十,充军边塞。王氏丧夫,孤儿寡母,由朱门赔银千两,作为安葬及生活之资。判毕,打道回衙,霎时,众人欢声雷动,齐声赞颂赵南星"神明"。

事后,师爷好奇地问赵南星,怎知蜘蛛上树就是朱尚榕。赵南星笑道:"这有何难,朱尚榕劣迹斑斑,早对王氏有不轨之心,小孩买油知者又无二人,盗银害命者能有谁呢!本官只不过借景生情,逢场作戏而已。"

46. 特使云桂边

初春的云南虽然不是冰天雪地，倒也还有一些凉意。赵南星抓住这个枯水季节，正组织乡民修建几座渡桥，并用以工代赈的方式治理着两条河道，已经十多天吃住在工地，未曾回县衙公干。忽然，县衙的一名衙役飞马送来县丞文书，说朝廷钦差很快就到肖县，请他回去接旨。

听说钦差来临，赵南星不敢怠慢，立即换装启程，赶往县衙。急匆匆走在路上，心里却沸腾不已，满腹狐疑：身在西南边陲小县，信息闭塞，孤陋寡闻，不知朝廷近来有什么变化？此次钦差远道而来何为，是福是祸？在一片愁思中不知不觉进了县衙，尚未来得及洗漱，钦差已在一片喧闹声中进了县衙。赵南星忙带县衙吏役垂首恭迎。只听钦差拉着娘娘腔半念半唱道："奉天承运，皇帝诏曰，肖县知县赵南星上任以来，殚精竭虑，除强盗，安黎民，修桥铺路，治水消患，深得民心，朕感欣慰。近闻云桂边界争纷不断，特命赵南星代户部前去调处，钦此。"

让自己一个小小的县官前去调解两省边界纠纷，这不是笑话吗？赵南星听着脑袋就胀大了。可他深知君臣之礼，忙接旨谢恩，并请钦差留驿舍歇息，以便从钦差口中得知一些来龙去脉和朝廷现状。谁知钦差把鞭一挥，不耐烦地说："本官还有公干，就不麻烦地方了。"说罢扬长而去。赵南星和吏役们都明白，他不是有什么公干，而是嫌肖县贫穷，另寻福地去了。

赵南星接过特使这块烫山芋，虽感压力重重，可也不敢怠慢，忙将衙门事宜向县丞和师爷交代，准备行装，第二天便匆匆上了路。到了云桂边界的富宁驿馆，打开户部转来的有关文书一看，更感泰山压顶一般。

原来，云桂边界一带崇山峻岭，河流遍布，前年一场大地震，山崩地裂，垮塌的山体将一条大河堵塞，形成了一个巨大的堰塞湖，将上游上百里的省界河道两侧变成了一片汪洋，淹没了农田和村庄，形成了两省的自然分界，两岸乡民或隔湖相望，或远走他乡。今年夏季上游降雨量颇大，洪水冲垮了堰塞，堰塞湖自然消失，留下了一大片变了模样的农田洼地，虽然河道还从中穿过，怎奈位置已经变化。这下可热闹啦，两岸留在当地的乡民赶紧争抢这些分不清属地的土地,抢着抢着就出了大问题:先是在自己这一岸你争我抢,大打出手;后是闻讯赶回来的村民争要自己当年的土地,发生冲突;慢慢发现河道也改变了位置,向对岸争抢开土地,甚至动了枪炮……这里的土地纠纷惊动了两省,甚至惊动了朝廷,两省几次协商,各为各的村民争理争地,争执不休,只好由朝廷出面协调了。事情闹到户部,那些官老爷们知道此事的复杂麻烦,谁都不愿意到这穷乡僻壤吃苦受累,更不愿接这个烫手的山芋。一个嫉妒仇视赵南星做派的官员出主意说,赵南星机敏善断,到了云南擒贼寇,抚百姓,顺风顺水,应当让他代户部处理一下此事,得到一群同僚的赞同。于是,上奏皇帝,把这块烫手的山芋扔给了赵南星。

赵南星了解到这些情况,轻蔑地冷冷一笑,一句话没说,第二天先是下令两省官员负责劝慰制止各自村民的争抢,然后便带着几个衙役徒步察看百里长的争议地段,听取两省府县官吏的报告,微服私访百姓。一个月下来,已经对情况了如指掌,胸有成竹了。

一日,赵南星召集云南广西两省及涉及争议区域的府、县、社官吏开会,协商妥善调处矛盾的办法。两省的大小官员照旧为各自的村民争理争地,互不相让,吵得面红耳赤,不可开交。看看火候已到,赵南星两手招呼大家安静,然后十分镇静地说,大家争得对,吵得好!作为一方父母官,为自己的老百姓争理争利是责任和官德所在,当官不为民做主,不如回家种红薯吗。鄙人乃一小小知县,身在云南为官,担当的却是朝廷重任,既不偏云南,也不欺广西,想按你们各自所报数字分配土地,重新划界,诸位意下如何?大家一听,都能满足老百姓要求,纷纷表示同意。见状,赵南星站起来大声说道:"既然大家都同意我的意见,那就请大家回去,各自组织乡民申报自己当年土地的数量、位置和四邻,装订成'挨册',上报本官,由本官按申报数量如数分配。提醒大家一句的是,此'挨册'一定准确无误,如若有虚报多报者,不仅不给土地,而且对村民严厉责罚,对涉案官吏一律呈报朝廷依律查处。"众人应诺退去,各自忙活去了。

半个月后,两省所涉各县的"挨册"都报了上来,且都有里正、社长、知县、知府的签字和印鉴。赵南星组织几路衙役抽出一百户,先与原来的地籍对了,再访四邻,进行核查,发现的确无误,然后召集两省涉及地方的大小官员开会,让他们到对方村庄,按照"挨册"户名、亩数及顺序,从未被淹没的土地边缘开始,逐户丈量立橛,进行分发,不到十天就分配完毕,上万百姓得到了自己应得的土地,一场旷日持久的土地争夺战就此画上了句号。

然而令两省官员们万万没有想到的是,当为每个农户足额发了土地后,界河两侧还剩下上千亩肥沃的土地,纷纷询问赵南星该咋处理。赵南星胸有成竹地说，这个不难，一律收归国有，由两省府县经管，收益充作治河费用，大家听了拍手赞同。

边界纠纷这块烫山芋，不仅没有难倒赵南星，没有出乱子，而且在两个月内顺利解决，百姓满意，官吏高兴，又为以后河道治理打下了基础，可称为妥善圆满。奏折报到朝廷，一下子震动了朝野，大小官员都为赵南星的智慧折服，那些想用这个难题戏弄赵南星的恶官们则长吁短叹。皇上看了奏折，深知误解和错待了这个忠臣和能臣，亲拟圣旨予以表彰，并很快传赵南星回京，赋予吏部考功郎中之职。

赵南星进京后有同僚问，在两省上万乡民剑拔弩张情势下，怎敢答应满足其土地要求，还为朝廷赚回上千亩肥地？赵南星哈哈一笑说，其实很简单，到实地考察并与原来地形图对比后发现，这片土地上原来有许多沟汊荒丘，堰塞湖形成后淤为一片平地，自然增加了不少土地，只是人们没有注意到罢了。这是后话。

47. 真假美女头

赵南星接到朝廷调自己返京任职的圣旨,一扫遭诬被贬的阴霾,神情兴奋,抓紧整理移交文书档案,处理遗留事务,打理简单行装,准备迅速启程回京赴任。

然而树欲静而风不止。不知是有人乘新旧知县交接之时滋事,还是天意留他再待一段时间,就在赵南星一切安排停当,准备启程的前一天下午未时,顺城关的里正慌慌张张来报,街里昌家的年轻寡妇昌刘氏昨夜被人杀害了,头颅被人割下,不翼而飞!

经过精心治理,已经夜不闭户的一个小县,自己还没离开就发生了重大凶杀案,而且是丢失头颅的奇案,不是明摆着在给自己这个知县留污点、落把柄吗?赵南星想到这些,怒火中烧,顿时打消了启程的念头,立即招呼县丞、师爷、仵作及捕头在里正的引领下,带着兵卒捕快,浩浩荡荡向顺城关赶去。

到了顺城关昌家门前,赵南星命令捕头组织人马封锁现场,控制涉案人员,吩咐师爷带人勘查现场,仵作带助手前去验尸,自己则同县丞一起仔细观察起周边的景物。发现顺城关就是东门外的一条东西大街兼通道,两侧住房多为门搭商铺,只是参差不齐,新旧不一。昌家坐落在大街中部的路北,高门大院,青堂瓦舍,虽不及城内富商大户,也算一户富贵人家。大门右侧是个低矮的商铺,左侧院落与昌家建筑基本相同,只是门破瓦残,杂草丛生,破败不堪。再瞧昌家大门,朱漆泛光,虎头门环,雄狮对坐,古朴典雅。只是朱漆大门内侧中部有些不太明显的刀痕……

赵南星边看边向里正询问昌家的情况,里正点头哈腰地介绍说,昌家的上一辈是从外地迁来的商户,经营布匹生意,买卖日渐兴隆,日子过得红红火火,就在这里买下一个破旧大院,盖了两处房舍。家有两男一女三个孩子,姑娘早已出嫁,大儿子名叫昌贤,是个书生,苦读诗书,参加几次童试也没得到个功名;二儿子叫昌德,继承祖业经营布匹。兄弟二人结婚后,二老相继去世,便分家另过,各自住在一所院子里,相邻而居。只是老大昌贤书生意气，不懂经营，坐吃山空，虽有老二昌德接济，日子也是一天不如一天。老二昌德聪明诚实，善于经营，买卖越做越大，然而天有不测风云，前年冬天忽然得了重病，不治身亡，留下刚过24岁的美貌妻子昌刘氏，守着偌大一个院落，除了丫鬟和老仆人外，连个子女也没有，孤苦伶仃，好不可怜。她与丈夫一往情深，守身如玉，立志终身不再改嫁，为丈夫守节，也很少与人往来，对上门提及改嫁之事的一概回绝。为了表达对丈夫的怀念之情，每逢初一十五都请城东柳泉寺的高僧柳海法师前来诵经祝祷。听说前些日子她的兄长前来劝他趁着年轻早日改嫁，也了却大家的一桩心事，她却坚持把兄长的儿子过继过来相依为命，兄长只好勉强同意了，却引起大伯哥昌贤的强烈反对和阻挠，大吵大闹了一场。

"那柳海法师长得什么样子，每次前来都带些什么，又干些什么呢?"赵南星听说平日里只有柳海与被害人接触，接着问道。

"那柳海和尚可是个大善人，不仅长得高高大大，硬朗挺拔，眉清目秀，而且待人和善，道行很深，许多不孕女子经他请神调治都怀了孕，只是见了漂亮女子总想多看几眼。他每次来昌家都袈裟披身，僧帽端正，挑着经担，听说到了昌家就是帮着昌刘氏念经祈祷，别的也没干什么。"

赵南星专注地听了，微微点了一下头，便让里正把老仆人和丫鬟唤到面前，询问他们的见闻。主人家出了这样惊天大事，二人本来已经吓得魂飞魄散，如今又听知县大人问话，更是战战兢兢，身如筛糠。赵南星见状温和地告诉他们不必惊慌，把主人被杀的前前后后学说一遍，尤其是听到和见到的可疑人事。

丫鬟是个十四五岁的村姑，只是哭哭啼啼，说不出一句话来。老仆人倒是镇定一些，长长叹了口气说，自己来昌家已经二十多年了，平日里天一黑就遵主人嘱咐，插门上灯，安排一家人吃饭洗漱，然后熄灯睡觉，早晨鸡叫头遍就起来清扫院里院外，挑水担柴，浇树剪花，打理生意。可是昨夜不知怎么了，睁眼就见天已大明，出门一瞧，日已偏西，非常惊讶，忙叫醒正在酣睡的丫鬟。丫鬟到了主人门外叫早，好一会儿不见回音，拍一下屋门，门却吱呀一声开了，进屋一瞧就惊叫起来。我忙赶到屋里，发现主人被杀，赶紧开大门去叫昌贤，谁知大门也没插上。等昌贤来到，看了现场就赶紧报了官。

赵南星再问丫鬟，丫鬟点头称是。

说话间，勘查现场的师爷捕头已经从门里走出来，喘着气告知说，院里院外房上房下全都勘查遍了，发现强盗是从大门而入，直奔主人卧室杀人取头，其他物品原封未动，应该是熟悉昌家情况的人拨门入室杀人的，但不偷不盗只杀人取头令人费解。

这时仵作走上前来报告说，尸体已经验过了，死者衣着整齐，身有伤痕，曾被奸污过。让昌贤、老仆人及丫鬟环上前辨认，都说，从衣着体形看，确像主人昌刘氏。

赵南星听罢也没再问，走进院子四处转了一圈，进屋看了一下尸体，特别仔细察看了一下各个门窗，然后吩咐大家封了昌家大院，派人昼夜看守，带各涉案人员回衙候审。

当天夜里一更时分，肖县县衙二堂灯火闪动，赵南星、县丞、师爷、捕头及仵作五人正聚精会神地研判此案。

县丞略有所思地分析说，从现场勘查的情况看，强盗是拨门而进，从容作案，说明非常熟悉昌家情况，有备杀人，而昌贤为了独霸弟家财产，极力阻挠和反对昌刘氏过继儿子，逼其终身守节，更熟悉室内情况，有重大作案嫌疑。捕头点头称是，说自己也有同感。

赵南星踱着步子很平和地问："二位说得似乎有些道理，可是昌贤乃一介书生，知书达理，文弱善良，手无缚鸡之力，怎会冒天下之大不韪行凶杀人，又为什么取头藏匿呢？"县丞捕头一时不知如何回答，无言地沉默下来。

仵作乘机接腔说，从室内物品摆放和尸检情况看，有三个疑点让人琢磨不透：死者曾遭奸污却衣着整齐，头颅被割下，衣服上却没有大量血迹，这是其一；死者遭奸污应当发生在炕上，然而炕上的被褥似乎是主人撩开而去，既没有精液痕迹，也没有男女行事造成的乱象，更没有搏斗迹象，这是其二；三是老仆人、丫鬟及昌贤分别看过尸体后，都说从体形衣着看像是昌刘氏的，可都说不上能证明的其他特征。

"师爷，你有什么发现没有？对仵作提出的疑点怎么看？"

"回禀大人，新发现倒是没有，只是还有一个情况很是让人生疑。老仆人和丫鬟平日里都是早睡早起，可是今天都一觉睡到了午后，应该另有原因。"

"这就对了。大家说得都有道理，验得也很仔细，其实还有两个痕迹值得推敲。我仔细观察后发现，大门和主人屋门上都有不太明显的刀痕，主人、仆人和丫鬟卧室的窗纸上都有一个小孔儿。将这些痕迹和疑点综合起来分析，似乎应得出这样的结论：行凶者是非常熟悉昌家情况的老熟人，他先用刀拨开大门进入院内，再用吹管分别向三个房间吹喷蒙汗药，待三个人都深度昏睡后，拨开昌刘氏的屋门进入卧室，不慌不忙地行奸杀人，伪装现场。眼下的问题是，为什么行奸杀人后还要取走头颅，头颅到底弄到哪里去了，尸体究竟是不是昌刘氏的？为了弄清这几个问题，大家今夜需要再辛苦一下，做好三件事情：捕头师爷组织衙中文书捕快及城中社长里正，逐户打听了解可疑线索,寻找尸体头颅;县丞仵作让老仆人和丫鬟仔细回忆昌刘氏身体上的特征,尤其是手脚上面,再辨尸体,确定真假;留下三个捕快帮我邀见柳海和尚,审问昌贤。"

几路人马领命离开后,赵南星命衙役将昌贤押来二堂,打开刑具,茶水伺候,然后和颜悦色地与他攀谈起来,询问了昌家的迁徙经过、经济状况、昌刘氏的为人行止以及出事的前后经过。

昌贤虽然满腔悲愤,略带惊恐,还是深吸一口气,镇定了一下情绪,然后有条有理地回答了赵南星的询问,不仅没有刻意隐瞒什么,而且比较客观,与原先了解到的情况基本吻合,尤其对昌刘氏的品行上,虽有矛盾怨意,却不失得体。赵南星仔细听着,慢慢打消了对昌贤的怀疑,接着询问起昌贤对此案的分析判断。昌贤叹口气说,弟弟活着时,自己曾到过其内室两三次,情形大致知道,这次被老仆人叫去后,粗略观察了一下室内情况,发现门框上有轻微刀痕,弟媳被杀失头,却没有大量血迹和搏斗痕迹,自己相邻而居,没有听到任何响动,与弟媳的性格为人太不相称。尤其是利用自己与弟媳闹矛盾时行奸杀人,足见凶手对昌家情况了如指掌,设计嫁祸于人,并非一般平民百姓所为。

"那么,据你所知,什么人最符合作案条件,最有可能行凶杀人呢?"

"符合这些条件的人只有一个,那就是柳泉寺的高僧柳海。可是柳海法师自幼遁入空门,德高道深,和蔼善良,不太可能。"

说话间值守的捕快报告,柳海和尚已经请到。赵南星吩咐把昌贤上枷送往监牢,请柳海和尚客厅相见,然后整衣正冠朝客厅走去。少顷,一个高过七尺,满面红光的中年僧人款款走了进来,见面双手合十,躬身见礼说:"阿弥陀佛,贫僧外出诵经刚回寺中,姗姗来迟,还望赵大人海涵。"

赵南星起身以礼相迎,茶水伺候,说是自己即将入京赴命,请大师前来长叙话别,然后问起柳海和尚的身世、近日所忙及寺中事务。柳海和尚满脸含笑地谢过知县大人的问候和关照,祝贺了赵南星的升迁,然后说道,多年来,本寺众僧虔诚事佛,普度众生,感动上苍,香火日盛,然而寺院狭窄,佛殿又小,引来诸多不便,急需扩建壮大。前些日子应几个事主的邀请前去诵经祈福,顺便化些钱粮,准备建新的佛堂,后晌才刚刚返回。

"听说贵寺香火旺盛,求子灵验,果不虚传哪。"

"阿弥陀佛,大人过奖了。那都是因为众僧虔诚,感动上苍,观音菩萨显灵所致啊。"

"如此说来,柳海法师的弟子众多啰?"

"寺中弟子仅有二十多人,不算太多,城内外的信徒居士倒是还有一些。"

"那好哇,不知这些信徒居士都是些什么人?"

"七十二行都有一些,只是女眷多了一些,比如城中的王郑氏、李何氏、郑何氏,顺城关的昌刘氏、张狄氏等等。唉,信女多了难免有一些闲话呀。"

赵南星点头称是,又问了一些寺院扩建的事情,见柳海和尚有备而来,成竹在胸,就客气地道了别,送他离衙回寺。柳海和尚道了谢,貌似从容地向外走去,只是两眼的余光闪电般扫过衙中的一切,尤其是县监方向的动静。

赵南星送至大堂门口,目送柳海和尚离去,仔细观察着他的一举一动,其看似不经意的眼神也没逃出赵南星的神目慧眼,暗暗寻思道:健壮的身体,色迷的眼神,适时的外出,昌刘氏的被杀,多么的巧合,如同事先安排好的一样;道貌岸然,从容不迫,滴水不漏,又说明了什么?

赵南星正在二堂踱步沉思,仵作轻轻走进门来禀报说,已经让老仆人和丫鬟再次详细看过尸体了。老仆人因是男性,没有近距离接触过昌刘氏,只感到尸体的手臂过于粗糙,像乡下农妇,不像主人的细手。丫鬟却说,自己见过女主人洗脚,左脚外侧有一块明显的伤疤,尸体的脚上没有,由此断定,尸体并非昌刘氏的。

二人议论间,师爷捕头也返回来了,报告说,已经动员起城里城外的社长里正及乞丐等人,四处打听情况,折腾了半个晚上,多数还没有回复。只有一个赌徒提供些情况,说是自己昨天夜里喝酒喝醉了,回家时倒在东城墙边上睡着了,迷迷糊糊中好像看到一个担箱子的人曾在城墙下捣鼓过什么。问他具体地点和其他情况,他咋也回忆不起来。我们带人找寻了半天,黑灯瞎火的,也没找到什么。

"好,收获不小!吩咐弟兄们早点休息,明天一早再派人去找。今晚你们二人还要办好两件事:先派人暗中严密监视柳泉寺,再派人潜伏于东城墙下,发现有人挖掘东西立即擒来。"

次日辰时,赵南星吃罢早餐,洗漱整装,信步来到县衙二堂,早有捕头师爷等待。捕头上前禀报说,昨夜东城墙下并无任何动静,柳泉寺内也一片宁静,没有发现任何异常情况。

赵南星听罢,心里不禁"咯噔"一声,倒吸一口冷气寻思道,按照自己原来的推测,如果尸体的头颅埋于东城墙下,凶手发现夜晚县衙人马明火执仗寻找,一定会偷偷挖掘转移;柳海和尚如此可疑,也应有所动作。可是眼前这一切都大大出乎意料,这是为什么呢?

赵南星在二堂上有节奏地踱着步子,心中却急如星火,脑海似电闪行空,急速地分析判断着……一袋烟工夫过后,他停住脚步,威严地命令道,捕头带人马上沿东城墙根仔细搜查勘验,不能放过任何蛛丝马迹,发现新土立即挖探;师爷立即带人赶往柳泉寺,秘密检查柳海的经担。

赵南星这两招儿果然厉害,不到两个时辰,两边就都有了新发现。先是师爷回来报告说,柳海和尚早已不知去向,其经担藏于一个偏僻房间的杂物下面,费了好大工夫才找到。经担的两个箱子大得惊人,足可容下一个成年人,且有点滴血迹。接着捕头回来报告说,带人查遍东城墙脚下,已经将女人头颅找到,且已带回衙中。

赵南星听罢大喜,一面命令捕头严密监视柳泉寺,不准任何人进出,一面命令仵作前去查验人头。然而,让人万万没有想到的是,查获的女人头颅与尸体倒是吻合,却不是昌刘氏的!

又是一桩命案!

赵南星惊愕之余,立即命令县丞组织人马向各村社查找近日失踪的少妇,命令捕头带人搜查柳泉寺,查找柳海和尚的下落。自己则伏案书写文书,向朝廷汇报案情,请求延迟赴任。

难熬的一天过去了,各方汇集上来的情况却毫无眉目,不仅查找失踪少妇的事情没有任何线索,而且搜查柳泉寺的行动也一无所获……

面对这样的窘境,赵南星茶饭不思,心烦气躁,在县衙二堂转来踱去,推敲再三,不知不觉步出二堂,在院中转悠起来。忽听房檐上的麻雀一阵惊叫,抬头四处一瞧,只见一只老鼠叼着鼠仔鬼鬼祟祟地沿着墙根来到院中,到拐弯处的一个新洞口便机警地四处瞧了瞧,然后钻了进去,放下鼠仔回过头来,用些柴草遮住了洞口,伪装得好似久未有物动过。

赵南星见状眼前豁然一亮,立即唤来县丞师爷和捕头,吩咐县丞将寻找失踪少妇的通告改作寻找外出拜佛求子少妇,自己则亲带捕头捕快再查柳泉寺。

柳泉寺坐落在城东八里处的一个山坳中,远远望去,淡淡的雾霾之中隐隐约约显出亭台楼阁的轮廓,虽然规模不算太大,倒也金碧辉煌。赵南星站在寺院门口,仔细观瞻着门额上由书法名家书写的"柳泉寺"门匾,早有负责监视寺院的捕快前来报告,说是几天来寺内一切如常,只是不见了柳海和尚。赵南星微微点头,并迈着方步进入寺内,让捕快找来最老和最少的和尚前来问话。

赵南星坐在院中大榕树下的方墩上,分别询问了老少和尚关于不孕女子前来拜佛求子的情况。得知不孕女子来寺拜佛求子,都是先住在厢房的客房之中领号排队,轮到自己时于当晚亥时由值班和尚引领带香进入大殿,和尚当众关门上锁,家人在门外等候,第二天清晨值班和尚开门,女子即出回家。

再问这些女子事后情况,回答说多数得子,并托家人前来还愿。续问为何本人不来还愿,则支吾摇头。

赵南星并不强逼追问,挥手让老少和尚离去,自己则信步来到大殿观察情况。刚一步入大殿,反应机敏的赵南星马上嗅到一种有别于香烟的怪味,很快感觉有些眩晕,返身走出来,让和尚们把门窗全部打开,过了一会儿才再次走进大殿,仔细观察起里面的神像器物及墙体结构,发现与其他佛寺大殿并无明显不同之处,只是大殿西南角放着一张能睡两个人的木床,精雕细刻,绸缎铺垫。值守和尚见赵南星细瞅木床,忙上前解释说,这是专供拜佛求子女子休息用的。另外,佛祖面前的香案显得有些宽大,且在正前方有一块字牌,书写着优美的颂辞。再看这些颂辞的字迹,也出自名人之手,雄浑有力,其中有六个字明亮油光,好像有人经常触动。赵南星见状,眼中闪出机警的火花,先按六个字的前后顺序按了一遍,不见任何动静,又倒着按了一遍,还是没有动静,再隔字按了一遍,隐约听到轻轻的什么东西的转动声,随着声音,香案下方的墙壁慢慢向两侧伸展,中间露出一个二尺多宽的洞口!县丞、师爷及随行的捕快们瞪大双眼惊奇地望着,几乎惊叫起来。

赵南星仔细观察了一下洞口,挥手命令捕头带两个捕快点起火把进洞探看。过了一会儿,捕头上来汇报说,洞的另一个出口在一个老和尚的卧室里,里面既没有柳海和尚,也没有滞留女子,更没有昌刘氏,只是发现了一些吹管、蒙汗药及擦洗之物。

赵南星听了这些情况,马上意识到,所谓不孕女子来寺拜佛求子,纯粹是这群和尚利用人们的虔诚心理及性知识贫乏的现状,将女子引入殿内,用蒙汗药蒙昏,然后恣意奸淫玩弄的伎俩,心中万分气愤,遂下令将寺中老少和尚全部羁押,提来大小头目审问。在事实面前,和尚们不敢隐瞒,分别供述了犯罪事实以及组织策划的过程,更加让人惊骇愤恨!他们不仅将良家女子蒙昏后奸淫,甚至多人轮奸,难怪那些良家女子受孕后没有一人亲自前来还愿!然而再问柳海所为、下落及昌刘氏的情况,则一概不知。再查柳海和尚卧室经房,也一无所获。案件又陷入了僵局之中。

赵南星命捕头封了柳泉寺,把老少和尚押入县牢,并派人严密监视寺中一切动静,然后心情沉重地带着一干人马离了柳泉寺,回到县衙,陷入了深深的愁思之中。

是啊,一起无头杀人案不仅没有很快侦破,反而牵出另一宗杀人案,如今又挖出了柳泉寺这个淫窝,而主犯和第一受害人的去向毫无眉目,赴任期限又已临近,怎不令主审官赵南星赵大人心焦啊!

正当赵南星强压胸中的烦躁,在二堂踱步沉思时,县丞匆匆进来报告说,经过两天来的明察暗访,被杀女子的身份已经查明,她不是昌刘氏,而是城东5里外狄家庄的曹何氏!这曹何氏今年25岁,长得苗条俊秀,虽然一介农妇,却也楚楚动人,结婚已经七年一直未孕,一家人急得如同热锅上的蚂蚁,多处拜佛求神,请医吃药也不见效果。听说柳泉寺的佛爷很灵验,很想一试,又听说拜佛求子得在大殿内睡上一宿,担心有诈,迟迟不愿前去。万般无奈之下,于四天前在丈夫陪伴下前去柳泉寺拜佛求子。因为求子的女子太多,一时轮不上,她就让丈夫先回家中,自己住在寺中排队等候,等轮到时再捎信儿让丈夫来陪,以后便没了音信。家人只说仍在寺中,也没寻找报告。提审被押的和尚们,都说曹何氏的确于四天前来到寺中住下等候拜佛求子,后来柳海法师见到了,就请她单独到经房传经,从此再没见过。

柳海和尚单独传经?说明他有重大作案嫌疑!然而柳海和尚不知去向,昌刘氏毫无踪影,一切无法对证,又该如何呢?是啊,案子越滚越大,牵涉人员越来越多,案情越来越复杂,下步究竟如何办呢?

面对如此复杂的局面,足智多谋的赵南星一时也没了主张,只得再次征询县丞师爷等人的意见。从政多年又善于琢磨的师爷捋着山羊胡子若有所思地说,既然寺内有普通和尚作奸犯科的暗道,还应当有更隐秘更高级的密室机关供柳海享用,他的卧室里没有发现,也应当邻近便捷。算来这样的暗道不会太长,我们已经封锁寺院数日,料他不会逃得太远,应当仍在寺内的密室之中。

赵南星听了点头称是,第二天再次带人搜查柳泉寺,围绕柳海的卧室经堂仔细查找。果然不出所料,在柳海卧室的卫生间内发现了暗道,正当大家一阵欢喜时,下去探查的捕头上来报告说,这条暗道很短,直通经房坐垫下,里面也无柳海人等!

好个狡猾的柳海!赵南星处变不惊,胸有成竹地让大家仔细查验经堂的每个角落什物,自己则围着经堂内的一尊铜佛转起圈来,一圈一圈又一圈,正当大家一无所获时,赵南星走到铜佛旁边,轻轻转了一下有些发亮的佛的右耳,果然不出所料,铜佛很快转动起来,身下露出一个洞口。捕头二话没说,立即带上一个捕快举着火把手持钢刀钻了进去。随着一声呵斥声,不一会儿,就将柳海及昌刘氏推了出来,并找出了沾着精液污物的床单等物。

在人证物证面前,一向道貌岸然的柳海和尚失去了往日的从容不迫,战战兢兢地交代了作案经过,昌刘氏也叙说了受害过程。

原来,这柳海和尚身体健壮,性欲极强,虽自幼进入空门,但凡心不改,见了美貌女子就思不轨,一日没有女人就寝食难安,弄到女人就丧心病狂地奸淫折腾。他不仅组织弟子们挖修暗道,设计骗奸良家妇女,而且自己单设密室,专拣那些美貌出众的女子掳入密室之中供自己玩弄。他早已迷上昌刘氏的美貌,到昌家诵经时几次言语挑逗没见效果,可也没遭强拒唾骂,料知可以逼其就范,就暗暗盘算将其掳入密室之中长期占有,只是一直没有机会下手。那日碰上长相不错的曹何氏入寺求子,已有几天没沾女人的柳海顿时淫心大发,便将其骗入自己的经堂之中,蒙昏后掳入密室,准备奸淫。曹何氏苗条的身材、姣好的面容以及白皙丰满的皮肤早已使他淫心荡漾,到了密室就迫不及待地动手脱其衣服。谁知由于他心急,吹喷迷药时间不长,曹何氏尚未深度昏迷,对他的猥亵先是本能地推拒躲避,当他急不可耐地扑上奸淫时,昏意顿消,圆睁双眼,又抓又叫,拼命反抗起来。从未遇到过如此激烈反抗的柳海和尚先是一愣,转而恶言威胁,逼其就范,曹何氏性情异常刚烈,又处在气头上,根本不管不顾,大声哭骂着起来抢衣穿上。气急败坏的柳海被骂得狗血喷头,一下子凶相毕露,扑上去狠狠掐住了曹何氏的脖子,直至昏迷过去,然后野蛮地奸淫起来。正当他猛烈发泄时,曹何氏又苏醒过来,不顾赤身裸体,拼命撕打挣扎,还扬言要告官惩处。柳海闻听此言,恶心一狠,骑在她的身上,死死掐住其脖子,直至她瘫软下来才罢休。

柳海和尚发泄完兽欲,喘着粗气瞅着曹何氏的尸体寻思着如何处理。突然,他的眼睛滴溜溜一转,"嘿嘿"地奸笑两声,从箱中摸出腰刀就要下手割头。刀到曹何氏脖颈了又抽了回来,摸摸曹何氏的尸体还有余温,生怕此时动刀血流如注,溅到各处,就坐在一旁抽起烟来,并仔细端详欣赏起曹何氏的胴体。一袋烟后,他的淫心又起,肆意玩弄了一会儿,爬上去再次奸淫了 次,然后不慌不忙地将曹何氏的头颅割下包好,连同无头尸体搬入经房,装入经箱之中。

第二天早晨,柳海告诉值勤和尚,说是要到外面诵经,就担上经担外出了。在外面转悠了一天,傍晚时分找了一家小店吃喝一顿,看看天色已晚,便悄没声地朝昌家大院赶来。看看四下没人,就用腰刀拨开大门,挑担进入,再关上大门。进到院中,先是蹑手蹑脚地用吹管分别向老仆人、丫鬟和昌刘氏的房间吹喷了大剂量蒙汗药,半个时辰后再用腰刀拨开昌刘氏房间门进入室内。看看穿着睡衣的昌刘氏已经昏迷,生怕再遇曹何氏昏迷不深遭反抗的情况,上前由轻及重地推拉抠摸,见其已经昏睡不醒,就把经担担进室内,先将曹何氏的无头尸体从箱中搬出,帮其穿上昌刘氏的衣服,仔细查了没有不合之处，再把昌刘氏放进箱中，然后轻轻关上屋门大门，看看四下无人，便担着经担向村外赶去。

出了昌家大门，长长出了一口污气，清风一吹，酒精上涌又在昌刘氏室内吸了一些蒙药气的柳海和尚头脑一阵清醒，忽然想起，因为忙乱，虽然事先算计的非常周到，还是忘记了将曹何氏的头颅早早处理掉，如今还在经担之中！死人头颅毕竟是自己的罪证，又有点瘆人，柳海虽然凶狠无比也难免想早点处理掉心头之患。于是，走到城墙边，看看四下无人，便放下担子，将包着曹何氏头颅的包裹拿出扒个土坑埋掉了。这就是那个醉酒赌徒看到的一幕。

柳海处理掉曹何氏的头颅，担着昌刘氏，一路轻松地回到柳泉寺，进了自己的经房，看看和尚们已经歇息，就将昌刘氏抱出来，送进密室。见昌刘氏仍在昏迷之中，仔细端详一番，想到自己渴盼了几年的美人总算到手了，不禁喜上心来，急不可耐地脱光了昌刘氏的衣服，欣赏了昌刘氏的玉体，然后痛痛快快地奸淫了一番，便欣慰地抱着昌刘氏睡去了。

心中有事的柳海一清早起来，看看昌刘氏仍在昏睡，就想早早外出，遮人耳目。于是，将昌刘氏的手脚捆住，口中塞上破布，然后乘着和尚们尚未起床，悄悄出门去了。

柳海傍晚回到寺中，正想去看昌刘氏，却有小和尚来叫吃饭，饭后刚刚坐下，县衙就来人请他到县衙与知县叙话。他满心狐疑地到了县衙，自认为天衣无缝地应付过赵南星，出城时却发现东城墙下有县衙的捕快们正举着火把寻找东西，顿感事态严重，便加快步伐回到寺中进了密室，想带昌刘氏抓紧离开。这时昌刘氏早已苏醒过来，见自己赤身裸体被囚在暗室之中，又已遭到强暴，哭哭啼啼，悲愤不已。柳海满脸堆笑地上前道歉劝慰，叙说自己的爱慕之心，并指天发誓，今生今世永远相爱。昌刘氏见自己身已遭污，还有可能怀孕，已经没有脸面再回昌家，自己多年敬仰的柳海又是如此喜欢自己，还信誓旦旦喜爱自己一生，加上守寡以来的孤独寂寞，思前想后，思虑再三，最后终于答应了柳海的要求，穿衣整面准备随柳海远走他乡。柳海见状喜不自禁，赶紧收拾金银细软准备离开。可是当他一切准备就绪动身离开时，机警地出门一瞧，发现已经迟了，县衙的捕快早已把整个寺院严密监视起来。无奈之下，他赶紧准备了些食物饮水钻进密室，与昌刘氏厮守一起，等待官兵撤去再想办法。万万没有想到，自以为伪装巧妙无人能寻的密室还是被智谋过人的赵南星找到了。

案件已经侦破，案犯全部抓获，赵南星长长出了一口气，吩咐县丞、师爷、仵作和捕头分别抓紧整理物证，录记口供证言，形成案卷，准备结案上报。然而,究竟如何审判这起连环案,却让赵南星犯了踌躇。

柳海和尚奸淫民女,聚众淫乱,杀人越货,罪大恶极,砍头示众自在法理之中。然而那样一来有损佛门名声,必遭佛家怨恨,也会引起各级官僚的非议。尤其是那群和尚更是棘手,他们设置密道,喷毒昏人,奸淫良女,国法不容,不判难合天理人心,职责难咎。可是一旦依律判决,不仅会引起多方质疑,而且损毁了无数入寺求子妇女的贞节和名誉,破坏了无数家庭的美满、子女的人生,甚至引来无数人的寻短自尽。真是判也不是,不判也不是,如何办,又怎么办呢?智谋过人的赵南星也一时为了难,坐了蜡。他思谋再三也没想出什么好法子,只好带上全部案卷去向知府大人请示。

谁知,这个知府大人是个油滑之人,听了案情汇报不仅不提意见,不出办法,而且一个劲儿地往赵南星身上推,说赵大人已经升任吏部重臣,智谋盖世,一切全由赵大人定夺。赵南星苦笑着反复阐明,自己仍在肖县知县位上,肖县的案子仍应由知府做主,尤其是那群和尚的去留,需要知府大人有个明示。知府既不说判又不说不判,只是摇头晃脑地说着"罢了,罢了"的官话。赵南星听了灵机一动,附和着说道:"既然知府大人说耙了,那就耙了吧?"知府微微点了一下头,就送赵南星回县去了。

赵南星别了知府,一身轻松地走出府衙,快马加鞭向肖县赶去。回到县衙,马上吩咐师爷起草判决文书,以杀人害命之罪判处柳海和尚斩刑,待依规上报批复后行刑;昌刘氏身已遭污,削发为尼,终生事佛;查抄柳泉寺,所获财物除抚恤曹何氏家庭外一律充公,查封柳泉寺,将没有参与淫乱但知情不报的和尚遣散还俗。

赵南星吩咐完了,师爷却依然提着毛笔等着下文,因为寺内众和尚参与奸淫良家妇女的事情还没说呢,这么大的案子怎能不了了之?

赵南星并不理会师爷的举动,唤来捕头命其按照知府吩咐将参与淫乱的和尚们耙了。捕头心领神会,立即组织人马在寺后空地上挖了个大坑,等夜深人静时,将这些和尚押入坑中,用土埋到脖颈,只露出头颅,然后马拉耙犁,统统耙了。

至此,一桩旷世奇案成功破获,圆满处理,赵南星也轻松地踏上了回京之路。

48. 一针成神医

赵南星赵知县升任吏部考功郎中,很快就要离开肖县了!消息像长了翅膀一样不胫而走,在肖县这个穷乡僻壤引起前所未有的极大震动。诚心祝贺的、依依不舍的、舒气放心的等等,各种心情全都表现出来。

赵知县要离开了,如何送一送他呢?文人、乡绅、官吏、百姓等等各色人群都在思考、商议和准备。文人们说,咱偏僻小县出个朝廷重臣旷古未有,可喜可贺,应当十里相送,彰显地方情谊;乡绅们讲,肖县出了大官,往后有许多事情得仰仗赵大人帮忙,需丰厚相赠;官吏们想,自己往后的功名利禄全凭这位吏部大员提携相帮,乘此巴结机不可失;贫民百姓们则念及赵南星的清明公正和诚心为民,依依不舍,定要倾巢相送……

赵南星通过各种途径了解到这些情况,更洞察到其中的诸多奥妙,寻思道,自己如果平职调动或遭贬离开,乡亲父老如此相送尚能说明自己政绩可嘉,官声不错;如今自己升迁入朝,这样一来难免巴结之嫌,传扬出去还会被那些政敌抓住把柄,大做文章,万万不可。

想到这些,他让衙役们放出风去,说是自己将于八月初六离县赴任,并慢条斯理地准备起车马行装。可是到了八月初二傍晚,他却让大家连夜准备停当,封锁消息,初三清晨就登上了行程,等人们知晓,早已离开肖县百里开外了。

离开肖县,赵南星在书童、老家员及两名护卫的陪伴下,乘车沿着滇黔湘通关大道向东北方向行进。这条大道虽然避开了难于上青天的蜀道和贵州北部的雄关漫道,却依然穿行于云贵高原的崇山峻岭之间,狭窄坑洼,颠簸难行。因此,他们一行人尽管早起晚宿,跋山涉水,奋力前行,还是慢慢悠悠,十多天后才走出湘西大山,来到怀化地面。

出了大山,湘西道路别有一番艰辛。这里的土地全是赤色胶土,加上降雨增多,道路上泥泞不堪,一步一滑,胶一样的烂泥沾着车轮形成宽宽的车幅,行人脚上沾起几斤重的泥疙瘩,一步一趋,吃力非常,无不叹息好难行的路啊。

一天午后天气放晴,火一样的日头从云中钻出来,狠狠照在众人的头顶上,一个个汗流浃背,气喘吁吁,难于行进。赵南星坐在车内闷热难熬,撩开车帘透气,见状忙吩咐大家到前面的树荫下歇息一下。大家坐到树荫下,用衣襟擦罢满脸满头的汗珠,装上一袋烟,美美地抽了一口,刚想说句"好痛快",就听一阵悲哀的乐声传来。大家抬头一瞧,一行出殡队伍抬棺戴孝,执幡哭啼,缓缓而来,向前走去。

当出殡队伍经过大家面前时,奇特的棺材下滴滴答答落下几滴鲜血,机敏的赵南星见状猛地一惊,忙吩咐护卫军士上前拦下出殡队伍,并招来管事族长。

长长的出殡队伍突然被人拦下,都停止哭啼,瞪着疑惑愤恨的眼睛瞅着赵南星等人,管事族长则愤愤地走上前来,问有何事?

赵南星拉起朝官架势,平和中带着威严地问:"青天白日的,你们为何要埋活人?"

"埋活人?我家死了少妇就够晦气了,你个官府之人怎能无辜出此恶言?"管事族长气急败坏地争辩道,其他送葬人也都眼中冒火,拳头握得"咯咯"响,看那个架势,要是遇到的不是官府人等,早就一拥而上,拳脚相加了。

"这位乡亲不要急,你来看看棺材中流出的是什么?"赵南星指着地上的血迹说。

"是血呀,俺侄孙媳妇生孩难产,被憋死了,能不流点血吗?"

"你再仔细看看,这是活人血还是死人血?人被憋死了怎会流鲜血呢?"

"这个……是啊,死人怎么会流鲜血呢?"

"说明人还没死,赶快打开棺材救人!"

"什么?开棺?不行!人死如灯灭,入土才为安,侄孙媳妇难产都折腾三天了,先生、巫婆、神汉施尽了法子也没救下,够苦了,你就行行好,千万别打扰她了。"

"对!打扰亡灵等于辱我家门,谁敢动手,就和他拼了!"一群送殡人横眉立目地齐声喊起来。

面对众人的激愤,赵南星急如星火,可他知道,如今自己已卸任知县,吏部郎中的任命文牒在手,却尚未得到官服官印,讲道理讲不通,行官威不顶用,束手无策啊!"怎么办?怎么办?……"他急得两手紧搓,绕着棺材转了一圈又一圈。正当万般无奈之际,忽听一队官兵喝令让路前行,他的眼中立即生出希望的光芒,忙走上前去,向领队军官亮明自己身份,并递上朝廷任命让其验看,军官忙下马拜见,听候吩咐。

赵南星向军官叙说了拦棺原委,令军官帮忙,开棺救人。军官立即命令军士们把送殡队伍赶向一旁,留下族长和几个亲属开棺,赵南星这才长长出了一口气。

当族长在军士威逼下指挥亲属们慢吞吞地开棺时,赵南星才仔细观察起棺材,发现了异样。

原来,这个棺材与自己见过的棺材大不一样,不仅棺盖没有钉死,拔开插销后,可以前后活动,而且棺底板也是可以活动的,难怪人血可以从中流出!

赵南星见状,忙止住大家行动,质问族长是怎么回事?

族长先是一愣,接着解释道:"大老爷不要误会,这是俺们这一带乡村的特殊习俗,不像其他地方葬人单用一个棺材,而是一村用一个通用棺材,棺盖棺底做成抽拉式的,下葬时先将尸体放入棺中,到了墓穴上面,抽去底板,尸体掉入墓中,然后掩埋,而且不准停尸,人死了马上下葬。"

赵南星听了微微点头,这时"尸体"也被抬出棺外,停放在路旁。赵南星上前仔细看了,见"尸体"凸起偌大的肚子,面色苍白而不灰白,嘴唇干涩却有血色,虽无气息却软而不僵,料定"尸体"并未死去。于是,他让军官命令军士们一律背对"尸体"站好,让族长唤来几个女性亲属,脱下孝衣撑着围成一圈,遮住人们的视线,然后命一妇人脱下"尸体"的鞋袜。看看一切准备停当,赵南星返回轿车之中,从携带的箱囊中取出两枚银针来到"尸体"前,先将一枚银针刺入"尸体"的人中穴,飞快地旋捻三下,上下顿了三顿,"尸体"立即发出一声惊叫,死人立马复活了!送葬人群及军士们发出一阵惊叹声。

面对死而复生的孕妇,赵南星不喜不惊,而是沉着地将第二枚银针准确地刺向孕妇右脚小趾处的至阴穴,连捻三下,提顿三次,孕妇立即在声嘶力竭中拼命折腾起来,凸起的小肚也剧烈活动起来。

赵南星见状,一脸温馨地站起身,向远处走去,身后很快传来婴儿的啼哭声和众女人的欢叫声:"生啦,生啦,是个男娃儿……"

送葬的众乡亲闻听此声,欣喜若狂,忙揭去孝服孝帽,扔掉哀杖,"哗啦啦"跪在地上,千恩万谢赵大人的救命之恩,齐颂赵南星乃华佗再世、神医奇功。

赵南星抱拳辞了谢,伸出双手扶起众乡亲,吩咐族长唤人帮生产的妇人及婴儿收拾利落,找来木板抬回家中,然后微笑着对大家说:"其实本官并非先生(医生),更谈不上神医,只是略懂一点儿医道罢了。孕妇难产,得的是小孩抓娘心的死症,如果救治不及时,定会伤及性命。也是天意如此,正巧让本官碰上了,救了母子性命。不过呢,人死即下葬的习俗看来是该改一改了,不然会害死人的哟!"众人听了连连点头称是。从此,这一带的乡亲们彻底改变了人死不停尸的千年习俗。

　　赵南星见一切处置停当,返身走到众军士面前作揖致谢,然后挥手与乡亲们告别,又踏上了北上返京的行程,身后留下一串串感谢声。而他一针救两命,救尸还魂的故事却似春风一样飞向四方,流传至今。

49. 激将保海瑞

赵南星辞别众乡亲，日夜兼程向京城赶来，坐上吏部考功郎中之位。这吏部本是"疏百官、均四海"的要害部门，在朝廷六部当中权势最大，而赵南星所任的考功郎中是具体负责考察百官的，更是重中之重。因此，上任之后他就立志"以全力尽职责"，祛除贪污"干进"（贿赂买官）及应酬交际之风，澄清吏治，为国建功。而要实现这一目标，首先应重用清廉官员，开风气之先，由此他想到了清官海瑞。

海瑞本是广东省海南琼山县人，是个刚直出名的清官，一生爱民如子，嫉恶如仇，清正廉洁，嘉靖末年冒死上疏，隆庆三年巡按应天十府，名震朝野。只因得罪了朝中权臣，被贬家为民，回到琼州老家，久久不得起用。赵南星从小就很佩服海瑞，幼年就听爹爹讲了许多关于海瑞的故事，敬慕之心油然而生，多年来一直为海瑞不得志而愤愤不平，希望有朝一日自己得势，定要起用海瑞，把他作为官吏的楷模，让百官都来学他，借此荡清官场的污浊之风。现在自己真的得势了，还负责起百官的考察，就应当迅速行动，落实这个夙愿。

为了海瑞的事情，赵南星了解情况并做了一些尝试，渐渐发现，问题不像自己原来想象的那么简单。因为海瑞刚直不阿，不讲情面，秉公执法，眼中揉不得半粒沙子，甚至到了不近人情的地步。朝中许多权要大臣不喜欢他，有的虽然知道他是清官，有意为他说话，可又怕他出来招惹是非，连累自己，也就默不作声，听之任之。地方上有些正直官员曾保荐过他，但因朝中没人支持，都不了了之。

赵南星了解了这些情况，就没有贸然行事，而是处心积虑，等待时机，再巧妙周旋。

事有凑巧，正当赵南星搜肠刮肚地想法子为海瑞周旋时，书童来报，说是他的好友——吏部尚书陈有年来找他下棋，眼前忽地一亮，计上心来。

因为赵南星知道，陈尚书也是一个正直之人，知道海瑞受了冤屈，早想把他保举出来，只是这个尚书老于世故，怕担风险，尤其是看到当年经办海瑞案子的一些朝臣还担任要职,就默不作声了。此次他来下棋散心,一定抓住这个机会把他的激情激起来,为海瑞办了此事。

赵南星想到此,忙吩咐书童衙役们置案备棋泡茶,自己则赶到门口迎接,将陈尚书迎入客厅,二人一边寒暄着就坐下下起棋来。那天挺怪,不知是尚书心不在焉还是手背,本来很精湛的棋艺却老是输棋,越是这样他越小心,怕前怕后,举棋不定,结果连杀几盘都输了。他把棋子儿一划拉,说:"没劲,没劲,不下了。"

看着天还很早,两人就拉起了闲话,陈尚书问赵南星:"你说一个人怎样才能遇事不败呢?"赵南星眼珠闪电般一转,心想机会终于来了,就微笑着说:"这个好办,每天吃好喝足,什么事也不想,啥事也不办,遇事上推下卸,还能有什么失败。"

"那不是白吃朝廷的俸禄吗,咱们这类人于心怎忍?"

"于心不忍,不负皇恩,那就要多干事情,要干事情就不能怕担风险,怕遇麻烦。就像你刚才走棋,小心过度,怕这怕那,结果蛮高的棋艺也赢不了,你说呢?"

"看来还真是这么回事,往往你越是怕越出乱子,越麻烦。干脆什么也不怕了,干事儿! 哎,要干事儿,你说眼下咱们吏部应当先办那件事呢?"

"起用海瑞,澄清官风! 海瑞刚正不阿,清正廉洁,秉公执法,冒死上疏,世人皆知。如果起用这样的好官,让世人看到清官终有好结果,并昭告官吏向他学习,时下盛行的贪污、'干进'及玩耍懈怠之风,必然一扫而尽,你陈尚书就为大明江山立上显赫大功。"

"其实愚兄早有这个意思,只是担心势孤力单,犹豫难决,听你刚才之言,很觉有理,胆子壮了许多,加上有你相助,就不怕了,办!"

赵南星见陈有年答应下来,心里十分高兴,忙取出海瑞的案卷和广东巡按御史邓纯百等人举荐海瑞的奏疏,让陈尚书一一审阅。两个人仔细进行分析,决定让海瑞任南京道布政司右道政(正四品),并写了奏疏呈报内阁。时隔不久,万历皇帝降旨,恩准起用海瑞,使海瑞七十二岁又出山任职,引起朝野极大震动。后来,海瑞又调任南京吏部右侍郎(正三品)、南京都察院右都御史(正三品),终日辛劳,为国操劳,卒于任所,为世人敬仰不已。

50. 反唇黄翰林

大比之年来到了,身为吏部考功郎中的赵南星奉旨负责抽调德才兼备的朝廷命官到全国各个州府担任提调主事,负责组织和监督"乡试"。为了照顾这些官员们的身体和生活,他一改往次平面分配的做法,不分亲疏贵贱,也不管谁打招呼,把年轻力壮的派往远方,将老弱之人派往京城周边。

让赵南星万万没有想到的是,自己的这番苦心非但没有得到多少赞语,反而引起一些老弱提调主事们的不满和抵触。仔细打听才知道,这些人之所以不顾年迈体弱,愿意到经济发达文蕴深厚的江南去,是因为不仅可以发现和选中一些栋梁之材,纳为弟子,而且还可得到丰厚的馈赠。当然,赵南星是代表朝廷行事的,做的又合情合理,无懈可击,这些人心里虽然不情愿,私下发些牢骚,却拿不到桌面上,只有无可奈何地服从前往。

当提调主事们离京上路时,赵南星依照惯例前去送行,逐个嘱咐保重身体,依规主考,圆满回返。当见到前去真定府主考的黄翰林时,很客气地作揖道:"黄大人不顾年迈之身前去敝乡主考,有劳了。"

谁知得到照顾的黄翰林却不阴不阳地说:"敝人今去贵乡主考,实不敢当此重任。贵乡有赵大人这样才华横溢之才,定是才子辈出之地,只恐下官才疏学浅,难以应付,还望赵大人海涵。"

"黄大人的才学众所周知,此去敝乡实在委屈你的大驾。穷乡僻壤,恐怕黄大人到那里只会扫兴而归啊。"赵南星早已听出黄翰林话中对真定之行的不满和对自己职位的嫉妒,便不冷不热地应答着转向别人去了。

这个黄翰林虽然有些文才,却是个小肚鸡肠之人,本来对年纪轻轻的赵南星升任"疏百官,均四海"的吏部考功郎中就心存嫉妒不平之心,此次自己费了好大周折才当上提调主事,本想到江浙一带捞些好处,却被赵南星以照顾之名安排在贫穷的真定府,心中像堵了块烂棉花,有苦难言。如今坐在南下的锦车里,随着车辆的颠簸,越想越心烦,暗暗下定决心,一定要在此次乡试中出点难题,让赵南星的乡生们颜面丢尽,也灭灭这小子的威风。

五日后来到真定城,虽然知府率大小官员出城相迎,盛情有加,黄翰林并不领情,摆着架势虎着脸,一副盛气凌人的样子,对贡院的准备情况指三道四,鸡蛋里挑骨头,弄得大家一头雾水。知府大人反省再三也找不出原因在哪里,请送陪玩也不起作用,无奈地摊手长叹。

明代朝廷规定,乡试分三场进行考试,前两场的考试题目由朝廷统一出拟,第三场的考题则由主考官根据当地风土人情和社会历史情况酌情拟订。真定府上下见主考大人如此刁蛮,官员们小心翼翼地按朝规做了仔细准备,参考的秀才们更是战战兢兢,潜心复习准备。因此,前两场考下来,总体效果不错,大家也感到更有信心了,如果第三场考得顺利的话,中举的比例会比往次大许多。

可是正直善良的真定学子们哪里想到,心怀鬼胎的黄翰林正苦思冥想出阴招呢。第二场考试过后,第三场的考题他还没想成熟,便让知府陪他游览作为北方三雄镇的真定城。只见四座城门高耸雄伟,四十里的城墙青砖垒砌,胜似长城,九楼四塔八大寺二十七座金牌坊相映生辉,气象万千,赵云古庙英气勃勃,敬畏之心不禁而生,但他的嫉妒之心不死,还在从中寻找着怪难之题。当他走到开元寺升船殿前时,只听一串风铃鸣响,抬头一望,只见一座青砖唐塔巍然屹立,直插云霄,向东北一望,一座木塔精巧雄伟,风格独特,便灵感油生,顾不上细看各塔几层,也没留意真定城共有几塔,就暗中确定了考题:"双峰隐隐,七层四面八方"。要求考生先对下联,再据下联作文抒怀,还要下联对得平仄对称,情意贴切。

第三场考试开始了,参考的秀才们打开考卷一瞧,先喜后忧,很快傻了眼。这个题目仅仅十个字,乍看起来挺直白的,但其中有"二、七、四、八"四个数字,下联要对得平仄对称,情意贴切,还真不容易呢。不少人看着考题思索半天,无法联对,更无从拟题作文,无奈地交了白卷。有十几个久经考场善于应变的秀才明知很难对好,考题出的也不合真定实情,还是硬着头皮对了下联,并以二塔为题作文抒论,完成了考试。

当参考秀才们垂头丧气地走出号房时,黄翰林得意扬扬地走出来送大家出门,还幸灾乐祸地问大家:"今天这场大家答得不错吧?本官相信赵南星家乡的学子定会答好的。"大家心里郁闷,没有吭声,只有几个自制力较强的考生举起右手摆了摆,头也不回地走了。

黄翰林故意出这样的题目难人,其实也给自己出了一道大难题:偌大一个真定府,堂堂的北方三雄镇之一,历代文人辈出,名士如云,还是元曲的发祥地,总得考中一些举人吧,如果没人考中,你黄提调如何回朝交旨?可是要选几个呢?多数考生第三场交了白卷,凑合答了题的也不理想,如何是好?无奈之下,他只好让副主考等人从没有交白卷的考生中选了五名较好的列为举子,张榜公布,然后具文回朝交旨。

黄翰林虽然自作自受,但无论如何让赵南星家乡弟子遭了难,给赵南星抹了黑,心里还是很惬意的,回到北京后马上春风满面地去吏部找赵南星交差,并刻意取笑赵南星一番。

赵南星看见黄翰林的嘴脸马上意识到,此人有备而来,来者不善,便十分镇静地说:"这次有劳黄大人辛苦,家乡生员一定让大人耻笑了吧?"

"耻笑不敢当,只是有些意外啊!在下原以为有赵大人如此的英才,家乡定会是人才辈出之地,哪料到会有许多白卷先生哪。"黄翰林不无讽刺地说罢,竟哈哈大笑起来。

"白卷?功底有深浅,水平有高低,怎会交白卷呢?"

"赵大人有所不知,本来前两场大家答得还算凑合,可是到了第三场,鄙人出了一道很简单的题目,许多人竟无从对上并作文,无奈地交了白卷。看来这些秀才多是死背八股的无用之人哪!"黄翰林说着用鄙夷的眼光瞄了赵南星一眼。

赵南星听着脸上火辣辣的,马上意识到这是黄翰林在有意借题发难,瞧自己的好看,便不慌不忙地问:"不知黄大人出何妙联,叫我乡亲丢脸,叫黄大人耻笑?"

"其实没甚深奥玄妙的,老朽只是看了真定古城的美塔,触景生情,出了副上联'双峰隐隐,七层四面八方'。"

"此联出得高,出得妙,只是不知下联的正确答案应当是什么?"赵南星欲擒故纵地问。

"这……老朽只是出了个上联,让秀才们答下联呢。"黄翰林自知自己对的下联蹩脚,生怕赵南星当场耻笑,便故意撒了个谎。

"哎呀,我说黄大人哪,这事儿可麻烦了!"

"麻烦?不知赵大人何意?"

"黄大人此次主考连犯四个大忌呀!其一是题目不合当地实情,其二是考题没有答案,其三呢,考生答对了主考官竟还不知,其四是没能按成绩录用。这如何向朝廷交差呢!"

赵南星一席话震得黄翰林浑身颤抖,一头雾水,战战兢兢地问:"老朽再昏庸也不敢出没有答案之题,只是怕赵大人耻笑不敢讲出罢了,至于题目不合实情,考生答对了又从何谈起啊?"

"真定城千百年来就是九楼四塔八大寺,二十七座金牌坊,黄大人'双峰隐隐'是何道理?又让考生如何作答?有几个考生向你连摇右手,分明是说'孤掌摇摇,五指三长两短',你出的题目不合真定实情,我们不往卷面上作答罢了。"赵南星连唬带诈,入木三分地分析道。

　　黄翰林听了,虽知下联是赵南星临时起意编出来的,可对得天衣无缝,讲得合情合理,如果他真的依朝规追究起来,自己真的是吃不了兜着走。顿时大汗淋漓,身如筛糠,慌忙跪倒在地,乞求赵南星开恩饶恕。赵南星想到此事已经过去,又涉及家乡事务,便豁达地放了他一马。

　　黄翰林千恩万谢,从此再也不敢小瞧这位年轻朝官了。

51. 智改皇家道

　　明太祖朱元璋开国时定都南京,朱棣登基后将都城迁往北京,这样一来,两京的联系自然多了起来。为了方便来往官员商旅的行程,朝廷就下令在北京与南京之间修了一条皇家大道。这条大道正好从高邑和赞皇两县中间穿过,每日里车水马龙,烟尘滚滚,吆三喝四,沿途的百姓除负担修路护道等杂役外,还经常遭受过往官兵的骚扰祸害,遇到皇上大臣们路过,还得黄土垫道,清水泼街,跪拜迎驾,苦不堪言。赵南星在家时,时常有乡亲向他诉苦,此次从云南回京赴任路过家乡时,又有许多乡亲求他想想办法,把皇道挪一挪。

　　赵南星听了乡亲们的诉苦,感到有些纳闷:通关大道从此经过,方便了出行,繁荣了商贸,增加了收入,是许多地方求之不得的好事情,怎么高邑的百姓却要求改道呢? 他仔细回想了这段路程的情况,也无法理解。于是,他抽出一天时间沿路走了一趟,并访问了不少乡亲,这才明白过来。

　　原来,皇家大道经过的地方既是高邑赞皇两县的结合部,又是平原与丘陵地貌的结合部,中间还有泥河等几条河流,道路坡多石多桥少,经常坏车拥堵。每遇这时,官骂役怨,兵卒生气,等待过程中往往会对百姓发火训斥,要这要那,逼着帮忙,成了一害。

　　看到这种情况,赵南星感到这段路程的选址有些欠妥,的确需要挪一挪,改一改,最好搬到平原上。可是他心里明白,要改皇家大道谈何容易,不要说征占耕地,架桥铺路资费惊人,就是当今皇上,要改祖宗钦定的大道也难下决心。怎么办,怎么办呢? 赵南星思忖半天也找不出合适的借口,只好等待适当时机再说。

　　事有凑巧,时隔不久,高邑县发生了一起挖坟盗墓大案。高邑县与赞皇县交界的地方有个村庄叫邢郭村,地处皇家大道旁边,村东有五个大土疙瘩,传说是汉代名将李广的坟墓,但究竟哪个疙瘩是真墓没人说得清楚。这年春天,几个南方人听说了这个地方,估计墓中有大量金银财宝,便带着工具悄悄来到这里,准备偷坟掘墓。可他们无法确定哪个疙瘩是真墓,没法下手,无奈之下,他们装作货郎担,走街串巷借卖货之机打听五个疙瘩的情况,访得一首童谣:"皇家大道五百八,李广坟墓五疙瘩。"仔细分析研究认为,李广的坟墓应当在离皇家大道五百八十步的地方。

一天夜里,几个盗墓贼从皇家大道边上向坟地迈了五百八十步,正巧到了一个疙瘩旁,就认定找到了李广墓,高兴得一蹦三跳,也没顾上细探,在上面选了两个位置就开始挖起盗洞。可是这个疙瘩上全是算盘子大小的礓石,挖起来非常困难,天快亮的时候还没挖到墓穴。这时,一个拾粪的老头路过这里,发现有人在偷坟掘墓,就一声不响地回村报信儿去了。李广本是邢郭人,是乡亲们的老祖宗,听说有人在老祖宗坟上掘洞盗墓,那还了得!一个个气得青筋怒暴,义愤填膺,提上铁锹木棒蜂拥而至,将盗墓贼们团团围住,狠狠揍了一顿,并扭到县衙。

听说有人盗掘汉代名将李广之墓,高邑知县当即吓出了一身冷汗:大名鼎鼎的李广墓被盗,自己治下的高邑县的治安差到了何种程度,那还不吃不了兜着走!他立即升堂问案,做出判决,呈报上峰。奏折到了刑部,引起一片惊叹,官吏们赶紧复审并向皇上奏报。皇上听了非常恼怒,说:"我大明王朝皇天后土,几个贼竟敢偷坟掘墓,真是胆大妄为,定要依律严办。高邑知县管理无方,治安混乱,以至酿成此案,理应严责!"

堂下的赵南星听了,眼睛一亮,马上有了主意,赶紧向皇上奏道:"臣听了刑部的奏折得知,几个盗墓贼都是来京城做生意的南方人,并无盗墓之意,只是路过高邑时发现了五个大土疙瘩,得知是李广之墓,便见财起意,做了恶事。这就说明,李广墓被盗除了地方治安不佳,看管不力外,还有一个非常重要的原因,就是坟墓离皇家大道太近,太过张扬。"

"依臣之见该如何化解此类事件?难道还要把李广坟搬了不成?"

"那倒不必,只要把皇家大道挪一挪就行。"

"挪?往哪儿挪?"

"臣路过此段路程时仔细看了,大道正处在平原与丘陵结合部,路窄弯多坡大,很不好走,如果向东挪到平原上,既解决了路难行的问题,又避免了惊扰名将之墓,一举两得。"

皇上一琢磨,感到也不是什么大事,改就改一下呗。这样一来既给了赵南星面子,又显得自己圣明,很爱古代的名将,就点头准奏道:"就依爱卿之见,将大道向东挪上十八里。"

赵南星一听着了急,往东挪上十八里,皇道就会全部穿越高邑县,自己岂不是给乡亲们办了一件大坏事!那可不行,他眼珠一转,见皇上急着要办治河大事,便急中生智地忙问道:"下臣耳朵有些不好使,没听清圣旨,刚才万岁说挪多少?"

皇帝本来正为治河大事着急,现在为这件小事翻来覆去,来回叨叨,早已不耐烦了,有些生气地说:"十八、十八,这下听清了吧?"

赵南星忙跪拜谢恩:"这下可听清了。"又回身对记录的史官说:"还不快记上,皇道往东挪两个十八里。"

在赵南星的周旋下,朝廷下了圣旨,皇道自高邑城西向东移了三十六里,从赵县沙河店和柏乡固城店一带通过,既方便了通行,又保护了文物,可谓是一件大好事。可是这样一来难免会给赵县和柏乡一带的乡亲们带来一些麻烦,如果处理不好,不仅自己会留下千古骂名,而且实行起来也会遇到一些麻烦,弄不好还会引起民怨,如何办才好呢?赵南星有些坐卧不安,绞尽脑汁在琢磨着万全之策。

事有凑巧,第二天是端午节,赵南星正在书房踱步沉思,忽有书童来报,魏阁老上门下棋来了。赵南星的明眸滴溜一转,马上有了主意。

提起这个魏阁老,赵南星非常了解。他的祖籍是赵州的柏乡县,为人正直义气,脾气有些急躁,入朝为官后对家乡事务非常关心,年迈离职后还被在京乡亲们推为柏乡同乡会会长,更加热情地帮着乡亲们协调办事儿,见了好事就给家乡争。乡亲们都为家乡出了这么个大官自豪,又非常感激他。赵南星心想,能让他做挡风墙就好了。

想到这些,赵南星满面春风地出门迎接,吩咐家人沏茶备桌摆上棋盘,两个人便兴奋地下了起来。魏阁老棋艺精湛,朝野盛名,根本没把赵南星这个小老乡放在眼里,加上性急招快,难免出现失误。而赵南星才思敏捷,沉着应战,连下两盘都赢了魏阁老,便谦逊地说:"前辈今日似有什么事情,心不在焉,咱还是喝茶聊会儿天吧,别下了。"

争强好胜的魏阁老输了棋,正心急火燎,听赵南星这么一说更急了,无论如何还要下,而且发誓要赢了赵南星。赵南星微微一笑说:"老前辈执意要下也可以,不过不能这么干巴巴地下了,最好是赌点什么东西为好。"

"行,赌什么? 你就说吧。"

"你看这样好不好,咱三战两胜,我要是输了,就把高邑那条大道给了你;你要是输了,就把郝村那株汉牡丹给了我,你看行吧?"

"行,没说的!"一心想着赢棋的魏阁老也没多想就爽快地答应了。

赵南星心里十分清楚魏阁老的棋艺,第一盘一上手就稳扎稳打,步步为营地下起来,利用对方急于求胜的心情,以缓激急,使对方出现几个失误,很快赢了第一盘,更激起对方的求战欲。第二盘一开始,魏阁老就催着赵南星快走,说半天走一步,赢了也不光彩。于是他就听话地加快了步调,还有意无意地走错一步棋,输给了魏阁老。得胜的魏阁老士气大振,催着赵南星快下第三盘,并以车马炮连续发起攻势,赵南星佯装穷于应付,很快就连走错棋,输给了魏阁老。

魏阁老三战两胜赢了赵南星,心里非常兴奋,硬是把那条大道也赢给了柏乡县,还对乡亲们说:"皇道经过咱县,光彩又体面,要不是我赢了赵南星,高邑人才不肯给呢!"

柏乡县的乡亲们听了魏阁老的话深信不疑,三叩九拜谢皇恩,谢魏阁老,痛痛快快迁坟移房调土地,帮着府县把皇道修好了。

52. 京察惩贪腐

赵南星奉旨回京到吏部赴任时,正值明朝官场污风浊气弥漫之季,贪污之风盛行,"今有司所在贪钱,上下雷同";"干进"之风猖獗,许多官吏用贪污来的资财巴结贿赂上司,公开求官乞爵,买官卖官;"交际"之风盛行,每天早晨盥洗未毕,客已到门,谈天说地,胡吃海喝,下午"以昏倦之余"料理公事,乌烟瘴气,一片颓废。

看到这种状况,赵南星忧心忡忡,为大明王朝的社稷安危心急如焚,不仅大声疾呼祛除这种风气,起用海瑞等清正官吏,而且身体力行,利用自己的职权,在澄清吏治上大刀阔斧地干一场。

六年一度的大计京官(京察)就要来到了,深感力不从心的吏部老尚书陆光祖力荐品德清高敢作敢为的孙龙继任吏部尚书,开创新的局面。上任伊始,孙龙就痛下决心,要不负众望,铲除顽疾,澄清吏治,为振兴大明朝纲献上一份力。然而当他真的要实施自己的宏愿时却发现,堂堂的吏部大堂与整个国家的政坛一样,清正廉洁刚直不阿的大臣大多已经辞职归隐,剩下的大多是些昏庸之才或贪官污吏,仅有一个考功郎中赵南星还在那里忧国忧民,奔走呼号,别无选择,他义无反顾地把大计京官的重任交给了赵南星,让赵南星协助自己实现宏愿。

赵南星见孙龙把如此重担压在了自己肩上,心里既兴奋又焦虑。他心里非常清楚,大计京官也叫"京察",是明朝开国皇帝朱元璋在总结历朝历代吏治经验教训基础上,依据明朝现实而制定的一套对各级官吏进行考核审查、升降调转的管理办法,每六年进行一次。届时由吏部组织清廉公正官员根据各路要津及民间举报,对中央各属及全国各级地方官员进行全面考核审查,以事实为依据,明律为准绳,客观评价,列出升降调转及褒奖惩处旌表上奏朝廷。属吏部任免范围内的官员,则由吏部依律裁决,公布于世。面对时下污浊的官风朝政,此次京察的成败得失关乎整个国家吏治的清浊,更关乎大明王朝的盛衰安危,责任重大,使命光荣,义不容辞。但当下整个国家污风浊气弥漫,廉臣义士纷纷隐退,贪官小人猖獗,既感力不从心,又感险象环生,弄不好就会成为众矢之的,身败名裂,更感到这是自己实现远大抱负的天赐良机。因此,他排除杂念,婉拒好心良劝,痛下决心,一定要协助孙龙把这次京察搞好,还大明王朝一个清明吏治。

赵南星把自己的这些想法毫无保留地说与孙尚书,得到夸奖的认可和鼓励。于是二人详细制定了京察方案,先抽调一批廉吏组成接待举状、督促检查和审查定性三个工作班子,明确了职责和要求,尤其强调接待人员对举状者定要热情周到,鼓励保护,并及时将举状整理上报。再以吏部名义发布文告,提倡鼓励全国各州县各京津要口及臣民大胆举报,然后派出一批官员到各地督促检查,催促落实。大计京官便以前所未有的力度和规模在举国上下轰轰烈烈地开展起来。

赵南星的政声性格和此次京察的气势一下子震动了各级衙门官吏,那些屁股底下不太干净的官吏纷纷通过各种渠道和手段与吏部、与参与京察官员,尤其是与赵南星拉关系套近乎,以求照顾恩典,都被赵南星严厉挡了回去。正当大家无计可施之际,赵南星的四十五岁寿辰到了,这可是个千载难逢的好机会,一定要利用这个机会与这个倔老头儿搭上关系!有了这个主意,一些人就开始琢磨赵南星的情趣爱好,置下贵重礼品,准备到时送上。

等到了赵南星生日那天,一批又一批的同僚故旧及官吏抬着寿礼来到赵南星的官舍门前,遇到的却是铁将军把门的冷落门庭,只见门上贴着一首打油诗:"南星喜静不祝寿,独往京外看蝶斗。各路大人请回府,千万莫把赵某咒。"大家上前从门缝往里瞧,整个院落鸦雀无声,空无一人,既不见亲朋,更没有寿宴喧闹,只好沮丧地打道回府。有心思复杂的不相信赵南星会无声无息地度过自己的四十五岁生日,甚至以为他在故弄玄虚,明修栈道,暗度陈仓,便乘月黑夜深前去拜访,结果也吃了闭门羹。

吏部的文告、京察的力度气势以及赵南星的不祝寿不收礼的举动,使朝野上下更加相信这次京察的认真和严肃了,各方知情人纷纷打消顾虑,踊跃举状举报各级官吏的污行。负责接待登记的吏部官员忙得不可开交,每日都把举状的主要内容登记整理上报给赵南星,赵南星则逐人逐条审阅批转,督促查证。

几天以后的一个夜晚,赵南星在审阅日报时发现了两个十分熟悉的名字:一是有个京城工匠举报自己长女女婿的胞兄——工部侍郎王三余,在负责修建一座皇宫大殿时,收受贿银七十两;二是现任吏部尚书孙龙的外甥——天津守令吕胤昌,放纵奸商偷运大批食盐违法出埠,收受贿银万两之巨。他在震惊之余仔细看了接待日报,又调来举状反复推敲,感到这些举报十有八九是准确的。正当他冥思苦想如何处置时,长女婿风尘仆仆地连夜赶来了,顾不上洗漱喝茶就向他为兄长求起情来,这更使他认定举状所陈事实是真的,便严厉地批评了长女婿。

赵南星虽然刚直不阿,嫉恶如仇,可毕竟不是不食人间烟火的神仙,当面对自己亲戚和尊敬上司外甥的丑行时还是陷入了深深的沉思之中。

吕胤昌是自己看着长大的好后生,自小聪明好学,小小年纪便中举为官,平时官风不错,政绩显赫,而王三余更是出身寒门,立志清廉为官,对贪腐之风痛恨有加。朝野上下的污风邪气竟使这些年轻有为的好后生也染上了贪腐之病,真是痛煞人也!二位后生青春年少,品质善良,又是初犯,本该从轻发落,但整个朝野都在看着自己的一举一动,轻处他们必然引起舆论哗然,京察之举也会不了了之,还会助长污浊政风的进一步蔓延,不知要贻害多少后生,给黎民百姓带来多少痛苦!想到这些,赵南星打定主意要从亲者入手,深究严办。

为了取得尚书孙龙的谅解和支持,第二天赵南星便带着日报和举状向孙龙进行汇报,征求意见。孙龙看罢气得浑身发抖,怒不可遏,拍着桌子大骂:"该死的奴才,给老夫把脸丢尽了,依律严惩不贷!赵大人啊,对于这些只顾中饱私囊不顾国家安危的奸诈之徒,无论是谁,决不可姑息迁就!"

"孙大人果然公而忘私,光明磊落。不瞒你老,这个王三余还是我女婿的胞兄呢,昨夜女婿前来求情,被我骂走了。以我之见,我们的京察可先处治几个罪证确凿又是吏部权限之内的贪官,把吕胤昌和王三余列入其中,杀杀说情风,助一助正气,以使京察顺利展开。"

"赵大人言之有理,就这么办!"孙龙拍案定调,赵南星立即组织人马查证落实,依律提出处置意见,对几个贪官先行严惩,并由吏部行文告之天下。

孙龙赵南星正人先正己的举动再次震动了朝野上下,谗臣恶吏再也无人敢为赃官说情或为查证设置障碍了,各地臣民欢欣鼓舞,大胆为受迫害廉吏鸣不平,毫不保留地举报各级官吏贪污受贿、敲诈勒索、欺男霸女、玩忽职守、徇私舞弊、买官卖官等一切丑行,盛况空前,世所罕见。

面对着成山成堆的举报文书,赵南星不厌其烦地进行一一审查核对,谨慎地思考分析,做出正确判断和处置。对廉洁无私、忠于职守、官民颂扬却长期得不到晋升褒奖的稽勋司员外郎虞淳熙,才华横溢、慷慨任事、战功显赫却迟迟得不到录功嘉奖的兵部职务司郎中杨于庭等受压抑被排挤的一批忠臣良将一一拟以"官复原职"、"记功嘉奖"、"调回重用"等褒奖,并呈奏折请皇上予以下诏。对于那些贪官污吏的丑行,不管是朝中元老、皇亲国戚、各部所属、地方官宦还是一般官吏,一视同仁,仔细调查取证,认真审查认定,依照事实和明律,定性定罪,或追比降调,或贬官削籍,或终身禁锢,或刑律问罪,草拟奏章,准备经孙龙尚书裁定后向万历皇帝启奏。

当静下心来仔细审阅推敲这些奏章时,一向嫉恶如仇的赵南星还是犯了踌躇掂算:此次京察的确深入细致,事实充分,用典准确,宽严有度,但褒奖升迁者仅有二十多名,贬调惩办者竟有五百人之多。这样的结果难免有朝纲不振之嫌,皇上如何看,怎样批?遭贬调惩处者及其亲属故旧必然群起反对,对正义之士的褒奖升迁也会冲撞皇上和旧臣利益,这样大的阻力如何冲破,又怎能冲破呢?思虑再三,赵南星再次作了修改,对案情较轻且有痛改之意的予以训诫,免予惩处;对于年迈有病罪责不重者不加惩处,劝其辞官回乡养老;对于平庸无为者给予调降;对于罪大恶极者严惩不贷。

赵南星将修改过的奏章呈给孙龙阅裁,并详细谈了自己的想法,孙龙则满腔正气地说:"你我此次京察公正无私,面广事细,重事实,依明律,宽严有度,实乃匡古奇举。处置宽严都会受到攻击的,老弟只管放开手脚干就是了,有了事情自有孙某担当!"

为了引起多年沉迷深宫不理朝政的神宗皇帝的重视和支持,孙龙委托赵南星为自己草拟了一篇《请朝讲疏》奏折,披肝沥胆直抒了朝廷上下存在的种种弊端及其严重危害性,言辞之激烈,寓意之深刻世所难见。孙龙还觉不解气,又添加一些激烈言辞,连同京察奖惩奏章一同呈给明神宗。明神宗见《请朝讲疏》写得那么尖刻,惩处官吏又那么多,不禁对吏部产生怒气,对此次京察产生疑问,加上左右谗臣的反对,很快驳回奏疏要吏部纠疏改议,并召集满朝文武进行讨论。

朝堂上,长期不临朝问政的神宗皇帝怒气未消地端坐在宝座之上,先听赵南星奏明所改京察奏章。赵南星将原封未动的奏章呈上,并奏道:"京察举报事毕,经吏部反复审议考察,拟就类推方案,请我主圣裁。"

"朕前日曾要吏部纠疏改议,为何不加重修再次卜奏?"神宗皇帝怒气冲冲地质问道。

赵南星伏阶答道:"启奏万岁,吏部臣等依照大明刑律典章一一进行了审核,根据事实照章类推,请万岁明察。"

此言既出,整个朝堂可热闹啦。那些反对此次京察的大臣们听说吏部抗旨不改奏章,立即来了精神,纷纷指责孙龙和赵南星居功自傲,独断专行,藐视皇权,结党营私,欲行不轨。有些正义之士挺身反驳,言辞十分激烈,甚至指责朝政昏暗腐庸,引起神宗震怒,遂降下圣旨,斥责孙龙和赵南星"专权结党",将孙龙官降三级,赵南星削籍为民,为二人辩护求情者均受到斥责或贬逐。赵南星苦心经营的历史上最大最彻底的一场京察就这样彻底失败了。

53. 为民巧奏本

赵南星领了圣旨，摘下官帽，脱去官袍，仰天长叹一声，便回衙舍打理简单行装，踏上了回家的路程。不知苍天是着意为他涕泣鸣不平，还是有意惩罚昏聩的朝廷，考验他的意志，反正出了京城就不停地下起雨来，大一阵小一阵，三天未停。等他到了老家高邑，已经是沟满河平，一片汪洋，许多百姓房倒屋塌，流离失所。

回到家里，赵南星顾不上排遣心中的郁闷，就四处察看水情，了解百姓的疾苦，发现城北泄洪的古道泥河年久失修，堤塌坝断，冲开几个口子，滚滚黄水淹没了十几个村庄，黎民百姓仰天号啕，流离失所，一片凄凉。然而既看不到官府的修河护堤人马，也望不见赈灾安民官吏，见到的都是收税催粮的吏役。问这些吏役们有何公干，他们回答说："按朝廷旨意，照常收税纳粮。"赵南星听罢简直气炸了肺，愤愤地说："当今皇上爱民如子，关爱乡民，哪曾让你们这些行尸走肉乘灾收税，分明是你们见灾不报，趁火打劫！"吏役们仰头挺胸地说："俺们没有接到上头减免税赋之说，只得履行公事，你休要胡搅蛮缠。若不住嘴，小心你的狗头！"

赵南星看看肆虐的黄水，残破的村庄，望一望暴戾的吏役，含泪的乡亲，想一想将倾的大明王朝和危机的官民关系，心急如焚，泪如雨下，决心要挺身而出，救黎民于水火，挽狂澜于既倒！然而以自己的贫民身份，戴罪之身，又能奈何？直书上奏不仅难得皇上恩准，而且很可能给百姓和自身带来麻烦！

如何办？怎么办？赵南星踱着步子在油灯下搜肠刮肚地思来想去，一阵鸡鸣传来，他的眼珠猛然一亮，挥毫写下一道奏章："泥河发大水，水猛吓煞人；水从岗头过，淹了五百村；漂走一万家，祈盼开皇恩。"写好后他看了又看，吹风晾干，小心翼翼地折好装进一个大信封，次日便派人送到京城的一个知己同僚手中，托其转奏皇上。

皇上看了赵南星的奏折后大吃一惊：好大的洪水，都从岗头上漫过了，淹了五百村，漂走了一万户，这还了得！臣民百姓流离失所，命悬一线，理应赶快赈救,还收什么税啊!于是,下了一道圣旨,免除了高邑县的所有税赋,还拨去一笔救灾款项,使高邑县的数万百姓度过灾荒。

刘道隆等奸臣本来正在为没有整死赵南星而懊恨,现在又见赵南星的奏折得到皇上恩准,百姓称颂,羞愤不已,绞尽脑汁寻找起其中的漏洞。他们查账册,问知情人,终于发现高邑县并没有发那么大的洪水,是赵南星夸大灾情,蒙骗朝廷。这下可抓住了赵南星的把柄,高兴得弹冠相庆,定要以欺君罔上之罪,置赵南星于死地!

刘道隆连忙向皇上奏道:"高邑县一马平川,怎么会冒出一个岗头?全县不过百十个村庄,五六千户人家,怎会五百村被淹,一万户被漂?分明是赵南星欺君罔上,谎报灾情,逃避钱粮,应当彻查严办!"

皇上听了刘道隆的奏报,询问了高邑县的基本情况,感到有理,便下旨追究赵南星的欺君之罪。过了一日,刑部人马便带着圣旨,气势汹汹地闯入高邑,将赵南星押往京城。乡亲们见状都替赵南星鸣冤,又为他的吉凶担心,可他却满不在乎地跟着役吏们上了路。

到了京城,刑部尚书亲自审问,赵南星据理辩解,根本不认罪,无奈之下上奏皇上。皇上问赵南星,为何欺君罔上,谎报灾情?只见赵南星不慌不忙地从怀中掏出一份奏章转递皇上,上面只写着六句话:"岗头村,五百村,城北两个低洼村;泥河发水先淹它,为臣所言句句真;万岁不信派人查,看我欺君不欺君?"

赵南星见皇上三下两下看完奏章并露出笑意,忙补充说:"岗头村紧挨着泥河岸,泥河发大水先没过了它,五百村地势低洼,大水一过岗头,必然流到这儿,五百村北有一姓万的百姓,的确被水冲走了,至今下落不明。我奏报'水从岗头过,淹了五百村,漂走一万家'的话句句属实,为臣并无欺君罔上。"

皇上听了他的这番话,既为他的机智开心,又觉得有些悬乎,心想世界上哪有这么巧的事情?于是传旨,先将赵南星押往大牢监禁,再派刑部尚书亲自带人前往调查。刑部尚书仔细查了一遍,确如赵南星所述,忙上奏皇上,皇上说了声"好一个怪巧的赵南星",就吩咐放赵南星回了家。

为了让子孙万代记住赵南星的恩德,岗头村和五百村的乡亲们一直沿用这两个村名,至今未变。

54. 妙计治奸商

赵南星的一纸妙状被皇上御批,免除了高邑县百姓的三年税赋,还拨三千两白银帮助赈灾度荒,万民感激。然而赵南星心里非常明白,就时下各级衙门官吏的办事效率,税赋可以马上停收免征,而赈灾的银两没有三四个月是拨不到县里来的,灾民们度荒还是要靠有限存粮和生产自救。于是他向登门咨询的知县陈永林建议说,县衙应抓紧购些晚秋作物种子,动员各里社组织乡亲们抓紧排水防涝,抢救庄稼,在已经淹死的庄稼地里抢播晚秋作物。陈知县听了连连点头称是,立即着手办理,全县很快掀起生产自救热潮。

转眼间到了农历十月,刺骨的西北风嗖嗖地刮了起来,洪水淹没过的田地里泛起一层盐碱,远远望去白茫茫一片,好像白雪覆盖一般。乡亲们勒紧腰带收回一些荞麦、萝卜、蔓菁之类的杂粮蔬菜,并播种上一些小麦。尽管乡亲们捏着手中的这点杂粮拌着蔬菜度饥荒,没过多长时间也就支撑不下去了,许多农户开始断粮了。

然而这时市面上出现了一种反常现象:不仅粮价一日三涨,而且所有粮店都只进不出,有钱也买不到粮食。许多乡亲不停地找到县衙诉苦,有的已经准备举家外出讨荒了。

这时朝廷的三千两赈灾款到了,陈知县拿着银两买不到粮食,急得寝食难安。是啊,朝廷已经给你拨付了赈灾款,你再安抚不住百姓,使大家外出讨荒,该当何罪?

赵南星看到这种情况,默默地下乡看亲戚访朋友去了,转了几天便摸到了实情:时下不仅粮商们只收不卖,囤积居奇,而且市镇上的"义仓"和乡里的"社仓",这些按朝规设置的,丰年收贮,歉年放粮,调节粮价,赈恤灾民的官办粮仓同样只收不卖。深入打听才知道,这些年来朝政昏庸,管理不善,这些"义仓""社仓"早已变成了不法乡绅与粮商勾结盘剥百姓的工具,近来他们看到高邑城乡粮源紧张,不仅不放粮赈民,反而与粮商勾结,一起抢购粮食、哄抬粮价,城里的三、八大集上,粮价一日三涨,穷苦百姓莫说没钱买粮,就是有钱也买不上粮食度荒。

赵南星面对这种状况,既为乡亲们的生计揪心,又为奸商们的不仁愤慨,还为县衙的两难着急,苦苦思索着解决办法,下定决心不仅解决了眼下困难,还要狠狠教训一下这些昧良心的奸商们,以使他们接受教训,永不再犯,还百姓一个公平世界。

正当赵南星在油灯下踱步沉思时,面对粮荒无计可施的陈知县深夜来访了。他愁眉苦脸地叹口气,叙说了粮荒现状,请求赵南星帮着拿个主意。赵南星听了若有所思地说,解决眼前困局倒是不难,难的是彻底永久解决问题。陈知县听了大喜,说自己也是这么想的,要解决就要抓铁留痕,形成规矩,只是苦于找不到办法。

赵南星见陈知县是个有头脑有志向的官员,点头称是,提起毛笔写下了十二个字:"畅义仓,禁私交,申利害,严管教。"陈知县看了连声称好,赶紧操办去了。

陈知县匆匆回到县衙,招来县丞师爷连夜商量,拟定了一整套整治管理办法,第二天便向全县城乡发出告示:"为了确保百姓平安度荒,禁止粮商在市场上收购粮食,并限十日内将存粮数目报官,由县衙以官价收买。若有趁灾荒囤积居奇不报者,全部没收放赈。禁止粮食出境,违者查处归官。市场粮食只准许社仓、义仓和缺粮百姓自由买卖。"文告即出,立即组织人马严查通往外县的路口,严格管理市场粮食交易。

县衙告示即出,犹似在高邑上空放了一颗重磅炸弹,惊得人们为之一惊,尤其是那些囤积居奇的粮商们,一个个像热锅上的蚂蚁,既不想将存粮呈报官府平价出售,又害怕官府查封没收,纷纷凑在一起绞尽脑汁商讨计策。当发现社仓义仓可以自由买卖时,像落水之人抓住了一根水草,惊喜若狂,感到把存粮卖给义仓社仓虽不能发横财,倒也保本不赔钱,倒纷纷找到管理义仓社仓的乡绅商议。而这些乡绅看到自己发财的机会到了,便推三阻四提条件,狠狠敲了粮商们一次竹杠。就这样,不到十天时间,全县的流动粮食便全数流进了义仓社仓,管粮仓的乡绅们也做起了黄粱美梦。

粮商与管粮仓乡绅们的地下交易黑幕早已被陈知县派人秘密侦知,看看火候已到,便将管粮仓的乡绅及粮仓管理人员全部召到县衙大堂,和颜悦色地说:"县衙告示发出已经过了十天,粮商们至今无一人一店呈报趁灾荒抢购的粮食数目,本知县甚觉诧异,想问一问大家有无为他们代存粮食的,如果有就如数报上来,县衙既往不咎。"

乡绅们听了个个摇头否认,连说"不敢""没有","义仓社仓现存的粮食都是多年积存下来的,绝无粮商的粮食"……

陈知县听了微微一笑说:"大家都能照县衙文告办事,不为奸商存粮甚好,又能把多年粮食积存下来,可见都有爱民救灾之心,看来本县只让义仓购粮是很对的。如今承蒙圣上恩德,拨来三千两白银赈灾,县衙又筹集了部分银两,准备让百姓到义仓买粮糊口。为了做到高效有序,本县决定根据各义仓存粮数目,让灾民到指定义仓购买,请大家把各自存粮数目报上来,以便县衙统一安排。"

乡绅们见发财的机会到了,一个个争抢报数,不仅将自己义仓的存粮和粮商们代存粮一并报上,有的甚至连自家的存粮也报了上去,全县两个义仓四个社仓的粮食数目竟报了万石有余。

陈知县翻了翻登记簿,见乡绅们已经报得有些过了,便一本正经地说:"赈灾救民本是义举,各位乡绅一定要如实呈报,免得不实受累。请大家仔细核算一下,如有隐瞒少报或盲目多报的赶快讲出来,以便调整核实。"

"为救灾荒焉能隐瞒!""放粮救灾乃义仓之本分,不敢虚报!""社仓义仓就是为灾民筹粮度荒的,如今灾民无有隔夜粮,弄虚作假于心何忍,良心何在?大人只管放心,俺们报的绝无差错!"……几个乡绅信誓旦旦,指天画地,保证报得准确无误。

陈知县见状,感到情理都已让到,这些奸诈之人仍然执迷不悟,便命师爷组织人手按各义仓所报存粮数目造册分配,张榜公布,然后清了一下喉咙高声说道:"各位乡绅恪尽职守,主动筹粮备荒,实乃至仁至善之举,应该受到褒奖。待放粮完毕之后,县衙一定对尽职者给予奖励。根据各位呈报的情况,全县义仓社仓所存粮食均为往年积存,售价应当按年前价格再加一成,以弥补损耗及保管费用。请大家回去做好准备,县衙将派人送去分发名单并帮助发放。"

陈知县此话一出犹如一声沉雷,震得几个管粮乡绅似五雷轰顶,慌忙跪在地上叩头如捣蒜,乞求知县大人给粮食加价。陈知县佯装不解地问:"都是往年陈粮,本官给你们加价一成还嫌不足,莫非想趁灾荒大捞一把?"

"小的们实在没有那个胆儿啊,只是义仓里的粮食多半是今年高价购进或代粮商们暂存的,若按陈大老爷的定价拍卖,我们倾家荡产不说,可怎么向粮商们交代呀!"几个乡绅无奈地道出实情,含泪乞求着。

陈知县听罢义愤填膺,狠狠把惊堂木一拍厉声道:"都站在一旁不得喧闹!去年干旱,今年洪灾,全县粮田大多绝收,时下多数乡亲家无隔夜之粮,眼看就要弃家逃荒而去,不知多少人将饿毙荒野。你们身为管仓官员,拿着朝廷俸禄却不想办法赈济灾民,反而与奸商勾结抢购粮食,哄抬粮价,囤积居奇,是何道理?本官反复向你们声明要如实呈报存粮数目,你们却置若罔闻,胡乱呈报,扰乱赈灾程序,该当何罪?本官本应依律将你们定罪下狱,并没收其存粮,只是念你们存粮有功,赈灾紧急,故以慈悲为怀,按照你们自己呈报的数目和规定价格付给银两,已经仁至义尽了。今日回去听从县衙安排,如数把粮食发给百姓,完毕后来县衙支取银两。倘若有人胆敢拖延发放或从中坑害灾民,严惩不饶!"

一群乡绅听知县大人讲得合情合理,又见县衙已经将赈粮名单公布于众,知道覆水难收,只能是哑巴吃黄连——有苦难言,如霜打的茄子蔫蔫而去。奸诈粮商们闻讯更是后悔莫及,从此再也不敢趁灾荒之机囤积居奇违法乱市坑害百姓了。

陈知县哄走乡绅们,立即通告灾民到指定地点领粮,责成保长里正协助放粮,又派出衙役前去监督,很快将赈粮有序地发入灾民手中,既安抚了百姓,又教育了乡绅粮商,一举多得,百姓们赞不绝口。

事后陈知县前去拜谢赵南星,若有所思地问,此次放粮对乡绅粮商们是不是狠了一点儿?赵南星哈哈一笑说:"欲治顽疾必用重药,对这些目无国法、贪得无厌、良心丧尽的奸诈之徒,只有让他们产生割肉之痛才能汲取教训,回到诚实守信上来!"

55. 一钩救两命

在老家高邑城里闲居的赵南星,虽然仕途坎坷,宏图难展又被诬陷罢官,救国救民的志气却不减。既然不能在朝堂上为国效命,就在家乡著书立说,四处讲学,还废寝忘食地挖掘整理当地的历史文化。

深秋的一天早晨起床后,他吩咐家人和书童准备车马,说是要去拜谒赵国名将廉颇的陵寝。大家没敢多问,赶紧忙活了一阵,待早饭后,一行人便乘车沿着古道土路,吱吱呀呀向东北方向的赵州城赶来,临近晌午的时候才赶到城北的廉颇墓地。只见偌大的一个土丘高高耸起,苍松翠柏拔地参天,郁郁葱葱,神道两旁石人石马一字摆开,威武雄壮,三三两两的游人怀着崇敬之情焚香上供,虔诚地拜谒这位战国名将。赵南星从小就熟读廉颇将相和的故事,对这位名将的赤胆忠心恭敬有加。如今见到此情此景,联想起时下朝政的腐朽混乱和自己怀才不遇的悲凉处境,不禁潸然泪下,迈着沉重的步子走进墓冢,焚香烧纸,凝重行礼,然后绕墓地仔细观看此间景色,躬身细观历代碑刻,遇到精特之处还认真誊抄下来,直到午时已过才长叹一声,悻悻地走出陵区。

赵南星低头刚刚走到陵口,忽听一声"赵大人,在下有礼了"。抬头一看,竟是赵县新任知县率一班官吏在恭敬迎候,忙拱手回礼:"在下赵南星冒昧前来拜谒廉颇老将军,不想惊动了各位父母官,实在是诚惶诚恐。在下现在是闲人,非常感谢大家的盛情,万望各位回衙公干,在下这就回家去了。"

"恩师且慢!学生正在公干,忽听手下来告,说是恩师到了这里,忙带大家前来拜见,迟来了一步,还望恩师宽恕。恩师乃家乡名流,朝中重臣,官民共仰,许多人都想聆听您老人家教诲,目睹您老尊容,既然来到赵州,就请到县衙歇息,圆了大家的心愿。"

赵南星见知县一片盛情,只好客随主便,随众人回到县衙。哪承想,知县已备好丰盛的宴席,还请来当地名流作陪,甚感纳闷。心想,自古以来不图利息不打早起,知县如此盛情款待自己一个罢黜之臣,必有缘故,便微笑着侧身问知县:"知县大人如此盛情,不会只是为了叙旧吧?"

"赵大人明察秋毫,学生的这点心思怎能瞒得过您老的慧眼。不过恩师不必担忧,学生只是有一桩案子甚觉棘手,想请恩师不吝指点。咱还是先吃饭,饭后慢慢说来。"

"有事先说,免得酒后语不达意,出现偏颇。"

"也好,恩师先用茶,听我慢慢道来。"知县让众人先品茶聊天,将赵南星迎进雅室,详细介绍起案情。

原来,前些日子,赵县城北五里铺的财主公子王秀才来到县衙状告其佃户刘小三的妻子葛桂花用柴刀劈死了其父王贵,要求县衙依律严办。知县听了觉得蹊跷:一个佃户弱女子怎敢无缘无故劈死财大气粗又值壮年的东家? 又怎能以弱欺强杀人越货? 可他知道王家乃赵县大户,财大势众,不可小觑,便赶紧带上师爷、仵作等一班人马,勘查现场,验尸寻证,传唤证人及刘小三夫妻,经过一番调查得知,这起案子的经过是:穷困潦倒的刘小三夫妻,五年前租了富冠一方的王贵家四亩薄田,辛勤耕种,去年遇到灾荒,收成无几,欠下王贵地租。王贵早已看上年轻美貌的葛桂花,那天他看到刘小三下地干活去了,便眼珠一转,以催收田租为名来到小三家,故意喊道:"小三,我说小三啊,你欠的田租可没缴啊!"葛桂花见王财主来了,忙放下手中的针线活,毕恭毕敬地说:"王老爷来啦,快请坐吧。真是不巧,小三到田头干活去了。王老爷的田租俺们一直放在心上,只因遇到灾荒,一时难以凑齐,求老爷宽限一些时日,好让俺们再想想法子。"说着泡了一杯香茶,恭恭敬敬地捧到王贵面前。

葛桂花倒茶的当儿,王贵一双色眯眯的眼睛在她的浑身上下不停地乱窜,当她转过身来递茶时死死瞅了一眼她那高挺酥软的乳房,顺手捏了一把她的小手,嬉笑着说:"好说、好说,就凭娘子的这张笑脸,哥哥我还能不答应吗?"

"那就谢谢老爷了。"桂花看他不怀好意,忙脱开他毛茸茸的大手,后退几步,羞涩地说着低头站在一旁。

王贵见她羞涩躲闪,往前一探身,一阵年轻女人特有的气味扑鼻而来,顿时淫心荡漾,说自己既然来了,总得有点收获,没有钱粮,亲热一下也可以。说着就猛扑上来,抱住桂花亲其嘴脸,扯其衣裳,桂花一边挣扎一边高喊救命。

正当这时,刘小三从田头回来,一见情状,不由得怒火冲天,冲上去要与王贵拼命,谁知王贵仗着学过一些拳术,恶狠狠地"哼"了一声,不慌不忙,避开来势,一招金蛇滚滩,贴地卷起一阵冷风,紧接着一个倒踢香炉,踢中小三的小肚子,刘小三一声号叫倒在地上。王贵随即一个鹞子翻身,一脚踏住他的胸脯,恶狠狠地喝道:"你个小奴才,还敢与本老爷耍横,快把田租缴上来,没有? 没有就让你老婆脱光衣服,陪我睡觉。"

"王贵,士可杀不可辱,你他娘仗着有几个臭钱,欺人太甚!"刘小三伸起脖颈,圆瞪双眼怒吼道。

"我不欺负你,只让你去脱了你老婆的衣服陪我睡。不去,还敢骂老子? 那好,我叫你骂,我叫你骂!"王贵讥笑着卷起双袖,狠狠朝刘小三的头身打去,拳如雨下。

老实本分的刘小三哪是练过拳脚的王贵的对手,不一会儿就被打得鼻青脸肿,鲜血直流,可他还在不停地咒骂,并说要瞅机会杀了王贵老贼。王贵听了气急败坏,举起拳来冲他的心胸处打去。

无功无力的刘小三怎能经得起王贵铁拳的致命一击? 这不是要人命了嘛! 吓傻了的葛桂花见状大惊,歇斯底里地尖叫一声,双目喷火,顺手掂起放在墙角的一把劈刀猛冲过去,冲着王贵的后脑勺狠狠劈了下去。毫无防备的王贵一声惨叫,污血如柱,脑浆飞溅,双手在空中画了两圈,就扑倒在地,一命呜呼了。

刘小三夫妇见状顿时惊呆了。闻声赶来的乡亲们一看,小三闯下大祸,忙四散逃避。过了一会儿,王家的一群人气势汹汹赶来,不由分说,将小三夫妇五花大绑送到县衙。

知县叙述完案情后满腹惆怅地说:"这个案子好棘手啊,杀人偿命是千古定律,王贵一家人多势众,咄咄逼人,不仅要求判葛桂花斩刑,还要求将刘小三判共谋罪,一并处死。可是王贵横行乡里,欺男霸女,民愤极大,葛桂花杀他是被其所逼,如判葛桂花死刑,于心不忍,有违天理,百姓怕是要打抱不平,联名上书。真是判也不是,不判也不是,万望恩师指点迷津,出个两全其美的点子。"说着递上王贵命案的卷宗。

赵南星轻轻呷了一口清茶,仔细翻看了一遍卷宗,见案件的诉状、勘查记录、证人证言、凶手供述等基本一致,结论定得十分明白:"刘小三之妻葛桂花见丈夫被王贵打得奄奄一息,冒死上前解救,用柴刀劈死了王贵。"

赵南星看罢,剑眉紧皱,沉思良久,抬头问知县:"各俱人等对该结论有无异议?"

"各方对此结论都已认同,并无异议。"

"那就好办。"只见赵南星剑眉舒展,取过笔来在案卷上稍微点了一下,然后递还给知县。

知县接过案卷仔细一看,顿时眉飞色舞道:"妙,妙,太妙了。恩师真不愧当今文坛泰斗,万世师表啊。"

赵南星伸手做了个捂嘴手势:"只可意会,不可言传。"知县点头称是,引赵南星与众人见面,举杯共饮……

第二天上午,赵县知县在县衙大堂公开审判葛桂花杀死王贵一案,只见他威风凛凛地坐于大堂之上,吩咐衙役传原告、被告、证人一并上堂,令各自做了陈述,然后让师爷宣读了结论,问众人还有什么异议,众人都说没有了。知县见状站起身来,猛击一声惊堂木,当堂宣判:"本县五里铺乡绅王贵,以收田租为名,来到佃户刘小三之家,见刘小三外出,欲对其妻葛桂花调戏行奸,被回家的刘小三撞见,二人发生撕打,葛桂花见丈夫被王贵打得死去活来,冒死上前解救,甩柴刀劈死王贵,触犯大明律。以上事实,原告、被告、证人均无异议,本县依大明律判决如下:葛桂花为救丈夫,甩柴刀误伤致强暴者死亡,属过失杀人,监禁一年;刘小三为救妻子,被王贵打成重伤,与王贵死亡无关,当堂释放。"

王贵的亲属们听了宣判,认为判得不公,知县有偏袒葛桂花之嫌,嚷着不服,要上告。知理懂法的王贵儿子王秀才拦住众人说:"叔叔伯伯们,息怒、息怒!大家仔细想想,人家知县判决究竟错在哪里?葛桂花误伤致强暴者身亡,属过失罪,告到哪里也判不了死刑。再说我爹办的事也不光彩,咱就别闹了吧。"大家想想也是这么回事,就叹口气回了家。

一桩轰动全县,众说纷纭,剑拔弩张的杀人案,被赵知县三下五除二给公判了,原告无语,被告感激,百姓称颂,可谓公正公平,受到州府嘉奖。事后有人问起知县其中奥妙,知县诡秘一笑说,赵南星大人只将"用"字加个钩,变成个"甩"字,就将故意杀人变成了过失杀人,使一块烫手山芋变成了香饽饽。真是一钩救两命啊!

56. 奇招助寡妇

　　物以类聚、人以群分。在家闲居的赵南星虽表面上乐观豁达,但内心深处不可避免地对时下朝廷的昏庸腐败和自己的不公处境而心焦。每当夜深人静时免不了仰天长叹,不自觉地想起那些历史上的仁人志士,尤其是当地的一些名流。拜谒廉颇墓并在赵县帮助知县妥善处置了葛桂花劈死王贵一案后,当天就回到故居,晚饭后独自在书房写下日记,然后站在窗前仰望北斗星,沉思起时下朝政。忽然,一颗流星从头顶"哧溜"一声滑向西北,淹没在漆黑的天际,赵南星的视线也随着流星向西北望去,并在流星淹没处隐约看到了西北方向的群山,顿觉一阵兴奋。那不是林山方向吗? 当年唐太子天寿政治坎坷,不是曾到那里出家修行吗? 想到这里,赵南星顿时产生了拜谒天寿寺的冲动。

　　次日一大早,在书童陪伴下,赵南星兴冲冲地骑马朝西北方向的林山奔去。一路上,主仆二人趟浇河,越冶水,走元氏,过获鹿,已时来到平山县城东隅的滹沱河畔,等待渡船摆渡过河。一口气赶了二百来里的路程,赵南星感到有些累了,便坐在一旁想抽烟喘口气。忽然,上游一阵乱喊:"有人跳河啦,快救人哪……"随着喊声望去,只见滚滚河水中时隐时现地漂下一个人来。粗犷仗义的船工们见状忙划船从不同方向朝中流截去,并在急流中将落难之人救起,抬上岸来。大家仔细一看,竟是一个中年女人,一丝不挂的老船工(当地船工在划船时不穿衣服)顾不上什么男女授受不亲的清规戒律,忙倒背起妇人小跑着颠了又颠,只见头朝下的妇人"哇哇"地吐起污水。等她吐完了,老船工将其放在地上歇息,不一会儿便苏醒过来。妇人痛苦地挣扎一下,睁眼看见众人焦急关切的目光,放声大哭起来:"我那善良的恩人们啊,你们救我干吗呀? 这昏天黑地的世界,活着不是遭罪吗……"众人听了一片惊愕,不知如何是好。

　　站在一旁的赵南星见状甚觉蹊跷,俯身问道:"这位大姐啊,朗朗乾坤,皇天后土,有甚想不开的,非要寻短见呢?"

　　跳河女人抬头一看,见是一位身材挺拔、面如关公的大官人,不禁悲从心来,掩面哭诉道:"俺那救命的恩人哪,小女子有天大的冤枉……小女子本是城西冶河村人,十六岁嫁给城东庄上的冯郎为妻,生有一子。谁知二十岁那年,冯郎得下不治之症,一命西去了。小女子恪守三从四德,立志守寡,敬老扶幼,艰难度日,日夜纺织,几年下来,攒了一些钱财,就想为儿子置办一些田产,好帮他日后成家立业。六年前,由远邻焦朝山当中人,从急于还乡的一位商人手中买下村东的五亩薄田,还立下契约,画押保证,买卖双方和中人各持一份。因当时儿子年幼,自己一个妇道人家,目不识丁,时时处于威胁之中,故托中人焦朝山保管地契,地也让他耕种。前些日子,思想儿子已经长大成人,到了成家立业的年龄,就去要求焦朝山还田自己耕种,哪承想啊,该天杀的焦朝山坏了良心,拿出地契说,地是他买的,只不过让俺当了个中人,气得俺五脏俱裂,当场昏死过去。为了申张冤屈,俺托人写状告到县衙。谁知,昏庸的知县草草看了一下诉状和地契,见白纸黑字加手印,写得明明白白,正如焦朝山所说,他是买主,俺是中人,不问青红皂白,硬是把五亩薄田判给了焦朝山。贵人啊,俺一个小女子,含辛茹苦敬老扶幼,昼夜纺织挣来五亩薄田,如今被恶人占去,还被县官判个无理,唤天天不应,呼地地不灵,唯有一死了之啊……"

众人听了跳水寡妇的哭诉,一个个气得长吁短叹,愤愤不平地说,焦朝山实在可恶,竟欺寡妇不识字,昧着良心霸占田产,真该天打五雷轰!那个知县也太昏庸,不问青红皂白就枉判了寡妇。

正当大家议论纷纷时,一个眉清目秀留着丹阳胡子的儒生,在一个衙役打扮的年轻人陪伴下骑驴到此,问大家咋回事,大家正要回答,就听跳水寡妇哭喊了一句:"你个师爷啊,咋不帮俺主持公道呢?"众人这才知道这个儒生就是县衙里的师爷,纷纷询问寡妇一案缘由。师爷捋了一下丹阳胡子,心平气和地说:"鄙人也感到此事蹊跷,刚带着衙役下乡询问,众乡亲都说寡妇冤枉,可是地契摆在堂上,白纸黑字,妇人也在中人栏画了押,地还是焦朝山种着,实在不好办哪。"

赵南星听得明明白白,对焦朝山这种丧尽天良、欺弱女子目不识丁,暗做手脚、霸人田产的行径憎恨不已,轻轻招手让师爷来到近前,仔细询问了案情及寻访情况,实感寡妇太过冤枉,狠拍大腿愤愤地说:"世间怎容这等不平之事,官府就该依律公断,惩恶扬善哪!"

"客官说得极是,怎奈这焦朝山奸诈刁蛮,在文书上做了手脚,卖田的商人早已离去,当时帮忙的老者也已去世,无法核实真相,眼看着寡妇寻死觅活,乡亲们愤愤不平,真让人心焦啊!"

"其实世界上有矛自有盾,有恶徒自有治恶的办法。"

师爷听罢马上意识到,能说出此话的绝非等闲之辈,抬头一瞧,只见面前的客官剑眉微翘，双目炯炯，挺拔大度，搜肠刮肚一番苦思，再仔细审视一番，悄悄问道："如果在下没有猜错的话，客官不是别人，正是大名鼎鼎的赵南星赵大人吧？"

赵南星见师爷猜出自己的身份，忙伸手做捂嘴样："心知则已，不必言明，来，坐这儿聊会儿。"说着让师爷坐在自己旁边的石头上，像老朋友一样攀谈起来。

师爷有意巴结地说："赵大人不仅文韬武略，而且幽默风趣，您著的《笑赞》一书不知给多少人带来无尽的欢乐啊！"

"说起笑事，其实只要你心中有笑，注意观察，随时随地都有啊。比如那会儿我在一个村子歇脚时就遇见一件让人捧腹的事儿。一个男孩瞅着前面邻居房上晒的花生发呆，无梯无凳，无法上去偷吃，忽然灵机一动，回家拿了条细绳子，拴上一块'渣渣硫'，轻轻扔到邻居的房上，然后慢慢一拉，一大堆花生便哗啦啦掉了下来，忙捡了装入口袋。我好奇地看着他，感到这孩子太聪明了，谁知，他捡了没有马上离开，而是把自家门前的一根细木搬过来，斜靠在邻居后墙上，然后悄悄跑走了。过了一会儿，邻居上房察看，见有人偷了花生，后墙上还靠着一根细木，便认为是后邻所为，指桑骂槐地咒骂起来。听到她咒骂的小孩母亲从家走出来，仔细看了一下现场，便生气地说：'你个傻娘们有眼无珠，俺家小孩要是偷你的花生，还把自家的木头靠在你家墙上找麻烦？'众人听了都觉在理，丢花生的女人也不再说话了，你说这男孩多聪明！真是假作真时真亦假呀！"

聪明的师爷听着哈哈大笑起来，小眼一转，忙向赵南星深鞠一躬说："多谢大人指教，小的明白了。"说罢转身走到正哭哭啼啼的跳河寡妇面前说："鄙人是县衙的师爷，刚才听了大家的议论，感到此案甚是蹊跷，今日回衙定向知县禀报，请求知县明日重审，大家各自忙去吧。"

等众人散开后告诉寡妇："你速速回去拿上地契到县衙找我，有人问你为什么拿地契，就说找人看看，不可说见我。"寡妇点头称是，忙回家去了。

这时赵南星已经登上渡船，看着师爷和寡妇欢快离去，长长出了一口气，径自向林山赶去。

再说寡妇回到家里，换上干净衣服去找焦朝山要地契，焦朝山问要地契干啥？回答说，俺想找个识字的人看看，是不是像你和知县说的那样。

焦朝山听了，瞪着双眼思忖半天，心想，知县师爷以及里正都已看过地契，又做了判决，白纸黑字，量你也怎么不了，看就看呗，还怕你篡改不成？再说如不让你拿去看，众人还以为地契是假的呢，看就看吧，于是把地契给了寡妇。

寡妇拿到地契,三步并作两步向县城赶去,到了县衙门口,求衙役通报,见到师爷并把地契交上。

师爷拿到地契,仔细看了又看,然后用小刀将焦朝山和寡妇的名字及手印轻轻割下来,再照原样粘好,交给寡妇,如此这般地教了一番。

第二天一早,寡妇又到县衙门前击鼓,知县忙整装审堂,见是寡妇来告,心里猛地一惊。因为昨日师爷回衙后告诉他,遇见寡妇跳河自尽,还被刚直不阿的赵南星撞见,惊得出了一身冷汗:自己刚刚走马上任,竟逼得寡妇投河自尽,这要让赵南星给禀报上去,那还了得!正愁如何了断此事呢,见寡妇又来告状,能不焦急?只见他镇定一下情绪正色道:"民妇有何冤枉尽管道来!"

"启禀大老爷,小妇人买田四邻皆知,怎敢平白无故赖别人田产。契约一向由焦朝山保管,地也由他耕种,如今买主、中人调换,不知可有涂改,望大老爷明鉴。"

知县接过契约,左看右看也看不出什么。师爷在一旁出主意说,不妨用放大镜照一照。知县让师爷拿来放大镜,仔细一瞧,果然发现两个名字都是用刀割过并贴上的,气得把桌子一拍吼道:"好个大胆刁民,竟敢移花接木,几乎铸成大错,断了本官的前程!来呀,速传焦朝山到堂受审!"

见焦朝山来到公堂,知县猛拍一下惊堂木道:"大胆焦朝山,你移花接木,改契约霸田产,还不从实招来!"

"小民历来奉公守法,所买田产有契为证,如今妇人生非分之想,诬赖小民田契作假,万望大人明鉴。"焦朝山若无其事地说了一通。

早已气得火冒三丈的知县把田契一把扔在地上吼道:"大胆焦朝山,铁证如山你还想抵赖,你瞪大眼睛瞧瞧,这地契是不是你的,是不是原样?"

焦朝山拾起地契仔细看了看说:"地契是我的,没错。这上面的买主是我的名字,中人是她的名字,也没错,大老爷怎么说我移花接木,赖人田产?"

"大胆焦朝山,事到如今你还敢嘴硬,你把买主和中人的名字交换位置,瞒天过海,几乎骗过本县,还不从实招来!"

焦朝山翻过地契仔细看了忙说:"昨日寡妇她要走地契说找人看看,谁知她偷偷把两个名字交换了位置,万望大人明鉴。"

"简直一派胡言,她告你霸她的田产,却把地契上的买主换成你的名字,中人换成她的名字,这可能吗?看来你是不见棺材不落泪,来呀,给我立打四十大板,看他还敢抵赖!"

焦朝山一头雾水,慌了手脚,衙役们不由分说,噼噼啪啪一阵猛打,直打得他皮开肉绽,呼爹喊娘,只好将骗取寡妇田产的经过如实交代,并在供状上签字画了押。

知县看着焦朝山的供词长长出了一口气，威严地宣判："焦朝山速速归还寡妇田产，并交上几年来的耕种田租，回家悔过自新，好好做人去吧。"

57. 仗义救烟花

　　一天早晨，赵南星应邀到县学讲学，刚出家门走到大街上，就见两个凶神恶煞般的大汉架着一位披头散发哭喊冤枉的年轻女子迎面而来。那女子被五花大绑，两腿拖在地上留下斑斑血迹……

　　路人见状纷纷闪在一旁观看，露出惊讶、同情和不平的眼神，门店掌柜伙计们见了则长吁短叹，愤愤不平地说："两个大老爷们儿咋这么待个弱女子？""一个孤女被拐进妓院就够可怜了，怎还忍心这么折腾人家？""一个青楼女子能犯什么法，还值得如此？""老天有眼也该治治老鸨那母夜叉啦！"

　　赵南星眼看着恶汉们野蛮地拖着可怜女子向衙门方向走去，心中本能地升起强烈的同情感，又听乡亲们如此议论，胸中正气早已冲天升腾，定要管管世间这不平之事。

　　上午在县学讲完课，赵南星谢绝了学董和老师们的挽留，信步来到妓院附近打听被押妓女的情况，市民们告诉他，这名女子名叫赵云姐，系邻县柏乡人，自幼父母双亡，被人贩子拐进妓院，不仅长得亭亭玉立，貌若天仙，而且聪明伶俐，琴棋书画样样精通一些，是赵州地面最红的青楼女子，为妓院挣了没数的钱了。可是黑心的老鸨死活不让她从良，谁要想为她赎身，必须拿出三百两纹银，吓退了许多痴心男子。一个月前，有个南方商人慕名来到高邑燕红楼，点名让赵云姐来陪，发现姑娘胜过画上的仙女，比传说的还要漂亮温柔，顿生爱慕之心，如醉如痴，也没与老鸨讨价还价便住了下来，每日里与云姐缠缠绵绵，如胶似漆，欢喜非常，竟忘了归期和所带银两。十多天后忽然发现所带银两已经还不起妓院欠账，既舍不得离开云姐，又恐妓院追究，便心生一计，到外面买下十多斤白锡，跑到真定府找银匠加工成元宝模样，在表面涂上一层银水，押给了老鸨，说再包云姐一个月，到时候一并结账。老鸨见这么大一包白花花的元宝在手，高兴得两眼发光，甜哥哥蜜姐姐地服侍着让他留下，让云姐每天单独陪着，山珍海味待着，还让云姐陪他到周边的名胜古迹浏览了一大圈。这样过了二十来天，眼见就要露馅了，商人瞅个机会逃走了。老鸨见商人两日不归，认为捡了便宜，便提着那包元宝到钱庄存钱,钱庄掌柜一眼就认出那是假的,气得老鸨当场就晕倒在柜台上。等苏醒回到妓院,老鸨想想赔了那么多钱,心里像针扎一样疼痛难忍,又哭又闹。等云姐前来劝解,她眼珠一转,想到云姐还有一些私房钱,足可抵上这次赔的钱财,就抓住赵云姐哭骂起来,诬说赵云姐与商人合谋骗了她的钱财。赵云姐辩说自己全是按妓院规矩与客人虚于应付,根本没有生情,更没有合谋诈骗。老鸨见状唤来打手们逼云姐承认,云姐不承认,他们就到云姐房间搜私房钱,没有搜到就动家法打云姐。云姐的小腿都被打折了也不肯交出自己的血汗钱,他们便绑起云姐送往县衙治她的罪,逼她交出私房钱,真是可恶至极!

赵南星了解到这些情况,胸中义愤难平,更坚定了解救赵云姐的决心,正盘算着如何寻找证据帮云姐打赢官司,忽见妓院的几个保镖打手嘻嘻哈哈走进一家饭馆喝酒去了,便从旁边的酒店打了一坛白酒,提着走进饭馆,来到几个保镖的桌旁,和他们一同喝起来。看看几个保镖有些醉意了,便很随便地提起赵云姐。几个人一听赵云姐的名字便来了精神,张三说,那个臭婊子长得真好看,细皮嫩肉的,咱想摸一把她也不让,挨打活该!李四道,什么合谋诈骗,明明是老鸨想要她的私房钱,编瞎话诈她,还劳兄弟们打她吓她。王五诡秘地笑笑说:"你们又摸又捅占了便宜,也不感谢人家老鸨,还说闲话,真没良心!"

"老鸨一手把她拉扯大,总会有些感情的,没根没把怎会下那么狠的手?"赵南星佯装不解地问。

"感情?赵大人有所不知,那老鸨心黑着呢,为了钱什么都不顾。她用这种办法把婊子们的私房钱都给榨光了。"

赵南星掌握了这些证据,然后买了些吃食来到县监看望赵云姐。仔细听了赵云姐的哭诉,感到与街坊、保镖们讲得一模一样,便嘱咐赵云姐打起精神上公堂,与老鸨辩个明白,并承诺亲自为她书写辩状。谁知,赵云姐感激得眼泪如断了线的串珠扑扑下流,伏在地上深深道了谢,却婉言谢绝了赵南星的好意,说宁愿把牢底坐穿也不回妓院了。

"宁可坐牢也不回妓院?说明妓院比大牢还阴森难熬啊!"赵南星长叹一声,仔细斟酌一下对赵云姐说,"老鸨私设公堂致伤人体已犯王法,姑娘只管挺起腰杆打官司,老夫定要救你出火坑。"赵云姐感激万分,拜了又拜,然后高兴地准备去了。

回到家里,赵南星一面亲手为赵云姐书写辩状,一面派人到真定城银匠铺了解南方商人做假元宝情况,还代云姐起草了状告老鸨私设公堂致伤人体的诉状,把老鸨也告上了大堂。

　　县衙大堂上，老鸨诉赵云姐合谋诈骗，知县让她出示人证物证，她却东拉西扯，没拿出一样可信的证据。而赵云姐诉老鸨私设公堂致伤人体及设计诈取众妓女私房钱的罪状，人证物证齐全。

　　仔细看着赵云姐呈上来的状纸，只见字如流水行云，语如珍珠落地，环环相扣，掷地有声，知县料知出自大家之手，很可能是大名鼎鼎的赵南星亲撰，先敬畏了三分，不敢再像往日那样偏向老鸨。又见状中所列事实清楚，证据俱全，便当堂准了状，并传几个保镖上堂做证。

　　几个保镖吃着老鸨的膳食，拿着妓院的差银，又仗势横行四方，如今要替赵云姐——一个婊子做证，实在不情愿。只见一个个贼眉鼠眼互相瞅，唐唐突突瞎扯淡，就是不上正题，还仗着老鸨与衙门的人相熟，幻想蒙混过关。知县明白此案干系重大，不敢胡审乱判，狠狠一拍惊堂木，一脸威严地正告他们，如若再胡扯滥谈，将大刑伺候，吓得几个保镖老老实实道了实情，并在证词上签名画了押。

　　见人证物证齐全，知县当堂嬉笑着对老鸨说："你这婆娘也真是的，放着好买卖不做，凭空捏造人家赵云姐合谋诈骗事实，无凭无证，犯下了诬告罪，依律应重打四十大板以示惩戒；老爷我都无权给犯人上杠刑和拶刑，你却私设公堂杠腿致残赵云姐小腿，依律应获刑五年，并赔偿赵云姐治病费用及生计费，还有诈取妓女们私房钱的事儿，你看这案该怎么判啊？"

　　老鸨听了如五雷轰顶，浑身颤抖，坐在大堂上哭天喊地，又爬起来磕头如捣蒜，哭求知县道："小女子不知王法，只当在家里闹着玩呢，怎知犯下如此大罪，又打又罚又坐牢，实在承受不起啊，万望大人开恩从轻发落吧……"

　　知县见状悄悄给了赵云姐一个眼色，赵云姐心领神会，忙伏在地上恳求道："鸨母将小女子拉扯成人，有养育之恩，一时糊涂犯了王法，还求大人从轻发落才是。"

　　知县见已条件具备，水到渠成，便微微一笑说道："好个通情达理的赵云姐，既然作为受害者的你给老鸨求情，本官就从轻判决如下：燕红楼老鸨吴梅云捏造事实诬告他人，犯下诬告罪，私设公堂重刑致人伤残，触犯大明刑律，本应重刑惩戒，念及为初犯，悔罪诚恳，受害人谅解求情，故从轻判处充军两年，赔偿赵云姐治伤费及生计费纹银三百两，并还赵云姐自由身。"老鸨听了磕头致谢，赵云姐高呼英明。

　　退堂后，知县径直来到芳茹园，向赵南星汇报审判过程和结果，赵南星含笑褒扬了他的智慧和灵巧。

58. 挺身平冤狱

赵南星在家闲居的时候,经常应邀到各地讲学。

一天,赵南星从元氏县封龙书院讲学回来,路过元氏县城,见十字街头围着一圈人。他挤上前一看,见街当中跪着一位三十岁左右的妇女,身披重孝泪流满面,正向人们哭诉着什么冤情。赵南星还没有听清情由,只见那妇女突然站起,高叫三声"冤枉!"一头向身边的石牌坊撞去,霎时头冒鲜血,倒在地上死了过去。人们一见出人命,吓得一哄而散。赵南星也吃惊不小,忙向旁人打听缘由。那些赶集的人,大都来自城外,自然说不明白,打听城里人,也都摇头推说不大清楚,赵南星无奈,只好满腹狐疑地往回走去。

赵南星回到高邑之后,仍然牵挂着元氏县的人命案,反复思虑,放不下心来。恰在这时,他的学生高镜源从元氏回来,便忙差人把他叫来,仔细询问。镜源见老师打听此事,正合心意,忙从头至尾讲了一遍。

原来,这妇人董氏早年嫁给城内耿志明为妻,夫妻恩爱,勤俭度日,渐渐积了一些家产,还雇了丫鬟仆人。不料,耿志明染病身亡,抛下董氏孤苦一人。耿志明的哥哥耿志道是元氏城内有名的无赖恶棍,从小不务正业,纠集城内无赖之徒胡作非为,称王称霸,别说乡亲,就连知县也怕他几分。耿志道的妻子黄氏,也是不良之辈。他们见志明身亡,董氏家产丰厚,就起了不良之心,千方百计要把董氏赶走.把家产归为己有。那黄氏多次花言巧语,劝董氏改嫁,董氏执意不从。耿志道夫妇二人恼羞成怒,到县衙诬告董氏与家仆私通,伤风败俗。那知县一则害怕耿志道纠缠,二则受了耿志道贿赂,竟然判了董氏无理,逼她十日内改嫁,否则以通奸败俗之罪论处。董氏被逼走投无路,就在当街自杀身亡。乡亲们明知董氏冤枉,但都惧怕耿志道勾结官府势大,谁也不敢直言相劝。

赵南星听罢怒火中烧,愤愤说道:"难怪我那天打听这件事时,人们都躲躲闪闪不敢直说呢,原来如此!像这样的恶霸不除,冤情不申,天理何在,王法何在!做官的衣食住行全靠黎民百姓,若不为民做主,要他何用!"

高镜源等他稍微平静了,又气愤地说:"事情还没完呢,眼看又要屈死一条人命了!"

赵南星一听,忙问情由,高镜源道:"董氏屈死之后,她侄儿董腾蛟写了状纸,到元氏县大堂为姑母鸣冤。他义正词严,口若悬河,把那知县与耿志道夫妇驳得哑口无言。知县不仅不认错改错,反诬腾蛟逼姑母自杀,要挟官府,咆哮公堂,把他革去秀才前程,严刑拷打。最后,竟然屈打成招,问成死罪,打入死牢,呈报上司,准备秋后处决。"

赵南星听了忙插话道:"光天化日之下,竟有这样的事情,真是岂有此理!"稍顿片刻又问,"那董腾蛟就这样善罢甘休了? 何不写了状子,到府里去告?"

高镜源见赵南星这样说,正中下怀,忙从怀里掏出一张状纸递给赵南星说道:"那董腾蛟本是学生的好友,他早听说老师在朝刚正不阿,常为百姓做主,惩恶扬善,就在狱中暗暗写了状纸.求人交给学生,让学生千万转交老师。"

赵南星听了高镜源叙述,沉默良久,暗暗寻思道:论说起来董氏冤深似海,无人敢问,自己真该挺身而出。可是转念一想又觉不妥:自己当年在朝为官时最恨乡官干政,包揽诉讼,曾上过"四害疏"。如今自己罢官回里,也成了乡官,曾暗下决心,凡是官面上的事,一概不闻不问,如今怎能破了旧例呢?

高镜源看透了老师的心意,忙说:"咱这是路见不平,为民申冤,并非仗势干政啊。"

赵南星觉得这话有理,但又觉得世事艰难,成败难料,只是答应试试看。高镜源见老师答应了,心里十分高兴,说:"只要老师把案情写明,送到府里,怕他不派人重新审理? 天下官员总不能个个都贪赃枉法。"赵南星说:"事到如今,也只有这一条路了。"于是,他让高镜源再回元氏仔细访察案情真相,暗暗取了一些证词。然后,将此案前后经过,详详细细书写出来,并附上董腾蛟状纸与乡亲词证,一并封好,派人速速送到真定府衙。

真定知府原先接到元氏知县关于董氏命案的呈报,也觉得漏洞不少,十分怀疑。现在看了赵南星的书信和一干状纸词证,知道确属冤案。于是,他听从赵南星意见,委派获鹿知县复审。获鹿知县任光统,素来敬仰赵南星为人,事前接到赵南星书信,又见上司来书委派,只得认真审理。经过多日复审,终于水落石出,真相大白,做出公正判决,并报请真定府批准,将恶棍无赖耿志道夫妇判了重罪;元氏知县贪赃枉法,革职查办;董腾蛟无罪释放,给还秀才前程,董氏被追赠节妇,大加旌表,当地百姓无不拍手称快。

59. 巧改"投柜法"

　　1572 年,湖广江陵人张居正担任首辅(相当于政府总理),面对大明王朝腐朽堕落的危重现实,大刀阔斧地进行了十多年的重大改革。通过官吏考成(裁撤冗员,考核勤绩,奖励廉能),加强边防、整顿学校、清理田赋、清丈田亩,改革税赋,实行"一条鞭"法(将田赋、赋役一并折算成银,统一征收),在一定程度上提高了行政效能,抑制了豪强漏税,减轻了农民负担,增加了国家收入,出现了中兴气象。然而这些改革措施触及官僚和豪强切身利益,等张居正死后,受到多方攻击,皇室对张居正的许多问题进行追究,废除其封号,鞭责其尸骨。虽然不少改革措施得到继续实施,但没人再去用心落实,管理出现许多漏洞,各级官吏乘机钻空子,谋取私利。在河北一带,尤以"投柜法"和"社仓"危害最大。

　　所谓"投柜法"就是实行"一条鞭"法后,为了保证税银及时足额入库,一县百姓全部按要求时间到县仓办理手续,并将税银投入到一只大柜中。本来这种体制就有些烦琐费时,如今不少官员文人对此提出疑义,官吏们消极怠工,效率低下,百姓们一大早前来排队等候,一两天才能轮到,冻饿疲劳,苦不堪言。

　　而"社仓"(市镇叫义仓,村社叫社仓)则是按照"一条鞭"法规定,由县衙按一定比例收取的"备荒救济"之粮,不仅要求百姓逐户赶到县仓缴纳,而且管理松散,不少负责管理的乡绅以官价收粮,以市价卖出,掺杂使假,坑害百姓,中饱私囊,逐渐引起百姓不满。

　　赵南星本来就对张居正有成见,更不赞成其改革措施,如今看到百姓对"投柜法"和"社仓"议论纷纷,深恶痛绝,更坚定了废除这些新规的决心。但他心里明白,这些新规虽为张居正所立,但的确减轻了百姓负担,增加了朝廷收入,朝廷查抄惩治张居正及其余党的同时,还是将其保留下来继续沿用,自己一个戴罪闲居之人,要想将其废除绝非易事。要想达到废除之目的,必须给出更加便捷有效的征收管理办法,方可受到百姓拥护,官府认可。

　　于是,赵南星独身走街串户,访问乡亲,征求大家的意见,一起讨论减少百姓麻烦,又能让官府认可的办法。乡亲们有的说,"一条鞭"法把田赋和赋役合并起来折银征收,比原来分着征收好了许多,只是让大家都到县仓缴纳太麻烦。有的道,为啥非到县仓交纳,村社征收齐了上交县仓不是一回事么?有的干脆直言不讳地嚷,"社仓"取之于民,用之于民,也不是什么坏事,就是贪官们把事弄坏了。不如向朝廷建议,一半留民间保管,一半让县仓严管……

赵南星听了大家的议论,经过几天的深思,最终提出了废除"投柜法",税银由村社负责征收,收齐后一并上缴县仓;改革"社仓"管理办法,应收谷物一半上交县仓,一半民间保管,"县仓"严明管理制度,公买公卖的管理办法。他把这些办法书写成章,找到高邑知县晋承命说明就里,得到认可。晋知县邀上县丞师爷,一起修改完善后,上书真定府衙和北直隶巡抚王国,详述"投柜"和"社仓"之害,百姓反应,有理有据地提出改革措施,引起王国重视。王国进一步了解了情况,与真定知府一起反复推敲,终于下定决心进行改革,采用赵南星的建议,废除了"投柜法",改进了"社仓"管理,并推广到其他六府,既保证了朝廷收入征收到位,又方便了百姓,受到乡亲们的赞颂。联想到赵南星为百姓改皇道、免赋税、治奸商等一系列善举,高邑百姓及官吏纷纷上书呈报褒扬。

一天,赵南星吃过午饭,正在芳茹园散步,一学生兴冲冲地跑来说:"老师,大喜事,直隶巡抚亲自批文,要给您修建功德牌坊哩!"

"什么?"赵南星惊讶地问,"你听谁说的?"

"外头都嚷嚷遍了,怎么您还不知道?我亲眼见过府里的公文,那还有假?"

"到底是咋回事,怎么能这么办?"

原来,这年中秋节的夜晚,天气格外晴朗,一轮玉盘似的明月爬上树梢,把皎洁的光辉洒满大地。高邑城南门外的一片空场中央的石桌上,摆着水果月饼之类的食物,一群老者在同赏秋月。大家沐浴着秋高气爽的舒坦,欣赏着明月万里的美景,触景生情,兴致勃勃地谈古论今,从风调雨顺的好年景说到官府的新气象,联想到远古的尧舜及盛唐的贞观之治,最后不由自主地谈起了废除"投柜法"和改革"社仓"的事,说赵南星和晋知县甘冒风险为民请命,才减轻了百姓的负担,由此又谈起了赵南星为百姓智改皇道,冒死上书,仗义平冤狱等贤事。有的说,赵南星罢官回乡后,家境清贫,还能接济穷人;有的道,他能为百姓申冤雪恨,为地方除害;有的夸,赵南星文采好威望高,又编书又教学,不少学生中了举人、进士,在朝里做了官。大家一致认为高邑小县能出赵南星这样的人物,是地方的福,是全县的荣耀,应当为他修一座功德牌坊,以昭示后人。

正当这时,晋知县身穿便服,也来到众人跟前。大家慌忙上前施礼,晋知县忙上前扶住,让大家坐了,然后缓缓说道:"刚才诸位说的话,本官都已听见了。为赵先生建立功德牌坊是件大好事,完全应该。本官上任以来,多次接到附近州县乡民士绅来信,也要求为他建坊。本官蒙他多次指数,受益匪浅,也早有此意,今晚微服出访,正想听听本地父老意见,不料,正与诸位不谋而合了。"接着,他又让众人把赵南星功德一件件叙说一遍,仔细记在心里。

晋知县回衙之后,立即将赵南星的贤事及乡亲父老的意见写成申报文书,报送保定巡抚衙门。北直隶巡抚王国,自从万历三十七年到任以来,倒也清正廉明,知道赵南星德高望重,如今一见县衙呈文非常高兴,立即批了回文,准于建坊,并拨银一百两,作为费用。回文发到高邑,晋知县见了大喜,马上命人选择地点准备动工兴建。

赵南星了解了这些情况,更加着起急来,摇头顿足懊丧地说道:"胡来!胡来! 真是胡来!"

学生见赵南星这样举动,不禁困惑起来。他原以为把这消息报告赵南星,赵南星一定非常高兴,谁知始得其反。他实在憋不住了,就开口问道:"学生真不明白,论老师的功德,还不应该修建牌坊吗?这样荣耀的事,您老还有什么不高兴的?"

赵南星叹口气说:"你呀,毕竟还是个孩子,不大懂得世事。建坊之事有百害而无一利,用工用料劳民伤财不说,妨碍交通,年长日久,难免牌坊塌坏砸伤性命。更有甚者,那些乡官及其子孙后代,借此作威称霸,追名逐利,残害百姓,将是遗患无穷。当年我在朝的时候,曾经上疏,禁止为乡官建坊,如今我岂能食言?况且,我生在高邑,为乡亲办事义不容辞,并不指望别人的报答,如果为此累害乡亲,于心何忍哪?万万使不得!"说完,他扭头向感恩楼走去。那学生望着南星背影,心中豁然开朗:"老师极力反对为自己修建功德牌坊,原来处处是为百姓着想,忧国爱民的美德,真是世间少有啊!"

赵南星回到感恩楼,立刻给王巡抚写了一封书信,一方面感谢乡亲父老与地方官绅的建坊厚意,一方面又表示坚决反对为自己建坊,并把理由详细说明。写完之后,立刻前往县衙,交给晋知县,并请他速速转交给王巡抚,要求退银免建。王巡抚见他态度坚决执意不从,也不好再加勉强,只好同意退银免建。赵南星看了公文,这才放下心来,专心讲学授徒去了。

高邑及附近府县百姓见赵南星这样爱护他们,更加感激他,敬仰他了。

60. 为民伸冤屈

　　农历八月二十七日是孔老夫子的生日,赵南星一大早就带着儿孙们前去县城的文庙祭拜这位儒学前贤。当他行完礼,给儿孙们讲述了孔圣人的生平和教诲并与祭拜的文儒们见过礼后已近中午,就辞了大家的宴请往家里走去。忽然发现,不远处一个披头散发衣衫破烂的七旬老人,疯疯癫癫在大街上奔跑,见了官吏打扮的人就跪拜哭诉,甚觉惊奇,忙上前打听缘由。

　　有知情人告诉他,这个老者是城外梁家庄的梁善人,自幼饱读诗书,心慈好善,家中有些薄产,对缺衣少吃的穷苦人常常施舍一些衣食,在三里五乡享有好名声。可是,偏偏生了个不肖的儿子,也因他从小溺爱,儿子娇养成人后,好吃懒做不务正业,整天跟街上那些地痞流氓鬼混,叫他在乡亲面前无法抬头。梁善人屡加管教也不起作用,只把他愁得无计可施。有人劝他说:"儿子不听父母言,却都听媳妇的话,你快给儿子娶个厉害媳妇就把他管住了。"

　　梁善人听了乡邻的话,就左挑右选,给儿子娶了个出名的厉害姑娘为妻。哪知这媳妇也不是善类,进得门来,不但不管束丈夫,反而纵容他天天偷鸡摸狗,赌博耍钱,跟那些无赖们在街上惹是生非,闹得三里五乡没有一日安宁。

　　一日,儿子在外又惹了事儿。梁善人给人家赔礼后,把侄子梁喜顺叫来,请他帮自己一同管教儿子。叔侄二人苦口婆心地开导规劝,这个不肖的儿子只当耳旁风。喜顺说:"叔父一生好善,名享三乡,咱们的行为可不能叫老人家丢脸啊!"

　　梁善人见儿子不但毫无悔意,反而嬉皮笑脸地挤眉弄眼,心里就生起了怒火,骂道:"我怎么生了你这么个儿子,叫乡亲们指着我脊梁骨说三道四,老人的脸面都叫你给丢尽了!"好言歹语、乡情俗理,二人说了无数,换出来的却是丧尽天良的混账话,直把梁善人气得死去活来。

　　一怒之下,梁善人指着儿子大骂"大逆不道""败坏家风"……一句接着一句。儿子见父亲愈急,愈火上添油,嬉皮笑脸地说:"谁叫你跟我娘不好好作弄,造了我这么个败家子?生个孝顺儿子不就省你丢人了?要不叫喜顺当你的儿子吧!"

梁善人一听火冒三丈,随手抄起一根抬水棍,朝着儿子迎头打去。儿子万没料到父亲会打他,没有躲闪,喜顺在旁也没有来得及拉,这个不肖之子就一声不吭地倒在地上死了。

梁喜顺一见傻了眼,直埋怨叔父不该把他打死。梁善人怒火难息,又用棍子戳了他几下,愤愤地说:"打死这个败家子,给乡亲们除了一害,我也落个清白。"说罢,提着大棍就到县衙投案去了。

梁善人的儿媳听说丈夫被公公打死时喜顺在场,就新仇旧恨一下子迁怒在喜顺身上。喜顺原先因兄长行为不好,曾劝她管束丈夫,这妇人不但不听,反说喜顺是多管闲事,还曾挑逗亲昵喜顺被拒绝训斥,埋下了深深怨恨。这会儿见喜顺来劝他节哀,就大哭大闹,竟跑到公堂诬告喜顺"杀人夺产",暗地里还花了不少银两,想把喜顺置于死地。

高邑县官图了银两,不管梁善人先来投案和自认杀人的事实,硬把梁喜顺拘押起来,屈打成招,定了死罪。梁善人见侄儿就要含冤丧命,像疯了一样到处哭诉喊冤。这事把全县都轰动了,都为梁喜顺鸣不平。

赵南星听后十分不平,觉着自己该出面管一管了,要不非出两个冤魂不可。于是就亲笔写下状纸,到县衙去见县官。县官见赵南星出面,知道他在朝堂敢跟达官权贵斗,何况自己是个小小县令?心里顿感发毛后悔,见了赵南星就忙施礼相迎,热情有加。

赵南星一脸正气地递上状纸,严肃地说:"梁善人清白一生,心慈好善,从不得罪乡邻,逆子在外为非作歹,岂能不严教?谁想这无赖屡教不改,还出秽言相辱,岂不惹父痛打?失手击毙罪有应得!儿媳不行妇道,与夫同流合污,实为不贤。行贿诬告梁喜顺杀人,犯有陷害好人罪。大人不察事理,问罪无辜,有失民意。惩恶扬善是做官之本,身为高邑父母官,就该公断才是。"一番话直说得县官哑口无言,面红耳赤,赶紧低头认了错,答应重新审理此案。

很快,梁喜顺被无罪释放。出狱后,不知怎么能报答赵南星救命之恩。想送大礼,知道赵南星最痛恨吃请受贿的人;没有任何表示,又觉大恩不报良心不安!思来想去,就请人画了赵南星一张像,挂在家里正堂,当神仙一样供奉起来,逢年过节烧香叩头,叫后代牢牢记住赵南星的大恩。

61. 潜心著医书

赵南星十来岁的时候,高邑一带遭了荒旱。老天不知怎么了,从春到秋没落一个雨点,地下水也枯竭了,大部分的小河、水井都干了底。庄稼旱死了,秋作物出不了苗,一年下来地里颗粒无收,很多人外出逃荒,冻饿而死。

一天,赵南星有事出门,见家门口不远处有个小闺女,可怜巴巴地躺在地上,难受得直哼哼。赵南星一看她的脸色儿,就知道是饿病的,马上把这个小女孩抱回家里。

赵南星的爹娘都是积德行善的人,一见儿子抱回一个病孩儿,赶紧手忙脚乱地忙活起来,又是喂水喂饭,又是请先生看病。不想女孩病得太重,紧看慢看也没有治好,没几天就死了。心地善良的赵南星见状就放声大哭起来,心疼得好几天吃不下饭。他对那看病的先生很不满意,认为他太无能了,连一个孩子的病也看不好,当时就立下誓言,一定要好好学医,长大以后为民看病,可不能再让这样的悲剧重演了。从此,他就借来医书潜心学习,拜访名医虚心求教。然而父母让他上了私塾,学起孔孟之道,还考取功名,做了高官,每天为朝廷奔忙,没能当上医生。一想到这些,他就感到对不起那年死去的小闺女。如今赵南星遭诬陷罢官回乡,前思后想,觉得自己一心为国为民,倒落了个这样的下场,气得一病不起,家里人为他请了不少名医,吃了数不清的名药,可病情一点儿也不见好转。

赵南星人缘好,在乡下时就急公好义,谁有了什么难事,他都尽量帮忙;在朝里做官,也都是一心一意为老百姓办事,是黎民百姓心中的清官好人。这会儿听说他有了病,人们都特为他着急,除了去看望他之外,许多人虽不知道他是什么病,却把一些祖传的偏方送给他,让他按偏方上说的试试。没几天,他就收集了一大打子。

闲暇之余,赵南星就翻来覆去看这些偏方。发现这些偏方里所用的药大多都不用去药铺里抓,田边地头到处都是,什么刺儿菜啊、丝瓜叶啊等等,根本不用花钱。有些甚至讲些食物疗法,吃一些花样儿饭食,就把病调治好了。他看着看着便来了兴致,就想:哎,怎么也是病成这个样儿了,冒险试试吧，万一能治好呢？就是不顶事，反正也花不了钱，也省得落个没事烦闷得慌！想到这儿，忽然记起李时珍《本草纲目》中曾经有"谷疏肴核之类，择其有益者用之，随宣而加损之，忌其无益者"的论断，再看这些偏方多为饮食调节之法，便从中拣出几个合适的方子，照上面说的，调整了自己的食谱，配了两服药，熬熬一喝，居然有点见轻。这样，他信心更足了，又调换几回药方，每天自个去村外地里采集野花野草，喝了一个月，竟好得跟以前一样了。

这样一来，赵南星尝到了饮食疗法和民间偏方的甜头，别看几根草草叶叶的，大田里一薅一把，可比药店里的药还管用，能治好好些缠手的病。对于没钱没物的老百姓来说，这可是一件大好事。尤其是饮食调理之法，对于那些天天吃大鱼大肉的达官贵人来说，更是一种养生之术。他认真总结分析自己这次得病与治病的过程，悟出了这样一个道理："养之不善，以至于有病，而后治之，则不能无得失，不若其仍养之也。"从此开始了对民间偏方和饮食养生术的潜心研究。凭借多年学医造就的基础，对着一个个偏方精心研究起来，琢磨每一味花花草草的药性，每一样治什么病有效，不懂了就去问药铺的人，搬来历代医书经典琢磨研究，半年下来，竟成了行家里手。特别注意研究饮食调节养生经验，归纳整理，升华成理论，在此基础上编辑了以饮食养生治病为特征的医书《上医本草》，开创了世界之先，自己掏钱找人刊印，发给邻里百姓，很受人们的欢迎。

62. 奇术治顽疾

赵南星历时数载,潜心研究中国古代医药学,上山下地采药并亲口品尝体验,整理出版了医学名著《上医本草》,在民间广为流传。他也自然成了闻名远近的神医,找他看病求医的人越来越多,尤其是那些多年无人能够治愈的顽疾患者,跑上数百里也要找到他讨个药方。赵南星心系百姓,不仅热情接待这些求医问药之人,无偿给予医治,而且发挥他智谋过人之优势,采用许多奇术怪招辨证施治,治好了许多顽疾怪病。

赞皇县山里有个年轻小伙子,在地里干活儿时遇上雷雨天,只见头顶乌云翻滚,电闪雷鸣,有两个火球在旁边的沟汊里追逐打闹,吓得愣了神,站在那里让雨淋了个透湿。雷雨小了,西边天际露出一丝阳光,他才回过神来,跑到地边一个土窑洞中躲避。谁知刚刚蹲下,就有一道三色彩带伸进洞来,抬头望去,只见一道拱桥直通云天,好像还闻到什么气味,过了一袋烟工夫才慢慢散去,惊得他六神无主。回到家里便发烧恶心,昏昏沉沉躺在炕上,不吃不喝,还自言自语,说自己是长仙(蛇精)云云,吓得一家人坐卧不宁,求神拜佛,毫无效果。

小伙子的母亲是个信佛之人,迷信观念很重,认定他是长仙附体中了邪,花钱请来巫婆神汉焚香烧纸,使术驱邪,不仅没治了病,还逐日加重。无奈之卜,跑儿十里山路请来一位阴阳先生看宅医治。阴阳先生听了家人的述说,又绕他家院子转了一圈,见邻居在他家门前不远处打了一眼水井,便神神秘秘地拉着长音告诉说:"门前打出一眼井,死人加上累窟窿。要想治好儿子病,赶快填井祛祸根!"说罢收了赏钱悄然离去了。

听了阴阳先生的一席话,小伙子一家人如落水之人抓住了一根树枝,千恩万谢,然后便商议起让邻居填井的事儿。请人与邻居一商量,邻居说为打这井花费了五担麦子,要填也行,只是得另选地方给重新打一眼。小伙子一家人一听便傻了眼,莫说打井的地方难找,就是有了地方,在这深山旱庄连饭都吃不饱,到哪儿去弄五担麦子啊!小伙子听了更是心火上涌,几次昏死过去。

　　小伙子的父母见状急得团团乱转,呼天喊地,哭成一团。哭声惊动了到嶂石岩道观访友打此路过的赵南星,他主动登门询问缘由,仔细察看了小伙子的舌苔眼睑,发现小伙子并无什么大病,只是受惊淋雨得了重感冒,便从捎码(一种搭在肩上的盛物袋)里掏出一张折好的黄表纸交给小伙子的父亲,嘱咐说:"我是高邑城里的赵南星,治这样的病有些手段。夜深人静时,你把这道符反贴到门旮旯里,熬一大碗红糖加姜水让他喝了,然后让他夜三更早五更分别绕着院子正转三圈,再倒转三圈,剩下的就是蒙头睡觉。如此这般,三三见九,十天头上病就好了。不过你记住,这道符不到十天头上不能看,假如提前看了,病就没救了。"

　　小伙子一家人听说来人是大名鼎鼎的活菩萨赵南星,惊喜得如遇神仙,千恩万谢送走客人,便按照赵南星的吩咐仔细去办。三天过后,小伙子吃喝如初了;六天头上浑身上下有了劲儿,到了九天病全好了。第十天晚上,他们小心翼翼地把赵南星给的符揭下来一看,竟然是一张黄表纸,上面一个字也没有。他们不认为这是赵南星的奇招,而认为是赵南星画的无字天符,逢人便讲,传得赵南星都成神仙了。

　　赵南星风尘仆仆从嶂石岩回到家里,早有元氏县的一个中年男子在家人陪伴下等在门口看病,便热情地让进门来,茶水伺候。只见这名男子两眼呆痴,胡子老长,骨瘦如柴,右肩上贴着一贴膏药,难受得哼哼唧唧,坐立不安。

　　男子的家人顾不上看赵南星疲惫不堪的样子,便迫不及待地学说道,男子不知中了什么邪气,两个月前右肩上长出一个大疮,又痛又痒,长了破,破了长,求了好几个名医,花了不少钱,就是不见好转,实在没法了,才来求赵大人医治。

　　赵南星听了家人介绍,揭开膏药察看了疮情,见疮口周围布满指甲印,疮口脓肿不堪,便问是不是老是抓挠。男子回答说,痛痒得实在难受,成天不停地抓挠。赵南星听了马上有了主意,一本正经地告诉说:"其实你右肩上的这个疮倒是小事啊。依我看,用不了多长时间,你的左肩上也会长出一个更大的疮来,到时可就麻烦了。"

　　"老天爷,这可怎么办啊!赵大人,都说你是救命的活菩萨,千万可得救救俺呀!"中年男子和家人哭喊着跪在地上求救。

　　赵南星扶起他们,略一思索说道:"你俩也别太焦急,有病自有治法。这样吧,我给你们一服草药,回去熬了,每天晚上洗一次疮口,然后就是天天早晚无人时在天地爷龛前焚香祷告,不出十天就全好了。"

听了赵南星的一席话,中年男子虽然不太焦急了,可是一想到左肩上很可能再长出一个大疮来,心里总是提心吊胆,不仅虔诚地日日焚香,天天祷告,而且在洗疮口时还特意洗一洗左肩,几乎把整个注意力都集中到左肩上,根本顾不上再去抓挠右肩的疮了。这样一来,右肩的疮很快长起了痂儿,过了几天就掉痂好了,左肩上也没再长出疮来,直夸赵南星是华佗再世。

一天上午,赵南星正在芳茹园里读书,家人来报,说是有宁晋县的一对夫妇前来求医,便整衣走进客厅相见。只见操着宁晋口音的一对年轻夫妇尘土满身,污泥满面,抱着一个五六岁的小男孩,愁容满面地站在客厅。小男孩舌头不停地翻动吐沫,唇口流着长长的口水,胸前膝上的衣服白花花硬邦邦的一片,既肮脏又难看。小孩的父亲焦急地说,两年前不知什么原因,小孩养成了吐唾沫流口水的毛病,又脏又臭,一家人很着急,让他嚼猪尾巴吃中药不顶事,走州跑县找名医诊治不见效用,实在没法子了,万望赵大人能神手巧治。

赵南星听了小孩父亲的叙述,仔细瞧看了男孩的口舌,询问了小孩的嗜好。听说小孩特别爱吃瓜子,尤其是南瓜子,微微点了一下头,提笔写了一个药方:"十斤南瓜子,一日吃一斤,吃完就会好。"

小孩父亲拿着药方半信半疑,出门口与妻子商量说:"这么难治的病,吃点南瓜子能好吗?"妻子无奈地说:"有病乱投医,试试看呗,南瓜子又不是什么金贵之物,就当给孩子买零食呢。"

夫妻俩回家途中到集市上买了十斤南瓜子,回家后一天称出一斤让小孩吃。这个孩子天生有吃南瓜子的嗜好,见有南瓜子,就高兴地吃起来,越吃越爱吃,越吃越想吃,一个心思想着南瓜子,每天的定量吃光了,就去求爹娘给拿南瓜子,父母不给就哭闹,早把吐唾沫的事忘得一干二净,不到十天时间,毛病就全好了。

63. 平地生风波

万历四十四年秋末的一天，赵南星正在芳茹园闭门读书，忽然大儿赵清衡推门进来说："爹你知道吗，听说振成从北京回来了……"

一提起"振成"二字，赵南星脸上立即蒙上一层阴云，微微摇摇头说："提他干什么！他回来不回来，跟我有什么关系？"

"有什么关系？"赵清衡愤愤不平地说，"我看他是翅膀硬了，到家多日，到处炫耀走动，就是不登老师的门槛，少有他这样忘恩负义的人！"

赵南星一听，气呼呼地说："你懂什么！我是戴罪还乡的一个乡民，人家如今是位高权重的朝廷命官，与我来往，未免有'结党'之嫌，你也不替人家想想？人家也有难处哇！"

赵清衡见父亲这样说，不便再说什么，长叹一声走了出去。原来，这赵振成是赵南星的一个学生，与赵南星同村同姓。赵南星早年养病在家时，他跟着赵南星就学，后来中了进士，在外地做了小官。赵南星见他有些才干，就极力提拔，使他很快被调进朝廷，如今已做到吏部都给事中。赵振成刚入朝时，赵南星是吏部考功司郎中，声望很高，他对赵南星毕恭毕敬，为表示亲近，在同行面前不叫赵南星老师，而称"叔父"，张口闭口"我叔叔如何如何"。不料，赵南星被贬家为民后，他再也不敢称"我叔父如何"，连是赵南星的门生也不敢承认了。赵南星是个胸怀大度的人，考虑到赵振成的处境，对其总是表示谅解。别人议论他什么，赵南星一概不听，最近几年，赵南星著作风行全国，成了东林名士，声望越来越高，东林派渐渐得势，许多人上疏举荐赵南星，赵南星处境比以往好多了。可是，赵振成这次探家当中（离芳茹园不到一里）仍不过来走走，就使赵南星难以理解了。

赵南星正掩卷遐想，忽然老园公拿着张名帖进来说："史大人路经高邑，顺路来访。"

赵南星看过名帖，高兴地说："快请！快请！"一边大步向园门走来。原来，这史大人就是赵南星当年的好友史孟麟。当年赵南星上"四大害"疏被诬时，史孟麟曾挺身而出为赵南星力辩。万历二十一年赵南星与孙龙大计京官,史孟麟等人大力辅佐,并因替赵南星鸣冤而辞官回乡,几年前史孟麟被召回朝,如今做了太常少卿兼任提督少夷馆。这样的好友远道而来,赵南星心里自然欢悦。

赵南星到了园门外,见史孟麟正与随从站在墙边,一步冲上前去,紧紧抓住史孟麟的手,二人心里都有说不出的激动。无言相视良久,赵南星猛然高声说道:"来了还不快点进来,快请! 快请!"说着,携手走进芳茹园来。史孟麟见园中风扫败叶,满目凄凉,更觉心疼难忍。穿过诞芝堂,北边有一莲池,池当中还有一小亭,四周有山石翠竹环抱。来到亭前抬头一看,只见亭上匾曰"思党亭",亭下有一块石碑,刻着赵南星与当年好友顾宪成、姜士昌、李三才、李化龙、史孟麟、魏允贞等几十个人的姓名,碑阴是万历三十五年建亭时赵南星写的《思党亭记》。史孟麟望着匾额,心中深为赵南星的深情厚谊所感动,随口说道:"赵兄胆量可真不小啊!"

赵南星忙问:"怎么见得?"

史孟麟指着匾额与碑文说:"万历二十一年大计京官时,权奸们骂你专权植党,我跟顾宪成、姜士昌等人千方百计为你辩解,说明无党,结果,咱们都狼狈辞官。想不到你如今不打自招了。"说罢,哈哈大笑起来。赵南星也笑着说:"骂就让他们骂去吧! 他们所谓'植党'不过是对诸位君子的诬陷之辞,前朝如'白马''清流'都深遭'党祸',不足为奇。其实,即使君子们真的有党,无非同心报国,于国于民有何害处? 人伦之中,就有父党、母党、乡党之类。可见不在于有党无党,而在小人党,还是君子党。"史孟麟听了深以为然。二人携手绕过莲池,来到感恩楼。当晚,二人在感恩楼上同榻共眠,次日拜会了冯、李二位嫂夫人,仍回芳茹园与赵南星畅谈。

第三日,史孟麟因圣命在身,便要告辞。赵南星心里恋恋不舍,但又不便挽留。临行之前,史孟麟又顺便去拜会赵振成。

史孟麟见了赵振成寒暄客套过后,便开门直言道:"此次路过贵县,我见梦白兄日子过得贫寒,心中实在难忍。先生胸怀济世之才,德高望重,埋没山林,英雄无用武之地,你我岂能坐视不管。理应上疏皇上,速速起用,委以重任报效国家才是。不知赵大人意下如何?"

赵振成连说:"这个自然,这个自然。"

史孟麟前脚刚走,赵振成的家人便来告诉他说:"京里刘大人差人前来,说有要事相告。"赵振成忙支退左右,将那差人迎进书房。那差人见了赵振成,忙递上一封书信。赵振成从头到尾看了一遍,对差人说:"我知道了,请歇息两日,将回书带走,面交刘大人。"

这个刘大人便是刘宁斌,当年也曾拜赵南星为师,也是赵南星在朝时一手举荐出来的。刘宁斌与赵振成关系甚密，为了争权夺势，他们俩依附邪党，与东林诸君为敌。这次，他得知史孟麟因公南下，心想一定会路过高邑拜会赵南星，特地密派人尾随而来，要赵振成协助，探听他与赵南星言谈举动，以便寻找口实，抓住把柄，将史孟麟等一举摧垮，以便取而代之，爬上更高官位。赵振成刚才虽然口里答应与史孟麟共同举荐赵南星，其实心里一百个不同意，因为赵南星为官清正，声望很高，而他在朝贪赃受贿，在乡称霸一方，欺压百姓，名声很坏，这使他十分忌恨。他担心赵南星再次出山，官职会在自己之上，因而总想借机阻拦。同时，他早就对史孟麟的"太常少卿"很感兴趣，总想取而代之。所以，接到刘宁斌的密信，就急忙暗里派人进入芳茹园探听消息，谁知竟一无所得。于是，就胡编乱造，写了一封回信诬说赵南星与史孟麟在芳茹园大宴三天，密谋策划，赵南星极力"钻求节钺"请托孟麟荐他复官，史孟麟也假公济私，"呼朋引类"答应照办，还想拉赵振成一起为赵南星出力云云，然后打发差人回京向刘宁斌交差去了。

转眼已是隆冬，一日雪后放晴，芳茹园中亭台楼阁，树木田垄，全都披上一层银装，一夜之间变成了银色世界。赵南星见状大喜，走下感恩楼来到园中赏雪。他信步来到思党亭前，不觉又思念起史孟麟等知心好友来。赵南星正在那里出神，忽听老园公从背后走来说："先生，李标大人有书信到了。"赵南星忙接过书信打开细看。这一看非同小可，顿觉怒火中烧，气得当场晕了过去。老园公大惊，忙叫人将赵南星架到感恩楼上，过了半个时辰才苏醒过来，口中连连说道："玉池贤弟，我对不起你！我连累了你呀！赵振成、刘宁斌，你们两个忘恩负义的小人！祸国殃民的败类！趋炎附势陷害好人的无耻之徒……"众人上前安慰了多时，赵南星才渐渐平静下来。

原来，刘宁斌接到赵振成的书信如获至宝，立即串通同党，一齐向万历皇帝上疏，诬赵南星与史孟麟暗中勾结，钻求节钺，呼朋引类，妄图使赵南星东山再起，让东林人士独霸朝廷。万历皇帝本来就对史孟麟等东林党人攻击郑贵妃，一再请求册立太子、太孙的做法很不高兴。看了刘宁斌等人的奏疏，更为恼怒，立即降旨，将史孟麟等人贬官降级调出朝外，永远不准起用赵南星。

赵南星意想不到竟会受到自己的学生和同乡的诬陷，心中实在不堪忍受，气得害了一场大病，几乎丧了性命。从此紧闭园门，概不会客。

64. 被迫登险途

万历四十八年九月中旬,一日晚饭过后,赵南星正与夫人及儿孙们在园中赏月,忽见妹夫李柱兴冲冲走来,赵南星忙起身迎请让他坐下。这李柱是李标的三弟,自小聪明敏悟,聘了赵南星小妹为妻,长大之后,能诗善文,只因不善做那八股文章,又对朝政不满,不愿做官,因而只考了个举人,便在家隐居,平日与赵南星交往甚密,经常出入芳茹园中。

李柱坐下之后说:"哥嫂近几天又听到京里来的什么信儿没有?"

赵南星不知其意,随口答道:"没有哇!"

"哥哥真是'两耳不闻窗外事,一心只读圣贤书'哇!听说天启皇帝是个中兴英主,他即位才几天呀,就决意振兴朝纲,重用贤臣,汝立(李标)哥今天从京里来信说,他已升任詹事府少詹事了!许多年轻有为贤臣像杨涟左光斗等人,都大大提升了。"

赵南星听了高兴地说:"那好哇,正该如此!这些年轻人一身正气,才华横溢,正是为国尽忠的好年华……"

李柱又说:"万历皇上一驾崩,先前朝中作乱的几伙奸党都垮了。赵振成那小子过去多次接受边臣贿赂,克扣军饷,事已败露。天启皇上下旨将他贬家为民,限期追赃,不几天就要被押送回乡了!刘宁斌那小子也被降职调往外地。"

冯氏夫人听了,立即说道:"报应!报应!"

李夫人平日信佛,听到了这个好消息,忙将双手举到胸前,合掌闭目,口中连连念着:"阿弥陀佛!"

李柱又忙说:"你先别念佛哩,还有更好的信儿在后头呢!"

赵南星问:"什么好信儿?"

"天启皇上听从韩爌等人意见,决意大量起用前朝罢弃的忠良老臣,近来下了几十道圣旨。我看过不几天,梦白哥就得接旨进京,当不成隐士了。"

赵南星听了,摇摇头沉默无语。

说来也巧,次日上午,赵南星正在沉思,忽听芳茹园外人声喧哗,有人高喊："圣旨到！"边喊边走进芳茹园来。赵南星一听大惊，忙将来人迎进诞芝堂中，焚香跪拜接旨。只听那传旨太监尖声尖气地念道："奉天承运皇帝诏曰……"下边大都是些艰涩无味的官文套话，赵南星无心去听，最后只听见晋升他为太常少卿（正四品）云云。读完圣旨，赵南星叩头谢恩，打发传旨太监走后，吩咐全家重新就座，商议如何复旨。

冯夫人说："老爷当年在朝居官时，全家人每天都替您担惊受怕，没过过一天舒心日子。后来辞官回乡，日子虽说过得清苦一些，倒是心里踏实许多。如今儿孙满堂，七十开外了，还出门做什么官哪！"李夫人接着说："姐姐说得极是。老爷年老体衰，不比当年，怎能受得衙门里那些辛苦呀！我看不如辞了圣旨，在家享几年清福，也好延年益寿。"

李夫人说完，赵南星心里仍旧不置可否，扭头问赵清衡："你看怎么好呢？"

赵清衡说："按理说尽忠报国正是臣民本分，爹爹理应遵旨还朝。只是如今仕途艰险，处处风波，前途凶多吉少，倒不如依旧隐居山林，保持晚节为好。"

孙子赵悦书见众人都劝爷爷不要进京赴任，觉得爷爷进京一定不好，所以也上前嚷嚷："爷爷，您不要走，我不让你走！"

赵南星见众人一致拦阻，也正合自己的心意，于是就抱住赵悦书说："好！爷爷听你的，爷爷不走了，爷爷这就上本辞官！"说完，他吩咐众人回屋歇息，独自一人向感恩楼走去。

赵南星来到感恩楼前抬头一望，只见阳光照在"感恩楼"三字匾额上，不由得又想起许多往事。原来，这楼是他在万历二十一年被诬罢官还乡后建造的。"感恩"二字，即是感激皇上"恩典"将他罢官削籍，放他还乡，从此过上了清闲自在的日子，其中酸甜苦辣只有他自己心里明白。如今已经闲居三十来年，已由精力充沛的壮年变成须发皆白的老翁，体力精力都大不如前，记性也差多了，如何担当朝廷重任？倒不如让给当今朝廷之上风华正茂的年青一代。想到这里，主意更加坚定。

赵南星登上感恩楼，正要提笔向皇上题本辞官，忽觉有些诗兴，于是，略加思索，就题诗一首：

穷栖三十载，尘世隔烟萝。
亦有忧天意，其如落日何？
老妻能隐逸，儿辈虑风波。
晚节求无辱，宁为醉尉诃。

赵南星写完诗，本想接着草拟手本，忽觉身体困乏，又见天色已晚，只好搁笔上床,等到第二天再说。

次日早晨,赵南星写了"辞太常疏",奏请朝廷。不久,吏部下文,驳回赵南星辞疏,把他改任通叛司左通政。赵南星只得又写了辞疏,二次奏明圣上,表明年迈多病,不愿出山之意。

转眼间,一年光阴过去,已是天启二年初春时节。

一日,阳光和煦,芳茹园中百花争艳,蜂飞蝶舞。赵南星一大早就到园中散步,他紧皱眉头,一会儿站在花前凝思,一会儿毫无目的地走来走去,根本无心赏景,心里如同一团乱麻似的,历历往事又一齐涌上心头。

在最近一年当中,朝廷又降过两道圣旨,第一道是升任他太常卿,他又毅然上疏辞谢。第二道是今年正月间下达的,又升任他为工部右侍郎,负责协理殿门工程事务。这次尽管夫人和儿子不再阻拦,他还是上疏辞谢了。对于功名利禄,赵南星早已心灰意冷,完全视如粪土一般。不料,他的"辞工部疏"送上不久,就被顶了回来,批了"不准"二字,使他左右为难:遵旨出山吧,不是本意,不出山吧,又是"圣命难违",把皇帝惹急了,还会招来杀身之祸。更使他难以招架的是,最近陆续接到内阁首辅叶向高、次辅韩爌、都察院左都御史邹元标等人的几封来信,一致催他以国家社稷为重,赶快出山。这几个人都是赵南星的东林好友,最近才被征召入朝委以重任。他们在信中说,天启皇帝有志振兴,驱除邪党,重用前朝老臣,赵南星德高望重,应该毅然出山,共图振兴大业。并一再强调说:东林讲学宗旨,就是除暴安良,振兴国家,如今国家正在用人之际,倘若死死不肯出山,定会被人视为"叶公好龙"而耻笑,东林人士就成了"只知空谈,并无实才"的"腐儒"。信中的每句话都强烈地打动着赵南星的心,使他再也难以抑制了。

赵南星一边走动,一边想道:天启皇帝虽然有意振兴,可是国家已预败到这种程度,如人得绝症一样,扁鹊再世也难医治,"振兴"谈何容易?然而,向高、元标他们信中说的句句有理,字字千钧。自己以往坚决不肯出山,主要是从自身利益出发,为国家和百姓想得少。

事到如今,如若再不出山,定会被骂做自私自利的小人,倒不如豁出老命,在朝堂之上轰轰烈烈干它一场,或许国家振兴有望,百姓安康有日。如若不成,再退隐山林不迟。想到这里,忽觉浑身充满力量,迈开大步,直奔感恩楼而去。眼望"感恩"二字,他忽然觉得,其中似乎又有了某种新的含意。登上楼去,当即赋诗一首:

> 道路多豺狼,聒耳多鸣蜩。
> 旨哉庄生言,君臣义莫逃。

　　写罢，赵南星立即吩咐儿子赵清衡快去准备行装，次日就要起程北上，进京赴任。

65. 锐意澄吏治

赵南星以七十多年的病老躯体无奈进京赴任,先任都察院左都御史,不久升任吏部尚书。在吏部走马上任没几天,还没完全熟悉情况,忽然接报曹州发了大水,水势铺天盖地,异常凶猛,冲塌了数不清的房屋,淹死了成千上万的人。灾情传到京城,皇上派了一个大臣到曹州放粮,赈济受苦受难的百姓。二十多天后,这个大臣回到京城,奏明皇上赈粮已放完,灾民们有了饭吃,已经安居乐业。皇上听了十分满意。

可是没过几天,吏部就收到曹州来了不少状子,一致状告知县石三畏勾结京官,贪占大批救灾粮款,曹州百姓没有得到多少钱粮。由于生活无着,饿死的人越来越多,大量饥民外出逃荒,曹州大片土地几近荒芜。所有的状子都要求皇上严惩贪官,以平民愤。

赵南星看罢这些状子不敢怠慢,立即派了几个人到曹州调查。把前去调查的人打发走后,赵南星又处理了一些公务才疲惫地回到衙舍,见家里等着两个人,一问,说是从曹州来的。他想,说不定也是告状的,不料这俩人掏出一份礼单说:"知县石大人特让我俩前来拜见赵老爷,一点儿薄礼,不成敬意。"说着像变戏法似的从身上掏出一大堆礼品,有上等的杭州绸缎,有名贵的补养药材,还有几幅名人字画和几大锭金子,满满地摆了一桌。赵南星一见到这些,心想,怨不得曹州百姓多人告他,他要不贪占粮款,哪有这些个东西? 就不软不硬地对这两个人说:"谢谢你们石大人了,我领着皇上的俸禄,有吃的有花的,用不着这些东西,请你们还带回去吧。告诉你们石大人,眼下曹州百姓生活无着,正在灾难之中,他要是有这些闲钱,还是多救济一些灾民吧!"弄得这俩人没话说了,只好收拾好东西,灰溜溜地走了。

次日后晌,衙门里公事不多,赵南星就换了一身平民衣裳,沿京城大街随便溜达,借以体察民情。走着走着,忽然看见那个去曹州放粮的大臣和几个言官,拉着吏部一个人进了一家酒馆。吏部这个人跟他们从没交往,怎么这会儿这样近乎起来? 他觉得有点奇怪,就悄悄跟上去。见这伙人要了一桌子鸡鸭鱼肉,正要大吃二喝哩。他也要了二两酒,一碟青豆,找了个角上的位子,背向着他们。因酒馆里人多,谁也没有注意他。

这时,听那个大臣说:"我荐的这位石三畏,眼下是曹州知县,这次放粮时认识的。此人爱民如子,清正廉明,是个少有的奇才,希望大人在赵尚书面前多多美言。这是一点儿小意思,事成之后,另当重谢。"说完,听见"啪"的一声,赵南星不用看也知道,这位大臣一定给了他一锭银子。

再往下,这伙人头聚在一起,小声地议论起来。因离得较远,赵南星也听不清在说什么,就离座走了。他想,石三畏贪声狼藉,曹州百姓状告不断,而很多人还为他活动,要提拔他,想必都受了他的贿赂。此风不刹,贪官污吏都能升迁,势必搞乱了朝纲,何以面对全国父老?我一定要管一管!

第二天,吏部那人还没顾上找赵南星提石三畏的事情,就被赵南星叫去,把一大堆告状信推给他说:"这都是告石三畏的状子,你看看吧,这样的人还能提升啊? 就这,皇上也不会善罢甘休的,你不要瞎掺和了,快把银子退给他们吧,免得以后卷进去出不来,后悔就晚了。"直说得那人低下头,原原本本把放粮大臣他们为石三畏升官说情的事向赵南星学说了一遍。又把收受的银子退了回去,还告诉赵南星,不是自己贪婪,而是如今官场上盛行着一种为人求官说情的邪风。若要想当官,就得寻找并投靠门路。一些朝中权贵和科道言官,受了人家的贿赂,就极力找吏部言官为人求情。吏部文选司官员每次出门,总有人在半路等候,拦路为人说情。如不应允,就造谣诬陷,把你搞得名声扫地,被赶出吏部。

赵南星听了未置可否,只是不露声色地转了话题。第二天他便走出宫门微服私访,还邀几个门生前来闲聊,探听官场上的各种风气。这一访一聊,使他非常震惊,暗自叹道:离朝多年,想不到如今官风败坏到此等程度! 若不尽快刹住并根除这股邪风,励精图治将成泡影,国家中兴便为空谈!

当赵南星左思右想,寻计根除这股邪风时,到曹州查访放粮一事的人赶回来了,证实百姓所告属实,朝廷赈灾粮款根本没有悉数发放到灾民手中,而是被石三畏和朝中大臣掺杂使假,从中克扣,贪占不少。那个大臣收受了石三畏的重金贿赂,才在京为他说情求官。

赵南星了解了这些情况,经过深思熟虑,亲手撰文向天启皇帝上了奏疏,不仅详细汇报了此次曹州放粮情况,而且对官场说情求官之风进行了深入剖析,将石三畏贬到外地为吏,令吏部发布文告,禁止任何人为他人私下求官,干扰吏部文选司公务,违者严加处治。

一时乎,朝野上下为之一振,朝廷官员们都知道赵南星刚正严厉,再不敢徇私举荐了。那些专靠金钱开道投机钻营往上爬的贪官污吏一时投托无门,大失所望。

66. 怒制"铁如意"

　　"如意"是古时候一种象征吉祥的玩物,大多用碧玉和金银雕制而成,官绅富户常把它当作珍贵礼品赠送给亲友,有钱有势的人家大都存有这种东西。然而,自从盘古开天地,三皇五帝到如今,要说拿钢铁制造如意,用铁如意送人,那只有赵南星一人。

　　赵南星在吏部做郎中时,曾帮助尚书考察京官,严厉惩治了一批贪官污吏,朝中腐败现象有了收敛,可得罪了那些奸臣。奸臣们诬告他们吏部弄权,植党营私,说赵南星巴结尚书,目的不纯。皇帝听信谗言,罚了尚书三个月俸银,把赵南星降了三级赶出京城。好多忠臣见事不公,纷纷上殿奏本讲情。昏庸的皇上不但不应,反心生怒火严斥讲情人,还把火气移到赵南星身上,下旨把赵南星削籍。吏部尚书看着忠良被害,邪恶横行,就辞退职务回家为民。忠臣们个个满腔的怒火无处发泄,效国之风变得清冷,纷纷呈文要求辞职。

　　老皇帝死了,天启皇帝即位,为了挽救即将崩溃的大明王朝,就大搜在家良臣,下诏书调赵南星回朝复职。快三十年了,赵南星早把匡扶社稷、报效国家的心凉了。他厌恶官场的邪恶,恼恨朝廷的腐败,借"老"、"病"推辞,偏偏在一年之内,朝廷四下诏书,并把官衔连升三级。很多朋友都回到朝中,见赵南星不奉诏回京,恐怕惹恼朝廷受害,就联名写信劝导。众朋友的劝告,朝廷的四下诏书,确也震动了赵南星的心,觉得若再不回朝,不但冷落朋友,也难免遭杀身之祸。遂决定辞别家中老小,以七十多岁高龄为振兴大明王朝慨然赴任,准备大干一场。

　　赵南星就任吏部尚书不久就轮着大计京官了。他想,这次京察由我主管,澄清吏治堪当己任,冒上贬官杀头的风险也要考准考实,奖勤罚懒,惩治朝中的贪官污吏,匡正官风,挽江山于倾覆。

　　然而,面对腐败成风、积重难返的复杂局面,要做到这一点谈何容易!朝野许多人摇头叹息,没有信心;参加京察的官员大多汲取孙龙和赵南星公正无私而遭贬的教训,不是推三阻四不愿参加,就是畏首畏尾,不敢放开手脚大胆考核考察,致使京察无法正常展开。许多知己朋友前来劝他三思后行,"都耄耋之年了,还是随波逐流吧"。而魏忠贤之流的一批贪官们不仅冷嘲热讽,甚至还发出种种威胁。前有虎狼,后无援手,风烛残年的赵南星忧国忧民,心急如焚:退,上对不住朝廷,下对不起黎民,更不符合自己的做人处事原则;进,阻力重重,无援无助,怎么办,如何干呀?寂静的夜里,赵南星仰望星空,思前想后,心烦如麻,习惯性地踱着步子,无意中翻起自己几十年来的诗稿。当翻到《登郡城》一页时,顿觉气血上涌,不禁放声吟咏起来:"徒倚高城四望赊,今古俯仰为咨嗟。凤凰山合云霞色,鹅鸭池开芦荻花。百顷风湍浮落日,千村烟树间人家。不堪回首天西北,帝阙亲闱俱一涯。"吟着咏着,眼前自然呈现出自己初登仕途任汝宁推官时,登上镶着"拱北"两个雄浑大字的北城门楼,俯望唐朝李愬雪夜入蔡州时"击鹅鸭以混军声"的"鹅鸭池",远眺金朝最后灭亡的"后龙亭",面对即将沉没乡关的落日、无力飘浮的炊烟,联想到李愬雪夜入蔡州,救唐王朝于危亡之际的金戈铁马和偏安于一隅的金朝灭亡的历史悲剧,慷慨赋诗,以天下为己任,发愤作为的场景,顿觉精神百倍,雄心勃起,立誓在自己的有生之年,扫清贪腐,澄清吏治,挽大明王朝于倾覆,并萌生出铸制铁如意的主意,决意铸造一批铁如意,赠送各路要口官吏,以示澄清吏治之决心。

　　这铁如意,长一尺六寸,重一斤八两,银章葵首、桥身,头上绘有天骥飞奔,身上画着星辰日月,正面刻着他题的铭文:"钩而无钆,廉而无刿,以歌以舞,以弗如是,折为君子之器也——梦白题"。当差遣各路京察官员赴任时,每送一人,必赠铁如意一枚,并要求秉公执法,大胆工作,澄清吏治,消除弊端,为大明中兴效力。最后他指着铁如意说:"此物不是叫大家赏玩,实为君子之器。无钆无刿能除邪恶,赠予大家为击奸所用吧!"各路官员接到赵尚书的铁如意,士气大振,清理腐败的劲头更足了。

67. 罢宴倡廉风

　　赵南星怒制铁如意,立志借京察之机澄清吏治的决心和气势,如晴天霹雳震动朝野上下。正直之士和黎民百姓从中看到了出路和希望,欣欣鼓舞,交口称赞;而贪官污吏和那些奸佞之徒们则如坐针毡,惶惶不可终日,生怕此次京察之火烧到自己头上,纷纷找路子,寻门子,千方百计与吏部攀上关系。不少重臣还绞尽脑汁,使出手段,攀上炙手可热的大太监魏忠贤寻求庇护。

　　提起这个魏忠贤,那可是个国人皆知的大人物。他出身于河北肃宁县的一个商人之家,自小聪明伶俐,善于心计,并练就了一套踢球绝技,长大后进京谋职,被招进东厂当个小头目,还与一个叫客印月的老翰林之女相识相恋,暗中往来。

　　东厂本是明太祖朱元璋创立的世界上第一个特务机关,直接受皇帝领导,监督天下百官和百姓,享有监视、侦讯和抓捕国人之特权。在这样一种特定环境里,魏忠贤固有的市侩本性,尤其是狡诈、贪婪等劣根得到极度滋长和膨胀,成天依仗特权恐吓官员,收受贿赂,寻花问柳,赌博鬼混,俨然成了京城一大公害。一次到妓院玩乐,喝得酩酊大醉,被几个正义之士剥光衣服扔到大街上,招来一群恶狗争吃他吐的酒污,他像对人一样发威,结果被狗将生殖器吞吃下来。幸亏他身上带着云南白药膏,才保住了生命。

　　谁知魏忠贤因祸得福,丢了生殖器,却偏偏遇上皇宫招收太监,他就前去报名,巴结和贿赂宫官,被选中进宫当了太监,凭着踢球绝技和阿谀奉承,竟得到宫官和皇上的欢心和重视。

　　事有凑巧,正当魏忠贤在宫中施展本事的时候,他的老相好客印月被招进宫中当了皇孙朱由校的乳母。这个客印月可是个了不得的人物,她不仅长得漂亮,而且自小习文识字,五经四书背得滚瓜烂熟,写得一手好字,作得一手好文章,还精通琴棋书画,洞知天下大事,善于奉承上司,很快得到万历皇帝的赏识和朱由校的敬重,后来朱由校做了熹宗皇帝后被封为奉圣夫人,权势日盛。

　　有了客印月的倾力策应和帮助,魏忠贤在宫中大使手段,步步高升,很快成了掌管内宫的大太监。可他这个人权势越大,野心越大,贪财无度,还想操控天下。利用熹宗皇帝贪玩和懈怠的弱点,千方百计供其玩耍享乐,不理朝政,然后代皇帝行事,结党营私,排除异己,搞得朝廷上下乌烟瘴气,国人愤恨。他见皇帝有振兴朝纲之意,便借机三荐赵南星入朝,做了吏部尚书,然后让赵南星的义子魏广微说明真相,想把赵南星拖入自己怀抱,为己所用。

　　谁知赵南星早知魏忠贤的为人,更明他的险恶用意,根本不为所动,接过尚书大权便以天下为己任,锐意整治吏治,受到官民拥戴。这使魏忠贤倒吸一口凉气:悔不该把这么个六亲不认的倔老头推荐上来,看他的架势,根本不念自己的举荐之情,如果运作不好,很可能会跟自己顶起牛来,那样以来许多事情就不好办了。没有法子,只好放下架子,舍下脸来,请请这个倔老头。

　　一天上午巳时刚过,赵南星正在吏部大堂处理公务,就见一个小太监恭恭敬敬走上堂来,说是魏忠贤魏公公有事相商,请赵大人屈尊去一趟。

　　赵南星想到魏忠贤毕竟是皇上身边的大太监,又不知有什么大事,虽不情愿,也只好跟着小太监往魏府走去。走进魏府,只见亭台楼阁高大精致,金碧辉煌,奇石名木林立,魏忠贤领着十多个亲信高官迎候在客厅门口,心里不禁咯噔一下:这是要拉自己入他们的伙儿呀!

　　想到这些,赵南星大度地拱手施礼谢道:"魏公公有何旨意只管吩咐就是了,如此排场,下官怎敢担当啊!"

　　"老朽也没什么事儿,只是想到赵大人入京已经几个月了,因为国事繁忙,也没顾上给你接风洗尘,前些日子弄了几坛咱河北的地道烧酒,今日请你来尝尝,顺便认识一下这几位朋友。"魏忠贤满脸堆笑地客气道。

　　"我没当尚书时就认识或了解这几位朋友,魏公公只管放心,我会公心相待的。这酒还是免了吧,省得人家说咱们是酒肉朋友,你说呢?"赵南星说着就要作揖辞别。

　　魏忠贤见赵南星当众驳了自己偌大的面子,心里非常生气,但他毕竟是个大政治家,压了一下心火,很平静地说道:"赵大人不要急着走嘛,其实除了吃饭外,老夫还有一件大事呢。我见赵大人刚直不阿,励精图治,忠心耿耿,国之栋梁,就想向皇上保举你当个阁老大臣,不知你意下如何?"

　　赵南星知道这是给自己下的套子,一旦应允了就会被套进阉党圈子,遭天下唾骂,便很礼貌地辞谢道:"感谢魏公公的关心抬举。不过咱深受皇恩,拿着朝廷俸禄,自当恪尽职守,公正廉明,为大明江山殚心竭力,多做贡献。

至于当不当阁老倒无所谓,一切全凭皇上圣裁。"说罢告辞向外走去,气得魏忠贤及其死党们口鼻歪斜,怒目圆睁,骂声喋喋。当然,也为赵南星的仕途埋下了祸根。

68. 泾渭两分明

天启四年春末的一天,赵南星在吏部衙门处理完公事,闷闷不乐地向私宅走去。近几个月来,他与朝中众位正直大臣昼夜操劳,励精图治,一心想使危如累卵的大明王朝实现中兴。然而这位年幼智浅的天启皇帝却宠信太监魏忠贤,大家送上的许多重要奏章,不是被"留中"扣压,就是被驳回,使许多政令难行,新法难施。

赵南星想着烦事刚进家门,就见一位年轻官员从客厅迎出,上前施礼说:"小人是魏公公的外甥,姓傅名应星,有事求见大人,在此等候多时了!"

赵南星听了,心中暗暗思忖道:一见面,先抬出你那有权有势的太监舅舅,真是恬不知耻!不知为何事而来,我正好趁此机会劝他几句,让他把话捎给魏忠贤,或许有些益处。于是,赵南星亲亲热热把傅应星迎进客厅,开口问道:"有劳前来,不知有何见教?"

傅应星不慌不忙从怀中取出一封书信,双手递于赵南星,口中说道:"这是舅舅的书信,大人一看便知。"赵南星拆开一看,原来是特意请托自己,为一位中书(官名)请求升官的,还附有一份礼单。赵南星心里很不高兴,暗暗想道:你魏忠贤身为皇上心腹内臣,本应遵纪守法,怎能带头卖官鬻爵,任意胡来呢?他强压怒火对傅应星说:"皇上登基以来已三令五申,严禁卖官鬻爵为人请托,想必你是知道的,卑职身为皇上钦命大臣,只能鞠躬尽瘁报效君主,不敢丝毫徇私。礼单原封退还,恕不领受。"

傅应星一见势头不对,忙说:"来时舅父一再嘱咐,让赵大人多多关照,看在同乡的面上,还望大人开恩。"赵南星心里虽不高兴,但又不好撕破脸皮,便绕个弯说:"你舅舅是皇上心腹,岂能如此不明道理,他认不得字,说不定这封信是你胡编乱造,打着你舅舅的旗号招摇撞骗,败坏他的名声也是有的。回头我告诉他,让他好好教训你一顿!"傅应星一听慌忙解释:"此事千真万确是舅父的意思。不信你可问他。"

赵南星趁势说:"既然如此,就请你先回去转告魏公公,就说此事南星实难应允,容改日当面谢罪!"

傅应星心里凉了半截,他还要纠缠,只听赵南星说声"送客",只好垂头丧气出门去了。

次日早朝,天启皇上传下一道圣旨,要吏部尚书与司礼监共同会商,在弘政门选录通政司参议。吃过早饭,赵南星早早来到弘政门前。过了片刻,魏忠贤也从宫内走出,傲气十足地与赵南星并肩坐下。赵南星见了魏忠贤,想起昨日傅应星登门请托的事,就问魏忠贤:"昨日尊外甥光临敝舍,魏公公可曾知晓?"

魏忠贤见说,脸上很不自在,顺口应道:"是我叫他去的。"

赵南星听了,联想到魏忠贤平日所作所为,心里很是气愤,但又不好发作,仍旧面带笑容,心平气和地说:"魏公公与卑职都深得皇上眷顾,一内一外,并为权要之臣。如今皇上尚且年轻,我们内外臣子理应齐心协力,互相警戒,各自努力为善,万万不可使皇上贪于嬉戏,荒废了朝政。"赵南星这番话,本是出自一片好意,岂知那魏忠贤做贼心虚,被赵南星戳到病处,顿时脸色紫胀,心里暗暗骂道:"你这老东西也太不近人情了!昨日我叫外甥送礼求你,被你轰出门来。人们常说,打狗还得看主家呢,你就不给我一点儿面子。如今,又当众教训我,真是岂有此理,看我往后如何收拾你!"

魏忠贤本想当面顶撞赵南星,可又觉得理亏心虚。想到赵南星在朝威望正高,恐怕直来直去斗不过他,只好暂且忍耐,强作笑脸,装作谦恭的样子低头说:"赵大人所言极是,卑职一定努力尽忠,与大人一道辅保圣上,一定、一定⋯⋯"说完,就告辞而去。

魏忠贤回到私宅满腹邪火没处发泄,又破口大骂起来:"好你个老不死的,竟敢这样小看我姓魏的,咱们'骑驴看唱本——走着瞧',老子早晚要收拾你!"

魏忠贤正骂得起劲,忽然魏广微来了。这魏广微正是赵南星已故好友魏允贞的儿子。魏允贞是有名的清官,他死后家境更贫,魏广微就遵照父亲遗嘱,投奔赵南星拜为义父。赵南星待如亲生儿子一般,精心抚养,谆谆教诲,方使他少年得志,中了进士,并入朝为官。不料,这魏广微得志之后权欲熏心,见魏忠贤与客氏勾结,权势日重,便趋炎附势,卖身投靠,与魏忠贤认了同姓同乡,卑躬屈膝,百般讨好。魏忠贤想加害赵南星等东林诸贤,正愁得不到外臣相助,便在皇帝面前保举他入阁当了礼部尚书。魏广微受宠若惊,拜了魏忠贤为叔父,早把赵南星忘在脑后。

今天魏广微前来问安,正巧赶上魏忠贤大骂赵南星,便一言不发,拱手默立一旁。魏忠贤见了魏广微,猛然想起他是赵南星的义子,又怒火攻心,数落说:"你小子当年怎么瞎了眼,认了那么个臭干爹!今天在弘政门当面给我难堪，闹得老夫下不来台！"

魏广微赔笑说："叔父息怒，您大人大量，没必要跟那犟老头子一般见识，他真是越老越糊涂了！您千万别发火，免得伤了贵体，待侄儿我抽空去好好劝劝他，凭我三寸不烂之舌，定要让他权衡利弊，认清大势，乖乖听你的。"

魏广微离了魏府，直奔赵南星住处。赵南星一见魏广微，想到他近日作为，心里就不大高兴。坐定之后，赵南星问："道冲（广微的字）多日不来，今天突然光临敝舍，定有见教？"

魏广微忙站起身说："义父大人说哪里话，孩儿自从入阁以来公务缠身，未能时时前来问安聆听义父教诲，心里很觉惭愧。今日一则是前来谢罪，二则也正要向义父请教一些事情。"

赵南星："你我情同骨肉，有什么话只管坐下慢慢说，不必过于拘谨。"

魏广微坐定后缓缓说："既然如此，孩儿就直说了。孩儿自去年到京以后，听说义父与魏公公有些纠葛，就很替义父担忧……"

赵南星一听，已略知魏广微来意，想看他究竟说些什么，于是故意说道："为父精忠报国，难道还怕他一个小小的太监不成？"

魏广微摇摇头说："义父这话只能在家里说说，千万不可外讲啊。如今那魏公公与奉圣夫人深得皇上宠信，把持东厂，权高位重，满朝文武谁不敬畏，义父还是不去惹他为妙。"

赵南星说："不是为父我成心惹他，是他为臣不忠，行为不端，多次差人来找为父，要徇私舞弊，为父没有应允。"

魏广微说："徇私也罢，舞弊也好，义父何必那么认真呢？常言说'识时务者为俊杰'，当初张江陵（居正）位居首辅还知紧紧巴结太监冯保哩，义父纵有治国安邦大计，没有魏公公相助，只怕也是一事无成啊。"

赵南星反问："他如此奸贪无状，难道也让为父跟着他当奸臣贪官，留下千古骂名吗？"

魏广微听了冷笑一声说："奸臣？贪官？这都留给后人议论去吧。人活在世上无非是要做人上之人，享受荣华富贵。十年寒窗，无非是博取高官厚禄，封妻荫子罢了，谁管什么身后如何？我父亲一辈子脾气耿直，可谓忠臣，然而难容于朝；他两袖清风辞官回乡穷困而死，可谓清官，然而又有谁可怜呢？难道这个亏还没吃够吗？"

赵南星见魏广微满口庸俗市侩言语，心里不由得冒火，暗想，几年不见，想不到他竟变成这个样子，真是叫人痛心。于是，就有些气愤地说："这么说，只要自己能作威作福，就可以不要天理良心，置国家社稷兴亡和黎民百姓生死而不顾吗?"

魏广微冷笑说:"算了吧! 义父只顾高谈阔论,不看看如今做官的哪个不是一样。有的当初贫寒时还想着百姓,一旦飞黄腾达,早把别人忘得干净,谁管百姓死活? 义父口口声声为国为民,说穿了还不是打个幌子将来落个忠臣、清官的虚名?"

赵南星再也按捺不住心中怒火,霍地站了起来,大声说:"好哇! 我总算把你看透了。你如今已经不是魏见泉(允贞)的儿子了,你……你给我出去! 从今往后,永不许登我赵家的门槛!"说着,就把魏广微往门外赶。魏广微见势不妙,只得悻悻而去。

赵南星赶走魏广微,想起当年老友魏允贞托孤之情,感到心中无限悔恨,不禁老泪纵横,失声痛哭道:"魏贤弟,我对不起你呀! 我没有替你把孩子管好,出了这么个不忠不孝的逆子!"

赵南星本来就已经年迈体衰,被魏广微一气,便病倒在床。魏广微因在魏忠贤面前夸下海口,虽然受了赵南星抢白,仍不死心,就以探病为名,想再劝赵南星归顺魏忠贤。不料,来了三趟,赵南星都拒不接见。魏广微不由得恼羞成怒,心中想道,你姓赵的也太不知趣了。我虽然是你的义子,受过你的教养之恩,可如今已经官居礼部尚书东阁大学士,与你平起平坐,岂能让你像孩童一样训斥? 我一再登门,你执意不见,这不是成心戏要我? 我何不就此与你一刀两断,也省得魏忠贤对我疑心了。于是便站在门口,大声向里嚷道:"好哇,姓赵的,我连来三趟你都拒之门外,也太过分了。告诉你吧,对别人,你可以这样,对我就不行。要知道,我是内阁重臣,不是你可以随便轻侮的! 不信,咱们走着瞧!"说完,就愤愤而去。

69. 东方未明砚

天启四年六月的一天夜晚,天气十分炎热。赵南星在书房里时而低头徘徊,时而静坐凝思,心中思绪万千,如大海波涛汹涌激荡。近几个月来,时事日艰,魏忠贤阉党大势已成,气焰嚣张,他们的爪牙已布满朝廷内外,凭借天启皇帝的宠信,处处向赵南星等在朝的正义之士发起攻击。前些日子,阉党爪牙傅櫆(吏部给事)借口邹维琏改调吏部没让他知道,上疏攻击赵南星紊乱旧制,扶植私人势力,邹维琏请求辞职,赵南星上疏天启皇帝,获准邹维琏留任,阉党更加怀恨。最近,他们逮捕内阁中书汪文言,硬逼他招认与赵南星等东林人士秘密来往,结党营私,妄想一举击败东林。赵南星等人心里明白,事到如今,非与阉党决一死战不可了。当天下午,赵南星与杨涟、左光斗、高攀龙等人秘密商定,由赵南星起草奏疏,以杨涟名义上奏天启皇帝,将魏忠贤累累罪状公之于众,使天启皇帝警醒,把阉党一举扑灭。赵南星心里也明白,朝廷内外阉党爪牙终究还是少数,稍有天理良心的人都早把阉党恨透,只是没人敢打头炮,只要杨涟把奏疏一上,众人就会紧紧跟随,天启皇帝再昏庸,也不得不听从多数人的意见。想到这些,赵南星觉得信心倍增,大步走到桌前,摆开文房四宝,开始草拟奏疏,把今天下午众人在一块揭发魏忠贤的二十四条罪状,按逻辑顺序重新排列,然后便逐词逐字详加斟酌起来。

几个时辰过去了,赵南星身不离座,手不搁笔,毫无倦意。他时而皱眉思索,时而奋笔疾书,将对阉党的满腔仇恨和对朝廷黎民的满腔热情都凝聚笔端。白发红灯,相互辉映,夜深人静,万籁俱寂,赵南星笔下却响着雷声。不觉,已是鸡叫三遍,从皇城角上的鼓楼里,传来了五更鼓声。东方天际已放出一丝曙光,残月仍旧放射着皎洁的光辉,深蓝色的夜空,稀稀疏疏,有几颗星星闪闪发光。赵南星将最后一字写完,把笔往砚上一搁站起身来,伸开双臂,长长地吸了口气。他望着笔砚,心中忽然想:此物虽然没有灵性,但落在我手,用以题本击奸,也是为国为民出力。一旦击败阉党,它的功劳也还不小呢。一旦不幸失败,此物将与我命运一般,不知流落何方,正是与我同生死共患难呢！想到这里,他忽觉有了诗兴,顺手提笔,在砚台背面题诗一首：

> 残月荧荧，
> 太白淡淡，
> 鸡三号，
> 更五点。
> 此时拜疏击大阉。
> 事成策汝功，
> 不成同汝贬。

> 梦白书

这就是人们传说的"东方未明砚"。

70. 无奈辞朝纲

赵南星沥血草书,杨涟代一批正直朝官上奏的弹劾魏忠贤的奏折,虽然证据确凿,论理充分,却没能打动天启皇帝,劾倒魏、客二人。魏忠贤阉党凭借天启皇帝的宠信,气焰更加嚣张,党羽越来越多,已在朝廷之上占了优势,并展开疯狂反扑。赵南星等人的处境更加险恶了。

一日,赵南星正在吏部衙门办公,只见高攀龙挟着一宗案卷前来拜见。赵南星接住一看,原来是劾奏淮扬二府巡按御史崔呈秀的。这崔呈秀本是个贪劣无状、专事巴结的奸臣,巡按期间,他大肆敲诈勒索,准备回朝重金贿赂权贵,希图高升。当地士民纷纷进京告状,因事关重大,高攀龙不便单独处理,只得到吏部衙门与赵南星商议。

赵南星看了崔呈秀罪状,心中十分气愤,暗暗想道,只因朝廷昏庸,纲纪不振,才使那贪官污吏到处横行,盘剥百姓。我身为吏部尚书,本想澄清吏治,振兴国家,怎奈皇上宠信阉党,致使弊政难革,新令难行,实在叫人痛心。不过,这崔呈秀一个小小御史,我还有权处治,还可为百姓除此一害。于是,就与高攀龙商定,把崔呈秀革职戍边。

崔呈秀听说赵南星与高攀龙要处罚他,心里十分害怕。心中想到,如今阉党势力渐盛,与赵南星等东林人士为敌,我投靠他们必受重用。于是,就备了许多金银宝器,连夜找到魏忠贤私宅,叩门求见。

崔呈秀见了魏忠贤,"扑通"一声跪在地上叫道:"义父在上,受儿一拜!"这一叫,倒把魏忠贤叫愣了,他连忙上前扶住说:"这是从何说起呢?我跟你非亲非故,怎么深更半夜冒出你这个干儿来了呢?"

崔呈秀仍旧跪在地上说:"义父在朝功高盖世,孩儿仰慕已久,今日特备薄礼,登门认父。义父若不肯收容,孩儿只有一死相谢!"

魏忠贤忙将他扶起说:"孩儿不必多虑,为父认下就是了,快快起来一旁坐下。"

崔呈秀一见魏忠贤应了,又跪在地上连连磕头,眼中挤出几滴眼泪,哭着说:"义父救命,义父救命!义父可要为孩儿做主啊!"

魏忠贤不知情由,忙问:"我儿有什么冤枉,不必害怕,尽管说来,为父一定替你出气。"

崔呈秀便把被赵南星、高攀龙革职的事说了一遍,魏思贤听了微微一笑说:"我当是什么大不了的事,原来就为这点小事啊?你尽管放心,只要为父进宫一趟,保管你平安无事,官复原职不说,往后还得步步高升呢!"

崔呈秀一听,心里踏实了许多。可是他仍觉东林在朝人多势众,不早除掉仍是后患。于是,就向魏忠贤进言说:"孩儿做不做官倒是小事,只是那赵南星、高攀龙、杨涟这班东林党魁如今还窃居要职,如不除去,您我父子早晚还要落到他们手里,不知死到哪里去呢!"

魏忠贤点头说:"说得对,为父也常为这事焦心,正不知从何处下手呢!"

崔呈秀上前进言:"孩儿倒有一条计策,不知可否。当下山西正缺巡抚,河南布政使郭尚友到处求情,要谋这个美缺,可是赵南星已经举荐了太常寺乡党谢应祥。那谢应祥本是吏科都给事中魏大中的好友,而魏大中是东林干将,与赵南星、高攀龙等人交往甚密。我们由此可以说谢应祥凭此关系买通赵南星、高攀龙,不用郭尚友而用谢应祥,纯属结党营私。"

魏忠贤听了这番计议,立即手舞足蹈,口中连叫:"妙计!妙计!老夫活了这么大年纪,想不到半路上得了你这么个好小子!"说完,忙叫人连夜把魏广微等人找来,一同计议。魏广微一听,也觉有理,于是就暗中串通他的姻亲御史陈九畴,在天启皇帝面前诬告赵南星。魏大中等人当即驳斥,并揭发陈九畴受魏广微指使,凭空诬陷好人。那天启皇帝昏昏迷迷不辨是非,最后竟依从魏忠贤,降旨责备赵南星、高攀龙为官不能持平,包庇同党,排除异己,有负圣恩。赵南星一见圣旨,气得浑身颤抖,半晌说不出话来。七十五岁高龄的老人,再也经不住这样重大的打击,回到私宅,赵南星就卧床不起,茶饭不思,生起病来。

赵南星卧病之后,朝中文武百官都知病因,除了阉党爪牙之外,都深表同情,纷纷前往探视,并百般劝慰。

一日,高攀龙与杨涟、左光斗等一班东林好友又来到赵南星床前。

高攀龙说:"常言说得好,胜负乃兵家常事,老恩师何必过于伤感?损坏了身体,反倒不利于我,称了邪党小人之心。"

赵南星叹口气:"古人有句名言,叫作急流勇退。往日我报国救民心切,从不介意。如今看来,古人所言极是,只是'旁观者清,当事者迷',往日不能及时看破罢了。到了后来,泼水难收,吃了大亏,后悔也来不及了。就拿我自己来说,早年在朝屡遭挫折,本该吸取教训,甘隐林下,抛却红尘,图个清闲自在。不想,七十二岁又冒昧出山,想凭几人之力,扭转乾坤,正是蚍蜉撼树，自不量力，实在可笑。如今连遭挫折，碰得头破血流，落得如此狼狈下场。早知今日，何必当初呢！无怪人称范蠡、张良为千古智鬼，看来的确如此。"

杨涟劝道："我们虽然受了一些挫折，然而元气未失，振兴有望，先生何必过于忧虑呢？"

赵南星摇摇头说："不是老朽过虑。常言道，'谋事在人，成事在天'，你看这当今天子是何等执迷不悟，我等就是鞠躬尽瘁肝脑涂地，怕也难得感动皇上。眼见得国势将败，天心难回，我等何必还要以无力之手，去挽狂澜呢？这几天我反复思虑，感到面对如此危局，不如知难而退，各自辞官还乡，仍旧隐居山林，超脱红尘之外，省得再受阉党宰割。"

左光斗说："先生往日总教我们'文以死谏，武以死战'，如今怎么带头败退呢？"

赵南星说："这正是此一时彼一时啊！天启初年，众正盈朝，这阉党羽翼未丰，皇上还有血气，尚能容纳忠言，可如今已被客魏左右，阉党大势已成，连叶首辅等人早晚也会被逼辞朝。我等虽遭挫折，但元气还未大伤，退居山林，还可保存实力，免得被一网打尽。此时不走，还待何时？古语说'君明则辅，不明则避'，正是这个道理。"

赵南星一席话使众人猛醒，便决定各自辞官而去。赵南星连夜抱病写了辞疏，次早托人代奏天启皇帝御前。天启皇帝早年对赵南星颇有好感，又想仗他声威装点自己，维护统治，虽经客魏百般挑唆，仍然给予支持和信任。然而，近些年来，魏忠贤与客印月相互勾结，把持后宫，正直之士被拒之宫外，正义之声无法传入皇帝耳中，天启皇帝听到看到的尽是诬陷赵南星等人的言语奏折，慢慢对赵南星产生了怀疑甚至反感，如今看到赵南星的乞休奏折，犹豫不决。魏忠贤乘机盗用皇帝名义伪传圣旨切责赵南星，准他辞官，于天启四年十月，放赵南星还乡。不久，高攀龙、杨涟、左光斗等人也陆续辞朝而去。

71. 蒙冤戌代州

魏忠贤阉党见赵南星、高攀龙、杨涟、左光斗等东林贤士纷纷辞官离朝，心里好不高兴。可是转念一想感到有些不妙：东林党人退居林下，并非全是被逼不过。或许是有意以退为进，保存实力，待机而动，以图东山再起。必须设计把他们斩草除根，才能绝了后患。

天启四年十二月的一天，魏忠贤阉党头目又到一块计议如何彻底搞垮东林。徐大化献计说："若要彻底击败东林，只有指斥他们贪占军饷，坏了封疆大事，才能激怒皇上，将他们置于死地。"

魏忠贤听了摇摇头说："赵南星、杨涟等都是文官，贪占军饷怎么扯得上啊？"

徐大化说："此事倒也不难。那个内阁中书汪文言，往日与边将熊廷弼有过来往，又与东林诸人关系甚密。上次被我们抓住审讯时，东林党人十分害怕，只是叶向高庇护，东林势盛，我们未能深追，才把他放了。如今我们何不把汪文言重新抓来一追到底，务要让他招认熊廷弼克扣军饷，用来贿赂东林首领，这不就大事告成了？"

魏广微说："此计虽好，只怕那汪文言不肯招供。"

镇抚司许显纯正想向魏忠贤献媚取宠，于是就上前进言："蝼蚁尚且贪生，重刑之下，还怕他嘴硬不成？此事交给我办，你们只管放心好了！"

魏忠贤听了点头应允，不几日就把汪文言逮捕到京，投入诏狱之中。

许显纯为了讨好魏忠贤，就日夜刑讯，酷刑用尽，汪文言宁死不招。许显纯没法，就把汪文言秘密处死，伪造供词，由魏广微、崔呈秀、徐大化等人写了奏疏，诬称赵南星贪赃受贿，侵吞军饷一万三千两白银，杨涟、左光斗各两万两，其他东林要人也多少不一，总共株连二十余人。天启皇帝见有汪文言供词，信以为真，于是传旨将赵南星等人逮捕归案，追赃治罪。

赵南星自上年（天启四年）十月辞官回乡之后，时常惦记着朝里的事，为那些还未离京的东林好友担惊，为国家危亡百姓疾苦担忧。到了天启五年四月间,忽见李标也辞官还乡,料知时势更加不妙,仔细询问,得知阉党如今更加疯狂,东林诸贤已被清洗殆尽,朝廷内外已成了阉党的一统天下。阉党爪牙张讷上疏诬奏赵南星"十大罪状",把他列为"东林元凶"。赵南星深深感到大明江山气数将尽,心里更加忧郁,每日闭门不出,手拿一本《离骚》反复吟诵,每每读到激昂处,便老泪纵流,十分悲凄,冯、李二位夫人百般相劝,也无济于事。

转眼已到天启五年七月。一日,赵南星正在家里闷坐,忽然听门外人唤马嘶,乱乱纷纷,不知何事。正想看个明白,只见几个穿黄马褂的东厂缇骑已经闯了进来,直隶道巡抚郭尚友、巡按马逢皋尾随而至。他们见了赵南星,当场宣读了圣旨,旨称赵南星曾受边臣熊廷弼贿赂,侵吞军饷一万三千两,限期追赃,待赃完定罪。宣读完毕,立即把赵南星及长子赵清衡、外甥王钟庞三人戴上刑具。郭尚友望着赵南星冷笑道:"赵老尚书受苦啦!还认得下官吗?"

赵南星斜了他一眼,一声不吭,心中说道,谁不认识你姓郭的,小人得势,咋呼什么?

郭尚友见赵南星不理他,又冷笑着说:"大概你还记得吧?一年前你不让我做山西巡抚,还将马兄贬出朝去,如今我做了直隶巡抚,马兄也做了巡按,你昔坐卿相位,今为阶下囚,一年之中,你我地位变化如此之大,赵老尚书你大概没想到吧?"

赵南星淡淡答道:"天时不正,鼠辈成精,历朝皆有,并非罕事。本朝刘谨、严嵩已有先例,你们不过步其后尘罢了。"

马逢皋一听赵南星把他们比作刘谨、严嵩奸党人物,气得嘴歪眼斜,大声吼叫:"老贼!到了这步田地,你还辱骂朝廷命官,早晚叫你尝尝老子的厉害!限你二十天之内交出一万三千两赃银,若交不出来,小心你的老命!"

郭尚友说:"马兄不必跟他废话,到了府里再说。"说完又转对东厂缇骑一挥手:"立即带走!"

东厂缇骑一听,上前扯住赵南星、赵清衡与王钟庞向门外推去,冯夫人在内室听说要将相濡以沫六十载的丈夫赵南星带走,犹如晴天霹雳,不知从哪里来的力量,三寸小脚腾空而起,不顾一切地从屋内冲出,猛扑上前,紧紧抱住赵南星的双腿,李夫人也扑上前去抱住儿子赵清衡不放,悲痛欲绝,放声哀号。

赵南星见状,怕两位夫人过于悲伤,哭坏身体,于是就强忍悲愤将她们扶起,安慰说:"事到如今,你们也不必过于悲伤,我一身清白,虽遭横祸,料想也不是死罪。你们尽快筹集银两,按期交上,我们三人才能平安无事。"

李夫人哭着说:"一万三千两纹银啊,咱就是倾家荡产,也凑不够半,可叫俺们哪里去找哇?"

赵南星听了也觉为难,又怕夫人过于忧愁,于是就劝慰说:"善人自有天助,夫人尽力而为,或能凑够,实在凑不够也不要紧。"

冯夫人听了含泪点头说:"老爷只管放心前去,保重身体。我们一定尽力办妥,使你们平安回来。"

这里正在哀痛,赵南星忽见赵清衡妻子路氏披头散发,惨叫着"我的孩子!"抱着七岁男孩从厢房跑来,大家扑上前去一看,见孩子闭目挺身,已经断气。

原来,这孩子正在生天花,因祖父、父亲被逮受了惊吓,当即死亡。路氏见丈夫将去儿子先死,气得当场昏死过去。两位夫人见孙儿吓死,儿媳气昏,心里更加悲伤,围着死去的孙儿尸体痛哭不已。赵南星与赵清衡、王钟庞也心如刀绞一般。乡亲们在一旁看着,无不为之伤心掉泪,为赵南星一家愤愤不平,一个个对着郭尚友等人怒目而视,恨不得把他们撕得粉碎。人们越聚越多,郭尚友见了怕夜长梦多,激起民变不好收拾,忙吩咐立即起程,将赵南星等三人押赴真定府收监待审。

赵南星等三人被押到府城之后,赵南星一人被单独关押府牢里,而把赵清衡、王钟庞关押在真定县官仓内。郭尚友与马逢皋分头派人提审追赃,因赵南星做过吏部尚书,依律不得用刑,郭、马二人不敢乱来,赵清衡、王钟庞两人则吃尽了苦头。高邑县的县学师生、附近州县学生及士绅百姓知道赵南星是清官,又为地方办过许多好事,许多学生还亲自听过他讲学,读过他的著作,对他十分敬仰,如今见他遭到如此陷害,实在冤屈,出于义愤,纷纷到府城联名请求保释,先后不下千余人。郭尚友、马逢皋哪里肯依,他们认为赵南星"奇货可居",一则要泄私愤,二则要迫害赵南星,为阉党立功。因而仍将赵南星等人关押在狱,严令追赃,动不动就嚷着要把赵南星等人押送北京镇抚司,伤害他们的性命。

自赵南星父子及外甥被押送府城之后,家中婢仆全都遣散,只剩冯李二位夫人与病弱儿媳及赵清衡遗孤赵悦书四口人。公差每日到家催银,冯李二位夫人无法可想,只得卖掉六世以来全部田地家产,连稍微值钱的衣物首饰也都卖光了,还是未能凑够银数的一半。郭、马二人见赵家拿不出赃银,心里暗自高兴,单等二十天期限一到,就要把赵南星定个拒交赃银罪名押进京去伤害他父子性命。

转眼间十五天过去了,所欠半数银两尚无着落,仕民百姓人人为他们担心。高邑知县刘得寿是个清廉好义的官儿,出于义愤,豁出身家性命,甘冒风险,出面倡议,为赵南星劝助和劝借。高邑地方士绅百姓立即响应,纷纷前来县衙送银,附近州县如南宫的韩念所,宁晋的冯钟华、孙二如,深州的张云凤等,也闻风赶来赠银相助。同乡郭云峙卖产相助,连平民滑崇玉也助银千两以上。多亏刘知县出头,亲友门生乡邻多方相助,终于在期满之前凑足银钱,交到府衙,赵南星父子及外甥才免被押送进京,暂且保全了性命,郭尚友、马逢皋阴谋未能得逞。

郭尚友、马逢皋见追逼赃银没能把赵南星置于死地,于是就想利用真定知府与真定知县,把赵南星儿子与外甥暗害于狱中。真定知府蔡某是翰林院学士钱御冷的得意门生,钱学士对魏忠贤阉党非常痛恨,对赵南星处境十分同情。他见阉党爪牙许显纯在不到一个月当中,接连把杨涟、左光斗、魏大中等人暗害于狱中,料知阉党也定会对赵南星父子下毒手,就给门生写信,派亲信秘密送到真定,让蔡知府千方百计救助赵南星,保全他父子的性命。蔡知府也暗恨阉党,见了老师的书信,自然处处小心,对赵清衡、王钟庞二人严加守护,以防不测。尽管郭尚友、马逢皋多次催逼,蔡知府与真定知县李梴都支应过去,始终没有对他们动过酷刑。郭尚友、马逢皋一时也不便下毒手,但也不肯轻易放过,仍旧把赵清衡、王钟庞监押在狱。

转眼又是两个多月过去,已是天启五年十月。一日,京里来了圣旨,决定将赵南星遣戍山西代州振武卫,遣戍赵清衡到甘肃庄浪卫,遣戍王钟庞到云南永昌卫。近几个月来,阉党十分疯狂,接连把东林要人杨涟、左光斗、魏大中等人逮捕到京,暗害于镇抚司狱中,这都激起了众怒。他们见赵南星已是七十六岁高龄,身体十分虚弱,已经活不了几天,才决定把他遣戍山西代州,既能置他于死地,又能掩人耳目。

郭尚友、马逢皋接到圣旨,眼看私愤已无处发泄,就亲自出马,将赵清衡、王钟庞二人押到当街,命令亲信爪牙严刑毒打,把二人打得死去活来,遍体鳞伤。多亏蔡知府暗中救护,才免于丧命,赵清衡怕父亲过于悲痛,始终瞒着赵南星,不让他得知真情。到了结案的日子,赵南星见赵清衡、王钟庞平安到家,心里才稍微放宽了一些。

遣戍起程这天,赵南星与赵清衡、王钟庞及冯、李二位夫人自知今日一别,恐怕再也没有见面的日子,心里疼痛难忍,如刀绞一般。临别之前,冯、李二夫人扯住赵南星父子与王钟庞,死死不肯放手,哭得死去活来,定要与赵南星一同到代州赴难。赵南星强忍悲痛,劝住二位夫人说:"事到如今,你们也不要过于悲伤,在家好好将养身体,顶多不过三年五载,我们就会回来的。"

冯夫人摇摇头说:"老爷不用拿话宽慰俺们,俺们心里清楚明白,你这么大年纪,这一走只怕是……"说着,又哭了起来。

赵南星又劝慰了几句,转身对赵清衡、王钟庞说:"司马子长说过:'人固有一死,或重于泰山,或轻于鸿毛'。我自幼熟读圣贤之书,唯知'天理良心'四字,长大后在朝为官,一心报效朝廷,振兴国家,为民请命,从没干过一件亏心事。如今虽遭横祸,壮志难酬,但也死而无憾。是非功过,后世自有公论,你们现在还很年轻,到了戍所,一定要用心读书,深究义理,千万不可虚度年华,荒废学业。将来皇上一旦开恩赦还,你们还大有作为哩!"说完,叫人把他备好的各类书籍搬来,分头交给赵清衡、王钟庞,二人含泪接住。说话间起程时刻已到,在押送兵卒的催促声中,赵南星父子与亲友乡邻一一告别,大家哭哭泣泣不忍分手。只有赵南星镇定自若,身穿短衣,坐上牛车,载上书箱,飘然而去。

然而当载着赵南星的牛车驶出高邑西门时,城外大路的前前后后挤着成千上万的黎民百姓,将西行的道路堵得水泄不通。站在人群前面的是郑知县、县丞、师爷和一群乡绅。赵南星见状忙挪动不太灵便的身体下了车,接过知县举过头顶的酒碗一饮而尽,拱手作揖感谢大家前来相送,劝大家回家安歇去。

众百姓见状热泪盈眶,悲切的叫喊响成一片:"赵大人不能走啊!""苍天哪,为什么让好人落到这个地步?""公理哪里去了?"……赵南星再三感谢也无济于事,只得请知县出面劝说,众人才让出一条道来,目送一行人前行。一行人往前走了不到一里,又见众人拦住了去路,几个村里的长者手端酒碗站在路中央,流着眼泪高喊:"赵大人,你是咱高邑百姓的福星,临行之际就喝一碗家乡的烈酒吧,乡亲们祝您老早日平安归来!"说罢一齐跪倒在地,把酒高高举在头上,众百姓也都跪在地上,呜咽声此起彼伏。赵南星见状不禁老泪纵横,接过壮行酒一饮而尽,拱手作揖致谢道:"谢谢父老乡亲的盛情,赵某走到天涯海角也不忘家乡的恩泽,大家快快请起吧!"说罢,返身上车,坦然地向茫茫荒野驶去。

72. 旷世奇姻缘

看了前章所述赵南星蒙冤离家时冯、李二位夫人如疯如癫抱腿哭得死去活来的场景，细心的读者朋友一定会生出一个偌大的问号：封建制度最完备的明朝晚期，信奉儒家礼教的书香门第，青年男女成婚均是媒妁之言，父母之命，根本没有爱情可言，冯、李二位夫人怎会对赵南星如此情真意切？这种表述似乎不合常理，大有杜撰之嫌！

其实作者写到这里时也有同感，迟迟不敢下笔。为了真实地反映赵南星这位前贤的感情世界，良心逼迫自己查阅了众多资料，研判了大量民间传说，最后发现，不仅此情此景真实无误，而且引申出封建礼教桎梏下的两段神奇爱情故事。由于作品几近完稿，只好放在这里赘述。

(1) 休学遇良师

赵南星十二岁考中秀才后，便以廪生的资格在真定府学中苦苦修读，准备三年后参加乡试。然而两年后的明隆庆庚午年六月初开始，太行山区的雨季便提前来临。老天爷像变了个脾性，本应晴空万里烈日高照的盛夏季节却雾气蒙蒙，阴云密布，大雨三天两头倾盆而下，真定府南门外的滹沱河里浊浪滚滚，涛声阵阵，夹杂着树木家具及人畜的洪水眼看就要漫过堤坝涌入城里。官府紧急动员城民连夜手推肩扛，用土堵死东、西、南三个城门洞，凭借四十里坚固城墙阻挡河水的入侵。

暴雨还在倾泻，河水还在猛涨，汇集了晋北及太行山中部数万平方公里雨水的滹沱河像脱缰的野马，汹涌澎湃，横冲直撞，很快将真定府城围了个严严实实。城中官民不敢待在家里，纷纷登上城墙躲避。只见府城四周白茫茫一片，分不清村庄田野，黄水在眼前跳跃打旋，有胆大的竟坐在墙沿上撩水洗起脚来，真乃百年不遇的滔天大水啊！

三丈多高四十里长的真定城墙本来就高耸坚固，经明初大修加固，三合土夯体，大青砖砌表，防兵防水兼用，可称为固若金汤。然而问题还是发生了,城墙东南角有个五尺高三尺宽的小洞,本是用来排泄城中积水的,填堵的黄土这时被洪水的巨大压力冲开,河水似喷泉一样倾射进来,城民们紧急填充的偌大石块都被冲走,三日后便将真定城变成了泽园,除了地处较高的几个佛寺和府衙之外,全部泡在了水中。府学里积水齐胸,房倒屋塌,家具器物漂浮着向门外走去,文档书籍也受到威胁。无奈的学董忙组织师生将文档书籍搬往府衙暂存,然后吩咐学子们各自寻路逃难,等洪水退去修缮了校舍再回来求读。

身处异乡的赵南星在真定城里无法立足,周边又举目无亲,只好背起铺盖卷和几本心爱书籍,绕到北门边上,随人流从城墙上下到城外一个高台上,然后寻路向高邑老家赶去。一边走还一边盘算,眼看八月的乡试就要到了,到哪里能找个安静就学之地并寻个造诣高深的导师指导?

向下游走了十几里路,才寻到一条木船,在惊心动魄中渡过滹沱河。这时他才意识到,眼下不仅滹沱河发了大水,泥河、洨河、槐河都在发大水,原来回家的路根本走不通了,只好绕道赵州,从举世闻名的大石桥上渡河回家。

事有凑巧,当他顶风逆雨赶到赵州大石桥下时,正赶上一辆轿车陷入泥水中,几个年轻人正在一位老者指挥下,在泥水中喊着号子往外推车。乐善好施的赵南星见状,忙将行李扔在一旁,跳入泥水中帮着推起来,众人投来感激的目光。当轿车驶出泥水后,老者走上前来作揖致谢,并询问赵南星的姓名籍贯,当听说是高邑神童赵南星休学回乡时,眼中发出奇异的光芒,兴奋有礼地拱手说道:"感谢赵公子相帮,敝人姓冯名时化,柏乡县人氏,曾经在外讲学为官多年,如今在寒舍办了个教馆,无偿帮寒门弟子修读。如果赵公子不嫌弃,就请到寒舍温习备考,你看如何?"

赵南星听说遇到的是大名鼎鼎的冀南名士冯时化,更是兴奋有加,忙伏地跪拜,诚谢师傅收容相帮。因为他清楚地知道,这个冯时化可不是等闲之辈,出生于柏乡县里书香之家,智敏过人,豪爽大气,开明坦荡,曾在京城会试中高中进士,到江南做过知县,当过府衙推官和顺德府尹,为官清正,敢作敢为,政声显赫。后因朝纲混乱,贪腐成风,不愿同流合污,便辞官回乡,在家中办起教馆,帮助众多寒门弟子中举为官。路遇这样的良师和机遇,怎不令赵南星喜出望外,感谢苍天!

(2)艳遇结知己

赵南星大石桥旁遇名流,不失时机拜良师,便打消回乡念头,精神百倍地跟随冯时化的轿车顶风逆雨向柏乡县城赶来。到了城东南角的一座门楼面前，早有家人和众弟子笑脸相迎，赵南星想上前扶恩师下车并提行李，可是挤不到近前，只好站立一侧，仰头仔细观察起这个有些特别的门楼。只见高大宽绰的古式门楼的门额上，"大儒世泽"四个大字雄浑有神，门口两侧石狮对坐，门里三进三出的大宅院深奥难测，敬畏之情油然而生。

当赵南星凝神细望的时候，却不知自己早已成了众人欣赏的对象。冯时化见状指着他介绍说："这是路上刚收的一个门徒，高邑东关的赵南星。"众人听说眼前这个眉清目秀、瘦小精干的少年就是远近闻名的嘎小子神童赵南星时，纷纷瞪着惊奇的眼睛仔细瞅看，并发出啧啧声。其中一个美丽姑娘大大方方走上前来瞧了又瞧，看了又看，嘻嘻笑着说："你就是哄老师傅一摔的嘎小子赵南星？我还当你长着三头六臂呢，原来是个俊秀小灵童哟！"

"在下正是高邑顽童赵南星，往后还盼大哥大姐们多多指点帮助。"赵南星拘谨礼貌地答道。

"东风化雨，时门走进一骏马。"赵南星正想随人进院安顿，忽听身后传来悦耳的咏唱声，便随口应道："石桥遇贤，大泽迎来小顽客。"

姑娘见赵南星机敏应对，并将门匾内容天衣无缝地纳入其中，高兴地拍手叫好。赵南星这时才抬头定神瞅了一眼面前的这位俊姑娘，只见她白里透红的国字脸上挂着一对诱人的酒窝，弯弯的柳叶眉下闪动着一双明亮的大眼睛，一条乌黑的青丝大辫垂在脑后，配上不高不矮的苗条身材，亭亭玉立如芙蓉出水，婀娜娇娆似天女下凡，落落大方，彰显出自然纯真之美。

赵南星直看得两眼发光，如醉如痴。姑娘见状微微一笑说："快别瞎看了，看到眼里就拔不出来了，还是赶快进屋安顿去吧。"赵南星这才羞涩地施礼进屋去了。

晚饭后，赵南星与同舍的学兄们互相作了介绍，并求教了这里的规矩课程，便熄灯上床休息。可是不知怎的，迟迟难于入眠，眼前总是浮现着下午姑娘的音容笑貌，好不容易睡着了，却在梦中遇见姑娘在嬉笑着以诗挑逗自己，感到非常惊讶，早早醒来，躺在床上苦苦思索："这是咋啦，自己长了十五岁，还从来没有遇到过这种情形，莫非自己真的爱上她啦……"

冯时化的学馆就设在前院的东厢房内，次日上午赵南星便同二十多个学子一起在馆内听冯时化讲历届乡试考题的特点及范文。万万没有想到，在"男尊女卑""女子无才便是德"的当时社会，竟然看到那个姑娘也一同前来听课，还坐在了自己旁边，感到既震惊又拘谨。姑娘却落落大方，又说又笑，还像老朋友似的与他攀谈。这时他才知道，姑娘不是别人，正是冯时化的独生女，名叫冯淑敏，年方十七岁，在开明父亲熏陶下，坚信"无才之女焉能通情达理"的理念,自幼苦读诗书,勤练缝纫刺绣,不仅精通闺中各种技艺,而且棋琴书画无不通晓,实乃一位品貌绝伦文武兼备的奇女子,难怪无数富商文儒托媒上门提亲,她都没能钟情,父母视她为掌上明珠,全凭她来定夺,迟迟没有定亲。了解到这些,联想起昨夜的所思所想,年幼纯真而又执着求功名的赵南星不禁心中怦怦直跳,脸上火辣辣地发热泛红,羞涩地躲过冯淑敏炽热的目光。所有这一切,早被大他两岁情窦初开的冯淑敏看在眼里,记在心上,从此便常主动找他研读诗书,帮他缝补衣服……

赵南星虽对冯淑敏产生了深深的爱慕之情,想到自己家境贫寒,功名无着,根本不敢生出追求之意,更不敢主动接近交往,这使冯淑敏很感失望和着急。一日二人在门外大槐树下咏颂诗文,冯淑敏看似无意地说:"赵公子果然聪慧机敏,名不虚传,只是骏马腾飞黄牛痴啊(你整日待在书房之乎者也读诗书,不懂人间男女情爱,就像条痴呆的黄牛)。"

赵南星见冯家大小姐取笑自己,心中的激情难以抑制,狡黠地挤一下大眼应答道:"小弟并非机敏,只是黄牛负重正当时啊(像黄牛一样负重是无奈的选择,暗示我寄人篱下求学苦读,怎敢有非分之想)。"

"赵公子果然机敏过人,真不愧'才压众儒神童子'!"

"哪里,哪里,冯小姐才是'貌惊群芳月宫人'。"

"人家都说你刁钻顽皮,果然不假,几句话就俏皮起来,谁愿叫你夸貌称仙地奉承人!"

"有郎才才有女貌,有神童焉能不配玉女?"赵南星见冯淑敏开朗大方,就寓意明确地发出求爱信息,可他没有想到,冯淑敏毕竟是初入情场的姑娘,一句话说得她满脸通红,不知所措,羞涩地掩面走开了。

赵南星见状非常害怕和后悔,生怕让冯时化知道了生气怪罪,第二天便瞅机会悄悄给冯淑敏赔礼:"小弟年幼无知,昨日玩笑开过头了,万望冯小姐恕罪才是,南星这厢有礼了。"谁知,冯淑敏听了妩媚一笑说:"谁要你来赔礼,但愿公子心口一致。"从此,二人走进了热恋之中。

其实,赵南星和冯淑敏的恋情早在冯时化的预料之中和视野之内,等冯淑敏对他言明,便慨然允诺。

转眼间,赵南星来冯家求学已近两个月,看看乡试日期临近,估计真定府学修缮也已完毕,便到冯时化书房辞行,准备返回真定府学备考。冯时化听罢高兴得忙叫妻子置酒备菜,晚上一家三口为赵南星饯行。在一番客套中酒过三巡,赵南星端着一杯酒恭恭敬敬地敬冯时化一家说:"南星危难之中路遇恩师收留并耐心教诲,实乃三生有幸,又蒙师娘和小姐关爱,真是感激不尽,我先敬上一杯酒,略表寸心。"

冯时化饮了一口微微一笑说:"都是一家人,南星以后就不必客气了。其实遇到你这个智敏少年也是老夫及家人的荣幸,只盼你旗开得胜,高榜得中。来,老夫敬你一杯壮行酒。"

赵南星品出冯时化话中赞同支持自己与冯小姐恋情之意,正想乘机求婚,只听冯淑敏寓意情深地说:"本小姐也敬赵公子一杯,但愿高榜得中后莫忘我们冯家的深情。"

赵南星听罢喜出望外,端起杯来一饮而尽,忙斟满杯中酒,双手高高举起敬冯时化夫妇道:"师傅师娘对我恩重如山,小姐待我情深义厚,南星早有意与小姐结为百年之好,只因家境贫寒,功名未就,门第悬殊,迟迟未敢开口。今日弟子借着酒胆向小姐求婚,如若二老不嫌弃,南星将在乡试后回家禀报父母,托媒提亲,恭下聘礼,万望二老应允。"冯时化夫妇喜上眉梢,忙饮下杯中酒,点头答应。

饭后,赵南星与冯淑敏一起来到闺房之中话别。冯淑敏情意缠绵,千叮咛万嘱咐,有说不完的悄悄话,末了还把自己仅有的二十两压岁钱交给赵南星,作为其赶考费用。

酒意朦胧的赵南星望着冯淑敏酒后少女粉红泛光的美丽脸庞,看着情人丰满匀称的身韵,胸中激情荡漾,多想扑上前去拥抱亲吻。然而封建礼教的桎梏使他最终理智地克制住自己的情结,说了几句温馨的祝福话,便一步一回头地离开了。第二天便与冯时化一家人及学友们道别,踏上了北去的征程。

乡试中举以后,赵南星回到高邑老家,向父母禀报了与冯淑敏的恋情,赵汝弼夫妇满口答应,并很快托媒人带着聘书聘礼前去提亲,不久就高高兴兴与冯淑敏结为夫妻。

(3)京城招贤妻

赵南星与冯淑敏成亲后,夫唱妇随,恩恩爱爱,成为当时多少年轻人羡慕和追求的美满姻缘。然而美中不足的是,婚后十年只生了两个女儿,这在"不孝有三,无后为大"的封建意识深厚的当时,可谓一件莫大的憾事。

冯淑敏知书达理,孝顺贤惠,多么想能生个儿子为赵家传宗接代啊!当她看到公婆天天为能抱个孙子烧香叩头,求神许愿时,心如针扎,一次次劝赵南星娶个二房,为赵门生个儿子传宗接代。赵南星虽然盼儿心切,却坚决不纳妾,生怕娶了二房伤害夫妻相濡以沫的感情。

世事难料,天不随愿。当赵南星从汝宁推官位上调往京城任户部主事,路过高邑在家乡小住时,正赶上冯淑敏生育第三个孩子,她望着一家人期盼的目光,多么想生个儿子圆了大家的夙愿啊。可当她拼尽浑身力气生产后,竟然又是一个女儿,急得抓发打脸,泪如泉涌。出了月子,她含着热泪恳求丈夫说:"咱们都奔三十岁的人了,身边没个儿子怎么能行?为赵家传宗接代,看来指望我是不行了。无论如何也不能眼看赵门绝后,你就娶个二房吧!"说完呜呜痛哭起来。

赵南星赶忙安慰说:"女儿、儿子都是一样,我不怪罪谁还怪罪?老人们盼孙之心可以体谅,只是你不要常把这事挂在心里。"

冯淑敏说:"你难道不想要儿子?你不要我要,我不能叫老人难过,叫赵门绝后!这'不孝有三,无后为大'的道理你难道不明白?你心甘情愿去做不孝之子,我可不愿作不贤之媳。求你看在夫妻的情分上,就答应我的请求吧!"

赵南星被妻子的真情打动了,恳切地对冯淑敏说:"我何尝不想要个儿子来安慰老人们的心?只是怕纳妾后引起家庭不和,何必为要儿子去伤害夫妻的恩爱?倒不如不纳的好。"

冯淑敏听丈夫有了活口,就说:"这事儿我早想好了,你就放心吧,我不是心量狭窄的人。你能给我娶个妹妹来,我保证能跟她和睦相亲,无论什么事儿,我都能让她,决不叫你作难。只要我们姐妹相亲相爱,还怕家庭不和睦?"

一席话使南星更加敬爱妻子。

相聚的日子是短暂的,长期分居两地的赵南星夫妇更觉如白驹过隙。转眼间,赵南星赴任的日子到了,临行前,冯淑敏又再三嘱咐,劝说丈夫到京以后,早日找个合适的人。

赵南星来到京城,在户部做了个小官,没有多少银两去置房安家,就租了市民李山家里三间房屋住下。李山一家六口人,夫妇俩带着四个孩子度日,最大的是个闺女,才十六岁,名叫李惠莲。家中生活全靠李山干些小营生、母女俩干些杂活来维持,日子比较清苦。李山幼年读过书,为人也很正派,心地善良,家境虽穷也常教孩子们读书识字。

赵南星本是乡村人,又不是乡绅富户出生,住在李家很觉方便。每天除了办理公事,早晨晚上常帮李山打水、扫院,有了空闲也和李山拉拉家常,谈论世俗。李山见赵南星身为京官能平易近人,衣着朴素,和气勤快,没有半点官架子,不久,就亲如一家。全家人都把这位年轻的"官老爷"当自家人一样看待,将赵南星的饮食起居挂在心上,还经常叫女儿为南星缝缝洗洗。

每逢为赵南星缝洗衣服时,李惠莲的眼前总在晃动着赵南星英俊的身材、俊俏的颜面,耳畔回响着赵南星幽默诚实的高邑音腔,心中不禁怦怦直跳,总有一种特殊的感觉。

这年中秋节到了,赵南星买了些节日礼品送给李家贺节,还买了好酒好菜准备晚上跟李山饮酒赏月,李家也包了肉饺子请南星一同来吃。十五晚上,李家上下个个欢欢喜喜,有说有笑。孩子们吃着月饼,李山跟赵南星饮着美酒,大家高高兴兴观赏着明月,共同欢度中秋佳节。李山一家觉着今年中秋节添上赵南星一起过,比往年更加快活。

李惠莲是个言笑不拘、聪明活泼的开朗女子。她一边给南星和父亲斟酒,一面要求南星对月作诗,其他孩子听了也都拍着手赞成。赵南星在大家催促下,笑着说:"我不给你们作诗,给你们读首古诗听听吧。"说完就把"床前明月光,疑是地上霜,举头望明月,低头思故乡"一句一句念给他们。末了,轻轻叹息了一声。这轻轻地一叹,却被惠莲听见了,她笑着说:"赵相公念诗思乡了。"李山接过话头说:"中秋佳节本是合家团圆的日子,赵相公孤身在外,哪有不想家之理?"

李惠莲问:"赵相公做官在外,远离家乡,怎不把夫人带来一起生活?"

南星叹道:"家有两个老人,下有三个幼女,她怎能离开家? 还得代我侍奉老人哩。"

李山妻子接着问:"赵相公三个女儿,难道没有个儿子?"

一句话触动了赵南星的心事儿,他长叹一声说:"没有。"就把老人盼孙的情况和妻子贤孝,几次苦劝纳妾的事情告诉了他们。

李惠莲听后称赞说:"你夫人一定是个知书达理、贤淑孝顺的好妻子,不然,谁能三番五次劝丈夫娶二房呢? 看来有了妹妹她也会和睦相处的,赵相公赶紧在京城找一个吧。"

赵南星笑了笑说:"哪有那么容易? 一天忙于公务,谁还有心思想这种事。"

李山同情地说:"还是不要拖延,年纪不等人,应该速速找个门当户对的。京城之中官宦富绅小姐有的是,凭赵相公的才华人品,准能挑个好的。"

赵南星摆摆手说:"我也是清贫人家,官宦富绅咱可不敢高攀,能找个贤淑懂理的平民之女就心满意足了。"

李惠莲听了,不禁心中怦怦跳了起来,俊俏的脸上不由得泛起红晕,两个小酒窝微微一动就低下头去。她自觉有些失态,佯装含羞,拉着弟弟、妹妹回房去了。这一举动,被她细心的母亲看在眼里。

赏罢秋月,李山夫妻回到房里,安置孩子睡下,见里屋黑了灯,就唠叨起来。

妻子说："赵相公人品这么好,偏偏没有儿子,老天爷算是瞎了眼!"

李山说："可也是,赵相公有才学,为人正派,将来定能成大事儿。官场里这样好的人少,有女能嫁给他,就是做二房也会幸福的。你们妇道人家,多为他打听着点儿,帮他物色一个好妻子。"

妻子听丈夫这样说,忽然想起刚才女儿在院里的反常表现,试探着说:"咱惠莲已经成人,该有个婆家了,我心里总是悬挂这事。"

李山听妻子似有言外之意,就问:"莫非你有什么打算?"

妻子说："方才听了赵相公的话,有心把女儿嫁给他,不知好不好。"

李山想了想："若论赵相公人品,女儿能嫁他,倒是件好事儿。只是年龄相差太大,不知惠莲愿不愿意? 又是做二房,千万不能勉强孩子。"妻子又说："我看女儿会愿意的。方才赵相公说找个市民之女时,她面泛红晕,低头不语,拉着妹妹溜走了,看样子是动了心。"

李山说："你们女人心细,我倒没有看出来,如果惠莲愿意,赵相公那边我去探问。真要事成,你我就放心了。"夫妻二人说着说着声音有些高了,听见里屋里女儿在床上有翻动声,妻子把丈夫推了一下,悄悄地睡去了。

第二天,李山和赵南星都出门了,几个孩子也到院里玩耍,李山妻子趁机把惠莲叫到跟前问:"你也长大成人了,父母直为你的婚事操心,没有能找到个合适人家。我看赵相公这人不错,有意送你去给他做二房,不知你可愿意?"

女儿一听这话,羞答答看了母亲一眼,低下头没有吭声。母亲又说:"这样的事父母不愿做主。一是做二房,二是年龄相差大些,你要是愿意咱就跟他提,要是不愿意就不说了,我是喜欢赵相公的人品。"

惠莲抬起头说："我已知道了,就凭父母做主吧!"说完笑了笑,红着脸跑去干活了。

李山知道女儿没有意见,等赵南星回来后就去对赵南星把夫妻二人的意思说了。问他:"恕我直言,不知赵相公肯不肯低就?"

赵南星听了十分喜欢李家的直率,就说:"承谢二老美意,只是委屈了惠莲小姐。我马上修书告诉家中,等父母来信再定。"

李山说："终身大事,理应取得父母同意,焉能自作主张? 相公至孝,理应如此。"

当晚,赵南星写了一封家书,详细介绍了李家情况和惠莲的人品。不久,回书传来,要他尽快定亲,在京成婚,李山一家高高兴兴为女儿做了一些准备,跟南星商量了个日子,就在李家办了喜事。几个在京亲友,也前来庆贺了一番。

　　从此,赵南星跟李家真正成为一家人,一起吃住,日子过得欢欢喜喜。夫妻二人你敬我爱,情投意合。不几年,惠莲果然为赵南星生了两个儿子。

73. 智暖发配路

农历十月中旬的冀晋山川已经秋风萧瑟，草木枯萎，只见从太行山上扑来的西北风卷起枯叶沙土呼啸着旋转打滚，狠扑猛吹，像是有意折磨发配途中的赵南星。然而更加肆虐的却是郭尚友等一群政敌，他们早已密谋并给专门派去的两个监押校尉下了死令，要在押解途中"让赵大人早早归天，免得到了边塞吃苦受累"。因此，一旦离开城池及人们的视线，押解官兵马上变了嘴脸，只见领头的一个校尉阴阳怪气地说："我说赵大人哪，你个发配囚徒端坐在牛车上屁颠屁颠的，倒让我们这些公差步行跟着护驾，好像有些不妥吧？"

敏如闪电的赵南星早已明了途中的玄机，听罢"嘿嘿"一笑说："那咱也步行，只是要拖累小兄弟们了。"说着爬下车来，让兵卒们坐上，自己跟在牛车后面，一步一颤地向西北方向走去。

已经到了古稀之年的赵南星本来身体就很瘦弱，近年来连遭迫害，身心憔悴，更显得弱不禁风，如今在一群如狼似虎军士的押解呵斥下，顶风逆雪，步履蹒跚地向前走着，引来路人的侧目相怜："拿个瘦弱的老头儿逞威，也不怕被人笑话！""这不是明白要人命吗，还叫啥押解！"……

赵南星对这一切心知肚明，装作一无所知，只管吃力地往前走着，但速度肯定是很慢的，免不了引来监押校尉的几句生硬催促和呵斥。带队的什长（明代军队五人为伍，二伍为什，外立什长一名）见状告诉监押校尉及兵卒说，就这脏老头儿，让他跑也跑不了多远。不如这样，我先到前面家里看看，给弟兄们打个前站，等大家到了一同热闹一回。在兵卒们的一阵说笑声中，他独自一人"噔、噔、噔"地向前赶去。

什长走了，伍长带着大家慢悠悠地向前走着，出高邑，走元氏，过获鹿，第三天的黄昏才赶到太行山第五陉的井陉口。大家满心欢喜地准备着过了土门关，到了什长家里好好大吃二喝一番。谁知，当天黑下来时遇到的竟是哭丧着脸的什长，只见他可怜巴巴地说："真是对不住兄弟们哪，咱本来想早点回来与你嫂子亲热一番，然后给弟兄们准备些吃喝，谁知前天夜里你嫂子突然得了气鼓病,不吃不喝,不说不动,活像个傻子,如今咱军务在身,不得不走,真是急死人啊!"

众人听了他的哭诉,像泄了气的皮球瘫坐在地上,除了一阵叹气声,谁也说不出个话来。倒是赵南星很关心地问起他妻子得病的原因,他说:"也不为啥,前天后晌回到家里,咱先插上门干了她一阵子,然后找牌友们赌了几把,等夜里回家,她嫌咱回来不干活尽耍钱,唠唠叨叨没个完。本来输了钱正生气,她这一唠叨,咱火不打一处来,上前扇了她几个耳光。谁知她不禁打,没叫没喊,一下子傻了,你说气人不气人!"

赵南星听了哈哈一笑,顺手从旁边采下几根枯草交给什长说:"小兄弟莫着急,你先安置兄弟们在驿站住下来,然后拿回去用水熬了让妻子喝,夜里和明早各一次,保准让你放心地公干去。"

"就这把枯草能行?"

"保准行。只是记住,你要在妻子面前和颜悦色地亲手熬制,熬好后面带笑容,和和气气地端着喂她喝。"

"这可是大闺女坐轿——头一回啊,没法子,只好按你赵老头儿的方子办了。"说罢,安排好一行人的食宿,便熬药去了。

"赵老头儿,你又不是先生(医生),变着法子戏弄我们头儿,等着明天看你的好吧。"

"我说赵老头儿啊,玩笑开大了,赶快去赔个不是得了,免得明天什长气急败坏,闹出些乱子咋办?"

"……"

赵南星只笑不答,只管弓着腰收拾自己的床铺去了。

再说什长,慌乱难择路,病重乱投医,哪能顾上想赵南星的法子行不行,灵不灵,听说这法子能治妻子的病,急不可耐地跑回家去,把小灶炉搬到炕前,去邻居家借来药砂锅(当地人习惯,药锅只借不还,谁用着了就到上家去拿),然后满脸堆笑地把妻子扶到炕沿,抱柴、生火、加水、搅翻、品尝……整整折腾了一个多时辰才算熬好了。

面对熬好的药锅,什长愣愣地琢磨了半天,然后才拿来碗、勺、笊篱,轻轻将药汤倒入碗中,吹了又吹,尝了又尝,感到适口了,才和颜悦色地端到妻子面前,轻手轻脚地一勺一勺喂妻子喝下。刚刚喝光,妻子的眼神就有了一些光彩。第二天五更天,他又如此这般地忙活起来,等让妻子把药喝下,妻子已说动如初了。他见状高兴得跳起来,赶紧为全家人做熟早饭。一家人欢欢喜喜吃了早饭,还依依不舍地出门为他送行……

伍长在驿站门前正招呼一行人喂牛吃饭,忽见什长一蹦三跳地跑来,见了大家边分发从家里带来的核桃大枣,边兴奋地说着:"这都是你嫂子的心意,赶快尝尝。"

大家手里接着干果纳闷地问:"嫂子不是……"

"好啦,早好啦,比原先还强!来,赵老头儿,你也尝尝,多亏了你的秘方!"

"我说什长,赵老头儿那把干草还真管用?"

"管用,管大用啦!"

"这么说赵老头儿成神医啦?"

"神医,真他妈神了。告诉兄弟们,往后咱们得对赵老头儿恭敬点儿,还让他坐车,咱们跟着走!"

"慢着,我要坐上牛车,你们咋个交代?"赵南星一句问话,倒把六个兵卒给问傻了:是啊,让赵南星坐上牛车,上头知道了怎么交代?赵南星平安到了代州,大家的脑袋岂不要搬个地儿?

"我看这样吧,我把自己的一条腿弄拐了,再雇辆牛车,大伙儿坐一辆,我也坐一辆。"

"那哪成,怎能让你把腿弄拐了!"

"活人还要被尿憋死,不会装呀?"

"对,对,对,就按赵老头儿说的办!"

听到几个兵卒在一起唠叨什么,一个监押校尉走过来,虎着脸训斥道:"你们几个瞎嘀咕什么呢?忘了临上路时上头的训示?"

"咋能忘记了,咱一定按上头训示办,只是让赵老头儿再租辆车坐上,加快点速度。你俩要是想在路上磨时日,咱就这样慢腾腾地走好了。"监押校尉听了就不再言声了。

于是,赵南星出钱雇来一辆牛车,装作崴了脚脖一瘸一拐起来。兵卒们一齐上车前行,赵南星坐上自己的拉行李牛车,吱吱呀呀向代州赶去。

寂寞的路,漫长的夜。几个正值青壮年的兵卒坐上牛车,吱吱呀呀向着远方走着,迷糊了一阵子就烦躁起来。看山,山不顺眼;看路,路颠簸难行;看人,一个个斜眉怒目。无奈之下便不时发起脾气……

赵南星看到这种情况,便让车停下,坐到兵卒们的车上,乐哈哈地穷聊起来:从前城里有个寺,寺里有个和尚,幼小出家,已经长成二十多岁的小伙子,那天看见寺外一户居民家里的大闺女,长得桃嘴杏眼,苗条身材,就想得吃不下饭,睡不着觉,夜里偷偷爬墙出去挑逗……

兵卒们听到小和尚和姑娘,早已双眼发直,口水流了老长。忽见赵南星不说了,个个急得如同小狗隔栏瞧骨头,抓耳挠腮,直催快讲。

赵南星不急不慌地将烟叶按在烟锅里,有兵卒赶紧帮着点着,这才慢吞吞地讲道:"谁知这姑娘也是情窦初开,见了小和尚便黏乎上了。于是,二人每天夜里爬树翻墙,悄悄相会,海誓山盟,如胶似漆。一天晚上二人正靠墙亲热,不想正好被姑娘的爹爹撞上,告到县衙,判了他个发配充军。发配路上,小和尚与押解的两个军士又说又笑,晚上请二位军士喝酒。他能说会道,变着法子劝酒,时间不长就把两个军士喝倒了。然后找来剃头刀,给两个军士剃光了头,便扬长而去。第二天前响,一个军士睡醒了,摸摸自己的头,再看看四周,惊奇地将另一个躺在旁边的军士摇醒,着急地喊道:'咱们押解小和尚,如今和尚还在,我去哪了?'另一个摸摸自己的头,厉声喊:'坏了,和尚变成俩啦,你我都没了!'"兵卒们听到此,一个个笑得前仰后合,缠着赵南星再讲……从此,牛车上、驿店里,笑声不断,兵卒们与他说说笑笑,请他讲故事说笑话,帮他跑前跑后,俨然成了护兵……刚开始时,两个监押校尉还虎着脸干涉,后来也不自觉地加入到里边去了。

就这样,一行人过井陉,上太行,穿过娘子关,途经榆次城,踏过盂县地,二十多天后来到忻州地界。赵南星望着巍峨的城墙和高大的城门对军士们说:"忻州可是个好地方,城门楼天下第一,好吃头遍城都是,元好问文倾天下,还有貂蝉的家就在这里。"

"你说什么,貂蝉是这地儿的?"

"对,貂蝉的家就在城南五里处。"

兵卒们一听说天下第一大美女就出生在这儿,想必满城尽是大美女了,一个个两眼发光,口水流淌,恨不能飞进城里,吃个够,看个够,玩个够。

"要想看美女,得到木耳村。村里出了貂蝉,可不是城里出的。"经赵南星一指点,兵卒们嚷着在城外找了一家旅店住下,第二天便让赵南星引路去木耳村游玩。可是到了村里一看,农妇们个个长得还不及其他地方的女人,纷纷质问赵南星是咋回事?赵南星告诉大家,是貂蝉把整个忻州的美气都给带走了,不是说"貂蝉倾天下,忻州绝美女"吗。兵卒们没法,只好跟着赵南星到附近的元好问墓拜谒。赵南星详尽察看了墓地坐落和碑刻,还特意抄写了一篇,然后与大家一起绕过忻州城,向代州赶去。

这时兵卒们才明白过来,鬼精的赵老头儿夸赞吹乎貂蝉,其实是利用了大家的好奇心,圆了自己拜谒元好问墓的宿愿。明知上当,也无话可说,只怪自己的花肠子。

过了忻州城,一行人沿着石板的通关大道吱吱呀呀向代州赶着。走了不一会儿,路过一个村庄,大家老远就看见一个白面书生戴着眼镜坐在路边石条上正给乡亲们诊脉看病,那神态,那气度,犹如传说中的神人,一身的仙风道骨。到了近前,赵南星仔细看了一眼,便让车停在路边,然后下车走上近前,蹲在旁边仔细听看白面书生为百姓们诊脉施治,并排队等着看病。几个兵卒见赵南星上前凑热闹,也跟着过来瞧稀罕。

等了一会儿,终于轮到了。赵南星坐在书生对面的木凳上,让书生诊脉,说自己头痛心烦夜难眠。书生只简单诊了一下脉,瞧了一下面相便提笔写道:"赵郡西南一明星,横祸加身代州行。"

赵南星看罢微微一愣,然后拿起毛笔在另一纸上写道:"青峦脚下一店主(傅山字青主),妙笔神术贯京城。"

先生接着写道:"代州城外南楼下,行医代书自慰中。"

赵南星也回应道:"忻州城外指迷津,好事做到完美中。"

于是二人击掌欢愉,点头成约。

押送兵卒见二人初次相见,默不作声,书字交流,甚感惊奇,其中一个捂着肚子凑上来说:"先生给我也看看吧?"

先生抬眼瞧了他一眼便提笔写道:"心病好危重,只缘代州行。老夫送一程,自在平安中。"写罢递给了兵卒。

兵卒不解其意,让什长问赵南星咋办?赵南星哈哈一笑说:"快拜誉满京城的傅山先生,你我的那点把戏早被他看穿了!走吧,记住,把药方务必存好,这可抵你们六人的家产呢!"兵卒们更加糊涂了,个个大眼瞪小眼,不知所措,只好赶紧上车赶路。那傅山也不多说,收起家当扔到赵南星车上,与赵南星一起上了牛车,嘻嘻哈哈说笑着向前赶去。

又经过两天的颠簸晃荡,一行人终于来到代州城下。只见门高墙厚,旌旗招展,卫士持枪挺立,刀光甲胄生辉,好不威严。什长战战兢兢拿着通关文牒上前通报打听,然后一行人向城中心的那座高楼走去。

城中的这座高楼可不一般。只见城门洞足有五丈之高,台基周长不下一百丈,基上是高耸入云的三层高楼,正中"晋北锁钥"四个大字熠熠生辉,好不壮观。兵卒们仰头看着惊叹着:"这家伙好高,可比咱真定府的城门楼高多了!""你真定府?就连北京的天安门都比它低一节呢!"……

大家边看边说着到了楼前,什长知道这就是名扬天下的振武卫了,忙拿起文牒及文档上前,请卫士向上头通报,说是罪犯赵南星已经押到。

守门卫士进去不一会儿,只听楼上脚步声声,吆三喝四,一队兵卒在一个将军带领下,气势汹汹出的门来。将军正想高喊"把犯人赵南星押进来",忽见傅山先生与一个白胡老头并排站在门口,脸色微微一惊,忙上前施军礼道:"不知傅山先生驾临,小将这厢有礼了。"

"将军客气了,我一云游道人前来送恩师赵南星赵大人赴戍,哪敢受你一拜,快引我见你家将军去吧。"

小将没再按军中规矩提验赵南星,忙引二人上楼见这里的都指挥使司(卫戍司令)去了。

二人见了都指挥使司,傅山先生先是客套几句,然后嘱咐说:"我的恩师赵大人清正廉明,天下皆知,今到你的戍所,好好照顾才是。"都指挥使司满口答应,并问该怎样安置才好? 傅山先生微微一笑说:"这个不难,让他住到南楼(代州城外一景),天天为你的将士们看病写信罢了,这个差使可不轻啊!"

都指挥使司点头同意,当场差人引赵南星到南楼安顿,并派二名卫士"看管",每天为他安排工活儿,好好让他"戍边效力"。

从此,赵南星就在南楼住下,在两个兵卒的陪伴下开始了戍边生活。

送走赵南星,都指挥使司欲留傅山先生在军中吃饭消遣,傅山先生含笑辞行,只留下一幅墨宝便四处云游去了。

再说赵南星,见两个监押校尉悄悄离开,向他们的上司报告去了,便告诉押送他来的什长,在驿馆安顿住下后,要带弟兄们到南楼一聚。当天晚上,备了几个小菜薄酒,请大家开怀畅饮。大家一边喝酒一边问赵南星:"同咱们来的那个白面书生是谁呀,咋那么大的架势?""你说他开的药方抵俺六个的家产,从何说起?""他好大的口气,说陪咱们来,就能保俺们平安回家?"……

赵南星抿一小口白酒告诉说:"这傅山可是个了不起的人物,两年前在京城会试时,考试大人们就发现了他的奇才,朝廷给他高官他都不做。我看他的字龙飞凤舞自成一体,日后必会一字千金,一个药方够你们娶妻过日子了。他送咱们一程,没人再敢加害于我,你们脱了干系,不就能平安回家了吗?"

众兵卒听了,一阵唏嘘,忙喝酒痛快起来。

74. 医术震边关

赵南星虽然被照顾住进了南楼,还有两个军士伺候,但日子并不好过。

南楼本是代州城南河边上的一座古楼,分为上下两层。下层是拱券式窑洞,墙厚地窄,阴冷潮湿;上层为木质楼阁,板腐墙裂,四面透风,摇摇欲坠。赵南星看看楼的样子,见军士们在二楼站岗值班,就选底层一间小屋住了下来。

农历十二月的代州边塞,朔风怒号,滴水成冰,气温已经降到了零下二十多度,小屋里寒气逼人,莫说一个八旬老人,就是青壮年都冻得瑟瑟发抖,无法生存。无奈之下,赵南星只好自己出钱,让看管军士帮着买些劈柴和木炭回来,烧炕取暖,以度奇寒。然而由于小屋久不住人,老鼠们早已把个土炕掏得洞洞相连,四处透风,炉火不仅难以烧暖炕屋,而且弄得满屋浓烟,还几乎烧了炕被。更麻烦的是,军士们食堂里的饭食生硬粗糙,赵南星无法下咽,又难于消化,还得自己生火做饭!

赵南星啊赵大人,你一生文儒,半世高官,年老体弱,步履艰难,这日子可怎么熬哟!

不是有两个军士伺候吗,还愁什么?

军士?伺候?两个军士虽然领了上头的命令,可他们知道你赵南星是罪犯,是凶徒,与将军无亲无故,能去真心伺候吗?不找麻烦就算不错了。

奇寒的夜,难熬的日啊!赵南星无奈地蜷缩在土炕上,紧裹衣被哆嗦着、挣扎着……

第二天早晨起来,炉火已经熄灭,屋内奇寒无比,可是生活上的事情还得自己干哪。提起夜壶想把尿水倒了,可是夜壶早已成了一个冰球;想打瓢水洗把脸,水缸已经冻成了冰疙瘩;干脆生火做饭吧,锅碗盆都冻在案上挪不动……

无奈的赵大人啊,能有啥子办法?只好哆嗦着去捡柴、生火、烤缸……

好不容易弄些早饭吃了,还得赶紧研墨、铺纸,哈着冻僵的双手给军士们代写家信和文书……真是度日如年啊!

熬过了第一天,第二天怎么过?往后的日子如何熬?第二天晚上,赵南星彻夜难眠,孤独、无助、无奈一齐袭上心头……

第三天的上午辰时过后,"伺候"他的两个军士只来了一个,唉声叹气地说:"真是糟糕透了,两个人的活儿得一个人来干!"赵南星问,那个兄弟干吗去了?军士说:"快甭提了,昨日安顿好你后,我们兄弟俩就去帮着房东挖铁矿,他爹(另一军士的爹)也去了。谁知挖了不一会儿,矿洞就发生了塌方,把那老兄捂在里面。他爹见了急得发疯似的和大家下洞扒挖,那老兄救出来了,可他爹却被一块矿石砸倒了,拉上来后昏昏迷迷,不省人事,先生(医生)说,'看来再也醒不过来了',那老兄欲哭无泪,只好请假伺候去了。"

"不行的话,你拉上我去看看?"

"你又不是先生,去看个啥,不是添乱吗?"

"不,你务必拉我去看一看。"

赵南星买些礼品,在军士搀扶下深一脚浅一脚地走了三里多路,来到军士(刘二黑)和他爹租住的农家,先安慰几句,再问病情,仔细诊脉,然后如此这般地安排一番。

室内,赵南星正和刘二黑低声说话,忽然窗外"咚"的一声响,接着有人大喊:"矿洞塌方啦,矿洞塌方啦!"又有人惊呼:"不好,二黑还在洞里呢!""快救二黑呀……"

这时,奇迹发生了。只见二黑爹身子一颤,忽地坐了起来,大叫一声:"儿啊!"两眼扑嗒扑嗒看着赵南星等人,刘二黑高兴地喊着爹爹,爷儿俩又齐齐感谢赵南星一番。

第二天,赵南星救活刘二黑爹的事情就像疾驰的西北风一样,迅速在振武卫上下传开了,都知道卫里来了神医赵南星。

消息传到都指挥使司(卫戍司令)耳中,引得他眉飞色舞,一阵欢喜,忙派一名什长带着几个军士及车马去请赵南星,来给自己的老母大人看病。赵南星不敢怠慢,忙哆哆嗦嗦取出那个小药箱,检查了里面的器物药品,然后坐车向卫戍府赶去。

到了卫戍府,都指挥使司快人快语地说:"本将军早年丧父,母亲守节自誓,含辛茹苦将我养大成人,节衣缩食供我上学习武,后应试及第,当了将军。前些年边境战事不断,只得让母亲一人在家度日,担惊受怕。近年战事趋稳,便将老夫人接来孝敬,使她老人家安度晚年。谁知,半个月前老夫人一人在屋中收拾东西,突然烦躁不宁,哭笑不止,食欲不振,后来竟一人坐在屋里不吃不喝,不念不语,谁劝也不顶用。找了几个先生诊看,扎针吃药都不起作用,急死人了。那天傅山先生送你来时,本将军请他给老母看一下,他只说不用着急,自有神医相帮,然后就飘然而去了。听说赵大人有起死回生之术,就快给老夫人调治一下吧!"

"罪臣一生读书为官,虽懂些医术,也不甚精通,既然将军吩咐,那就试试吧。"于是,在将军引领下,赵南星来到内室,为老夫人诊脉、观颜面、询问,忙了好一阵子,然后回到客厅,让左右退下,对将军认真地说:"老夫素来有话直说,不会拐弯抹角,实不相瞒,据我判断,老夫人得的是相思病。"

"什么?相思病?赵南星啊赵南星,你是才高八斗,名震海内,曾为尚书,可你别忘了,如今你是我关押的罪犯,遵傅山兄的情谊给你照顾已经够意思了,眼下又请你来给老夫人诊病,岂知你不知好歹,竟然把有伤风化的事,编造在一个七十多岁的老夫人身上,简直欺人太甚!"只见将军怒气冲天,虎眼圆睁,用拳狠狠擂在桌上大喊:"来人,给我把这个糟老头子打将出去!"

是啊,自己的母亲守身如玉,含辛茹苦几十年,把自己拉扯长大。在自己的心目中,母亲冰清玉洁般的神圣。如今一个戴罪囚徒竟然往母亲身上泼去"相思病"的污水,是对母亲的最大不敬,是对自己的最大污辱,是可忍孰不可忍!难怪将军火冒三丈大发雷霆呢。

正当将军怒不可遏,大发雷霆之时,忽听内室传来老夫人颤弱的呼声:"儿啊,千万不可这样对待赵先生!"

将军一听母亲的喊声,忙进去问老夫人究竟是怎么一回事?老夫人在媳妇的搀扶下哭着从内室来到客厅,有些羞涩地说:"儿啊,赵先生真是神医,神医啊!十天前的那天上午,娘闲着没事儿,就想起家来。想家咋办?没法子,只好翻弄起从家带来的那两只箱柜。当翻到箱底时,忽然见到你爹的一双袜子,那个想啊,三十多年了,日思夜盼的夫君啊,你让我活得好苦啊……就这样,娘就犯起病来。儿啊,你怎能明白娘的心思,你找的那些先生们又怎晓得娘的病根!多亏了赵先生,他 眼就找到了娘的病根,快感谢赵先生,并让他给娘开方下药吧……"

将军听罢简直惊呆了,忙上前施礼,谢过赵南星,拿上赵南星开的药方跑去抓药,亲自熬制,服侍母亲喝了,三天后其母的病就好了。

新来的赵南星能把死人治活,把先生们治不了的病治好,简直神了!消息不胫而走。自然,振武卫上下对赵南星更加敬重,赵南星的日子也很快好转了。

75.兵民贴心人

赵南星身处代州南郊的南楼，每日里按照卫所分派的任务，为军士们代笔写信，读函释义。军士们听说他就是曾当过吏部尚书的传奇人物赵南星，都想目睹一下他的真容，弄幅他的手迹，就变着法子找理由来请他代写书函，使他忙得不亦乐乎。近来听说他还有妙手回春之术，竟治好了代州卫都指挥使司老娘的大病，纷纷前来找他瞧病，附近的乡亲们更是挤着抢着请他辨证施治，弄得他一天到晚忙个不停。

有天下午，一个穿戴齐整的中年汉子插空儿来到他的小屋，劝说旁人到屋外等候，然后神神秘秘地说自己是南面胡家庄的，请他给自己的婆姨治一下不育症。赵南星说，自己本来不是先生，只是略懂些医术，根本不会看妇科病，还是请找专科先生看吧，比如傅山先生就是妇科名师。

"赵先生有所不知，俺们村里好多家的婆姨不生育，有的拜佛求子，有的请先生诊看，都不顶事儿。没有办法了，俺跑几百里路，寻了两个多月才找到傅山先生，可是傅山先生仔细看了，说俺婆姨没什么大病，只是阳盛阴衰，吃几服滋阴壮身之药就行了，可是按他说的吃了一阵子，一点儿也不见好转，实在没有法子了，才来找您，您就行行好给看看吧。"

"你说什么，你们村里好多婆姨都不生育？"

"是啊，大概有八成吧。"

"是如今不生育，还是自古就是这个样子？"

"先前不是这个样子，只是从三十年前开头的。"

"噢，我知道了，容我想想法子，你先回去吧。"

中年汉子走后，赵南星仔细琢磨起这个事情：一个村子里好多妇女不生育，说明不是个别病变，很可能是得了同一种病；原来生育很正常的，三十年前出现这种情况，说明是因某一变故引起的，如饮水等。想到这里，他便萌生了先弄清病因的想法。

腊月的代州早已是朔风呼号，滴水成冰。赵南星雇来一头毛驴，在一名军士陪伴下，颤颤巍巍来到胡家庄。刚刚走到村口，迎面一股热气扑来，棉籽油的浓烈气味呛得二人有些喘不过气来。进的村来,只见一条石板大街自北向南伸去,街上车水马龙,熙熙攘攘,南腔北调,好不热闹。挂着各色牌匾的油坊一家挨着一家,街道两侧炸果子的小摊摆了一大溜,南来北往的客商们坐在炸锅旁边的小凳子上吃得津津有味,满嘴流油。

赵南星拄着拐棍边走边看,惊奇地叹道:"好条榨油街啊!"说着便陷入了沉思。

在大街转了一圈,赵南星和陪伴军士寻了一家小店要了两碗豆腐脑、二斤油糕和一碟醋,津津有味地吃起来。一边吃着,一边与老板娘唠叨起来。

"这胡家庄可是个好地方啊!"

"好个什,好的娘儿们都不生娃了!"

"这是为什么? 吃油糕吃的,还是喝水喝的?"

"谁知道呢,山还是原来的山,水还是原来的水,自从三十年前大伙儿开起油坊炸起果子,就他娘不生娃了。"

"是都不生了还是有的生有的不生?"

"要是都不生,庄子不就灭了? 不知咋的,街上的人家都不生,倒是村边沟沿上的几户生得还蛮多!"

"噢,明白了。"

赵南星二人吃饱喝足,结了饭钱,向老板娘打了招呼,便村里村外转了一圈。到老板娘说的村边沟沿上的几户人家仔细看了,又到村外的上风上水看了变化,就回到了南楼。

晚上,赵南星躺在土炕上,辗转反侧,怎么也睡不着,白天在胡家庄见到的一幕幕在眼前晃动。把这些印象联系起来反复推敲分析,寻思道:胡家庄三十年来,地方没变,水源风向没变,人口也大致没变,只是兴起了榨油行业和炸果子摊。联想到在大街上闻到的棉籽油的浓烈呛味和村边沟沿几户人家的状况,萌生出一个大胆的想法:是不是因为人们闻油味吃炸糕造成的?

为了弄清缘由,他找来几大摞医书费了几天几夜工夫,仔细查找,可是医书上没有这方面的记载和论述,又无奈地陷入了忧思之中。

一天上午,几个军士结伴前来找他写家信,其中一个是大名府的,离高邑县不太远,一听口音,倍觉亲切,就热情地聊起来,聊着聊着,就说起胡家庄的事儿。那个军士听了惊奇地说:"怎么代州也有这种事儿? 我还以为光蔡家镇有呢!"

"蔡家镇也有这种事儿?"

"是啊,离我老家十几里远的地方有个蔡家镇,通关大道从镇中心穿过,南来北往,很热闹的。因为那里的乡亲们家家户户种棉花,镇上的有钱人就开起了油坊,还有一些人炸起油条,倒是挣了不少钱。谁知这么一来,镇上的女人们都不生孩子了。后来有的人家不让女人炸油条进油坊,倒是好了一些。"

赵南星听罢默默地点了一下头,心里有了底数:问题一定是出在棉籽油上!于是,他在军士陪伴下,再次来到胡家庄找到那个中年汉子,让他帮助找来商会会长、保长里长及一些商户,详细叙说了自己调查分析的情况,以及蔡家镇上的情况,建议大家不再让生育期的女人炸油条进油坊,有条件的最好住到别的村庄或本庄的偏僻处,反正别再吸棉籽油味儿,同时,让中年汉子拿出傅山先生开的药方,让不生育的女人们都来熬制服用。

大家七嘴八舌地议了一阵子,半信半疑地按赵南星说的办去了,这是后话。

赵南星和陪伴兵卒风尘仆仆地回到南楼,还没进门,就有一群军士迎了上来,为首的一个伍长手拿一沓信纸,满腔激愤地说:"赵先生快给评评理儿,这世道还让人活不?俺舍家撇业来戍边,财主们霸俺祖产,逼死俺爹娘,县官还不给做主,真是气死人啦!"

"这些王八羔子,不给戍边将士优抚倒也罢了,还专门欺负人,真他妈该死……"跟随的军士们气急败坏地一阵乱嚷,那个劲头啊,如果面对的是那个财主,定会上去撕个稀巴烂。

"不急,咱不急啊,让我看看,看看。"赵南星一边安抚军士一边接过信纸仔细看起来。只见上面歪歪斜斜写道:"侯家娃○糖,粘吾祖牌○,爹娘气上○,鸡○都死了;妹妹早肚大,○井○牙上;县官贪○法,为○还做娼。"

赵南星见信上别字不少,还圈套圈,甚觉好笑,又不能完全明其意,便问伍长:"这信是谁写给你的,又是何意?"

"信是俺弟弟写的,他只上过两个冬天私塾,写不好,可俺听师爷(文书)念了,知道是说侯家娃娃玩糖糕,辱俺祖宗牌位,气得俺爹娘上了吊,还打死了鸡猪;把俺妹妹的肚子弄大了,逼得她跳井死了,县官不仅不做主,还拿上赃款嫖娼!"

赵南星听了甚觉好笑,又不能发笑,便温和地说:"你弟弟写的信错字不少,又圈套圈,得仔细判读,不可听风就是雨,气坏了身子。要我看,信是不是可以这样念:侯家挖池塘,占吾祖牌坊;爹娘气上火,几乎都死了;妹妹遭毒打,逃进县衙上;县官贪枉法,为虎还作伥。"

"什么,侯家他要占俺家牌坊?我日他祖宗,他这是要欺死人了,此仇不报,誓不为人!"说罢一蹦三尺高,不顾赵南星的劝阻,拔腿向外跑去……

赵南星一见势头不对,料知伍长已经急疯,定是回家报仇去了。伍长正在气头上,一旦回到家乡,不知要闹出多大乱子,甚至给自身带来杀身之祸,给戍所造成混乱……

想到此,赵南星一面让陪伴军士前去请伍长的上司,一边赶紧给伍长家乡的知县写信,说明情况,晓之利害,请他设法安抚伍长,妥善处理此事。

等伍长的上司来到,赵南星简单明了叙说了伍长的情况及自己的判断,建议上司派快骑带上自己给知县的书信星夜兼程赶往伍长家乡,同时派出几个军士追赶并劝阻伍长。伍长上司听了点头应允,抓紧办理去了……

再说伍长听说侯家辱其祖宗,血气上涌,义愤满腔,风风火火向家乡赶去。可是等他走进家乡地面,迎接他的竟是满面春风的知县及其一行衙役。知县把他请到衙中,仔细叙说了几天来调查取证,严惩侯家,抚恤受害者,并帮助伍长家追回祖产的情况,然后设宴款待,非常热情。伍长疑惑地说:"不是说你贪赃枉法么,怎会这样?"

"本官接到赵南星赵大人的书信后,深感误判了官司,便连夜查证,依法公断,严惩凶手,然后等待你的归来。"

"赵大人?你是说赵南星给你书信?这怎么可能,我从他那儿出来就往回赶,他的书信怎会跑在我的前头?"

"他是用快骑送来的。"

"噢,原来如此。赵老头儿真是大好人哪,他救了俺一家。"

"何止是你一家,还有侯家、本官和戍所呢!"

二人正说话间,追赶伍长的军士们也赶到了,大家听了情况,高高兴兴吃喝一顿,辞了知县往戍所赶去。

回到戍所,伍长让人将自己五花大绑,然后走进卫所,向上司汇报了事情经过,检讨了意气用事违纪报仇的过失,请求依纪处置。然后请假赶到南楼,向赵南星致了谢。从此,赵南星机智帮兵的事儿不胫而走……

还不止此,半年后的一天上午,南楼外鼓乐喧天,人声沸闹,胡家庄的父老乡亲们抬着一块写有"华佗再世"四个大字的牌匾和一些银两嘻嘻哈哈赶来,感谢赵南星查明了庄上不育症的原因,并根除了不育症,为胡家庄子孙万代造了福……

赵南星见状忙辞谢道:"为民解难是南星一生所愿,再说也没费多大工夫就把事情办了,千万不能收这金匾和钱财。万望乡亲们满足南星的请求。"

胡家庄的父老乡亲们见赵南星言辞恳切,情真义重,也就不再勉强,只好把钱财退还客户,把牌匾挂在了祠堂里,以示永久纪念。

那个曾经找过赵南星的中年汉子看到自己婆姨的肚子一天天长大,总觉得心里过意不去，见赵南星不收钱财不要名，思前想后，就把自己家豢养的一条全身漆黑发亮的小狗牵来，让它陪伴赵南星度过寂寞难熬的岁月。

这条小狗名叫黑虎，虽是当地的普通笨狗，可是不知为什么，长着狼似的尾巴和耳朵，那个嘴巴呢，倒像草原上的牧羊犬；两只眼睛溜圆发亮，甚是喜人。本来就聪明懂事，好像能听懂主人的话，还能明白主人的心意，加上赵南星的巧妙调教，很快就显出了它的特殊。赵南星坐在那里，它就待其旁边一动不动；赵南星往起一站，它就前面开路，叼走路上的石块坷垃；赵南星一阵咳嗽，它撒腿就去找先生；谁对赵南星友好和善，它就摇尾感谢，谁对赵南星态度不好，它立即就龇牙咧嘴，狂吠不止；尤其是见到赵南星心烦寂寞，就打滚蹦跳变着法子逗着玩，着实给苦闷中的赵南星带来了许多快乐和欢欣。

在这样一种特殊环境里，赵南星说，生不能实现自己的宏图大业，风烛残年也要为后人留下些东西。于是，在为兵民治病书写的同时，抽时间把自己过去书写的奏章、与朋友的书信及为他人书写的碑记等文稿整理成册，定名为《味檗斋文集》；将自己对世事伦理的见解，整理成《闲民择言》，把自己的见解、追求和所历重大事件的真实情况留给了后人。

76. 怪梦惊忠魂

天启末年，熹宗皇帝在中兴举措四处碰壁后心灰意冷，不理朝政，阉党势力不断膨胀，贪赃枉法，肆意横行，残酷迫害忠良，朝野上下乌烟瘴气，民不聊生。

远在代州戍所的赵南星虽有百姓和军士们的爱戴帮衬，还有黑虎的关心与逗乐，还是免不了忧国忧民，日夜为天下安危牵肠挂肚，其处境也日益严峻起来。山西巡抚牟志夔是魏忠贤的党羽亲信，对赵南星恨之入骨，在押解路上暗设机关未能将赵南星置于死地已经懊悔万分，如今听说赵南星在代州戍所受到兵民爱戴，日子过得不错，气得大发雷霆，不仅写信对代州卫都指挥使司严加指责，而且派人前来督察，不准赵南星再写信看病，不准看管军士帮他生活，不准他外出……

忽有一日，戍所传来熹宗皇帝驾崩（死亡）的消息，军士们以为赵南星一定会欣喜若狂，哈哈大笑，就悄悄告诉了他。因为是这个坏皇帝将他贬到此地受罪的。

谁知，赵南星听罢先是一愣，接着就跪在地上朝北京方向拜了又拜，老泪纵流，泣不成声。在随后的几天里，他不吃不喝，从早到晚朝着北京方向磕头祈祷，一遍遍叙说着熹宗继位之初的勃勃雄心和中兴举措以及四次下诏请自己复出的深情厚谊，表达自己忧国忧民的悲愤心境，几次昏倒在地，谁劝也不顶用，急得黑虎都哭出泪来。不久，传来崇祯皇帝继位的消息，他才略微安下心来，不再哭泣难受了。可是经过这么一阵子折腾，身体明显不如从前了。

崇祯皇帝的继位震惊了山西巡抚牟志夔之流，他们预感到末日的来临，更担心赵南星的复出，加紧了对赵南星的迫害。不准他外出，不准外人接触他，甚至不准旁人代他购买生活用品，想将他困死饿死。多亏了胡家庄的乡亲们每天给他送来饭食，远远打一声口哨，聪明的黑虎就前去叼来，以解饥寒。

面对越来越严酷的政治和生活环境，赵南星心情郁闷到了极点，往往彻夜难眠。一天晚上,夜已经很深了,赵南星还在翻着古书叹气,黑虎轻轻走上前去,叼住他的衣角扯了几下,意思是让他早点歇息。他听话地脱衣上炕,躺在被中思想起心事。朦朦胧胧中,他趟沟河,跨高山,飘飘然地回到了儿时的高邑城,兴高采烈地跑回自己贫寒的家中,高声喊着爹娘闯入屋中,抬头一看,娘正光着下身蜷腿躺在炕上……他羞涩地刚想移开目光,就见一块黑布飞快地遮住娘的下身……他猛地一惊,清醒过来,方知是做了一个梦。

梦醒后,赵南星再也无法入睡,左思右想也无法解清此梦的真谛。心想,自己已经悲惨到如此境地,偏偏做了这样一个烦心的梦,苍天这不是在要自己的小命吗?因此,心情更加烦乱,抱着黑虎一遍遍叙说着自己的冤屈和悲哀,懂事儿的黑虎直听得泪珠下流。

天亮了,太阳爬上东南的挂舟山了,赵南星还在想着昨夜的梦境,迟迟没有下炕。看管他的军士早已换成了牟志夔的亲信,根本不管他的死活,更不让旁人招呼照料,任凭他在自己的小屋中忧愁。

这时,院里的大椿树上忽然传来几声喜鹊清脆的鸣叫,给好多日子无人问津的整个南楼及赵南星带来了别样的心情,黑虎懂事地跑出去,抬头朝着喜鹊们看了又看,抱起前爪点了又点……

听到喜鹊的叫声,赵南星的心情好了许多,慢慢穿衣起来,摸摸索索做了些饭食,与黑虎一起吃了起来。

饭后还未顾上刷碗,就听门外站岗的军士吼叫起来:"老和尚,你来干啥子?这里住的是要犯,赶快走吧!"

"老衲是城内白塔寺的主持,法号慧能,特来拜访赵南星赵大人,请给行个方便,通报一声。"

守门军士见是名扬中外的白塔寺主持到了,不敢怠慢,忙引慧能大和尚进到院中,赵南星听到说话声也已迎出来,二人见了悲喜交加,面面相觑,久久说不出话来。

提起白塔寺,那可是个了不得的名寺大寺,由西天佛国而来的高僧于唐天宝年间奉朝廷之命修建,不仅规模宏大,规格很高,而且建有一座佛国形式的尖顶白塔,因此俗称白塔寺。寺内的主持都是得道高僧,在国内外很有影响,慧能师傅更是道深义精,名扬海内。赵南星来到代州后,曾去拜访过慧能师傅,二人一见如故,谈得十分投机,遂成知己。今天慧能大师专程前来探访,使苦闷中的赵南星分外惊喜和感激。

赵南星引慧能师傅来到屋中,黑虎蹦跳作揖热烈欢迎,又转过身来对跟着进来的军士龇牙咧嘴。慧能见状对军士说:"贫僧一个出家之人,不会做什么隐私之事,你就别陪伴了。"军士这才知趣地走了。

屋中剩下一对知心朋友,等慧能师傅简单问候寒暄了几句,赵南星就迫不及待地把昨夜之梦及自己的苦闷全盘倒了出来,请大和尚给详解分析。

慧能和尚听了,闭目稍微想了一会儿,便开口道:"依老衲看来,这是喜悲共临,祸福同来啊。"

"此话怎讲?"

"我先来问你,梦中见到什么了?"

"见到老娘下身了,多么不吉利啊。"

"此言差矣,聪明绝顶的赵大人怎么犯糊涂了,你明明看到了自己的出路吗!"

"噢,明白了,明白了。这当然是喜,你咋又说悲呢?"

"赵大人刚刚看到自己的出路,很快又被人遮住了。依老衲之见,是朝廷已经给了你名分,中间有人给掐断了。"

赵南星听罢默默点头称是,陷入了深深的思索之中。

77.千里送英灵

慧能法师的解梦水平是很高的,对赵南星惊梦的分析判断也是准确的。崇祯皇帝继帝位后,面对纷纭复杂的政治局面和即将倾倒的王朝大厦,勇接国事,立志振兴,很是忙了一阵子。稍微稳定下来,便想起被贬在外的戍边的名臣赵南星。但当时阉党恶臣尚未剪除,政局尚未稳固,为其平反昭雪还无从谈起,更不敢贸然行动。一日早朝,议完急手国事,与大臣们议起老臣们的生活状况,当有人提起赵南星都七十八岁高龄了,还在代州戍边,孤苦伶仃,贫病交加时,顺水推舟地说,那就让他回京养老吧,免得百姓说我朝连个八旬老翁也容不下。负责记录存档的御史仔细记录下来,并向下面进行了传达。

皇帝口谕传到山西巡抚衙门,巡抚牟志夔看了先是一愣,然后沉思半天,贼眼一转狡黠地说,赵南星一案是先帝钦定的大案,如今先帝刚刚仙逝,皇上怎会改变?是不是御史记错了,或是传错了,要仔细核查一下。

牟志夔的用意很明白,先找托词拖延执行皇帝谕旨,然后乘机加紧对赵南星的迫害,使其死在戍所,造成既定事实,以绝后患。

赵南星当然不知道这些,他所能感受到的只是看管军士换成了新的,对自己的看管更加严苛,态度更加粗暴恶劣了。几天来,军士不仅关紧了大门,禁止黑虎自由出入,而且减少甚至停止了柴草的供应,不要说烧炕取暖,就连做饭也难满足。数九寒天,寒风刺骨,被薄衣单,无依无靠,一个七十八岁高龄的瘦弱老翁怎能忍受得了啊!

更为严重的是自从做了那个惊梦并被慧能法师解破,赵南星内心深处感到了空前的绝望,新帝登基带来的那点希望彻底破灭了,精神一下子垮了下来,辗转反侧,寝食难安,长叹一声说:"清明之无时!"再无往日生存的意志和勇气了。

内忧外欺,孤苦无援,钢铁般的传奇名臣赵南星一下子病倒了:发烧咳嗽,呼吸困难,昏昏沉沉,冰冷难忍,连口热水也喝不上。聪明的黑虎急得团团乱转,几次想冲出去向乡亲们求助,都被守门军士打了回来,甚至被打折一条前腿。无奈的黑虎啊,哭泣呻吟,抓耳挠腮,尽管饥饿难忍,还是爬上炕来,紧紧依偎在赵南星怀里,用自己仅有的那点体温为赵南星驱走彻骨的严寒。

腊月二十七日清晨,已经昏迷了一天多的赵南星梦见自己回到了魂牵梦绕的故乡高邑,走进了自己咏诗作赋的芳茹园,见到了两位恩爱夫人及其儿孙们……一阵惊喜扑来,情不自禁地伸出双手去抚摸孙子的小脑袋,然而触到的却是冰凉的炕砖和冻成冰疙瘩的瓷碗,一阵刺骨的奇寒袭来,使他猛然苏醒过来,艰难地睁开昏肿的双眼,看到的仅是冰冷的小屋和可怜的黑虎!

智慧过人的赵南星深知这是自己的回光返照,一颗跳动了七十多年的强劲心脏将要停息,一个不屈奋斗了半个多世纪的生命将画上句号。想到此,他拼尽全身力气,艰难地爬起来,扶着炕沿挪到桌前,摊开宣纸,用自己自制的炭黑石笔先给代州卫都指挥使司写下绝笔书,表达了对崇祯皇帝的敬仰和思念,对大明江山的忧思和期盼,以及对代州卫将士及乡亲们的感谢,请求将自己的遗体和书稿妥善保管,日后交给前来迎灵的儿孙们。接着又给儿孙们写下遗嘱,嘱咐儿孙们薄葬自己,效忠朝廷,勤奋学习,勤务农桑,永不为官……

赵南星长长出了一口气,将两封遗书写好叠齐,分别装入信封,放于桌中央,用镇纸压牢了,然后摸索着将屋内物品和书稿简单整理了一下,凭着仅有的一点儿力气爬上土炕,抱着黑虎睡去了,永远地睡去了……

一天一夜过去了,赵南星一动不动,身体已经僵硬发凉。一直依偎着他的黑虎疑惑地挣扎起来,舔他的头,吻他的脸,拱他的身,毫无反应,这才知道他已过世,悲哀地呻吟了一阵子,然后摇摇晃晃走出屋门,来到大门口,朝着看押军士们嘶哑地吼了起来。

看押军士看到黑虎的反常举止,估计是赵南星老头儿死去了,低头嘀咕了一阵子,然后找来两个馍馍一碗小米粥,开门进到屋中,悄悄放在赵南星炕前的小桌上,并将两封遗书收起,若无其事地继续站岗聊天,暗中派人向上司报告去了。

看押军士们在干这些勾当的时候,黑虎一直跟在后头,目不转睛地注视着。看到黑虎仇恨愤怒的目光,他们做贼心虚,不禁打了个寒战,忙拿起一个馍馍来喂它,可是多日未进食的黑虎闻都不闻一下。等他们关门走出来,发现黑虎已经先一步一拐一瘸地出门跑走了。他们生怕机敏出众的黑虎叫人引来麻烦,想追上去打死它,可是已经迟了。

黑虎机智摆脱看押军士们的魔掌,拼命逃出村来,在野外找些人屎猪粪吃了，然后艰难地向胡家庄赶去。进了胡家庄大街，一边嘶叫一边向它的老主人——中年汉子家跑。见了中年汉子早已眼泪滚流，又是呻吟又是嘶叫。中年汉子问它咋啦，它叼住主人的裤腿就往外扯着走。中年汉子很快明白，一定是赵南星赵大人出事了，便唤上乡亲们潮水般向南楼赶来。到了南楼门口，嚷着要见赵大人。看押军士们见他们人多势众，无法阻挡，只得如实相告，说赵南星已经过世了，还心虚地赶紧补上一句："弟兄们可是精心伺候，尽到心了。"黑虎听了立即龇牙吼了一声，他们胆怯地躲到一边开门，让乡亲们进了南楼。

乡亲们走进赵南星居住的小屋，见赵大人已经安然地离去了，不禁悲上心头，大哭了一阵子。末了，中年汉子吩咐大家，快去买寿衣、备棺材、置灵堂。带队的看押军士上前刚想说，这些需要上司批准了才能做，就见黑虎盯着他们连续吼叫了几声。懂得黑虎行为的中年汉子说："快把赵大人遗下的东西拿来吧，不然乡亲们可不答应的！"军士们只好把赵南星的遗书交出，并说，不是弟兄们想隐瞒，按命令是要上交的，既然你们收了，就按赵南星的意思转交吧。中年汉子忙差人将两封遗书送往都指挥使司衙署。

中年汉子指挥乡亲们给赵南星换衣入殓，并很快置起灵堂。赵南星去世的消息像长了翅膀，很快传向十里八乡，乡亲们和戍边将士们听了，一个个泪流满面，痛惜不已，纷纷抬着供品、纸钱前来吊唁祭奠，一边大哭，一边诅咒着阉党赃官，情绪之激动，言辞之激烈实属罕见。看押军士们生怕人们把满腔激愤撒到他们身上，悄悄溜出南楼，狼狈地回太原交差去了。

再说代州卫都指挥使司见了赵南星的遗书，心如刀绞，泪如雨下，既为自己无力保证赵大人的安危痛惜不已，又为赵南星的高风亮节而感动，忙吩咐手下快请慧能法师带弟子们前去为赵南星诵经超度，命师爷速拟文书向朝廷报告，再差人给赵家报信儿，然后带上众将官前去吊唁。

都指挥使司带着众将官趟过代河，朝南楼方向一瞧，不禁惊出一身冷汗：只见南楼周围人山人海，兵民混杂，号声阵阵，咒声不断，还有不少人在往这里聚集。

一个戍边囚徒怎么引来这么多人的祭奠追念？这么大的场面，上头知道了怎么交代？人们如此激愤，一旦酿成事端如何收拾？都指挥使司思虑再三，赶紧发令，调来军士维持秩序，同时令人准备尽早将赵南星的灵柩送回原籍。

"送回原籍？赵南星乃戍边囚徒，谁来送，如何送？"处事精明的师爷问。

都指挥使司一下子卡了壳：是啊，朝廷的一个重刑囚犯，谁能送，谁又敢送呢？再说怎么个送法呢？

见都指挥使司一时没了主张,师爷出主意说,是不是让原来看管赵南星的伍长带上几个军士,脱去军服,扮作复员回乡士卒,悄没声地送走?

"哎,也只有如此了!你就替我安排去吧。"都指挥使司长叹一声,带着将官们挤进南楼进行了祭奠,然后默不作声地回成所去了。

回到成所后,师爷很快传来当初看管赵南星的伍长,如此这般地进行了安排,尤其嘱咐,一路上要小心谨慎,不要告人送的是赵南星,就说是一个军官的灵柩。还给他们带了盘缠和通关文牒。

伍长听说让自己护送赵大人的灵柩回高邑,想起赵南星的恩德,慨然应允,发誓一定平安送回。然后召集手下四个军士进行准备,雇来一辆马车,趁夜深人静时来到南楼,与守灵的中年汉子和胡家庄乡亲悄悄说了,大家一起帮着收拾赵南星的书稿物品,三更过后蹑手蹑脚将灵柩和这些物品装上马车。众人烧纸祭了,挥泪目送他们登上行程。

灵车走远了,中年汉子抹了一把泪水仔细一看,发现黑虎不顾军士们的驱赶,也一拐一瘸地跟在车后,惊讶地说:"这怎么行!一千多里长路,爬山趟水,风雪交加,你个瘸子怎受得了,这不是添麻烦嘛!"说着小跑着追上去,硬把黑虎抱了回来。黑虎口中呜咽,四肢乱蹬,死活不肯,让人看了都心酸地掉下泪来。

五个军士乘黑护着灵车出发,一路默不作声地走着,一夜无事。天大亮时他们在一个路边小店吃了碗刀削面,便又向前赶去。可是走出不远,就见前面村口站满了人,黑压压一片,还在路中央摆着香案。几个人一边观察一边猜测着向前走,议论说,估计已经出了代州地面,一定不会是祭奠赵大人的。可是到了近前,一个仙风道骨之人走上前,也不问车上拉的是谁的灵柩,先点着香纸,带领众人跪拜,还口口声声说着"赵大人一路走好"之类的话语,弄得几个军士丈二和尚——摸不着头脑。末了,那人走上前来,交给傻愣着的伍长一包银两和一轴书画,嘱咐一定要把赵大人平安送回老家。

过了这个村,到了一个僻静处,一直犯嘀咕的军士们打开画轴一瞧,只见上面龙飞凤舞地写了一首诗,落款竟是傅山,惊得大家连声惊呼:"神人,真神人哪!"

傅山先生这一祭可不得了,再也瞒不住,保密不了了。前面村庄的乡亲们很快知道了赵南星赵大人的灵柩要通过,纷纷置案祭奠,使灵车走走停停,一天前进不了多少,可急坏了军士们。他们既为行进速度慢着急,更为消息走漏,万一引来麻烦而担忧,只好改成夜行昼宿,倒是减少了许多麻烦。

到了第三天的下午,灵车已经过了忻州城,爬上一个小坡后,伍长喊停下,让大家喘口气,喝口水。当他手拿烟锅回望高耸的忻州城时,发现远处一个黑点在一扭一拐地移动着,便漫不经心地说:"大伙看,那是什么?该不是黑虎追来了吧?""哪能呢,都走出二百多里路了,它又不知道咱们走的方向,更不认识路,怎会追来呢!"

军士们正议着,黑点加快了速度,不久就来到了近前:呀,不是黑虎是谁呀!它怎么真的追来了,可真神了!大家说着迎了上去,抱起黑虎又抚又亲,都为这条狗的忠义和聪明而感动。看到黑虎瘦弱的身体和伤腿,便把它放到车上,想拉着它走。哪承想,这黑虎死活不肯,一个猛窜跳下车来,硬是跟在灵车的左右,护着灵柩前行。

艰难跋涉六七天后,灵车进入了一道峡谷。只见两边立仞千尺,一条深谷弯弯曲曲没有尽头,脚下道路坑坑洼洼,更加难走。大家明白,已经进入了太行第五陉的古驿道,很快就要走出山西,进入河北,逃脱牟志夔之流的威胁了,不经意地加快了速度。

那天黄昏的时候,灵车来到一座高大的城门前面,只见上面"娘子关"三个大字在夕阳照耀下熠熠生辉,好不壮观。伍长长出一口气,吩咐灵车停下,让大家守着,自己拿上通关文牒前去办理通关手续,准备过关。

四个军士和车把式瞧了一会儿城门楼,转头摸索烟袋,想抽口烟。可是当他们不经意地向两侧崖顶仰望时,一下子惊呆了。只见两侧的崖边上站满了鸟兽,什么猫头鹰、老鹰、乌鸦、山鸡、野狼等,站在那里朝灵车望着,一动不动,像是在默哀,又像是迎送。大家见了,不由自主地道了一声:赵大人真叫感天动地啊!

这时,忽听西面传来一阵马蹄响,转眼间一队军骑赶到面前,为首的军官横眉立目地跳下马来,用马鞭指着护灵军士们命令道,打开车上物品和灵柩,接受检查(实为查抄赵南星手稿)。军士们说,这是一个军官的灵柩,卫戍各关口已经检查过了,没带违禁物品。再说人已去世,开棺太不文雅。军官冷冷一笑说:"什么军官灵柩,明明是罪犯赵南星的,弟兄们奉巡抚之命前来检查,还不快快打开!"

见护灵军士们怒目圆睁,不肯动手,军官招呼后面的兵卒们下马动手,并提起马鞭朝护灵军士打去。

"汪!"突然,随着一声歇斯底里的吼叫,只见护在车旁的黑虎腾空跃起,一口咬断了军官的腕骨,疼得他丢掉马鞭,哇哇直叫,并唤骑士们打死黑虎。谁知黑虎毫无惧色,又拼命扑向翻动车上物品的骑士。骑士们见状,顾不上再翻车上物品,纷纷拔出佩剑,围攻黑虎。

这时,意想不到的奇观出现了。

只听得深谷两崖上吼声如雷,头顶上群鸟乱飞。站在崖边的狼狐猪兔们龇牙咧嘴,捣着前爪,凶狠地吼叫示威,飞禽们凶猛地伸开双翅,俯冲着朝骑士们的头上击去,一场兽禽人大战惊天动地。

护灵伍长办妥了通关手续出来,见状忙唤车把式和军士们趁乱赶车速速进入关城,向河北地面赶去。

娘子关守将听到城下兽吼鸟唤,人喊马叫,忙登上关楼观看,同样惊出一身冷汗。询问手下兵卒是咋回事?手下兵卒告知经过,他深感此等场面非同小可,忙命兵卒关闭城门,不允追兵进入,并让军中师爷了解情况,拟文上奏朝廷,这是后话。

拼死引开巡抚亲兵的黑虎见灵车已经快速进入关城,转头准备追去,不幸被巡抚亲兵们一剑击中,接着就是乱刀齐下,呜咽一声,丢了性命。

78. 奇宿土门关

伍长一行人乘黑虎掩护之机,护着赵南星的灵柩急匆匆通过娘子关的关城,马不停蹄地朝东摸黑行走了大约两个时辰,见天色已晚,整个山谷静得如同睡着了一样,便寻到一家小店,将灵车停到门外隐蔽处,然后入店洗漱吃饭,准备休息。

这时大家猛然想起,舍身掩护大家逃脱的黑虎还没有跟上来,便有军士建议是否住下等一等它,或找一下它。伍长叹口气说:"它只身冲入乱军之中,那还有个活呀。再说它舍身斗恶军为了啥?还不是为了护赵大人的灵柩!咱们及早离开险地,将赵大人平安送回家,也就圆了它的心愿。"大家点头称是,都赞它的忠义,为它惋惜,更为它的义举所感动。

进入河北地面,已经摆脱了阉党爪牙的追捕,官民对赵南星崇敬有加,护灵军士们长长出了一口气,第二天一早便顺着秦皇古道一路东来,虽然道路颠簸,拥挤难行,却没有了往日的惊恐烦躁。

两天后的上午,道路变得越来越平缓,两侧的山势也越来越矮越平了。伍长告诉大家,快要走出大山,进入华北大平原了。没有见过千里大平原的军士们一阵欢呼雀跃。

巳时,灵车来到一个坡下,大家仰头一望,只见一座巍峨的城楼横在眼前,门额"山陕通衢"四个苍劲大字熠熠生辉,好不壮观。伍长告诉大家,这就是著名的土门关了,当年韩信伐赵背水之战,就是在这里的山中摆下奇兵,捣了赵军大营,大获全胜的。出了土门关就是获鹿城,就能看到大平原了,离高邑也不远了。

军士们听了更加兴奋,推车加速进入关内,只见长长的石板道上车辙有半尺多深,两侧的门店鳞次栉比,韩信庙旁,碑碑相连,游人如织。

出了土门关,著名的旱码头——获鹿城已经遥遥在望了。兵卒们与车把式商量,加快速度,紧走几步赶到获鹿城吃午饭,也好乘机看看旱码头的热闹。车把式兴奋地说,自己也是这个想法,于是扬鞭催马,加快了速度。

谁知,刚刚走了一里多地,布麻会馆已经在望了,车轮却发出"吱吱"声,车把式忙唤马停下,下车仔细检查,倒腾半天也没找出毛病所在。无奈之下只好把车停在路旁,紧走几步,到布麻会馆请修车师傅去了。

五个兵卒站在车旁,烦躁地等啊等,老是不见车把式赶来,派人前去打听,说是今天修车的很多,顾不过来。一个时辰后,两个修车师傅总算来了。可是他们敲打检查了好大一会儿,也没找出毛病所在,说,毛病可能出在车轴里面,只有把车轮卸下来检查修理了。

伍长看看天色,太阳已经偏西,无奈地说:"没法子,只能这样了。我看这样吧,车把式支车喂马,两位师傅和俺们一起在旁边这家旅店吃点东西再修吧。"已经饥肠辘辘的一行人点头称是,一同进了旅店。

伍长走进旅店,一边吆喝伙计安排房间,倒水上菜,一边掏出烟锅,塞上烟末,用火镰打火点烟,等点着烟美美抽了一口,才仔细打量起这家旅店。只见,坐南朝北的一座院落,一个大门楼面朝通关大道,进了大门是一个大院,停放了不少载货马车,门楼西侧是马棚,大门的正面是一座二层木楼,一楼大堂散桌,二楼雅间,穿过厅堂,后院是两排平房,分明是客房。

伍长让伙计在一楼大堂拼了两个小桌在一起,摆上酒杯碗筷,八个人围坐桌旁,几个凉菜也就端上来了。伍长见大家一脸疲惫,说:"到了旱码头,离高邑也不远了,大家辛苦了好几天,正好喝几杯。"于是,吩咐倒酒上菜,大家便狼吞虎咽地吃喝起来。

伍长见两个修车师傅只吃不喝,就豪爽地说:"都是自家兄弟,也喝两杯!"

"不,饭后还修车呢。"

"大冷的天,喝两杯修起来暖和,来,喝吧。"

于是,八个人端着黑瓷粗碗,你敬他让,不一会儿,就把四斤白干酒喝光了。

饭后,八个人来到灵车旁,五个兵卒斜靠在北墙根下打起呼噜,车把式和两个师傅颤颤悠悠卸轮修车。可是三个人卸了一个多时辰,天色已经黑下来了,也没卸下来,只好说明天再修吧。伍长见状,明白都是自己劝酒误了事儿,便招呼大家把灵车往旅店近前推了一下(按当地风俗,灵车是不能进店的),安排四个兵卒轮流值守,带着其他人到旅店歇息去了。

车把式问,还吃点东西不?伍长说,晌午饭变成黑间饭了,还吃个球,睡吧!说着倒下打起呼噜。

朦朦胧胧中,伍长突然看到赵南星满面笑容地走进屋来,很平和地说:"总算到家了,咱们好好歇息一夜吧。"说罢,飘然向楼上走去,不见了。

伍长一个寒战醒来,睁眼一瞧,自己睡在旅舍,屋内一片漆黑,外面店主正帮着客人喂马拾掇东西,甚觉狐疑,再也睡不着了。穿衣走出屋来,唤店主来大堂聊起来,店主沏了一壶茶水,为他点上烟,便问起他们的买卖。

伍长是个爽快人,如今到了河北地面,胆子大了起来,便借着酒力道出了自己带着一行人送赵南星灵柩回家的原委及刚才的梦境。

谁知,店主听了哈哈一笑说:"这就对了,这就对了。"

"对了? 怎么对了?"伍长瞪着疑惑的眼睛问。

"其实后晌吃饭时听口音举止就感觉到你们不是普通百姓,也不是买卖人。出门看了车上的灵柩,还有坏车的事儿,我就猜想是赵南星赵大人到了。"

"此话怎讲?"

"军爷有所不知,这家旅店早先就是赵大人的爹爹赵汝弼开的,78 年前他带着怀胎的夫人离开后才转到我爹手中。当时赵夫人腹中的胎儿就是赵大人啊。"

"原来如此,怨不得赵大人梦中说到家了,到家了。"

二人闲聊了一阵子,便各自歇息去了。一夜无事。

第二天一早起来,伍长招呼兵卒们洗漱吃饭,车把式早已赶来喂好了马,并出门去摆弄大车。他对已经支起来的车轮瞧了又瞧,不经意地转了一下,竟完好如初。忙叫来伍长,牵来马匹,套上车试了一下,一点儿毛病都没了。

饭后,伍长结了店钱,让店主转告修车师傅不要再来修车了,然后招呼一行人上路朝高邑赶去。

上了路,大家非常惊奇,纷纷问伍长这是咋回事儿? 伍长神秘地告诉大家:"那旅店就是赵大人的老家,他是在这儿坐的胎。"

大家听了,一阵惊愕。

79.功德传千古

伍长一行人护着赵南星的灵柩离开旅店,穿过繁华的获鹿旱码头,一路朝东南方向而来。出城不久,就见一队人马孝衣素服迎面赶来,前面车上的一幅素帐上写着:"迎南星大人回家"几个大字。

伍长远远望见,仔细瞧了,吩咐车把式把车停在路边,然后上前施礼询问,得知是赵家接到代州卫都指挥使司的书信,估计灵柩快到了,前来迎接的,便引赵家宗族中的头人前来接灵。

赵家人见到灵柩如见南星大人,不禁悲从心来,一片号啕。头人劝住大家,摆上香案,焚香烧纸拜了,然后接上灵车朝家赶去,并派人快马加鞭回家报信儿去了。

灵车到了高邑地界,早有众乡亲置了桌案,备了供品香纸等在路口,见了灵车焚香烧纸,哭泣跪拜。一路上,村村祭奠,宅宅迎送,多少人为失去英才贤臣悲哀痛惜。

灵车来到城门外,知县已率众官吏官袍加身,恭敬迎候。满城百姓扶老携幼,上前祭拜,场面胜过当朝天子驾临。

伍长和兵卒们看到这种场面,满心狐疑地议论说,远在山西时官府莫说祭拜,就是一提到"赵南星"三个字都大惊失色,躲之不及。怎么到了河北地面像换了个世界,官民齐出动,场面如此之大? 要知道,魏公公及其党羽们还在朝中当着大权啊!

其实伍长及其护灵兵卒们有所不知,这里的官吏们之所以这么做,既是真心所动,又是无奈选择。本来,赵南星灵柩回到高邑的消息,县衙上下根本没有人知晓,只是知县在衙中批阅了一阵文案,到院中散步休息,听见街上人声嘈杂,便派衙役上街看个究竟,衙役回来禀报说,赵南星大人的灵柩就要入城了,乡亲们都争相前去祭拜迎接。知县听罢忙登高观望,看到城民倾巢出迎的场景,联想到赵南星的贤德高风,生怕自己怠慢了会引起民众反感,更怕万人聚集出什么事情,便带上官吏衙役们前去迎灵。

赵南星的灵柩在众人簇拥下移至赵家祠堂,连续七天里,附近府县的官吏百姓结队前来吊唁,盛况空前。七天后移至赵氏祖坟隆重下了葬。

事后,高邑知县生怕魏忠贤党羽借故发难,便命师爷将赵南星灵柩入城情况及祭拜下葬情况如实写成奏章上报,言明自己率官吏出迎是形势所迫,并非自愿。

代州卫的信函和娘子关守将的奏章到了京城,一下子震动了朝野。许多忠直官吏纷纷上书直言,认为赵南星遭诬受冤,天人共愤,鸟兽都鸣不平,应当昭雪平反。如今收到高邑知县的奏报,更加急了这种呼声。崇祯皇帝看到时机已到,借势铲除了魏忠贤及其死党,大张旗鼓地为赵南星平了反,追赠其为太子太保,谥忠毅,准许照例设祭五坛,另加一坛,拨官银六百两为赵南星建坟制棺,并亲书碑文,颂其功德,抚慰家眷子女,拨银刊印《笑赞》、《赵忠毅》、《味檗斋文集》、《芳茹园乐府》、《史韵》、《学庸正说》等赵南星著作。

奉旨督建赵南星坟茔的中书张勋芳和真定知府侯应琛,在知县陪同下踏遍高邑山水,要为赵南星选一块依山傍水的宝地移灵安葬。乡亲们说,高邑境内只有凤凰山一座山岭,就让赵大人这位凤城之子安息在凤凰岭下吧。于是,全县的能工巧匠齐上阵,很快就在凤凰岭上建起一座坟茔,并配上石人石马、石碑,好不壮观。崇祯元年四月十四日,赵南星与二位夫人的灵柩从赵氏祖坟移出,由三十二人抬着,在成千上万百姓的护送下按照官制下了葬。

赵南星含悲忍辱,无声地去了,而他留给后世的却是无尽的追思和不朽的精神财富。四百多年来,追思研究的诗文层出不穷,曾国藩等大家称其为"自万历以来,凡以气节文章著称者,唯有南星兼而有之",许多文人志士将其作为楷模或学习效仿,或嘱朋咐子传承,可谓经久不衰。更难能可贵的是,他的故事在民间流传甚广,上至达官贵人,下至村妇童孺,无人不知,没人不晓。

后　记

赵南星(1550—1627)，明代河北高邑县人，字梦白，号侪鹤，别号清都散客，官至朝廷太常侍卿、吏部尚书等职。机敏睿智，刚直不阿，著述颇丰，深受人民爱戴，其传说典故在冀中地区流传甚广。

赵南星自幼聪明智慧，九岁即有"神童"之称，明隆庆庚午年中举人，明万历二年中进士，初任河南汝宁推官，后升任户部主事、吏部考功主事，因不与时风同流合污，引疾辞官回故里隐居。甲申年(1584)应诏任吏部文选司员外郎，因直言上疏社会弊端并抨击奸佞之臣，受到皇帝严厉批评，再次称病辞官回乡。壬辰年(1592)，再次应诏复出，被任命为吏部考功郎中，秉公考察京官，罢免权贵，遭诬陷，被削官为民，隐居故里，著书立说，与顾宪成、邹元标被誉称"东林三君"。天启元年(1621)被任命为太常少卿，后升任吏部尚书，天启五年遭诬陷，被发配代州充军。崇祯皇帝即位后即诏赵南星回朝，但其政敌——山西巡抚牟志夔扣诏不发，终使赵南星未能见到诏书，含冤死于戍所，时年七十八岁。后朝廷专门为他平反昭雪，赠太子太保，谥忠毅。

赵南星既是一位雄才大略、刚直不阿、功名显赫的高官，又是一位著述颇丰的大家。所著散曲淋漓酣畅，小曲成就不凡，《笑赞》开中国笑话集之先，另有《赵忠毅公诗文集》、《史韵》、《学庸正说》、《味檗斋文集》、《芳茹园乐府》等。

赵南星是一个特殊而神秘的历史人物。求知欲偏强的笔者自打懂事起，就在母亲的怀抱里、寒酸的炕头上以及简陋的饭桌旁，听母亲一遍遍唠叨《赵南星拔橛》的故事；就在田野的地头上、晌午的槐树下以及夜间乡亲的草屋里听老者讲述《赵南星赶考》的趣事。那时候虽然不知晓赵南星是何地人士，也不知他生卒朝代，更不知他的坎坷人生，但在内心深处充满了无限的神奇、向往和崇敬，总想有朝一日探个究竟。

赵南星又是一个妇孺皆知深入民心的传奇人物。洋洋五千年中华文明史，英雄辈出，大家无数，然而像赵南星这样有口皆碑，无人不晓的人物，除了三国时的刘、关、张及诸葛孔明（借助《三国演义》的传播）外，实难找出其二，其原因何在，根源又是什么呢？笔者一直想弄个明白。

为了全面系统地展示广大百姓心目中的赵南星形象，探究其根植人心的奥秘，笔者在母亲唠叨了几十年的流传于井陉、平山、获鹿一带关于赵南星传说基础上，参考《高邑县志》、贾梦元、单纪兰、籍书城等先生有关著述，亲赴河北省高邑县、山西省代县、河南省汝南县等地考察采访，查阅资料，然后进行创作加工，终成这部《智慧之星》，供有趣的朋友欣赏，助研究的智者参考，并以此表达对这位先人的纪念，对母亲的怀念，对智者的崇敬。

《智慧之星》初稿完成后，高邑县赵南星研究会的单纪兰、王成学、赵云林、纪三辰等主席及赵南星第12代孙赵华生先生精心帮助审核指导，高邑县政协主席陈金锁先生逐字逐句帮助推敲修改，鹿泉市文联主席康志良、人大教科文卫工委主任刘会军等同志帮助审阅修改，倾注了大量心血，尤其是石家庄市人大常委会副主任（原高邑县委书记）李锡海同志百忙中给予指导，并亲自作序，在此表示衷心的感谢和崇高的敬意。

《智慧之星》素材大多来源于民间传说，虽据史料进行了一些修正，并根据赵南星研究会领导意见进行了一些修改，仍很难做到与史实完全相符，张冠李戴成分也会存在，加上笔者的水平所限，缺点错误在所难免，万望读者朋友批评指正。

安明法

二〇一三年九月二十六日